Juna Kristensen wurde 1987 in der Nähe von Frankfurt am Main geboren. Noch bevor sie lesen und schreiben konnte, war es ihr liebster Zeitvertreib, sich Geschichten auszudenken. Sie studierte Psychologie und nutzt das dabei erworbene Wissen heute für ihre Thriller. Da neben dem Lesen das Reisen ihre größte Leidenschaft ist, verbrachte sie einige Jahre in Japan. Im Moment lebt sie mit ihrer Familie in Amsterdam.

JUNA KRISTENSEN

Ein Nordsee-Thriller

Überarbeitete Neuausgabe September 2023

RACHEMEER

ISBN 978-3-98778-741-6
Hörbuch-ISBN: 978-3-96817-460-0
E-Book-ISBN 978-3-98778-666-2

Dies ist eine überarbeitete Neuausgabe des bereits 2021 bei
dp Verlag, ein Imprint der dp DIGITAL PUBLISHERS GmbH erschienenen Titels Rachekarte. (ISBN: 978-3-96817-456-3).

Covergestaltung: ARTC.ore Design / Wildly & Slow Photography
Umschlaggestaltung: ARTC.ore Design
Unter Verwendung von Abbildungen von
stock.adobe.com: © Sarah
shutterstock.com: © Andrey Yurlov, © rphstock, © Van dii
Lektorat: Carolin Diefenbach
Satz: dp DIGITAL PUBLISHERS GmbH
Druck und Bindung: Books on Demand GmbH, Norderstedt

PROLOG

Die Nacht des letzten Spiels

Um null Uhr zwölf bog Svea mit dem Fahrrad auf den engen Waldpfad ein, der zu der Farm führte. Sie war bis auf die Haut durchnässt und ihr Handy zeigte vier unbeantwortete Anrufe sowie drei SMS. Sie trat stärker in die Pedale, kämpfte so gegen den Nordseewind und den Platzregen an. Seit einer Woche war Sommer, zumindest wenn man dem Kalender glauben durfte. Nur schien das dieses trostlose Örtchen noch nicht mitbekommen zu haben.

Der heulende Wind und das Strömen des Regens übertönten alle anderen Geräusche. Matsch spritzte hoch und färbte ihre Jeans braun. Es gab keine Straßenlaternen, überhaupt keine künstlichen Lichtquellen – bis auf die flackernde Lampe an Sveas Fahrrad, die sie davon abhielt, gegen den nächsten Baum zu fahren.

Eine seltsame Leere hatte sich in Svea ausgebreitet. Seit ... dieser Sache. Anders konnte sie das, was passiert war, nicht benennen. Ebendiese Leere hatte sie an den Deich geführt und grübeln lassen, wie es jetzt weitergehen sollte. Nicht nur mit Jeremias, auch mit dem Spiel. Dann war ihr eine Idee gekommen. Svea hoffte, dass es nicht bereits zu spät war. Sie war so schnell gefahren, wie sie konnte, aber für den Rückweg vom Deich hatte sie trotzdem eine gute halbe Stunde gebraucht.

Svea nahm eine scharfe Kurve und bog auf das weite, unbefestigte Gelände ein. Üppige Bäume verdeckten die drei kleinen Gebäude, die einsam und verlassen in der Mitte des Grundstücks lagen. Wer nicht wusste, dass sie da waren, würde sie nicht ohne Weiteres finden.

Außer Atem sprang Svea vom Fahrrad. Die Lampe ging aus. Blind navigierte sie ihr Fahrrad durch die Dunkelheit in den Schuppen, der mit altem Hausrat vollgestellt war.

Vor dem Regen geschützt, zog sie ihr Handy aus der Hosentasche. Sämtliche Anrufe sowie Nachrichten waren von Raik.

Wo bist du???

und

Kommst du noch???

Sollen wir ohne dich anfangen?

Von Jeremias nichts. Die Erkenntnis versetzte Svea einen Stich. Was hatte sie erwartet? Dass er sie bat zurückzukommen?

Svea zog den Kopf ein und rannte die rund fünfzig Meter bis zum heruntergekommenen Haupthaus. Durch die schmutzigen Fensterscheiben drang ein kaum wahrnehmbarer Lichtschimmer nach draußen. Wahrscheinlich war das Feuer im Kamin wieder die einzige Lichtquelle. Jeremias hatte kein Geld, um mehr als das Nötigste an Strom zu bezahlen.

Svea schlüpfte ins Haus. Der Wind erfasste die offene Tür und schlug sie mit einem lauten Knall zu.

Gespenstische Stille und Dunkelheit begrüßten sie. Hoffnung regte sich in Svea. Schliefen die anderen schon? Direkt darauf folgte die Angst: Wenn sie schon schliefen, hatten sie davor das Spiel gespielt?

Sie streifte ihre Turnschuhe und die durchweichte Jacke ab und durchquerte den langen Flur. Ihre nassen Socken hinterließen deutliche Spuren auf den alten Holzdielen. Leise stieß sie die Tür zum Wohnzimmer auf.

Sechs Augenpaare richteten sich augenblicklich auf sie. Vorwurfsvolles Schweigen.

Svea stieß den angehaltenen Atem aus. Sie war rechtzeitig gekommen. „Tut mir leid, ich hab die Zeit vergessen", sagte sie.

Jeremias' Blick lastete am schwersten auf ihr. Schon drohte sie, in seinen wissenden Augen zu versinken. Schnell wandte sie sich ab. Natürlich. Er konnte sich denken, dass sie log.

Anton, der bis eben bäuchlings auf dem zerschlissenen braunen Ledersofa gelegen hatte, richtete sich auf und fuhr sich mit der Hand durch das blonde Haar. Neben ihm auf dem Boden standen vier leere Bierflaschen. Selbst so mitgenommen sah er mit seinen ebenmäßigen Gesichtszügen und den Grübchen in der Wange aus wie ein Boyband-Sänger auf dem Bravo-Cover. „Wie spät ist es?"

„Fast halb eins", sagte Marie-Luise wie aus der Pistole geschossen. Sie saß allein auf dem anderen Sofa, in der

Hand ein Glas mit durchsichtiger Flüssigkeit. Vermutlich Wasser. Ihre Augen waren wie üblich gen Boden gerichtet und der Körper leicht nach vorne geneigt, sodass ihr das dunkelblonde Haar ins Gesicht fiel.

Raik, der bis vor Kurzem sofort den freien Platz neben Marie-Luise beansprucht hätte, hockte auf einem Sessel und warf der Jüngsten im Raum einen sehnsüchtigen Blick zu. Seine Jeans schaffte es wie üblich nicht, die langen Beine komplett zu bedecken. Sie endete weit über den Knöcheln und gab den Blick auf die weißen Socken frei. „Geht es dir gut?", fragte Raik an Svea gewandt.

„Ja, alles in Ordnung", log sie.

Karli, die im Schneidersitz auf dem Boden saß, bedachte Svea mit einem unfreundlichen Blick. „Können wir endlich anfangen?"

Svea zögerte. „Was haltet ihr davon, wenn wir das Ganze heute sein lassen?" Sie gähnte demonstrativ, ein Versuch, ihren bedeutungsschweren Worten eine gewisse Beiläufigkeit zu verleihen.

Jeremias' Mundwinkel bewegten sich minimal, zeigten die Andeutung eines spöttischen Lächelns.

„Geht's noch?", fauchte Karli. Der hellblonde Ansatz war schon wieder nachgewachsen und wirkte wie eine kahle Stelle über dem schwarz gefärbten Haar. „Wir waren uns doch einig."

„Ich finde ...", begann Marie-Luise leise, doch Rachida unterbrach sie: „Erst kommst du zu spät und dann das? Wenn du nicht mitmachen willst, hättest du einfach wegbleiben können."

Sprachlos starrte Svea ihre Freundin an. Mit den harmonischen Gesichtszügen, den üppigen Wimpern und ihrem Schmollmund war sie auch ungeschminkt eines der hübschesten Mädchen des Jahrgangs. Jetzt blickten die großen Augen ihr feindselig entgegen. Svea ahnte den Grund für Rachidas Unmut: diese Sache, die Svea ein paar Stunden zuvor aus dem Haus getrieben hatte. Doch dieser Hass, der ihr entgegenschlug, brachte sie aus dem Gleichgewicht.

„Raik?", fragte Rachida mit spitzer Stimme, ohne den Blick von Svea abzuwenden.

„Ich finde, wir sollten es tun. So war es schließlich abgemacht", sagte Raik.

„Anton?"

„Ähm, klar", nuschelte er, vermied jedoch den Blick in Rachidas Richtung.

„Sieht aus, als wärst du überstimmt worden", bemerkte Jeremias und stand auf.

Wie auf ein Kommando erhoben sich auch die anderen.

„Bist du dabei? Oder nicht?"

Svea spürte sechs Augenpaare auf sich. Sie stieß den Atem aus und nickte. „Ich bin dabei."

Jeremias' kühle braune Augen musterten Sveas am Körper klebendes T-Shirt und die durchweichte Jeans.

Sie wich abermals seinem Blick aus und starrte stattdessen auf einen willkürlichen Punkt neben seinem dunklen Haar. „Ist schon gut", nuschelte sie. „Die Sachen trocknen von alleine."

Jeremias nickte. „Bringen wir es hinter uns."

Er wandte sich zur Kellertür.

Svea folgte ihm. Sie vergrub ihre zitternden Hände in den Jeanstaschen. Und betete, dass ihre Idee funktionierte.

***

Es hatte bereits der Morgen gedämmert, als Svea in eines der Gästezimmer geschlichen war, um ein paar Stunden Schlaf zu finden. Gerade erst hatte sich diese ersehnte Schwere über sie gelegt, als etwas ihr Bewusstsein aus dem beruhigenden Nichts riss. Zuerst wusste Svea nicht, was sie geweckt hatte. Sie drehte sich auf die andere Seite und versuchte, wieder einzuschlafen, da hörte sie es abermals. Einen Schrei.

Schritte polterten an ihrer Tür vorbei die Treppe hinunter. Aufgeregte Stimmen drangen aus dem Wohnzimmer nach oben.

Svea zog sich ihre über Nacht getrocknete Jeans an und trat auf den Flur. Die Türen von Jeremias' Zimmer zu ihrer Rechten sowie vom Gästezimmer gegenüber, in dem Karli und Raik manchmal übernachteten, standen sperrangelweit offen.

In dem Moment drang ein Laut nach oben, der Svea das Blut in den Adern gefrieren ließ. Ein schrilles Heulen, wie von einem sterbenden Tier.

Sie rannte nach unten.

Das Wohnzimmer war leer, bis auf den Ursprung des grauenvollen Geräuschs: Rachida stand in der Mitte des Raums, die Arme fest um sich geschlungen. Ihr Mund öffnete und schloss sich und stieß wie in einem grotesken Rhythmus immer wieder diese Klagelaute aus.

Als sie Svea sah, verstummte sie. Dafür streckte sie die Hand aus, wies mit zitterndem Zeigefinger auf die weit offen stehende Haustür und den Schuppen.

Mechanisch bewegte Svea sich auf die Tür zu. Eine Taubheit ergriff von ihr Besitz, die alles andere unwichtig erscheinen ließ. Alles, bis auf das, was sie im Schuppen vorfinden würde.

Svea verließ das Haus. Sie spürte nicht, wie ihre nackten Zehen im aufgeweichten Boden versanken. Aber sie hörte, dass Rachidas Heulen wieder eingesetzt hatte.

Schon von Weitem sah Svea Anton an der maroden Holzwand lehnen, das Gesicht kreidebleich.

Sie wollte umkehren. Doch ihre Beine trugen sie weiter.

Das Erste, was sie sah, als sie die Schuppentür erreichte, war Jeremias. Er stand vor der riesigen, gelbfleckigen Gefriertruhe, die fast die gesamte rechte Wand einnahm. Der Deckel war hochgeklappt. Da wandte sich Jeremias zu ihr um und blickte sie mit undeutbarem Gesichtsausdruck an.

Weiter hinten im Schuppen kauerte Raik am Boden. Karli hatte die Arme um ihn geschlungen und wiegte ihn hin und her wie ein Kleinkind. Tränen liefen ihr über die Wangen. Noch nie hatte Svea Karli weinen sehen.

Sie blieb in der Tür stehen. Krallte sich mit einer Hand in den Türrahmen, so fest, dass ihr Holzsplitter in die Haut drangen. Einen Schritt weiter und sie würde sehen, was sich in der Gefriertruhe befand.

Da bemerkte sie das Blut. Rotbraune Flecken, die von ihren Füßen aus zur Gefriertruhe hin führten. Ohne nachzudenken, trat Svea einen Schritt nach vorne. Zuerst konnte sich ihr Gehirn keinen Reim darauf machen, was ihre Augen sahen. Dann erkannte sie das vierblättrige Kleeblatt und schrie.

Svea schrie immer noch, als Jeremias sie am Arm berührte.

„Sieh einfach nicht hin", sagte er und zog sie aus dem Schuppen. „Es wird alles wieder gut."

Doch das wurde es nie mehr.

KAPITEL 1

Gegenwart

Svea schlug die Augen auf.

Sie wusste, dass sie wieder von dem Kleeblatt geträumt hatte. Zumindest nannte sie sie Träume, obwohl es eigentlich Erinnerungen waren, die sie nachts heimsuchten. Wenn ihr schlafender Verstand sich nicht dagegen wehren konnte. Erinnerungen an jemanden, dem das vierblättrige Kleeblatt kein Glück gebracht hatte.

Bevor sie aus dem Bett stieg, sah sie auf ihr Handy. Keine Anrufe in Abwesenheit. Das ungute Gefühl, das sie schon seit Tagen hatte, verstärkte sich. Sie tippte auf das grüne Telefon-Symbol und aktivierte mit dem Anruf-Icon die Wahlwiederholung. Nichts. Rachidas Handy war noch immer ausgeschaltet. Erschöpft stand sie auf und zwang sich unter die Dusche.

Auf dem Weg zur Arbeit machte sie in der Kaffeemacherei halt. Wie immer waren alle Tische des winzigen Cafés besetzt und auch der Sitztresen am Fenster war belegt. Der Barista trug seine obligatorische braune Schürze, aus der die hochgekrempelten Ärmel seines blauen Hemdes herausschauten.

„Hi“, sagte Svea, als sie an der Reihe war.

„Guten Morgen.“ Er lächelte sie an. „Das Übliche?“

Svea nickte. Sie zählte die Münzen passend ab und legte sie auf die Theke, obwohl er ihr wie immer die offene Hand hinstreckte. Mit einem kurzen Blick in sein Gesicht versicherte sie sich, dass er ihr die Distanziertheit nicht übel nahm.

Er zwinkerte ihr zu.

Kurz breitete sich ein Schwall von Wärme in ihrem Inneren aus und sie ließ sich zu einem Lächeln hinreißen.

Er war der Inhaber der Kaffeemacherei. Das hatte sie einem beiläufigen Gespräch zwischen ihm und einer seiner beiden Angestellten entnommen, die abwechselnd hier mithalfen. Svea wusste nichts über ihn. Außer, dass er selbst am liebsten Espresso trank, wenn der Kundenansturm es gerade zuließ. Ein Café-Besitzer. Ungefähr Ende zwanzig, in ihrem Alter. So wunderbar normal.

Sie nahm ihren Cappuccino entgegen. Früher einmal hatte sie Kaffee verabscheut. Hatte sich gefragt, wie Jeremias diese Brühe schwarz und ohne Zucker herunterbekam. Ihretwegen hatte er dafür gesorgt, dass auf der Farm immer Milch und Kakaopulver vorrätig war. Außer im Sommer, da verdarb die Milch im ausgeschalteten Kühlschrank zu schnell. Wenn Svea heute an heiße Schokolade dachte, wurde ihr speiübel.

Sie schenkte dem Mann ein Lächeln und hoffte, er würde irgendwie darauf reagieren. Gleichzeitig betete sie, dass er nicht auf die Idee käme, nach ihrer Nummer zu fragen.

Er winkte ihr schmunzelnd zu, als sie nach einem letzten Blickkontakt das Café verließ.

Im Forschungsinstitut für Psychologie, an dem sie seit vier Jahren arbeitete, teilte sie sich einen kleinen Raum mit einer Kollegin, die gerade in Mutterschaftsurlaub war. Svea war das mehr als recht. Nach ihrer Ankunft schloss sie als Erstes die Türe hinter sich, sodass es nur sie, ihren Computer und das Paper zu der aktuellen Studie gab, das sie zu schreiben hatte. Während sie ihren Computer hochfuhr, versuchte sie, sich zu sammeln. Sie bastelte schon viel zu lange an diesem Fachartikel. Laut Zeitplan, den sie vor dem Start dieses Forschungsprojekts, ihrer ersten eigenen Studie, erarbeitet hatte, sollte das Paper bis spätestens Ende dieser Woche fertig sein. Heute war Donnerstag.

Mittlerweile hatte Dr. Heine, die Leiterin des Forschungsbereichs für Entwicklungspsychologie, mitbekommen, dass etwas nicht stimmte, und steckte mehrmals täglich ihren Kopf zur Tür herein. Dabei verstand sie offensichtlich nicht, wo das Problem lag. Die Studie war durchgeführt, die Daten analysiert, die Ergebnisse lagen vor.

Svea öffnete das Word-Dokument. Ihr wurde übel, wie immer, wenn sie auch nur die Überschrift las:

Psychopathic personality traits and peer influence as predictors of adolescent delinquency.

Zu Deutsch etwa: *Psychopathische Persönlichkeitsmerkmale und der Einfluss von Gleichaltrigen als Prädiktoren von Jugendlichenkriminalität.*

Hatte sie einfach Pech, gerade dieses Thema erwischt zu haben? Dass Dr. Heine darauf bestanden hatte, genau hier gebe es noch Forschungsbedarf? Oder war es

Schicksal gewesen, eine Art kosmische Gerechtigkeit? Ihre Strafe?

Im Grunde war sie selbst schuld. Das hatte schon mit dem Psychologiestudium angefangen. Aber nach … *dem Vorfall* … hatte sie nicht die Kraft gehabt, ihre vorher gefassten Studienpläne über den Haufen zu werfen und sich etwas Neues zu überlegen. Großer Fehler. Wenn die Professoren in der Uni über Persönlichkeitsmerkmale und den Einfluss der Umwelt referiert hatten und wie genau all das Menschen dazu brachte – direkt oder indirekt –, auf die eine oder andere Weise zu handeln, konnte Svea nur krampfhaft versuchen, nicht an Jeremias, Karli, Raik, Rachida und Anton zu denken. Und an sich selbst.

Nach Abschluss ihres Studiums war für sie nur eins klar gewesen: Sie konnte unmöglich Therapeutin werden. Was also dann? Irgendwie musste sie ihren Lebensunterhalt schließlich verdienen. Dann war ihr eine Idee gekommen. Warum nicht in die Forschung gehen, einen angenehm langweiligen Schreibtischjob annehmen? Svea lächelte bitter. Jetzt saß sie hier und konnte dieses verdammte Paper nicht zu Ende schreiben.

Mit zitternden Fingern drehte Svea an dem kleinen Rädchen der Maus, um über den Text hinwegzuscrollen. Einleitung und Methodenteil, inklusive der Beschreibung der Stichprobe, der Messinstrumente und Details zum statistischen Vorgehen, hatte Svea bereits erstellt. Auch der Ergebnisteil war fertig. Was noch anstand, war der letzte Teil, an dem Svea bereits seit über einer Woche saß und nicht weiterkam. Die Diskussion. Die Interpretation der Studienergebnisse. Was bedeutete es, dass Einflüsse gleichaltriger Freunde mindestens eine ebenso große Rolle bei der Delinquenz von Jugendlichen zu spielen schienen wie Persönlichkeitseigenschaften? Die Studie hatte außerdem gezeigt, dass junge Menschen mit hohen Psychopathie-Werten weniger leicht durch Gleichaltrige beeinflussbar waren – dass sie aber umgekehrt besonders häufig andere Jugendliche zu kriminellem Verhalten anstifteten.

Svea sah Jeremias' Gesicht vor sich. Die kühlen Augen. Das berechnende Lächeln. Sie schüttelte energisch den Kopf, um die Erinnerung zu vertreiben.

Der kleine Strich in der Leerzeile unter der Überschrift *Discussion* blinkte im Sekundentakt. Sveas Augen schweiften zu der eingeblendeten Uhr oben rechts. Sie saß seit einer halben Stunde hier und hatte noch kein Wort geschrieben.

Psychopathie. Gruppenzwang.

Mittlerweile zitterten ihre Hände so stark, dass sie die Maus loslassen musste.

Hätte Karli die Psychopathie-Checkliste ausgefüllt, welcher Wert wäre dabei herausgekommen? Diese Liste maß zwei Dimensionen von Psychopathie, antisozial-deviant und interpersonell-affektiv. Während manche Psychopathen hohe Werte auf beiden Skalen aufwiesen, tendierten viele eher zu der einen oder der anderen Dimension. Karli wäre aller Wahrscheinlichkeit nach mehr der antisozial-deviante Typ, mit ihrer Impulsivität, der Unfähigkeit zu planen und dem ständigen Gelangweiltsein. Letzteres traf auch auf Jeremias zu.

Indikatoren für die interpersonell-affektive Dimension dagegen waren unter anderem Mangel an

Empathie, Gefühlskälte, pathologisches Lügen und Mani-pulation. Das las sich wie eine Auflistung von Jeremias' Charaktereigenschaften.

Svea wurde schwindelig. Unsinn. Das war doch alles Unsinn. Viel zu einfach. Nur weil jemand Probleme hatte, seine Gefühle zu zeigen, war er noch lange kein Psychopath. Außerdem hatte Jeremias sie nie angelogen. Hatte er gesagt. Nur eben gewisse Dinge nicht erzählt.

Svea hob eine bebende Hand an ihr Gesicht und wischte den kalten Schweißfilm von ihrer Stirn.

In diesem Moment klingelte ihr Handy. Endlich!

Doch als sie das Telefon aus der Tasche zog, erstarrte sie. Es war nicht Rachida. „Unbekannter Anrufer" stand auf dem Display.

Sveas Herzschlag dröhnte so laut in ihren Ohren, dass sie nicht hörte, wie die Tür geöffnet wurde.

„Svea? Alles in Ordnung?"

Sie fuhr auf ihrem Drehstuhl herum. Zu heftig, sodass sie mit ihren Füßen abbremsen musste und beinahe das Gleichgewicht verlor.

Dr. Heine, die sie schon mindestens zehnmal aufgefordert hatte, sie ebenfalls beim Vornamen zu nennen, stand im Türrahmen. Unter ihrem dunkelbraunen, gelockten Pony, direkt über dem bunten Rahmen ihrer runde Brille, hatten sich steile Sorgenfalten gebildet.

Das Handyklingeln schallte weiterhin durch den Raum. Svea drückte den Anrufer weg.

„Ich ..." Svea versuchte, ihren keuchenden Atem zu beruhigen. Ihr war noch immer schwindelig. Sie schloss die Augen. Ein Fehler. Sie meinte zu fallen. Instinktiv klammerte sie sich mit beiden Händen an die Armlehnen ihres Stuhls und riss die Augen wieder auf.

„Svea ..."

Sie sahen sich an. Wahrscheinlich traute Dr. Heine sich nicht zu fragen, aber Svea konnte sich vorstellen, wonach das hier aussah: nach einer Panikattacke.

War es nicht.

Nur ihr Gewissen, das an die Oberfläche drängte. Das konnte sie Dr. Heine schlecht erklären, also schwieg sie ebenfalls.

„Du solltest für heute Schluss machen", sagte ihre Vorgesetzte sanft.

Svea schüttelte den Kopf, zwang sich zu einem verkrampften Lächeln. „Es geht schon. Ich brauche nur ein paar Minuten." Was sie nicht brauchte, war, jetzt nach Hause geschickt zu werden. Allein in ihrer Wohnung mit ihrem Gewissen.

„Svea, ich meine es ernst. Deine Gesundheit geht vor. Du kannst das Paper von zu Hause fertig schreiben. Und wenn es gar nicht geht, setze ich mich morgen eben dran." Sie hob die Hand, als Svea zu einem Widerspruch ansetzte. „Geh nach Hause. Ruh dich aus. In zehn Minuten will ich dich nicht mehr hier sehen." Sie zwinkerte Svea zu, wollte die Situation wahrscheinlich auflockern. Es gelang ihr nicht.

***

In Sveas Wohnung stapelten sich die ungelesenen Bücher; missglückte Versuche, diesen Zauber, die diese Geschichten früher auf sie ausgeübt hatten, wiederzubeleben. Früher, vor Jeremias, waren Romane ihre

Zuflucht, zeitweise sogar das Einzige gewesen, wofür sie gelebt hatte.

„Bücherwurm."

Anfangs nur ein freundschaftlich-neckischer Spitzname, von Karli ausgedacht, in den sich schon bald ein gemeiner Unterton gemischt hatte. Karli hatte mit dem Lesen nichts anfangen können, ganz anders als ihr Bruder Raik, der selbst unzählige Programmierfachbücher verschlungen hatte.

Plötzlich sah Svea sie alle wieder vor sich: Raik mit seinen runden Brillengläsern, der sich von seiner Schwester alles gefallen ließ. Rachida, die in jeder freien Minute am Lernen war.

Jeremias. Ein kühles Lächeln auf den Lippen, als er das erste Mal ihren Blick auffing. Die dunklen Augen voller Vorfreude, als er ihnen von dem Spiel erzählte.

Rachida. Das Gesicht verzweifelt und dann hasserfüllt, als sie begriff, dass keiner von ihnen für sie einstehen würde. Rachida ...

Svea warf einen prüfenden Blick auf ihr Handy. Fünf weitere Anrufe des unbekannten Anrufers. Sie hatte es auf stumm geschaltet, als sie das Forschungsinstitut verlassen hatte.

In diesem Moment ging ein weiterer Anruf ein.

Sveas Atem beschleunigte sich. Es war nicht Rachida, das wusste sie instinktiv. Auch wenn das die logischste Erklärung wäre. Rachida rief Svea regelmäßig an. Einmal im Monat. Diesen Monat stand der Anruf noch aus. Vielleicht hatte Rachida einfach eine neue Nummer?

Nein. Das hätte sie ihr vorher gesagt. Oder Svea hätte es auf WhatsApp gesehen. Rachida wusste, dass Svea grundsätzlich keine Anrufe von unbekannten Nummern annahm.

Vielleicht war es Raik, redete sich Svea ein. Aber wieso sollte er nach zehn Jahren plötzlich Kontakt zu ihr aufnehmen?

Der Anrufer hatte für den Moment aufgegeben. Doch Svea wusste, er würde es erneut versuchen.

Etwas stimmte nicht. Und dieser Gedanke trieb Svea tatsächlich an den Rand einer Panikattacke.

Sie musste herausfinden, was los war. Während sie wieder versuchte, Rachida zu erreichen, schaltete sie ihren Laptop ein. Rachidas Handy war immer noch aus.

Statt den USB-Stick vom Forschungsinstitut in den Laptop einzustecken und mit ihrem Paper weiterzumachen, rief Svea eine Internetsuchmaschine auf. Ihre Finger schwebten über den Tasten. Dann zwang sie sich, die Suchwörter einzutippen: *Nordsee, Gymnasiastin, verschwunden.*

Sie überflog die Ergebnisse und atmete auf.

Die Leiche war nach wie vor nicht entdeckt worden.

Das war alles, was sie hatte wissen wollen. Sie könnte den Browser schließen, die Anrufe ignorieren und an ihrem Paper weiterschreiben. Stattdessen klickte sie das erste Suchergebnis an. Es handelte sich um einen Nachrichtenartikel auf der Website einer kleinen, lokalen Zeitung, datiert auf den achten Juni dieses Jahres, also etwa fünf Monate alt. Bevor sie sich davon abhalten konnte, überflog sie die Zeilen:

Heute vor 10 Jahren verschwand die damals achtzehnjährige Marie-Luise spurlos. Das Mädchen besuchte die zwölfte Klasse des Lichtenberg-Gymnasiums. Am Abend ihres Verschwindens fand die Abschlussfeier der höheren Jahrgangsstufe statt, die auch mehrere von Marie-Luises Freunden besuchten. Laut Aussage der Eltern machte sich das Mädchen mit dem Fahrrad auf dem Weg zu ebendiesen Freunden und wurde danach nicht mehr gesehen. Ihr Fahrrad wurde später von der Polizei am Deich aufgefunden. Marie-Luises Freunde sagten aus, dass die Einserschülerin unter hohem Leistungsdruck stand, sodass die Polizei von einem Suizid ausging. Marie-Luises Eltern wohnen noch immer in dem Ort und haben die Hoffnung nicht aufgegeben, dass das Verschwinden ihrer Tochter irgendwann aufgeklärt wird.

Svea war schlecht. Das mit den Eltern hatte sie nicht wissen müssen. Was wohl schlimmer war? Sich Tag für Tag zu fragen, was passiert war, oder die Wahrheit zu kennen? Die Wahrheit ... Die kannte Svea ja selbst nicht. Das redete sie sich zumindest immer wieder ein.

Svea erinnerte sich noch allzu lebhaft an den Blick ihrer eigenen Mutter, als die Polizei damals ihr Mietshaus durchsucht hatte, weil sie alle ausgesagt hatten, dass sie dort gefeiert hatten.

Es hatte alles so schnell gehen müssen. Das Fahrrad. In Sveas Wohnzimmer den Anschein einer durchfeierten Nacht erwecken. Dann der Blick ihrer Mutter, die wusste, dass sie logen.

Aus den Augenwinkeln sah Svea, wie ihr Handy aufleuchtete. Wieder der unbekannte Anrufer.

Was, wenn es doch Rachida war? Die süße, liebe Rachida, die keiner Fliege etwas zuleide tun konnte.

Aber das stimmte nicht. Wer immer sie vorher gewesen waren, das Spiel hatte sie alle verändert, auch Rachida.

Diesmal gab der Anrufer nicht auf. Svea tat einen tiefen Atemzug und nahm den Anruf an.

Zuerst Stille.

Schließlich: „Svea."

Keine Frage. Eigentlich überhaupt keine Intonation. Trotzdem beinhaltete dieses eine Wort, ihr Name, so viele mögliche Implikationen, klang wie ein Versprechen und Vorwurf zugleich. Svea kannte nur eine Person, deren Stimme zu so etwas fähig war, und es war nicht Rachida. Es war die Person, mit der alles begonnen hatte.

KAPITEL 2

Zehn Monate vor der Nacht des letzten Spiels

Seit Jeremias auf der Farm wohnte, die früher seinen Großeltern gehört hatte, brauchte er mit dem Fahrrad statt 20 Minuten fast 45 zur Schule. Aber das kümmerte ihn nicht. Er war ohnehin früh wach und das Privileg, alleine zu leben – oder vielmehr, nicht mehr bei seinem Vater leben zu müssen –, war ihm den zusätzlichen Weg mehr als wert.

Als er das Schulgelände durch das verwitterte, metallene Tor betrat, standen überall Schülergrüppchen zusammen und tauschten sich über ihre Sommerferien aus. Jeremias schob sein Fahrrad an der Sporthalle vorbei und stellte es im dafür vorgesehenen Bereich neben unzähligen anderen ab.

Im klobigen Hauptgebäude wuchs das Schnattern der Schüler zu einem gleichmäßigen Hintergrundsummen an, das alle anderen Geräusche verschluckte.

Jeremias blickte zu der großen, runden Wanduhr, die über dem Schwarzen Brett hing. Noch fünf Minuten bis zum Beginn der ersten Stunde. Er machte sich auf den Weg zum Kaffeeautomaten.

„Hi", sagte eine gedämpfte Stimme neben ihm.

Jeremias musste nicht mal den Kopf drehen, um zu wissen, dass es Raik war, seine Schwester Karli im Schlepptau.

„Wie waren deine letzten Ferienwochen?"

Jeremias zuckte mit den Achseln, während er Münzen in den Automaten warf. „Wie immer." Obwohl er tatsächlich getan hatte, was er immer tat, entsprach die Antwort nicht ganz der Wahrheit. Er hatte gelesen, noch mehr gelesen, war die Felder entlanggelaufen, manchmal auch raus zu den Dünen. Aber die ganze Zeit über hatte ihn eine innere Unruhe begleitet, eine Rastlosigkeit, die nichts anderes war als aufgestaute Langeweile. Weil schon viel zu lange nichts Interessantes mehr passiert war. Jeremias wusste aus Erfahrung, dass diese Unruhe ihn nicht von alleine loslassen würde. Es musste etwas passieren.

Er nahm den Plastikbecher mit schwarzem Kaffee aus dem Automaten. „Und bei euch?"

„Es war toll!"

Zum ersten Mal sah Jeremias Raik ins Gesicht. Dafür musste er hochschauen, denn der andere Junge war gut eins neunzig groß. Die hellen Augen hinter den Brillengläsern strahlten schwärmerisch, während er sich mit einer Hand durch die zu langen Locken fuhr. „Echt, richtig super."

„Jetzt übertreib mal nicht", versetzte ihm seine Schwester sogleich einen Dämpfer. Sie reichte ihrem Bruder nicht mal bis zur Schulter. Das pechschwarz gefärbte Haar reichte ihr bis zum Kinn und verdeckte einen Großteil beider Wangen. „Ehrlich. Wer, der das Meer vor der Haustür hat, kommt schon auf die Idee, zum Urlaub an ein anderes Meer zu fahren?"

Das waren auch Jeremias' Gedanken gewesen, als er erfahren hatte, dass die Zwillinge in den Sommerferien mit ihrer Mutter für zwei Wochen an die Ostsee fahren würden.

„Ach komm, du hattest doch auch Spaß.“ Raik grinste noch immer. Anscheinend konnte ihm heute nichts so leicht die gute Laune verderben.

Aber sie hatten auch Tanja noch nicht gesehen.

Karli murrte unverständliche Wörter vor sich hin und Raik erwiderte etwas, doch Jeremias hörte nicht länger zu. Seine Gedanken schweiften zu der Idee, die ihm während der Ferien gekommen war. Er musste nur auf den richtigen Zeitpunkt warten.

„Hast du schon von der Neuen gehört?“, fragte Raik plötzlich. „Kommt auch in die Dreizehn.“

„Die Ärmste.“

Karli machte ein Geräusch, das sich wie ein unterdrücktes Kichern anhörte. Nie würde sie sich die Blöße geben, wegen einem seiner Kommentare offen zu lachen. Schließlich mochte sie ihn nicht und sie arbeitete hart daran, dass niemand das vergaß, am allerwenigsten sie selbst.

„Ach komm, wir sollten lieber nicht vom Schlimmsten ausgehen“, sagte Raik leise, doch klang nicht überzeugt.

Die Blicke der drei wanderten automatisch zu Anton Maack, ebenfalls aus derselben Jahrgangsstufe. Er saß allein auf der Bank, die am nächsten am Lehrerzimmer und dem Sekretariat lag. Wahrscheinlich gab ihm das ein Gefühl von Sicherheit oder vielleicht war es einfach Zufall. Er hatte sein Handy in der Hand, doch wenn man genau hinsah, bemerkte man, dass seine Augen immer wieder über die Schülermenge hinweghuschten, so als suchte er etwas. Oder jemanden.

Anton Maack war der letzte *Neue* gewesen. Seine Familie war vor einem guten halben Jahr zugezogen und er war schnell Opfer diverser Spötteleien geworden, wenn man das böse Wort „Mobbing“ vermeiden wollte.

Lag es daran, dass er neu war? Oder hatte Anton einfach das Pech, zu gut auszusehen und zu reiche Eltern zu haben? Jeremias tippte auf Letzteres. Seiner Erfahrung nach waren Neid und Eifersucht unter den Gründen, die Jugendliche gegeneinander aufbrachten, ganz vorne mit dabei.

***

Svea Mai.

So hatte sie der Mathelehrer vorgestellt. Das Mädchen selbst hatte kein Wort gesagt, sondern sich direkt auf den ihr zugewiesenen Platz schräg vor Jeremias gesetzt. Er hatte jedoch nicht den Eindruck, dass ihr Verhalten auf Schüchternheit zurückzuführen war.

Auf den ersten Blick wirkte sie komplett gewöhnlich, langweilig sogar. Die langen dunkelblonden Haare hatte sie zum Pferdeschwanz gebunden. Die blaue Jeans saß zwar eng, aber nicht so eng wie die der meisten anderen Mädchen der Jahrgangsstufe und sie trug kaum Make-up. Nein, ihr Aussehen hatte absolut nichts Außergewöhnliches an sich. Doch da war etwas anderes. Eine Unnahbarkeit, die sie ausstrahlte.

Der Mathekurs nahm seinen Lauf und obwohl Jeremias den Stoff schon konnte und dem Unterricht meist ohnehin nicht folgte, überraschte es ihn, wie oft sein Blick zu dem neuen Mädchen huschte. Im Gegensatz zu ihm schien sie dem Lehrer aufmerksam zuzuhören. Sie schrieb Notizen auf ihren Block, besah sich die betreffenden Seiten in ihrem Buch und rechnete brav die Aufgaben, wenn sie dazu aufgefordert wurden. Ihr Blick richtete sich allerdings nie auf einen ihrer Mitschüler. Ganz so, als wäre sie mit dem Lehrer allein im Klassenraum.

Gegen Ende der Doppelstunde, als Jeremias, mittlerweile genervt von sich selbst, die Augen von dem Mädchen abwandte, traf sein Blick den von Tanja. Sie saß auf der anderen Seite des Unterrichtszimmers, ihm genau gegenüber in der u-förmigen Tischanordnung. Sie hatte ihre dunkelrot gefärbten Locken hinter die Ohren gesteckt, sodass die vier kleinen Ringe in jedem Läppchen sichtbar wurden. Der Lippenstift auf den vollen Lippen war von exakt der gleichen Farbe wie ihre Haare.

Tanjas dunkle Augen lasteten mit einer Intensität auf Jeremias, die nur eines bedeuten konnte: Sie hatte seine Blicke bemerkt.

Kurz spürte er einen Stich Bedauern, wünschte sich für einen Moment, vorsichtiger gewesen zu sein. Dann war das ungewohnte Gefühl vorüber.

Nach der Stunde gesellte sich Rachida zu ihnen. Wie Raik und Karli zog sie es vor zu warten, bis alle anderen den Raum verlassen hatten. Alleine unter den durch den Flur strömenden Mitschülern war man ein allzu leichtes Ziel.

„Und, wie waren eure Ferien?“, fragte Rachida. Sie trug eine hochgeschlossene Bluse und einen Rock, der die Knie komplett verdeckte. Die flachen Schnürschuhe komplettierten das Streberoutfit, welches Rachidas Persönlichkeit perfekt wiedergab. Wenn man es schaffte, über die Kleidung hinwegzusehen, war Rachida ein hübsches Mädchen. Doch selbst die Jungs, die das erkannten, trauten sich nicht an sie heran – schließlich war sie eins von Tanjas Opfern. Jeremias selbst hatte schlichtweg kein Interesse. Obwohl er Rachidas sehnsüchtige Blicke spürte, sobald er nur den Mund aufmachte.

Er verdrehte die Augen als Antwort auf Rachidas Frage, während Raik begeistert zu erzählen begann. Jeremias warf einen letzten Blick auf die Neue, die es anscheinend nicht eilig hatte und in aller Ruhe ihre Schulsachen im Rucksack verstaute.

Raik schwatzte immer noch, als sie zu viert auf die Klassentür zusteuerten. Rachida hatte ein interessiertes Lächeln aufgesetzt und nickte höflich, doch die Art, wie sie mit dem Finger ihre langen schwarzen Haare zwirbelte, verriet, dass sie nicht zuhörte.

Raik wollte gerade durch die offene Tür gehen, da schlug diese ihm hart entgegen, mitten ins Gesicht. Schmerzerfüllt brüllte er auf. Von der anderen Seite der Tür war Kichern zu hören.

Tanja.

„Blöde Schlampe", zischte Karli. Jedoch zu leise, als dass es auf der anderen Seite der Tür zu hören gewesen wäre.

Raik schwankte.

Jeremias stützte ihn unter dem Arm und sah ihm prüfend ins Gesicht. „Die Brille ist kaputt." Immerhin blutete er heute nicht aus der Nase. Die Tür hatte ihn anscheinend an der Stirn erwischt.

„Hast du deine Ersatzbrille dabei?", fragte Karli.

Raik nickte und nahm die Hand vom Kopf. „Wie schlimm ist es?“

„Das wird ordentlich blau werden“, kommentierte Karli, öffnete routiniert Raiks Rucksack und hielt ihm ein Brillenetui hin.

Rachida hatte die Arme um sich geschlungen und sah zu Boden. Wahrscheinlich war sie insgeheim froh, dass es nicht sie selbst erwischt hatte.

Jeremias beobachtete, wie Raik nervtötend langsam seine Brille austauschte. Wie viel von der großen Pause war schon um? Fünf Minuten? Zehn? Sollte er sein Vorhaben verschieben? Sicher, er könnte ihnen auch in der nächsten Pause von dem Plan erzählen, den er sich in den Ferien zurechtgelegt hatte. Oder nach der Schule. Oder morgen. Das Einzige, was Jeremias unter Zeitdruck setzte, war seine eigene Ungeduld. Er sollte sich besser im Griff haben.

Jeremias sah prüfend zur Wanduhr, dabei streifte sein Blick die Neue. Für einen Moment sahen sie sich in die Augen. Ihm kam eine Idee. „Wenn du magst, kannst du dich in der Pause zu uns setzen.“

Die Neue antwortete nicht sofort. Sie schulterte ihren Rucksack und kam ein paar Schritte auf ihn zu. „Das ist echt nett von dir ... ähm ...“

„Jeremias.“

„Jeremias“, wiederholte sie langsam. Ihr Blick flackerte zu Raik, Karli und Rachida, dann richteten sich die grauen Augen wieder auf ihn.

Aus der Nähe fiel ihm auf, wie symmetrisch ihr Gesicht war. Wie gut alles zueinanderpasste. Sie war hübsch, auf eine andere Art als Rachida. Auf eine Art, die Jeremias nicht beschreiben konnte.

„Das ist wirklich nett von euch“, wiederholte sie. „Aber ich hab in der Pause was zu tun.“

„Was denn?“, fragte Jeremias und es fiel ihm nicht schwer, Interesse in seine Stimme zu legen. Er wollte wirklich wissen, was für eine Lüge sie sich ausdenken würde.

„Ich muss lernen. Ich ... hab noch einiges nachzuholen. An meiner alten Schule waren wir mit dem Stoff noch nicht so weit.“

Jeremias nickte verständnisvoll.

„Aber ... vielen Dank“, sagte die Neue zum dritten Mal. Und schob sich an ihnen vorbei.

***

„Ich finde sie klasse“, sagte Karli kauend zwischen zwei Brötchenbissen. „Obwohl sie ein Bücherwurm ist.“

Sie saßen zu viert an einem Tisch in der Nähe der Cafeteria. Der lauteste Ort der ganzen Pausenhalle, aber nur von hier konnte man die fünf Nischentische überblicken, die sich an die gegenüberliegende Wand reihten.

Karli grinste Jeremias an. „Ich hoffe, du nimmst deine Abfuhr nicht zu schwer.“

Jeremias warf ihr einen Blick zu, doch Karli zuckte bloß mit den Achseln und widmete sich wieder ihrem Brötchen.

Tatsächlich saß die Neue ganz allein am zweiten Nischentisch von links, vor sich ein Buch aufgeklappt, das Kinn in eine Hand gestützt. Die andere Hand hielt einen Becher mit Kakao. Jeremias konnte es aus der Entfernung nicht genau erkennen, aber er hätte schwören können, dass es sich bei dem Buch nicht um ein Schulbuch handelte.

Sie wollte keine Freunde, das war offensichtlich. Warum, spielte im Grunde keine Rolle. Es rang Jeremias Respekt ab, wenn jemand sich selbst genug war, das ewige Spiel aus sozialer Anbiederung und dem Ringen um Anerkennung nicht mitspielen wollte. Und Jeremias hätte sie in Ruhe gelassen, wenn er gekonnt hätte. Aber dafür war es zu spät.

Der Beweis dafür näherte sich bereits in Form von Tanja und ihren Freunden, die auf den Tisch der Neuen zusteuerten. Sie waren, wie so oft, zu fünft unterwegs. Tanja schritt selbstsicher vorneweg; der Karorock entblößte bei jedem Schritt große Risse in der schwarzen Leggins hinten an den Oberschenkeln. Sie stützte beide Hände auf den Tisch und ihre kinnlangen Haare fielen ihr ins Gesicht. Während sie die Neue angrinste, bezogen ihr Freund Berat sowie die anderen drei, zwei Mädchen und ein Junge, hinter ihr Stellung.

„O nein", flüsterte Rachida neben Jeremias.

„Also doch", stieß Raik hervor. Seine Stirn hatte sich an der Stelle, an der ihn die Tür getroffen hatte, bereits dunkelblau verfärbt und war unter dem rotblonden Haar deutlich zu sehen. Bald würde ihn ein Lehrer fragen, was passiert war. Und Raik würde sich aus Angst eine Lüge ausdenken.

„Wüsste zu gern, was die Neue Tanja getan hat", sagte Karli und klang ehrlich überrascht. „Sie ist nicht mal reich und super aussehen tut sie auch nicht. Wahrscheinlich hat sie außer uns bisher niemand auch nur bemerkt."

Tanja sprach die Neue an und diese antwortete. Ein kurzer Wortwechsel folgte, zu leise, als dass Jeremias ihn hätte verstehen können. Tanjas Grinsen erlosch. Mit einer schnellen Bewegung riss sie dem anderen Mädchen den Becher aus der Hand und kippte den Kakao genüsslich über dem Kopf der Neuen aus. Die braune Flüssigkeit tränkte das dunkelblonde Haar, floss auf die hellblaue Strickjacke und tropfte auf die Buchseiten. Lachend warf Tanja dem Mädchen den leeren Becher an den Kopf und wandte sich ab.

Die Neue saß bewegungslos da. Der Schock, vermutete Jeremias. Würde sie gleich in Tränen ausbrechen? Er beobachtete, wie sie ein paarmal schnell blinzelte. Sie hatte sich bemerkenswert gut im Griff. Wenn ihr nach Heulen zumute war, ließ sie es sich jedenfalls nicht anmerken.

Langsam griff sie in ihren Rucksack, zog ein paar Taschentücher hervor und begann, den Kakao von den Buchseiten zu wischen. Erst danach widmete sie sich ihrer Strickjacke, die jedoch nicht mehr zu retten war. Schließlich sammelte sie ihre Sachen ein und machte sich auf den Weg zu den Toiletten, vermutlich um mit Wasser zu versuchen, was mit Taschentüchern alleine nicht geglückt war.

Tanjas schrilles Lachen begleitete die Neue, bis die Tür der Mädchentoiletten hinter ihr zugefallen war.

„Meint ihr, sie kommt nach der Pause zum Unterricht?", fragte Rachida.

„Quatsch, hast du gesehen, wie die aussah?", meinte Karli.

Jeremias lächelte. „Doch, das wird sie." Sie würde sich nicht so leicht unterkriegen lassen.

Und er selbst würde sich in Geduld üben. Denn die Neue passte perfekt in sein Vorhaben.

***

Jeremias behielt recht. In Chemie saß sie im T-Shirt und mit feuchten, aber kakaofreien Haaren an ihrem Platz. Wie schon in Mathe arbeitete sie aufmerksam mit, meldete sich jedoch ab und zu, was sie in der vorherigen Stunde nicht ein Mal getan hatte. Sobald sie sprach, fingen Tanjas Freunde an zu kichern. Doch das schien die Neue nur zu ermutigen, sich noch öfter am Unterricht zu beteiligen. Sie blickte sich nie nach den Urhebern des Kicherns um, sondern saß mit geradem Rücken und erhobenem Kinn an ihrem Tisch. Nein, sie würde es Tanja und ihren Freunden nicht zu leicht machen. Sie wehrte sich, genau so, wie Jeremias sie eingeschätzt hatte.

Auf dieselbe Weise kämpfte sie sich durch Englisch und Bio.

Dann war die achte und letzte Stunde endlich vorbei. Wachsam durchschritten Jeremias, Raik, Karli und Rachida zuerst die Pausenhalle und anschließend den Schulhof.

„Geschafft“, schnaufte Karli, als sie alle unbehelligt das Schulgelände verlassen hatten.

„Hat jemand Lust, noch ein Eis essen zu gehen?“, fragte Rachida, der ebenfalls die Erleichterung ins Gesicht geschrieben stand.

„Leute“, flüsterte Raik plötzlich. „Da drüben hinter der Hecke steht jemand.“

„Schnell, wir nehmen die andere Richtung“, meinte Rachida und die drei wandten sich schon zum Umkehren, als Jeremias der Pferdeschwanz hinter der Hecke ins Auge stach. „Das ist nicht Tanja.“

Er ging weiter, bis er die Person, die dort gewartet hatte, vollständig sehen konnte. Sie hatte auf *ihn* gewartet, daran hegte er keinen Zweifel.

Die Neue sah ihn an. Ihr Blick war fest, entschlossen. „Wegen deines Angebots vorhin ...“

Alles fügte sich wie erwartet zusammen. „Wir wollten gerade Eis essen gehen“, sagte Jeremias. „Willst du mitkommen?“

Svea nickte.

Jeremias lächelte.

KAPITEL 3

Gegenwart

„Svea“, wiederholte Jeremias.

Sie wollte auflegen, doch ihr Körper gehorchte ihr nicht mehr. So konnte sie nur dastehen, das Telefon am Ohr, und nichts dagegen tun, dass mit Jeremias’ Stimme die Zeit zurückgedreht wurde. Sie war wieder achtzehn und wünschte sich nichts sehnlicher, als den ganzen Tag dieser Stimme zu lauschen. Jede freie Minute mit ihm zu verbringen. Bis sie es nicht mehr mit ihrem Gewissen hatte vereinbaren können.

Svea tat einen tiefen Atemzug. Sie war nicht mehr achtzehn. Und Jeremias’ Stimme nur das: eine Stimme an einem Telefon.

Während Svea ihre Gedanken sortierte, schwieg Jeremias am anderen Ende der Leitung. Er hatte viele Schwächen, aber Ungeduld gehörte nicht dazu.

„Was ist passiert?“ Jeder andere hätte diese Frage, ohne jegliche vorangestellte Begrüßung oder Einleitung, vermutlich seltsam gefunden. In diesem Gespräch war es die einzige Äußerung, die Sinn machte.

„Rachida ist verschwunden.“

„Wie, verschwunden?“

„So verschwunden, dass ihr Verlobter die Polizei gerufen hat.“

Svea tastete mit der freien Hand nach ihrem Schreibtischstuhl und setzte sich. Die Gedanken wirbelten in ihrem Kopf durcheinander, ohne dass sie einen davon hätte fassen können. Geschweige denn sie alle zu einem sinnvollen Bild hätte zusammensetzen können. Rachida hatte sie diesen Monat nicht angerufen. Weil sie *verschwunden* sei. Sagte Jeremias. Jeremias, der sie angerufen hatte. Das erste Mal seit zehn Jahren.

Sie legte das Handy vor sich auf den Schreibtisch und presste ihre Handflächen auf die geschlossenen Augenlider. Alles drehte sich.

„Svea?“, drang Jeremias’ Stimme dumpf aus ihrem Handy.

Langsam stieß sie die Luft aus. „Woher weißt du das alles?“, fragte Svea, als sie das Smartphone wieder ans Ohr gehoben hatte.

„Du bist nicht die Einzige, mit der Rachida Kontakt hatte.“

„Du ...? Wieso?“ Kurz regte sich eine absurde Empfindung in Svea, ein Gefühl des Ausgeschlossenseins. Rachida hatte bei ihren Anrufen nie erwähnt, dass sie mit Jeremias in Kontakt stand. Wieso hatte sie ihr das verschwiegen? Und Raik? Karli, Anton? Hatten sie alle untereinander Kontakt gehalten? Ohne dass sie, Svea, davon gewusst hatte?

Albern. Sie reagierte ja wie ein Schulmädchen. Und wenn die anderen sich in den letzten zehn Jahren regelmäßig getroffen hätten, ginge es sie nichts an. Sie hatte keinen Kontakt gewollt. Wollte ihn noch immer nicht.

„Hast du meine Nummer von Rachida?“, fragte Svea.

„Ja.“

„Wie hast du von ihrem ... Verschwinden erfahren?“

„Ich konnte sie nicht erreichen, also habe ich bei ihrer Wohnung vorbeigeschaut. Sie war nicht zu Hause, dafür ihr Verlobter. Der wohnt in einer anderen Stadt, aber als er ein paar Tage lang nichts von Rachida gehört hatte und sie nicht auf seine Anrufe reagierte, ist er zu ihr gefahren. Er hat einen Schlüssel für die Wohnung und es sah aus, als wäre Rachida tagelang nicht mehr dort gewesen. Die halb volle Teetasse auf dem Küchentisch hatte Schimmel angesetzt. Da hat er auf ihrer Arbeitsstelle angerufen und erfahren, dass sie bereits seit vier Tagen nicht mehr dort war. Und er hat die Polizei informiert", endete Jeremias seine Berichterstattung. Seine Stimme war vollkommen emotionslos.

„Mein Gott ...", entfuhr es Svea.

„Die Polizei befragt derzeit Freunde und Kollegen, scheint aber noch keine Spur zu haben. Das ist zumindest das, was der Verlobte mir heute erzählen konnte."

So sehr sich Svea das Hirn zermarterte, ihr fiel kein plausibler Grund ein, aus dem jemand – Rachida – einfach so verschwinden würde. Außer ...

Svea versuchte, das Gedankenkarussell zu stoppen. Die Polizei befasste sich mit Rachidas Fall. Sie würden schon herausfinden, was passiert war. Kein Grund durchzudrehen.

Allerdings wusste Svea aus Erfahrung, dass die Polizei nicht immer die Wahrheit ans Licht brachte. Und manchmal blieben Menschen verschwunden. Todesfälle wurden nicht aufgeklärt.

„Wieso hast du mich angerufen?", fragte sie endlich. Die Frage, die sie gleich am Anfang hätte stellen sollen. Und deren Antwort sie im Grunde schon kannte.

Jeremias lachte freudlos auf.

Es war dasselbe Lachen, mit dem er vor zehn Jahren Antons Drängen, die Polizei zu rufen, quittiert hatte. Nachdem sie Marie-Luise gefunden hatten.

Svea wurde eiskalt. „Du glaubst, es hat etwas mit ... *damals* zu tun?"

„Du solltest herkommen. Ich schick dir die Adresse." Jeremias legte auf.

Svea saß noch lange da und lauschte dem schnellen Tuten ihres Handys.

***

Es war ganz wie früher. Was Jeremias befahl, das tat man, dachte Svea, als sie am nächsten Morgen frierend in ihren schwarzen Nissan Micra stieg. Sie hätte ihren Wintermantel mitnehmen sollen. Wenn sie hier schon fror, war es in Bremen vermutlich kaum auszuhalten. Aber um noch einmal zurück in ihre Wohnung zu gehen und den Mantel zu holen, fehlte ihr die Energie. Immerhin hatte sie ihre gefütterten Stiefel an.

Svea hatte die ganze Nacht gegrübelt, ob sie tatsächlich fahren sollte. Aber sie schuldete es Rachida. Nach dem, was sie von Jeremias erfahren hatte, konnte sie unmöglich zu Hause bleiben und so tun, als wäre alles in Ordnung.

Sie schob sich hinters Lenkrad, eigentlich zu müde, um die nötige Aufmerksamkeit für eine stundenlange Autobahnfahrt aufbringen zu können. Die Umhängetasche, in die sie eilig ein paar Kosmetika und Unterwäsche zum Wechseln gepackt hatte, warf sie auf den Beifahrersitz. Allerhöchstens eine Nacht. Sie würde herausfinden, was mit Rachida los war, und sich spätestens morgen auf den Weg zurück nach Hause machen. Keine Sekunde länger als nötig würde sie sich in Jeremias' Nähe aufhalten.

Als Svea, kaum dass sie auf die Autobahn gefahren war, zum ersten Mal im Stau stand, überprüfte sie kurz ihr Handy. Sie hatte eine Sprachnachricht von Dr. Heine. Sie habe ihre Nachricht bekommen und vollstes Verständnis dafür, dass sie sich heute freinahm. Selbstverständlich stelle sie selbst den Artikel fertig. Kein Problem und gute Besserung.

Von Rachida noch immer nichts.

Wie absurd das alles war. Seit zehn Jahren versuchte sie, die Vergangenheit hinter sich zu lassen. Und Jeremias musste nur mit dem Finger schnippen und schon sprang sie wie eine Idiotin in ihr Auto. Wobei *hinter sich lassen* die falsche Bezeichnung war. Es stimmte, ein Teil von ihr wollte alles am liebsten vergessen. Wünschte sich, Jeremias niemals begegnet zu sein. Allerdings war das auch der Teil von ihr, der sich selbst belog. Das Abschlussjahr war das erste und letzte Mal in Sveas Leben gewesen, dass sie Freunde gehabt hatte. Karli, Raik, Rachida. Und Jeremias. Der Einzige, der sie jemals wirklich durchschaut und sie so akzeptiert hatte, wie sie war. Doch das hatte seinen Preis gehabt. Einen Preis, der viel zu hoch gewesen war, wie sich bald herausgestellt hatte.

Sie, auf der anderen Seite, hatte Jeremias nie richtig gekannt. Sie hatte es geglaubt, natürlich, war sich so sicher gewesen, ebenfalls die Einzige zu sein, die ihn verstand. Nur um in der Nacht des letzten Spiels festzustellen, dass sie keine Ahnung hatte, wer er wirklich war.

Aber Svea konnte das Gefühl nicht abschütteln, dass es diesmal nicht um Jeremias ging. Sie lächelte bitter. Zumindest nicht nur. Wenn sie ehrlich war, hatte alles in ihrem Leben, jede Entscheidung, die sie seit ihrem achtzehnten Lebensjahr getroffen hatte, auf die eine oder andere Weise mit Jeremias zu tun gehabt. Sie musste Rachida finden, natürlich. Das war das Allerwichtigste. Und trotzdem war da noch etwas anderes.

***

Nachdem Svea in Bremen von der Autobahn gefahren war, folgte sie ihrem Handynavi zu der Adresse, die Jeremias ihr per Textnachricht geschickt hatte. Rachidas Wohnung lag im ersten Stock eines Eckhauses in einer 30er-Zone. Svea fand einen Parkplatz und stieg aus dem Auto. Von Jeremias keine Spur.

Svea ignorierte den Stich der Enttäuschung und näherte sich dem Haus. In der Wohnung, die Rachidas sein musste, brannte Licht. War sie wiederaufgetaucht? Hoffnung ließ Sveas Herz schneller schlagen. Vielleicht war alles nur ein Missverständnis gewesen.

Svea schluckte und näherte sich den Klingelschildern. Es gab nur sechs davon, alle einheitlich und mit schwarzer Schrift auf silbernem Hintergrund. Svea fand Rachidas Nachnamen: Ullmann.

Sie streckte die Hand nach der Klingel aus.

„Was glaubst du, was du da tust?"

Seine Stimme jagte einen Schock durch Sveas Körper. Ohne sich bewusst dazu entschieden zu haben, zog sie ihre Hand von den Klingeln zurück und wandte sich um.

Er stand kaum zwei Meter von ihr entfernt, wie eine Illusion, ein Traum. Doch in ihren Träumen war er stets ein neunzehnjähriger Junge gewesen, mit unordentlichen dunkelbraunen Haaren, die er niemals frisierte und die ihm ständig in die Augen fielen. Ein Junge, der zu jeder Jahreszeit die gleichen abgenutzten Sneakers trug. Sie hatte niemals ein neues Kleidungsstück oder etwas mit Markennamen an ihm gesehen.

Jetzt stand ein erwachsener Mann vor ihr, dessen Züge nichts Weiches oder Kindliches mehr an sich hatten. Schon früher hatte Jeremias ein ernstes Gesicht gehabt, aber die braunen Augen hatten ein begeistertes Strahlen besessen, das Svea und die anderen allzu leicht mitgerissen hatte. Jetzt wirkte er müde. Dunkle Schatten lagen unter seinen Augen, das Haar war kürzer, ordentlicher. Er trug dunkelblaue Jeans und einen teuer wirkenden schwarzen Mantel.

Svea machte unwillkürlich einen Schritt auf Jeremias zu, stoppte dann jedoch abrupt. Sie wollte ihn umarmen. Wollte ihn anfassen, sich davon überzeugen, dass er wirklich echt war. Wollte dieses Kribbeln spüren, das sich immer in ihrem ganzen Körper ausgebreitet hatte, wenn er ihr zu nahe gekommen war. Wollte sich endlich wieder lebendig fühlen. Gleichzeitig musste sie den Drang niederkämpfen, vor ihm davonzulaufen.

„Du wolltest klingeln", stellte Jeremias fest.

Svea vergrub ihre Hände in den Jackentaschen, damit er nicht sah, wie sie sie zu Fäusten ballte. Zehn Jahre. Und das war alles, was er ihr zu sagen hatte?

„Ich wollte deine Geschichte überprüfen."

Seine Augen bohrten sich in ihre, als wollte er alle dahinter verborgenen Geheimnisse an die Oberfläche zerren. Schon damals hatte er sich an ihr die Zähne ausgebissen.

„Nur zu."

„Ich brauche deine Erlaubnis nicht." Svea wandte ihm den Rücken zu. Keine Sekunde länger konnte sie dieses amüsierte Lächeln ertragen, das ihre letzte Bemerkung ihm entlockt hatte.

Sie klingelte. Es dauerte einen Moment, bis sich eine männliche Stimme meldete. „Hallo?"

„Hallo", sagte Svea. „Ich wollte zu Rachida." Sie hörte Schritte und spürte im nächsten Moment Jeremias neben sich. Viel zu nah. „Hallo? Sind Sie noch da?", fragte sie, als keine Reaktion aus der Sprechanlage kam.

„Ich komme runter."

Svea trat einen Schritt zur Seite, brachte Abstand zwischen sich und Jeremias, und blickte am Gebäude hoch. Zählte die Sekunden. Trat von einem Bein aufs andere. Sie wollte nicht mit Jeremias allein sein.

Ein Mann in etwa ihrem Alter trat aus dem Hauseingang. Er wirkte übernächtigt, sein Gesicht war fahl. Die blonden Haare sahen aus, als wären sie seit Tagen nicht mehr gewaschen worden, und er trug einen grauen Jogginganzug, in dessen Hosentaschen er die Hände vergraben hatte.

„Ach, Sie sind's", sagte er müde zu Jeremias. „Es gibt noch nichts Neues."

Jeremias nickte mit verständnisvoller Miene.

„Sie sind Rachidas Verlobter?", fragte Svea.

„Robin Anthauer." Er gab Svea die Hand. „Sind Sie auch eine alte Studienfreundin von Rachida?"

Svea warf Jeremias einen Blick zu. Studienfreundin?

Jeremias verzog keine Miene.

„Nein, ich kenne sie noch aus der Schule. Wir ... haben uns schon länger nicht mehr gesehen, aber wir haben regelmäßig telefoniert."

Jeremias sagte nichts, gab keinen Laut von sich. Trotzdem spürte sie sein Missfallen darüber, dass sie die Wahrheit so sorglos preisgab.

„Ach so?", sagte Rachidas Verlobter nur.

„Haben Sie wirklich keine Idee, was passiert sein könnte?"

Robin Anthauer schien aus seiner Starre zu erwachen. Zum ersten Mal wirkten die blauen Augen lebendig. Und wütend. „Entschuldigen Sie, ich habe Ihren Namen nicht verstanden."

„Svea Mai." Sie hielt dem feindseligen Blick stand, obwohl es alles andere als einfach war. Sie wollte sein Leid durch ihre Fragerei nicht noch vergrößern, aber sie hatte keine Wahl. Wenn jemand etwas wusste, dann dieser Mann, die Person, die Rachida am nächsten stand. „Hatte Rachida vielleicht Schwierigkeiten auf der Arbeit?"

„Ich ... Nein, zumindest hat sie nie was gesagt."

Svea atmete tief ein. Es musste einen Grund für Rachidas Verschwinden geben, es musste einfach. Eine Erklärung, die nichts mit damals zu tun hatte. „Hatten Sie ... Ich meine ..." Svea rang mit sich. „Gab es in letzter Zeit vielleicht Streitigkeiten zwischen ...?" Ein Blick in das gequälte Gesicht von Robin Anthauer ließ sie abbrechen.

„Zwischen mir und Rachida?", fragte er leise.

„Es tut mir leid. Wirklich. Ich will nur ..."

„... herausfinden, was mit ihr passiert ist." Die Wut war aus den blauen Augen gewichen. Er seufzte. „Nein, wir hatten keine Probleme. Zumindest nicht, dass ich wüsste."

„Es tut mir leid", sagte Svea abermals. Diesmal meinte sie nicht die unsensiblen Fragen, die sie ihm gestellt hatte.

„Vielen Dank für Ihre Zeit, Herr Anthauer", schaltete sich Jeremias ein. „Wenn Rachida wieder auftaucht, würden Sie mich bitte anrufen? Wir machen uns wirklich große Sorgen um sie."

Robin Anthauer nickte.

Jeremias lächelte ihm zu, dann legte er einen Arm um Svea und führte sie vom Haus weg. Widerstrebend ging sie mit. Erst als sie um die Ecke gebogen waren und sich außer Sichtweite des Hauseingangs befanden, schüttelte sie ihn ab. „Mein Auto steht da hinten."

„Du hättest ihm nicht deinen Namen nennen sollen."

„Ich vermute, du hast ihm nicht deine echte Handynummer gegeben", spottete Svea.

„Natürlich nicht."

„Sie werden ohnehin früher oder später auf uns kommen, Jeremias."

„Ich bitte dich. Eine erwachsene Frau, die verschwindet. Wahrscheinlich hatte sie ihre Arbeit satt oder einen Geliebten oder beides und wollte einfach ein neues Leben anfangen."

„Das glaubst du?"

„Nein. Aber die Polizei vielleicht. Zumindest bis Robin Anthauer ihnen erzählt, dass ihm eine gewisse Svea Mai wegen dem Verschwinden seiner Verlobten eine Szene gemacht hat. Und sie dahinterkommen, dass an derselben Schule und zur selben Zeit, zu der ihr beide dort wart, ein Mädchen gestorben und ein weiteres verschwunden ist." Jeremias' Stimme war zum Ende hin schneller geworden. Er war wütend.

„Vielleicht ist es besser so."

„Was?"

Svea sah ihm in die Augen. „Dass endlich alles rauskommt." Und sie vielleicht irgendwann ein normales Leben führen konnte.

Jeremias musterte sie. „Um das zu verhindern, bin ich hier."

„Wie bitte?"

„Du hast mich schon verstanden, Svea." Seine Augen waren kalt geworden. „Rachida war Krankenschwester, wusstest du das? Dabei hatte sie immer Ärztin werden wollen."

„Und?" Svea konnte nicht verhindern, dass ihre Stimme lauter wurde. „Du weißt doch, dass ihr Schnitt zu schlecht war."

Jeremias schüttelte den Kopf. „Das war es nicht. Sie hätte ein paar Wartesemester ableisten oder nach der Ausbildung Medizin studieren können. Hat sie aber nicht. Sie hatte eindeutig ein schlechtes Gewissen. Ich habe sie vor einiger Zeit zufällig wiedergetroffen und wir haben über früher geredet. Sie hat sich schuldig gefühlt."

„Wir fühlen uns alle schuldig, Jeremias!" *Außer dir*, dachte sie.

„Bei Rachida war es anders. Es hörte sich an, als meinte sie etwas Konkretes", sagte er nachdenklich, nur um anschließend wieder Svea zu fixieren. „Du weißt nicht zufällig, was das sein könnte?"

„Etwas, weswegen Rachida sich schuldig fühlt?" Außer der Tatsache, dass sie ein Spiel gespielt hatte, das ein, vielleicht sogar zwei Menschen ihr Leben gekostet hatte? Svea dachte ernsthaft über die Frage nach und schüttelte dann den Kopf. „Nein. Du glaubst, das könnte der Grund für ihr Verschwinden sein?"

„Ich glaube, sie hat sich unglaublich schuldig gefühlt. So sehr, dass sie es nicht mehr ertragen konnte."

Svea brauchte einen Wimpernschlag, um zu verstehen, was er ihr damit sagen wollte. „Nein. Nein."

„Fällt dir eine andere Erklärung ein, wieso sie einfach so verschwinden sollte?"

„Rachida hat sich nicht umgebracht!" Das konnte nicht sein. Durfte nicht sein. Svea zitterte am ganzen Körper.

Jeremias sah sie nur an, sagte jedoch nichts.

Sein Schweigen machte Svea noch wütender. „Warum bist du hier, wenn du das wirklich glaubst? Wenn du meinst, schon zu wissen, was passiert ist?"

Jeremias zuckte mit keiner Wimper. „Stell dir vor, die Polizei findet Rachidas Handy bei ihrer Leiche. Dann wissen sie, dass sie mit dir, mir und wer weiß wem noch Kontakt hatte. Das könnte alles wieder aufrollen. Wobei das jetzt, nach deiner Unvorsicht gegenüber dem Verlobten, vielleicht ohnehin egal ist."

Svea rauschte das Blut in den Ohren. Würde Jeremias das wirklich tun? Wenn er recht hatte und Rachida tot war, würde er es fertigbringen, ihr Handy zu nehmen und es verschwinden zu lassen? Svea starrte Jeremias in die Augen. Würde er. Sie drehte sich um und ging wortlos zu ihrem Auto.

Jeremias kam ihr nicht nach.

***

Svea war schon fast auf der Autobahn gewesen, entschlossen, zurück nach Frankfurt zu fahren, doch hatte wieder umgedreht und sich in einem kleinen Hotel außerhalb eingemietet. Sie konnte noch nicht nach Hause. Zuerst musste sie eine Entscheidung treffen. Und es war eine wichtige Entscheidung. Vielleicht die Entscheidung ihres Lebens.

Svea rollte sich von der Seite auf den Rücken. Das Single-Bett quietschte unter der Bewegung. Sie starrte an die Decke. Richtig und falsch. War es wirklich so einfach? Jeremias hatte sich kein bisschen verändert. Für ihn war Rachida keine alte Freundin, sondern nur noch ein Ding, das Unannehmlichkeiten bereiten konnte. Wenn Svea jetzt zur Polizei ginge, ihnen alles erzählte, würden sie Rachida finden? Lebend?

Auch wenn Svea der Gedanke zutiefst widerstrebte, machte Jeremias' Vermutung Sinn. Wieso sollte Rachida einfach so verschwinden? Außer, sie hatte sich tatsächlich das Leben genommen.

Was wäre in dem Fall richtig und falsch? Rachida würde nicht wollen, dass alle die Wahrheit erfuhren. Dass alle, die Rachida etwas bedeutet hatten, einschließlich ihres Verlobten und ihrer Familie, herausfanden, was sie damals getan hatten.

Aber was, wenn Rachida noch lebte?

Es war alles ihre Schuld. Svea schloss die brennenden Augen. Im nächsten Moment lösten sich die ersten Tränen. Ungläubig befühlte Svea die Nässe, die sich von ihren Wimpern über die Schläfen bis ins Kissen ausbreitete. Das letzte Mal hatte sie vor zehn Jahren geweint. Damals, als sie die schlimmste Entscheidung ihres

Lebens getroffen hatte. Um jemanden zu schützen, von dem sie nicht einmal sicher wusste, ob er schuldig war. Und der, wenn er es war, ihren Schutz nicht verdient hatte.

Svea setzte sich mit einem Ruck auf. Plötzlich wusste sie, wieso sie hergekommen war. Weil dies die Gelegenheit war, alles in Ordnung zu bringen. Sie musste zur Polizei gehen. Wenn auch nur die kleinste Chance bestand, dass Rachida noch am Leben war, musste sie ihr Möglichstes tun, um sie zu finden.

Sveas Hände zitterten so stark, dass sie die Arme kaum in die Jacke bekam. Noch länger dauerte es, bis sie es schaffte, ihre Stiefel zuzubinden.

Heute würde alles enden.

Svea griff nach ihrem Smartphone. Im selben Moment leuchtete das Display auf. Eine WhatsApp-Nachricht.

Von Rachida.

Mit klopfendem Herzen entsperrte Svea den Bildschirm. Es war keine Nachricht. Sondern ein Foto. Das Foto eines silbernen, vierblättrigen Kleeblatts. Und darunter seltsame dunkelgraue, längliche Gebilde, aus denen Sveas Gehirn im ersten Moment keinen Sinn machen konnte.

Als sie verstand, ließ sie ihr Handy fallen.

KAPITEL 4

Acht Monate vor der Nacht des letzten Spiels

Svea konnte nicht aufhören, an ihn zu denken. Seit ihrem ersten Schultag, seit er sie zum ersten Mal angesprochen hatte, seit sie auf sein Angebot, mit ihm und seinen Freunden Eis essen zu gehen, eingegangen war, dachte sie unentwegt an ihn. Morgens, wenn sie aufwachte, sah sie als Erstes seine kühlen Augen vor sich, und abends, bevor ihr Verstand in den Schlaf abdriftete, war es sein Lächeln, das sie mit in ihre Träume nahm. Das Leben hatte mehr Konturen bekommen, war bunter, realer geworden. So, als wäre sie vorher schlafgewandelt und nun aufgewacht.

Vor Jeremias war der Gedanke an ihre Bücher das Einzige gewesen, das sie morgens hatte aufstehen lassen. Seit einer Woche, seit sie ihn kannte, hatte sie keinen ihrer Romane mehr angefasst. Es gab so viele andere, wichtigere Dinge. Svea ging nach der Schule nicht mehr nach Hause. Sie streifte mit Jeremias, Karli, Raik und Rachida durch den Ort, ließ sich das beste Café und die günstigste Eisdiele zeigen. Saß mit ihnen am Hafen oder am Strand und machte sich über die Spätsommertouristen lustig. Das waren die besten Stunden, wenn sie alle zusammen waren. Wenn sie Jeremias' raren, aber wohl platzierten Kommentaren lauschen konnte, die jede Unterhaltung so viel interessanter machten.

Wenn sie hin und wieder seinen Blick auffing, manchmal auch ein anerkennendes Lächeln. Sogar die Kabbeleien zwischen Jeremias und Karli genoss Svea.

Anfangs hatte sie sich gefragt, warum Raiks Schwester überhaupt Zeit mit ihnen verbrachte, obwohl sie Jeremias nicht leiden konnte. Doch schon nach wenigen Tagen meinte Svea begriffen zu haben, dass Karli Jeremias sehr wohl respektierte. Dafür, dass Tanjas Gruppe es nicht wagte, mit Jeremias so umzuspringen wie mit allen anderen. Sie ließen ihn in Ruhe. Sogar Tanja schien Jeremias eine gewisse Achtung entgegenzubringen. Also ertrug Karli seine Nähe, denn ohne diese würden die Gemeinheiten mit Sicherheit noch um einiges heftiger ausfallen.

Leider war die Zeit, die sie alle zusammen verbrachten, rar. Meist verabschiedete sich Jeremias ein oder zwei Stunden nach Schulschluss von den anderen. Wohin er ging oder was er vorhatte, sagte er nie.

Während Rachida mutmaßte, Jeremias' Vater, der Pfarrer, spanne ihn regelmäßig für Gemeindeaktivitäten ein, meinte Karli spöttisch, Jeremias könne die Anwesenheit von normalen Jugendlichen wie ihnen nur bedingt ertragen.

Auch Rachida machte sich meist kurz nach Jeremias auf den Heimweg, um zu lernen, obwohl sie in jedem Fach Spitzennoten hatte. Sie wolle wie ihr Vater Medizin studieren, erklärte sie den anderen bei jeder sich bietenden Gelegenheit. Und dafür brauche man eben nicht nur einen guten, sondern einen super Schnitt.

„Ist dir schon mal aufgefallen, dass sie nie lernen muss, solange Jeremias noch da ist?", meinte Karli eines Tages zu Svea, als Rachida wieder einmal zehn

Minuten nach Jeremias aufgebrochen war. Bedeutungsschwer hob sie die Augenbrauen.

So blieb Svea meist mit den Zwillingen zurück. Ihre neuen Freunde. Die ersten Freunde, die sie je gehabt hatte. Sie mochte Karlis Art, die Dinge beim Namen zu nennen, und Raiks vernünftige Ausgeglichenheit. Aber sie waren eben nicht Jeremias.

***

Svea saß mit überkreuzten Beinen auf dem nagelneuen Sofa, das ihre Mutter für den Bezug ihres nagelneuen Mietshauses bestellt hatte. Zusätzlich zu dem neuen Esstisch, an den acht Personen passten, der neuen Einbauküche, dem neuen Bett für Svea und natürlich den neuen Gartenmöbeln. Zumindest hatte das Möbelhaus zu ihrem Einzug vor drei Wochen termingerecht geliefert, alles ausgepackt und aufgestellt, sodass Svea die Küche benutzen, auf dem Sofa sitzen und in ihrem Bett schlafen konnte. Die Bettwäsche hatte sie erst nach fast einstündiger Suche in einem der über dreißig unbeschrifteten Umzugskartons entdeckt.

Alles andere, das ihre Mutter eingepackt hatte, Küchengeschirr zum Beispiel, brauchte Svea nicht dringend genug, um sich die Suche noch mal anzutun. Auch ihre Mutter hatte in den letzten einundzwanzig Tagen keine Zeit gefunden, mehr als eineinhalb Kisten auszupacken.

Sveas eigene Sachen dagegen, ihre Bücher und Schulsachen, hatte sie vor ihrem Umzug ordentlich in sauber beschriftete Kartons verpackt und längst in ihr neues Zimmer eingeräumt.

„Ja, kein Problem“, drang die Stimme ihrer Mutter aus dem angrenzenden Büro ins Wohnzimmer. „Wann? Natürlich. Svea?“

Widerwillig blickte die Angesprochene von ihrem Handy auf, als ihre Mutter ins Zimmer kam. „Ich muss heute schon wieder los.“

„Es ist Samstag.“ Seit Sveas Mutter vor acht Jahren die Weiterbildung zur Regieassistentin gemacht hatte, ging sie vollkommen in diesem Beruf auf – obwohl er ihr kaum Freizeit ließ und die Bezahlung eher mau ausfiel. Aber all das interessierte ihre Mutter nicht. Sie hatte in ihrem vorherigen Job als Filialleiterin einer Bank genug Erspartes angehäuft und nur ihren großen Traum vor Augen, es irgendwann zur Regisseurin zu schaffen.

„Ach, du weißt doch: Das Filmgeschäft ...“

„... kennt kein Wochenende“, tat Svea ihrer Mutter den Gefallen, um sie schneller loszuwerden. Ihre Augen fixierten immer noch ihr Handy. Den ganzen Tag hatte sie nichts von den anderen gehört. Ob sie Svea vergessen hatten?

„Du wusstest doch, dass ich beschäftigt sein würde. Vielleicht hättest du doch bei deinem Vater bleiben sollen“, drang die Stimme ihrer Mutter an Sveas Ohr und lenkte sie kurzzeitig von ihren Gedanken ab.

„Wenn dir das lieber gewesen wäre, hättest du das sagen sollen!“ Ungewollt war ihre Stimme lauter geworden.

„Svea, so meinte ich das –“

„Wie meintest du es dann?“ Svea wusste, sie sollte das Thema einfach fallen lassen. Sonst ignorierte sie ja auch das meiste von dem, was ihre Mutter von sich gab.

Wenn sie denn mal da war und mit ihr sprach. Aber vielleicht war es an der Zeit, all das Ungesagte zwischen ihnen endlich in Worte zu fassen. Ein absurdes Vorhaben, wie Svea wieder einmal klar wurde, als ihre Mutter antwortete: „Vergiss es. Ich muss mich umziehen."

„Wie lange?", fragte Svea und schüttelte innerlich über sich selbst den Kopf. Was war eben nur in sie gefahren?

Ihre Mutter hatte sich bereits umgedreht und steuerte auf die Treppe zu, die zu den Schlafzimmern im ersten Stock führte. „Puh, schwer zu sagen, aber keine Sorge, ich lasse dir genug Geld da!"

Sveas Blick glitt abwesend zur Terrassentür. Der Garten war noch immer grün und nur wenige heruntergefallene Blätter sprenkelten das Gras. Doch die Bäume begannen bereits langsam, sich zu verfärben.

Svea hörte Schritte und schon stand ihre Mutter, umgezogen und die Reisetasche über der Schulter, wieder im Wohnzimmer. Genau in dem Moment meldete Sveas Handy eine neue SMS.

„Bis dann", murmelte sie abwesend. Die SMS war von Jeremias. Svea wollte sie gerade öffnen, als sie merkte, dass ihre Mutter noch immer im Türrahmen stand und sie ansah.

„Das Watt", sagte sie völlig zusammenhangslos. Die blauen, sonst distanziert dreinblickenden Augen ihrer Mutter wirkten mit einem Mal sorgenvoll. „Wenn man abseits des Pfades zu weit raus geht und Nebel aufzieht, findet man nicht mehr zurück."

„Hm. Ist das so?"

Sie sahen sich an. Ein unverhoffter Anflug von Mutterinstinkt? Beinahe musste Svea lächeln.

Da holte ihre Mutter das Portemonnaie hervor und legte ein paar Geldscheine auf den Küchentresen. „Ich melde mich, wenn ich weiß, wann ich zurückkomme." Ein letzter prüfender Blick in den Spiegel und schon war sie aus dem Haus.

Sveas Blick blieb noch einen Moment an der Tür hängen. Das neue Haus fühlte sich plötzlich zu groß und seltsam leer an. Sie erinnerte sich an Jeremias' SMS. Ihre Augen huschten über die Zeilen. Dann, mit offenem Mund, noch einmal. Sie sah auf die Uhr. Halb sieben. Hastig sprang sie auf.

***

Eine halbe Stunde später kam Svea völlig außer Atem am Treffpunkt an, einer Weggabelung mitten im Wald. Die anderen warteten schon auf sie.

„Sagst du uns jetzt, was diese Geheimnistuerei soll?", fragte Karli Jeremias, anscheinend nicht zum ersten Mal.

Es war zwar noch hell, aber da es den ganzen Tag bewölkt gewesen war und der dichte Wald einen Teil des Lichts verschluckte, wirkte es, als würde jeden Moment die Sonne untergehen. Sie alle hatten ihre Fahrräder dabei. Die von Svea und Rachida neu und teuer, die der anderen drei alt und klapprig. Erwartungsvoll blickten sie Jeremias an. Er hatte den Kragen seiner braunen Jacke gegen den Wind hochgeklappt.

„Entweder sagst du uns jetzt, wieso wir alles stehen und liegen lassen und hierherkommen sollten, oder –", begann Karli, wurde allerdings von Jeremias unterbrochen.

„Wir fahren zu mir", sagte er ruhig. Doch das Glitzern in seinen Augen verriet, wie aufgekratzt er war.

„Zu dir?", fragte Raik. „Aber das Pfarrhaus liegt –"

„Nicht zum Pfarrhaus." Eine weitere Unterbrechung, für Jeremias höchst ungewöhnlich. „Zu mir. Dorthin, wo ich wohne."

Raik und Karli tauschten ratlose Blicke, während Rachida an Jeremias' Lippen hing.

„Das heißt, du wohnst nicht mehr bei deinem Vater im Pfarrhaus?", fragte Svea.

„Nein."

„Du hast sie ja nicht alle!" Karli zeigte Jeremias einen Vogel. „Neulich erst war unsere Tante zum Kaffee bei deinem Vater und hat uns später berichtet, dass der nichtsnutzige Pfarrerssohn um elf an einem Sonntagmorgen noch im Bett lag."

Jeremias sah Karli an, die ihren Denkfehler wohl im selben Moment realisierte, in dem Jeremias ganz langsam, wie zu einem Kind, erklärte: „Das hat mein Vater gesagt, weil ich nicht da war. Weil ich nie da bin. Weil ich nicht mehr bei ihm wohne."

„Warum weiß dann niemand davon?", gab Karli zurück. „Das hätte im Dorf doch schon längst die Runde gemacht."

„Weil sie es geheim halten", hauchte Raik ehrfürchtig.

Jeremias nickte. „Ich zeige euch heute, wo ich wohne. Aber nur, wenn ihr niemandem davon erzählt."

Raik und Rachida nickten.

„Gott, was für ein Drama!" Karli verdrehte die Augen. „Wenn die Leute davon wissen, dass du alleine wohnst, wo ist das Problem?"

„Das ist die Vereinbarung zwischen mir und meinem Vater. Ich wohne alleine unter der Bedingung, dass es niemand erfährt. Also versprichst du entweder, es für dich zu behalten, oder du fährst jetzt nach Hause, Karlotta."

Jeremias und Karli maßen sich mit Blicken. Svea hielt die Luft an. Dann nickte Karli.

„Gut. Als Nächstes brauchen wir eine Ausrede, wenn eure Eltern fragen, wo ihr die ganze Nacht wart."

Ohrenbetäubende Stille breitete sich aus. Nur das Rascheln des Windes war zu hören. Mit einem Mal brachen die Fragen los.

„Die ganze Nacht?", hakte Raik nach.

„Das würde meine Eltern nie erlauben." Rachida.

„Was hast du vor?" Karli musterte Jeremias argwöhnisch.

„Meine Mutter ist nicht da. Wir können sagen, dass wir bei mir waren."

Alle starrten Svea an. Selbst Jeremias.

Er lächelte. „Perfekt. Also, wer ist dabei?"

Bevor Svea nicken konnte, war es Rachida, die als Erstes „Ich!" rief. Sie wandte sich an Svea. „Gibst du mir deine Adresse? Ich muss sie meinen Eltern schicken, wenn ich über Nacht wegbleibe. Aber wenn ich sage, dass wir gemeinsam lernen, geht es bestimmt." Rachidas dunkle Augen waren ängstlich geweitet, doch entschlossen. Während Svea ihr die Anschrift diktierte, flüsterten Karli und Raik leise miteinander.

„Fertig?", wollte Jeremias von Rachida wissen.

Sie nickte und lächelte ihn an. Es war eine der seltenen Gelegenheiten, zu denen Jeremias Rachidas Lächeln erwiderte.

Er nahm sein Fahrrad und fuhr los, ohne einen Blick zurückzuwerfen. Rachida folgte ihm, aber Svea zögerte. Karli redete noch immer auf Raik ein, doch der schwang sich einfach aufs Rad und fuhr an Svea vorbei.

„Kommst du?“, fragte sie Karli.

„Hab ich eine andere Wahl?“ Mit verkniffener Miene fuhr sie ebenfalls los.

Als Svea über den immer unwegsameren Waldweg holperte, hatte sie mehr denn je das Gefühl, dass ihr Leben einen Wendepunkt erreicht hatte.

***

Von der Weggabelung dauerte es gut zwanzig Minuten, bis Jeremias abbog und durch das offene Gatter eines verwitterten Zauns fuhr, den Svea zuvor nicht einmal bemerkt hatte. Es begann zu nieseln.

Mit eingezogenem Kopf folgte Svea den anderen, vorbei an dichtem Baumbewuchs, der den Eindruck vermittelte, sie befänden sich noch immer mitten im Wald. Sie fröstelte in ihrer zu dünnen Jacke, als sie mit dem Fahrrad über den unebenen Feldboden ruckelte. Hier gab es weit und breit keinen Weg.

Als Sveas Arme von der Anstrengung, den Lenker festzuhalten, schon ganz taub waren, sprang Jeremias endlich von seinem Rad. Svea tat es ihm gleich und landete mit ihren Turnschuhen auf weichem Boden, der von wildem Gras bedeckt war.

„Wo sind wir?“, fragte Karli. Ihre sonst von Natur aus laute Stimme war zu einem Flüstern geworden.

„Auf der Farm meiner Großeltern“, sagte Jeremias nur, während er sein Fahrrad weiterschob.

Dieses Grundstück mitten im Nirgendwo, von dem niemand etwas gewusst hatte und auf dem Jeremias ganz alleine lebte, strahlte eine Unheimlichkeit aus, die Svea erschaudern ließ. Den anderen schien es ebenso zu gehen. Keiner sagte etwas, keiner atmete zu laut.

Nach ein paar Metern tauchten hinter den Bäumen Gebäude auf – ein Reetdachhaus zu ihrer Rechten und ein kleiner Holzbau auf der linken Seite. Weiter hinten, die Umrisse kaum zu erkennen, erhob sich ein dritter Schatten von ähnlichen Ausmaßen des Wohnhauses.

„Stellt die Fahrräder in den Schuppen“, wies Jeremias an. Regentropfen liefen ihm die Schläfen hinab und in den aufgestellten Kragen.

Svea parkte ihr Fahrrad und trat wieder hinaus unter den freien Himmel. In einiger Entfernung zum Schuppen standen durch eine Plastikplane abgedeckte Gartenmöbel sowie ein riesiger Steinofen.

Die anderen waren bereits zum Haupthaus hinübergelaufen und hineingeschlüpft. Einzig Jeremias stand noch in der Eingangstür und wartete auf sie.

Trotz des Regens legte Svea den Weg langsam zurück. Zu beeindruckend erhob sich das Reetdachhaus vor ihr. Die Wände bestanden aus dunkelroten Ziegeln, auf der einen Seite über und über mit Efeu bewachsen.

„Ein wunderschönes Haus“, flüsterte Svea, als sie an Jeremias vorbei durch die Eingangstür schlüpfte.

„Leider auch renovierungsbedürftig. Ich kann froh sein, wenn mir diesen Winter der Regen nicht durchs Dach tropft.“

„Warum erneuern deine Großeltern das Dach nicht?" Svea zog ihre feuchte Jacke aus und hängte sie zu denen der anderen an die bronzene Garderobe.

Jeremias schloss die Tür. Dunkelheit und eine gespenstische Stille breitete sich in dem engen Flur aus. „Sie sind tot."

Svea sah Jeremias' Schatten, der sich an ihr vorbeischieben wollte, doch sie trat nicht schnell genug zur Seite. Er blieb vor ihr stehen, so nah, dass sie sich einbildete, seine Körperwärme spüren zu können.

„Das tut mir leid", hauchte sie. Im nächsten Moment ärgerte sie sich über sich selbst. Tut mir leid? Warum fiel ihr nichts Besseres ein, um ihr Mitgefühl auszudrücken?

„Sollte es nicht. Würden sie noch leben, müsste ich immer noch bei meinem Vater wohnen."

Svea wollte nachfragen, ob etwas zwischen Jeremias und seinem Vater vorgefallen war. Sie hatte Pfarrer Niels Evers kurz nach ihrem Umzug kennengelernt, als er gekommen war, um die Neuankömmlinge in der Gemeinde zu begrüßen. Allerdings war er schnell wieder seiner Wege gegangen, als Sveas Mutter unmissverständlich klargestellt hatte, mit Glauben und Kirche nichts am Hut zu haben.

Die Art, wie Jeremias sie ansah, fast warnend, und der harte Zug um seinen Mund, ließen Svea das Thema fallen lassen.

„Komm", sagte Jeremias. „Bevor die anderen noch mehr Lichter einschalten."

Das Wohnzimmer war weiß gestrichen und mit braunen Stützbalken durchzogen. Das grelle Licht der Deckenlampe zeigte unzählige dunkle Risse und

Verfärbungen auf, doch als Jeremias den Kamin entzündet und das Licht wieder ausgeschaltet hatte, waren alle Makel beseitigt und der Raum wurde zum gemütlichsten Ort, an dem Svea sich jemals aufgehalten hatte. Selbst das monströse braune Ledersofa fügte sich mit den zwei dazugehörigen Sesseln und dem roten Teppich auf dem Boden, der einen Teil der schadhaften, alten Holzdielen verdeckte, perfekt in das Gesamtbild ein.

„Gläser gibt's da drüben und Wasser kommt aus dem Hahn." Jeremias wies zur offenen Küche, deren Schränke denselben dunklen Holzton wie die Dielen aufwiesen.

„Echt jetzt?", murrte Karli.

Jeremias lächelte sie liebenswürdig an. „Du bist nicht zum Trinken hier."

„Ja, das merk ich", gab Karli zurück. „Aber wozu wir hier sind, dazu hab ich bisher noch nichts gehört."

Da trat wieder dieses Glitzern in Jeremias' Augen.

Als sie alle irgendwo Platz gefunden hatten, Raik und Rachida auf dem Sofa, Karli im Schneidersitz auf dem Teppich und Svea in einem der Sessel, legte Jeremias einen Stapel Karten auf den Tisch. „Wir spielen ein Spiel."

Svea starrte Jeremias an. Der Kerzenschein spiegelte sich in seinen Augen.

Karli brach in hysterisches Gekicher aus. „O Mann, also, für den Mau-Mau-Typ hätte ich dich jetzt nicht gehalten. Leute, ich bin weg." Sie stand auf.

Doch Jeremias' Blick, dunkel und drohend, brachte sie zum Schweigen. Schmollend auf ihrer Unterlippe kauend setzte sie sich wieder.

„Das ist kein gewöhnliches Spiel. Und ich verspreche euch, es wird alles andere als langweilig."

Fasziniert sah Svea von Jeremias' Gesicht zu den Spielkarten. Ihr Herz pochte erwartungsvoll und schickte ein aufgeregtes Flattern durch ihre Magengegend.

Jeremias schaute langsam von einem zum anderen, bis er bei Svea angekommen war. Für einen Moment sah sie etwas in seinen Augen. Mehr als die aufgeregte Vorfreude, mehr als diese Begeisterung, die sie alle mitreißen würde. Eine Dunkelheit. Tief und bodenlos. Svea hatte das Gefühl zu fallen. Dann fing sie sich. Rieb sich über die Gänsehaut an ihren Armen. Jeremias' Blick war weitergewandert.

Doch selbst, wenn Svea gewusst hätte, dass dieser Moment wie ein losgetretener Kiesel war, durch den langsam, aber sicher ihr ganzes Leben in den Abgrund rutschen würde, sie hätte sich nicht dagegen wehren können. Denn da war noch etwas anderes in Jeremias' Augen gewesen. Etwas, das Svea das Gefühl gab, dass er sie brauchte. Und wann war sie jemals von irgendwem gebraucht worden?

KAPITEL 5

Gegenwart

Svea wusste nicht, wie lange sie schon auf dem fleckigen Teppich ihres Hotelzimmers kauerte. Die Beine hatte sie eng an den Körper gezogen. Als ihr bewusst wurde, dass sie sich langsam vor und zurück wiegte, zwang sie sich, damit aufzuhören. Mit dem Handrücken wischte sie die Tränen vom Gesicht und hob ihr Handy auf. Der Bildschirm war schwarz geworden.

Tief atmete sie ein und wieder aus. Dann noch mal. Und noch einmal. Sie entsperrte den Bildschirm. Diesmal erkannte sie sofort, was sich auf dem Foto befand. Knochen.

Ein kleiner Ausschnitt nur, Hals und oberer Brustbereich. Das Schlüsselbein war gut zu erkennen. Über diesem zog sich eine feingliedrige Kette bis zur obersten Rippe. Dort baumelte das vierblättrige Kleeblatt. Der Anhänger, den Marie-Luise getragen hatte. Dies war ein Foto von ihr, wie sie heute aussah. Ein Foto ihres Skeletts.

Svea legte das Handy wieder zur Seite. Mit einer bebenden Hand wischte sie sich kalten Schweiß von der Stirn. Wieso schickte Rachida ihr so ein Foto?

In diesem Moment schrillte ihr Klingelton durchs Zimmer. Svea zuckte zusammen.

Jeremias.

Panik stieg in ihr hoch. Sie konnte jetzt nicht mit ihm reden. Er war überzeugt davon, dass Rachida sich umgebracht hatte. Er lag falsch. Aber etwas stimmte offensichtlich mit Rachida nicht. Svea drückte Jeremias weg und schrieb dann an Rachida:

Wo bist du?

Doch bevor sie die Nachricht abschickte, hielt sie inne. Wenn Rachida dieses Foto gerade erst aufgenommen hatte, bedeutete das ...

Sie löschte die Frage und formulierte eine neue:

Bist du auf der Farm?

Svea trommelte mit den Fingern auf dem Teppichboden, als sie beobachtete, wie ihre Nachricht abgeschickt wurde, und zwei Häkchen bestätigten, dass sie angekommen war. Sie musste nicht lange warten. Die Häkchen färbten sich blau.

Im nächsten Moment kam Rachidas Antwort:

Ja.

Was ist los mit dir? Dein Verlobter ist krank vor Sorge um dich!

Wenige Sekunden später piepste ihr Handy abermals.

Ich kenne die Wahrheit.

Svea las den Satz wieder und wieder. Erst beim fünften Mal begriff sie das wahre Ausmaß. Die Wahrheit, die auch Svea all die Jahre im Grunde gekannt hatte. Auch wenn sie sich wieder und wieder eingeredet hatte, dass sie falschlag.

Sie schluckte mehrmals, doch ihr Mund blieb trocken.

Mit einem zitternden Finger tippte sie auf Rachidas Profilbild, wahrscheinlich von letztem Winter, mit niedlicher rosa Pudelmütze, und drückte auf Anrufen. Es tutete einmal, dann wurde sie weggedrückt. Dafür ging eine weitere Textnachricht ein.

Wenn du wissen willst, was damals wirklich passiert ist, komm zur Farm. Heute Abend. Ich warte auf dich.

Zur Farm. Allein beim Gedanken daran wurde Svea übel.

Sie ließ den Atem, den sie unbewusst angehalten hatte, entweichen.

Jeremias. Ein einziger Name und die Antwort auf alles.

Es konnte nur so sein. Er war die Wahrheit, die Rachida herausgefunden hatte. So machte alles Sinn. Das kopflose Verschwinden, das seltsame Foto, die Textnachrichten. Arme Rachida. Sie hatte Jeremias so vergöttert. Im Gegensatz zu Svea war ihr sicher nie der Gedanke gekommen, dass Jeremias Marie-Luises Mörder gewesen sein könnte. Bestimmt stand sie unter Schock.

Svea tat einen zittrigen Atemzug. Sie hatte es gewusst. Wenn sie sich in den letzten zehn Jahren gestattet hatte, über die ganze Sache nachzudenken, war ihr stets klar gewesen, dass es nur Jeremias gewesen sein konnte. Nicht weil er ein Motiv gehabt hatte, sondern gerade weil es kein Motiv für den Mord an Marie-Luise gab. Jeremias war der Einzige, dem Svea einen eiskalten Mord zutraute. Ohne vorangegangenen Streit, ohne emotionale Gründe.

Aber war das wirklich die einzige logische Erklärung? Was war mit den anderen? Karli, Raik, Anton, Rachida? Svea dachte angestrengt an die Monate vor Marie-Luises Tod zurück. Hatte es irgendwelche Hinweise gegeben? Konflikte? Aber nein, nichts, das mit Marie-Luise zu tun gehabt hätte, kam ihr in den Sinn.

Svea lachte auf, fassungslos über sich selbst, als sie realisierte, was sie da tat. Sie versuchte, an der Hoffnung festzuhalten, dass es nicht Jeremias gewesen war. Konnte der Wahrheit noch immer nicht ins Gesicht blicken, genau wie damals.

Ob sie die anderen informieren sollte? Was würde Karli zu der ganzen Sache sagen? Svea wusste über sie nur, was Rachida mal am Telefon erwähnt hatte. Dass Karli wenige Wochen nach Marie-Luises Tod ihr ganzes Erspartes zusammengekratzt und sich ins Flugzeug nach Australien gesetzt hatte. Was sie dort gemacht hatte, wie lange sie geblieben war oder ob sie vielleicht immer noch dort war – davon hatte Svea keinen Schimmer.

Zu Raik hatte Rachida mehr zu erzählen gewusst. Nicht, dass Svea danach gefragt hätte. Aber es gab diese Momente bei ihren allmonatlichen Telefongesprächen, diese Pausen, in denen keine von ihnen mehr wusste, was sie sagen sollte. Rachida, die von jeher Schweigen schlecht ertragen hatte, konnte in diesen Situationen nicht anders, als draufloszuplappern. So hatte Svea erfahren, dass Raik nach dem Studium begonnen hatte, Apps für Smartphones zu programmieren. Er war schnell so erfolgreich geworden, dass er Personal hatte einstellen müssen. Angeblich war er mittlerweile mehr als wohlhabend.

Von Anton hatte Rachida nie erzählt. Ebenso wenig von Jeremias.

Svea verfasste eine Textnachricht an Rachida:

Hast du Beweise?

Während sie wartete, konnte sie kaum atmen. Wieder diese alberne Hoffnung. Wenn Rachida keine Beweise hatte, könnte es jemand anderes gewesen sein.

Das Display leuchtete auf. Rachidas Antwort.

Ja. Wir können endlich mit allem abschließen.

***

Die Sonne war schon lange untergegangen, als Svea nach einer Stunde Fahrtzeit von der Autobahn auf die Landstraße wechselte. Sie folgte dem Navi, denn dies war das erste Mal, dass sie nicht mit dem Fahrrad, sondern mit dem Auto zur Farm fuhr. Und das erste Mal von Bremen aus.

Svea bog auf eine einspurige, verlassene Straße ab. Sie führte vorbei an Einfamilienhäusern und Bauernhöfen, die mehr und mehr Abstand zueinander aufwiesen und immer weiter von der Straße entfernt standen.

Bald sah Svea rechts und links nichts mehr außer Feldern und Bäumen.

Seit geraumer Zeit schon war ihr alter Nissan Micra die einzige Lichtquelle weit und breit. Nichts hier erkannte sie wieder. Svea hoffte inständig, dass dieser Weg sie tatsächlich auf die Farm führte. Der Waldpfad, den sie damals immer mit den Fahrrädern genommen hatten, war zu schmal, als dass er von einem Auto, sei es noch so klein, befahren werden konnte. Aber sie erinnerte sich, dass auf der anderen Seite der Farm, nahe des alten Lagerhauses, eine winzige Straße verlief, die seit dem Tod von Jeremias' Großeltern keiner mehr genutzt hatte und die einzig als Zufahrt zur Farm angelegt worden war. Wenn sie die fand, käme sie ohne Probleme mit dem Auto auf das Gelände.

Scheinwerferlicht tauchte hinter Svea auf und riss sie aus ihrer Konzentration. Hätte sie hier abbiegen müssen? Nein, zu früh.

Svea drosselte die Geschwindigkeit. In der Dunkelheit übersah sie sonst allzu leicht die unbefestigten Wege, die hin und wieder zu Privatgrundstücken führten. Einer davon musste der richtige sein.

Svea schaltete das Navi aus. Es hatte sie zwar an den ungefähren Ort geführt, an dem sie die Farm vermutete. Aber da sie weder Straßenname noch Hausnummer kannte, konnte es ihr hier nicht mehr helfen.

Das Auto hinter Svea, das so plötzlich aufgetaucht war, folgte ihr in einigem Abstand. Sie drosselte ihr Tempo weiter, fuhr kaum mehr dreißig. Weit und breit waren ihres und das andere Fahrzeug die einzigen auf der Straße. Es hätte sie mühelos überholen können. Aber es blieb hinter ihr.

Svea kniff die Augen zusammen und starrte in den Rückspiegel. Ein Bremer Nummernschild.

Es lief ihr eiskalt den Rücken hinunter.

Das Auto war von dunkler Farbe und größer als ihr Nissan, mehr konnte sie nicht erkennen. Sveas Hände begannen zu zittern. Es konnte nicht Jeremias sei, versuchte sie, sich zu beruhigen. Er wusste nichts von Rachidas Nachrichten. Wusste nicht, dass Svea auf dem Weg zur Farm war. Es musste Rachida sein.

Links öffnete sich eine winzige Straße mit einem Sackgassenschild und dem Hinweis auf einen Privatweg. Svea hielt an. Angestrengt spähte sie in die Dunkelheit. War es hier? Doch so sehr sie auch in die Nacht starrte, sie konnte nichts erkennen außer der Silhouetten unzähliger Bäume.

Erst jetzt bemerkte Svea, dass das Auto hinter ihr ebenfalls gehalten hatte. Sie hielt die Luft an, als sie im Rückspiegel den Schatten des Fahrers hinter der Windschutzscheibe sah. In dem Moment setzte das andere Fahrzeug sich in Bewegung, überholte sie und bog geradewegs in den Privatweg ein.

Svea tat einen tiefen Atemzug, dann fuhr sie hinterher.

Mit weniger als zwanzig Stundenkilometern ruckelte der dunkelblaue VW Golf, das konnte Svea in ihrem eigenen Scheinwerferlicht jetzt deutlich erkennen, vor ihr her. Mit einer Hand umklammerte Svea ihr Handy in der Jackentasche, bevor sie es herauszog, um Rachidas Nummer zu wählen. Angespannt lauschte sie dem Tuten, das nach vier Malen abbrach. Weggedrückt.

Wie schnell konnte man in einer Gefahrensituation den Notruf wählen? Nicht schnell genug, dessen war Svea sich sicher.

Sie zwang sich dazu, ein paarmal ruhig und langsam einzuatmen.

Wahrscheinlich hatte Rachida bei ihrem Überholmanöver einfach nicht daran gedacht, das Fenster runterzulassen, damit Svea sie erkannte. Sie stand ja unter Schock, war völlig durch den Wind, wie ihre seltsamen Nachrichten verrieten.

Jetzt müssten sie fast da sein. Die Bäume zu beiden Seiten des Weges lichteten sich zwar nicht, doch Svea wusste, dass die Einfahrt zur Farm versteckt lag.

Das Auto vor ihr stoppte so abrupt, dass Svea erschrocken auf die Bremse trat. Der Nissan kam mit einem Ruck zum Stehen. Die Lichter des VW Golfs erloschen.

Svea umklammerte ihr Handy fester. Ihr Atem ging stoßweise.

Aus dem Auto vor ihr stieg eine Gestalt aus. Erst nur ein dunkler Schatten, trat sie im nächsten Moment direkt vor Sveas Scheinwerfer.

Svea sog scharf die Luft ein. Sie presste ihr Handy an die schmerzhaft pochende Brust. Mit aufgerissenen Augen verfolgte sie, wie Jeremias direkt auf ihr Auto zukam. Svea wollte die Zentralverriegelung aktivieren, konnte sich aber nicht rühren.

Der Wind zerrte an Jeremias' Mantel. Ohne Svea auch nur einen Blick zuzuwerfen, öffnete er die Beifahrertür. Eine Windböe fegte herein. Dann zog Jeremias die Autotür zu und sperrte die Kälte aus.

Er fuhr sich mit einer Hand durchs Haar, doch was der Wind angerichtet hatte, vermochte er nicht zu bändigen. Als Jeremias sich Svea zuwandte, sah er für einen Moment fast aus wie früher.

„Was machst du hier?“ Seine Stimme war hart, unnachgiebig und duldete kein Ausweichen.

Svea hatte das Gefühl, keine Luft zu bekommen. Zu klein war ihr Auto, zu eng der Raum, den sie sich mit Jeremias teilte. Früher einmal hatte sie ihm etwas entgegenzusetzen gewusst, selbst wenn er noch so entschlossen gewesen war, ihr Innerstes nach außen zu kehren. Aber das war eine andere Svea gewesen. Eine, die davon ausgegangen war, Jeremias zu kennen. Die sicher gewesen war, ihm etwas zu bedeuten. Aber er hatte Marie-Luise getötet. Das bedeutete, er war zu allem fähig. Sie musste weg von ihm.

Sie wandte Jeremias ihren Oberkörper zu, die eine Hand noch immer in ihrer Jackentasche, mit der anderen tastete sie suchend hinter ihrem Rücken.

„Was machst *du* hier?“ Svea wusste, dass Jeremias das Zittern in ihrer Stimme nicht entgehen würde.

Endlich. Ihre Hand umfasste den Griff der Fahrertür. Millimeter für Millimeter rutschte Svea nach hinten, positionierte ihren Fuß fest auf dem Boden, um schnell aufspringen zu können.

„Hast du Angst vor mir?“ Die braunen Augen musterten Svea. Er klang weder amüsiert noch ärgerlich, vielmehr überrascht.

Es machte keinen Sinn zu lügen. Noch weniger Sinn machte es, ihm den feinen Unterschied zu erklären: Sie hatte keine Angst vor ihm, sondern vor dem, wozu er fähig war.

„Nimm die Hand von der Türklinke.“

Er hatte sie durchschaut. Ihr blieb nichts anderes übrig, als zu gehorchen. Svea legte ihre Hand in den Schoß, so nahe wie möglich am Autoschlüssel, der noch immer im Zündschloss steckte.

„Du bist auf dem Weg zur Farm. Wieso?"

Ihre Gedanken rasten. Wie viel wusste er?

Als sie nicht antwortete, beugte er sich zu ihr. Svea wich zurück und stieß mit dem Rücken gegen die Autotür. Jeremias stützte seine Hände rechts und links von ihren Beinen auf ihrem Sitz ab und sah ihr in die Augen. „Was willst du auf der Farm?"

Svea schlug das Herz bis zum Hals. Sie presste die Lippen zusammen, gab keinen Laut von sich. Doch ihr war, als könnte Jeremias die Wahrheit aus ihr heraussaugen, einfach, indem er ihr in die Augen sah.

Er war ihr so nah. Und trotz allem, was sie über ihn wusste, rührte ihr rasender Puls nicht allein von ihrer Angst her. Die Wut über sich selbst gab ihr den Mut zu handeln.

Sie versetzte Jeremias einen Stoß, schnappte sich die Autoschlüssel und riss die Tür auf. Adrenalin pumpte durch ihren Körper. Sie wollte rennen, doch wusste, Jeremias würde sie ohne Probleme einholen. Sie brauchte ihr Auto.

Lauschend duckte sie sich hinter die Fahrerseite, versuchte, noch andere Geräusche neben ihrem pochenden Herzen wahrzunehmen. Die Beifahrertür. Jeremias' schnelle Schritte.

Svea sprang auf, wollte sich wieder hinters Lenkrad schieben. Plötzlich stand Jeremias neben ihr. Hart packte er sie am Arm, zog sie vom Auto weg. Svea fuhr herum, den Autoschlüssel in der Hand. Sie zielte auf sein Gesicht. Jeremias hob schützend den Arm, sodass der Schlüssel an seinem Mantelärmel abprallte. Er bekam Sveas zweites Handgelenk zu fassen. Drückte zu, bis sie vor Schmerz aufschrie und den Schlüssel fallen ließ.

Schwer atmend versuchte Svea, sich loszureißen.

„Beruhig dich." Auch Jeremias' Atem ging schneller. Er schüttelte sie. Svea kämpfte nur noch verbissener.

„Svea."

„Lass mich los!"

„In Ordnung." Im nächsten Moment waren seine Hände um ihre Arme verschwunden.

Svea wankte kurz, doch fand ihr Gleichgewicht wieder. Sie machte einen Schritt zurück, brachte Abstand zwischen sich und Jeremias.

Er hob den Autoschlüssel auf. Dann stand er wieder vor ihr, einen halben Kopf größer als sie, und sah sie mit schwerem Blick an. „Ich bin dir vom Hotel aus gefolgt", sagte er. „Ich dachte, du willst zur Polizei gehen."

Er wollte um jeden Preis verhindern, dass die Sache von damals wieder aufgerollt wurde. Und jetzt wusste Svea auch, wieso.

„Ich weiß nicht, was mit dir los ist. Aber so, wie du dich verhältst, stellst du eine Gefahr für dich selbst und uns alle dar. Steig in mein Auto."

Sveas Blick glitt von Jeremias zu dessen VW Golf. „Wieso?"

„Gib mir dein Handy", sagte er statt einer Antwort.

Svea sah ihn an, zermarterte sich den Kopf nach einem Ausweg. Es gab keinen. Sie legte ihr Smartphone in seine offene Hand. „Wo fahren –?", begann Svea abermals, wurde jedoch unterbrochen.

„Nicht zur Farm, falls du das denkst", sagte Jeremias.

Das genügte Svea. Sie stieg ein.

Einige Sekunden vergingen, in denen sie alleine im Auto saß. Dann warf Jeremias Sveas Reisetasche auf die Rückbank und setzte sich hinter das Lenkrad.

***

Schweigend fuhren sie durch die Dunkelheit. Sveas Blick ruhte auf Jeremias' Manteltasche, in die er ihr Handy gesteckt hatte. Noch war er nicht auf die Idee gekommen, sie nach dem Pin-Code zu fragen, was sich jeden Moment ändern konnte. Und was Jeremias tun würde, wenn er Rachidas Nachrichten sah und realisierte, dass sie die Wahrheit kannte, wagte Svea sich nicht vorzustellen. Ein paar Mal, als sie noch auf der dunklen Landstraße waren und an abgelegenen Feldwegen vorbeikamen, stieg Panik in Svea hoch. Doch Jeremias fuhr in gleichmäßigem Tempo weiter, bis sie Bremen erreichten.

Er wird mir nichts tun, sagte sich Svea immer wieder und es fühlte sich ganz so an wie all die Jahre, in denen sie sich eingeredet hatte: *Vielleicht hat Jeremias mit Marie-Luises Tod doch nichts zu tun.*

***

Wenig später saß sie im Gästezimmer von Jeremias' großzügiger Dreizimmerwohnung im zweiten Stock eines gepflegten Mehrfamilienhauses. Der Weg vom Auto in das Haus hinein, die Treppen hoch und in die Wohnung war Svea endlos lang erschienen. Sie hatte die ganze Zeit gegen den Drang angekämpft, um Hilfe zu schreien. Jetzt, die Arme um ihre Reisetasche geschlungen, fragte sie sich, ob sie es nicht besser hätte tun sollen. Wäre die Polizei gerufen worden? Oder hätte Jeremias die Nachbarn mit einer Geschichte von seiner geistig verwirrten Schwester um den Finger gewickelt?

Und selbst, wenn jemand ihr geglaubt und die Polizei gerufen hätte: Wie hätte sie erklären sollen, von Jeremias entführt worden zu sein? Obwohl sie freiwillig ins Auto gestiegen war, freiwillig mit ihm das Haus betreten und Jeremias weder Gewalt eingesetzt noch irgendeine Art von Waffe gebraucht hatte?

Selbst, wenn sie die Geschichte von damals erzählt hätte, ohne Beweise für Jeremias' Schuld ... kein Polizist der Welt hätte Jeremias dafür festhalten können. Sie hätte Rachida ins Spiel bringen müssen, doch ohne zu wissen, worin ihre Beweise gegen Jeremias bestanden, war das zu riskant. Falls Jeremias auf freien Fuß käme, würde ihn sein erster Weg zu Rachida und ihr selbst führen, um sich für ihren Verrat zu rächen.

Noch schien Jeremias ihr ein gewisses Maß an Vertrauen entgegenzubringen. Er hatte sie nicht in das Gästezimmer eingesperrt, hatte ihr erlaubt, Bad und Küche zu benutzen. Die Wohnungstür hatte er zwar verschlossen und den Schlüssel eingesteckt, aber zumindest konnte Svea sich in der Wohnung frei bewegen. Wobei *frei* auch bedeutete, dass keiner der Räume sich abschließen ließ, nicht ihr Gästezimmer und auch nicht das Bad.

Noch gab es Hoffnung für Rachida. Svea musste irgendwie an ihr Handy kommen und Rachida warnen.

Wenn sie wirklich Beweise für Jeremias' Schuld besaß, konnte sie anschließend, wenn sie in Sicherheit war, die Polizei rufen. Und alles beenden. Dann würde Jeremias ins Gefängnis gehen.

Svea zwang sich, nicht daran zu denken. Sie musste sich auf die Aufgaben konzentrieren, die vor ihr lagen. Sie tat das Richtige.

Mit offenen Augen lag sie auf dem Gästebett, das Licht hatte sie ausgeschaltet. Jeremias sollte glauben, dass sie schlief.

Svea war sich sicher, dass es schon nach ein Uhr nachts war, aber Jeremias war schon immer spät eingeschlafen und früh aufgewacht. Er hatte nie viel Schlaf gebraucht.

Sie wartete und wartete. Dabei vermied sie es, an Jeremias zu denken. Stattdessen war sie in Gedanken bei Rachida. Wenn sie versagte, machte sie alles nur noch schlimmer. Vielleicht sollte sie abwarten, was Jeremias vorhatte? Nein, zu riskant. Irgendwann würde er sich ihr Handy genauer ansehen wollen und dann wäre es zu spät.

Sveas Gefühl nach musste es mittlerweile auf drei Uhr zugehen, als sie sich leise vom Bett erhob. Auf Socken schlich sie zur Gästezimmertür, die sie nur angelehnt hatte, und drückte diese Zentimeter für Zentimeter auf, darauf bedacht, jedes Quietschen zu vermeiden. Ihre Knie zitterten, als sie sich durch den schmalen Spalt schob. Sie betrat einen langen Flur, von dem die Wohnungstür sowie Bad, Küche und Wohnzimmer abgingen. Drei vorsichtige Schritte später war Svea an der Garderobe. Sie ließ die Hand in Jeremias' Mantel gleiten und hielt den Atem an. Nichts.

Svea ballte die Hände zu Fäusten. Wo war ihr Handy?

Sie überlegte kurz, rang mit sich. Sollte sie die Suche aufgeben? Was, wenn Jeremias doch nicht schlief? Oder sie ein Geräusch machte und ihn dadurch weckte? Der Gedanke verursachte ihr Übelkeit.

Aber sie hatte keine Wahl. Sie musste das Handy unbedingt finden. Mit laut pochendem Herzen schlich Svea durch den dunklen Flur an der Küche vorbei. Nach jedem Schritt hielt sie inne und lauschte, doch alles blieb still.

Sie erreichte das Wohnzimmer. Das Licht, das von den Straßenlaternen durch die großen Fenster hereinschien, machte es für Svea einfacher, Sofa und Schreibtisch auszuweichen. Doch sie sehnte sich nach dem Schutz der vollständigen Dunkelheit, die im Flur geherrscht hatte. Sie ließ den Blick schweifen, aber ihr Handy konnte sie nirgends entdecken. Jeremias' Schlafzimmer ging vom Wohnzimmer ab.

Svea knetete ihre eiskalten, tauben Hände, während sie fieberhaft nachdachte. Sollte sie in Schubladen und Schränken nachsehen? Nein, dabei würde sie zu viel Lärm machen. Es war wahrscheinlicher, dass Jeremias ihr Handy mit ins Schlafzimmer genommen hatte. Die immer stärker werdende Übelkeit ignorierend, setzte sie sich wieder in Bewegung.

Zum Glück war die Schlafzimmertür ebenfalls nur angelehnt. Svea blieb im Rahmen stehen und versuchte, sich zu orientieren. Wie im Wohnzimmer waren die Vorhänge nicht zugezogen, sodass die Straßenlaternen auch hier etwas Licht spendeten. Das Zimmer war geräumig, aber schmucklos und leer. Es gab lediglich ein Bett, einen kleinen Nachttisch, daneben einen

Stuhl mit getragener Kleidung, und einen Schrank. Im Bett lag Jeremias. Halb auf dem Bauch mit einer Hand neben seiner Wange, hatte er ihr den Rücken zugewandt. Sein Gesicht wies zur Wand.

Svea schloss die Augen, doch ihr Atem wollte sich nicht beruhigen. Ihr Herz pochte so laut, dass sie meinte, Jeremias müsste davon aufwachen. Sie fuhr sich mit der Hand an die Stirn und wischte den kalten Schweißfilm weg, der sich darauf gebildet hatte. Auf wackeligen Beinen machte sie zwei weitere Schritte.

Svea kniff die Augen zusammen. Da, auf dem Nachttisch, erkannte sie die Umrisse eines Handys.

Zentimeter für Zentimeter bewegte Svea sich auf das Bett zu. Sie versuchte, so wenig wie möglich zu atmen. Keine Sekunde nahm sie den Blick von Jeremias' Körper. Er könnte sich jeden Moment umdrehen und sie ansehen. Dann hatte sie den Nachttisch erreicht. Enttäuschung durchströmte sie, als sie das Handy genauer betrachtete. Es war nicht ihres, sondern das von Jeremias.

Svea streckte ihre zitternde Hand nach der Jeans aus, die auf dem Stuhl neben dem Nachttisch lag, und tastete sie vorsichtig ab. Nichts. Ihr Blick fiel auf die kleine Nachttischschublade. Das war ihre letzte Chance.

Sie kniete sich auf den Boden und begann vorsichtig, die Schublade aufzuziehen. Sie knarzte. Mit weit aufgerissenen Augen sah sie zum Bett. Jeremias lag bewegungslos da.

Svea traute sich nicht, die Schublade weiter zu öffnen. Sie steckte ihre Hand durch den schmalen Spalt und stieß mit den Fingern gegen einen harten Gegenstand. Doch dieser war glatt, nicht rau wie ihre Leder-

Handyhülle. Ein Buch vielleicht. Sie tastete weiter, streckte ihre Hand bis in die letzte Ecke. Da fühlte sie es. Ihr Handy.

Jeremias schlief noch immer. In regelmäßigen Intervallen hob und senkte sich sein Körper.

Mit angehaltenem Atem und verkrampften Fingern zog Svea ihr Smartphone aus der Schublade. Sie steckte es in ihre Jeans. Beinahe wäre es ihr aus den zitternden Händen gefallen.

Svea ließ die Schublade offen, aus Angst, sie würde erneut knarzen. So langsam, wie sie gekommen war, trat sie den Rückzug an und erreichte den Flur. Sie hatte es geschafft. Nun würde alles gut werden.

Kaum saß sie auf dem Gästebett, entsperrte sie ihr Handy. Nur noch zehn Prozent Akku. Aber um Rachida zu warnen, würde es reichen.

Sie rief den Chat mit ihr auf und begann, eine Nachricht zu tippen. *Ich bin bei Jeremias. Er lässt mich nicht gehen. Du musst von der Farm weg und mit den Beweisen zur –*

Ein Geräusch ertönte. Svea erstarrte. Sie hörte es abermals, jetzt deutlicher: Schritte, die sich vom Flur her auf ihr Zimmer zubewegten.

Hastig versuchte sie, das Handy unter die Bettdecke zu schieben. In diesem Moment wurde es ihr aus der Hand gerissen.

Jeremias' vom Handybildschirm erhelltes Gesicht zeigte zuerst keinerlei Regung. Seine Augen folgten dem Text, scrollte anschließend nach oben. Mit einem Mal wurde er ganz still und sah Svea an.

Sie konnte nur zurückstarren. Wartete auf den Knall.

Dann sagte Jeremias: „Sieht so aus, als hätte Rachida die Wahrheit über dich herausgefunden."

KAPITEL 6

Acht Monate vor der Nacht des letzten Spiels

„Guten Morgen!“, rief Herr Janowski fröhlich gelaunt in die Klasse und erntete wenig begeistertes Gemurmel. Der Lehrer grinste nur und schlug das Klassenbuch auf. „Zuerst zur Anwesenheit, bevor wir mit den Kohlenstoffverbindungen weitermachen.“

Raik mochte den neuen Chemielehrer. Er ersetzte Frau Schmiel, die seit letzter Woche im Mutterschutz war. Auch gegen sie hatte er nichts gehabt. Sie hatte ihn gemocht und als einen der besten Schüler der Klasse stets mit Respekt behandelt. Aber Herr Janowski war jung, energiegeladen – und er war witzig. Dies war die dritte Stunde bei ihm und obwohl Raik wusste, dass der Großteil seiner Klassenkameraden, inklusive seiner Schwester, Chemie nicht leiden konnten, herrschte respektvolle Stille.

Während Herr Janowski einen nach dem anderen aufrief, schweiften Raiks Gedanken zum letzten Samstagabend. Es war jetzt zwei Tage her und noch immer konnte Raik kaum glauben, dass Jeremias allein wohnte. Dazu noch auf dieser abgelegenen Farm mit ausgeschaltetem Kühlschrank und darauf bedacht, so wenig Strom wie möglich zu verbrauchen. Weil das bisschen Geld, das er durch gelegentliches Nachhilfegeben verdiente, zum Essen und für den Wasseranschluss reichen musste. Hätte er Jeremias nicht vorher schon bewundert, hätte er es jetzt mit Sicherheit getan. Raik wusste nur zu gut, dass sein Freund es nicht leicht hatte mit jemandem wie Niels Evers als Vater. Doch er hatte nie aufgegeben, nie den Kopf in den Sand gesteckt. Jeremias war stark, ein wahrer Lebenskünstler, und es gab noch so vieles, was er selbst von ihm lernen wollte. Und dann die andere Sache, die ihm seit Samstag nicht mehr aus dem Kopf ging. Das Spiel.

Raik wandte sich nach rechts, wo diagonal hinter ihm und Karli Svea und Rachida an einem Zweiertisch saßen. Hinter den beiden Jeremias, der Einzige, der im Chemieraum ohne Partner war.

Svea fing Raiks Blick auf und lächelte.

Raik lächelte zurück. Er ahnte, dass Svea sich viel lieber neben Jeremias als Rachida gesetzt hätte, aber sie hatte das Angebot, gepaart mit einem flehenden Blick aus den großen Augen des anderen Mädchens, nicht abschlagen können.

Raik bewunderte Svea ebenfalls. In mancherlei Hinsicht ähnelte sie seiner Schwester, war jedoch ... Er suchte nach dem richtigen Wort und entschied sich für *weicher*. Svea ließ sich von Tanja und ihren Freunden nicht einschüchtern, aber sie war nicht so grob wie Karli. Zeigte Verständnis, Mitgefühl, Kompromissbereitschaft. Sie war etwas Besonderes. Und die Tatsache, dass sowohl Karli als auch Jeremias Svea mochten, bewies in Raiks Augen, wie besonders.

Karli neben ihm schubste ihn mit dem Ellenbogen an. Sie nickte zu Tanja, die mit Sofie, einer ihrer Freundinnen, vor Raik und seiner Schwester saßen. Die beiden steckten die Köpfe zusammen und kicherten.

Alarmiert beugte Raik sich vor, bis er bemerkte, dass die Blicke der beiden Mädchen Herrn Janowski galten. Nicht ihm selbst oder einem anderen Mitschüler.

„Ich sag dir, Emma aus der Zwölf schwört, dass er verheiratet sei", flüsterte Sofie ein bisschen zu laut, sodass Raik, immer noch nach vorn gebeugt, sie einwandfrei verstehen konnte.

„Er trägt aber keinen Ring!", gab Tanja zurück.

Raik sah seine Schwester fragend an. Tanja schwärmte anscheinend für Herr Janowski. Na und? Seit wann interessierten Karli solche Dinge? Diese grinste nur und richtete ihre Aufmerksamkeit wieder nach vorne.

„So, das hätten wir geschafft", verkündete der Chemielehrer in diesem Moment und machte Anstalten, das Klassenbuch zuzuschlagen, hielt jedoch inne. „Ist das Jennifers Entschuldigung?", fragte er und nahm einen gefalteten Zettel aus dem Klassenbuch, um ihn aufzuklappen. Seine Augen huschten über die Zeilen und mit jeder Sekunde vertieften sich die Falten in seiner Stirn. „Tanja, kommen Sie bitte mal?"

„Ähm ... ja, wieso?"

„Kommen Sie bitte einfach nach vorne." Seine Stimme duldete keine Widerworte.

Tanja stand auf. Die knallenge rote Jeans zeigte jede noch so kleine Rundung. Sie zerrte ihr schwarzes Top nach unten, doch es erreichte trotzdem kaum ihren Jeansbund. In jeder von Tanjas zögerlichen Bewegungen erkannte Raik, dass das Mädchen, das ihm jeden Tag die Schule zur Hölle machte, nervös war. Kaum war Tanja am Pult angekommen, sprach Herr Janowski flüsternd auf sie ein. Er deutete auf den Zettel.

Während Tanja las, wurden ihre Augen immer größer. „Ich ... war das nicht", stammelte sie. Die Wangen unter den schwarz umrahmten Augen glühten wie rote Ampeln.

Herr Janowski flüsterte wieder. Tanja schüttelte stumm den Kopf.

„In Ordnung", meinte der Lehrer beschwichtigend.

„Ich war das nicht!", wiederholte Tanja.

Herr Janowski sagte etwas, zu leise, als dass Raik es in der vierten Reihe hätte hören können, aber anscheinend hatte Lukas ganz vorne es verstanden. Er drehte sich zu seinem Kumpel Christoph um, flüsterte diesem etwas zu und mit einem Mal war die ganze Klasse am Tuscheln.

Raik drehte den Kopf, versuchte, ein paar Gesprächsfetzen aufzuschnappen. Auch Rachida und Svea hatten die Köpfe zusammengesteckt.

„Sieht so aus, als hätte Tanja dem Janowski einen Liebesbrief geschrieben", sagte Karli neben ihm. Sie hatte das Kinn in eine Hand gestützt und verfolgte mit träumerischem Blick die Auseinandersetzung zwischen Tanja und dem Lehrer. Letzterer gab in diesem Moment seine Beschwichtigungsversuche auf und wandte sich der Klasse zu. „Ruhe, bitte!"

Nach und nach verstummten die Tuscheleien. Gespannt wandten sich wieder alle nach vorne, wo Tanja mit verschränkten Armen stand und jeden feindselig anfunkelte, der ihrem Blick begegnete.

„Anscheinend hat sich jemand einen Scherz erlaubt", sagte Herr Janowski. „Keinen besonders guten, möchte ich betonen. Ich fände es nur angemessen, wenn sich die Person, die dafür verantwortlich ist, bei mir meldet und mir erklärt, wieso sie das getan hat. So ...“ Er hielt inne, als er bemerkte, dass Tanja immer noch neben ihm stand. Auf sein aufforderndes Kopfnicken hin ging sie langsam zurück an ihren Platz. Dabei fixierte sie ihre Mitschüler einen nach dem anderen mit abwägendem Blick.

„Unfassbar“, zischte Karli, nachdem Tanja sich gesetzt und ihnen den Rücken zugewandt hatte. „Dass sie so einfach davongekommen ist!“

Mit offenem Mund starrte Raik erst Karli, dann Tanjas Hinterkopf an. Ihm war ein unglaublicher Gedanke gekommen. Doch bevor er nachhaken konnte, sagte Herr Janowski seinen Namen.

„Äh, ja?“

„Raik, Sie haben doch im letzten Schuljahr in Chemie hervorragend abgeschnitten. Hätten Sie nicht Lust, uns kurz zusammenzufassen, was Sie bereits über Kohlenstoffverbindungen wissen?“

Raiks Kopf war wie leer gefegt. Dennoch antwortete er: „Natürlich.“

„Kommen Sie nach vorne.“ Herr Janowski wies neben sein Pult. „Ende dieses Schuljahres stehen für Sie alle die Abiturprüfungen an. Da ist es nur von Vorteil, wenn Sie jetzt schon regelmäßig Referate aus dem Stehgreif üben. Als Vorbereitung auf die mündlichen Prüfungen.“

Raik rührte sich nicht.

„Raik? Kommen Sie?“

Raik nahm wahr, wie Karli ihn anstarrte. Auch Rachidas und selbst Jeremias’ Blick spürte er im Nacken, als er sich mechanisch erhob. Während er nach vorne ging, einen Fuß vor den anderen setzend, hörte er nichts als seinen eigenen dröhnenden Herzschlag. Dann stand er neben dem Pult, vor sich seine sechsundzwanzig Mitschüler, von denen ihn einige mit mitleidvollen, andere mit hämischen Gesichtern musterten.

Raik wusste nicht, wie lange er so dastand. Er fühlte sich wie in einem Vakuum. Die Zeit schien stillzustehen.

„Raik“, sagte Herr Janowski.

Sein Kopf schoss herum.

„Kohlenstoffverbindungen.“ Er nickte ihm aufmunternd zu.

Doch er konnte an nichts anderes denken als an die sechsundzwanzig Augenpaare, die ihn anstarrten. Er begann zu zittern.

„Stell dir einfach vor, wir wären alle nackt“, rief ihm Tanja zu. Die Klasse kicherte.

„Ich ... ähm ...“, stotterte Raik. Er schwitzte. Spürte, wie die Nässe an seinen Achseln sein Shirt durchdrang und sich in großen, dunklen Kreisen abzeichnete. Da legte Herr Janowski ihm eine Hand auf den Arm.

„Möchte vielleicht jemand für Raik übernehmen?“, fragte der Lehrer. Und im nächsten Moment: „Jeremias, vielen Dank. Kommen Sie nach vorne.“

Als Raik auf seinen Platz ging, kreuzte sich sein Weg mit Jeremias’. Dieser nickte ihm zu, bevor er sich vor die Klasse stellte und einen Vortrag über Kohlenstoffverbindungen begann. Raik setzte sich, Tränen der Erleichterung und Dankbarkeit in den Augen.

***

„Du hättest es dem Janowski von Anfang an sagen sollen“, ereiferte sich Karli zum wiederholten Male. „Er hätte es verstanden. Die anderen Lehrer machen bei dir mit deiner Referatsphobie doch auch eine Ausnahme.“

Referatsphobie. Das klang so simpel, als hätte er Angst vor Spinnen oder so. Typisch Karli, die Dinge immer so zu vereinfachen. Zumindest wenn sie nicht sie selbst betrafen. Doch Raik sagte nichts.

„Werden die mündlichen Abiprüfungen dann nicht auch zum Problem?“, fragte Svea, die gerade mit Jeremias vom Kaffeeautomaten zurückkam. Der Vorfall mit Tanja am ersten Tag hielt sie nicht davon ab, jeden Tag in der Mittagspause ihre heiße Schokolade zu trinken. Sie setzte sich Raik gegenüber und betrachtete ihn sorgenvoll.

Er lächelte ihr zu. „In den Abiprüfungen sitzen ja nur die Lehrer und Prüfer. Solange keine anderen Schüler dabei sind, schaffe ich das schon.“ Er rieb sich über die Wangen und wünschte, die Hitze darin würde nachlassen. Er brauchte dringend einen Themenwechsel. „Das mit Tanja –“, begann er und wurde prompt von Karli unterbrochen: „Ja, unglaublich. Die ganze Mühe für nichts und wieder nichts.“

Alle starrten seine Schwester an. Raik sah, wie den anderen nach und nach dämmerte, was er schon in der Chemiestunde vermutet hatte.

Schließlich war es Rachida, die flüsterte: „Das Spiel?“

Karli zuckte nur frech mit den Achseln. „Die Abmachung war, dass es anonym bleibt, schon vergessen?“

„Wow“, stieß Rachida ehrfurchtsvoll aus. „Einen Liebesbrief von Tanja an Herrn Janowski. Auf so was wär ich nie gekommen.“

„Psst!“, herrschte Karli sie an und suchte die Pausenhalle mit Blicken ab. Doch Tanja saß außer Hörweite.

„Wann habt ihr Zeit für die nächste Runde?“, fragte Karli.

„Bei mir geht es auf keinen Fall während der Schulwoche“, sagte Rachida.

„Wieder Samstag?“, schlug Karli vor.

„Lädst du dich gerade zu mir ein?“, wollte Jeremias wissen.

Karli ignorierte ihn. „Also Samstag. Bücherwurm?“

Erst jetzt fiel Raik auf, wie still Svea neben Jeremias geworden war.

„Ihr wollt weiterspielen?“, fragte sie.

Rachida und Karli sahen sich an.

Jeremias’ Blick ruhte auf Svea. „Du nicht?“, fragte er.

„Ich dachte, das wäre eine einmalige Sache“, antwortete sie. „Wie oft wollt ihr das machen?“

„So oft, wie sie es verdient haben!“, sagte Karli heftig. „Haben *die* etwa nach einem Mal aufgehört?“

„Nein“, gab Svea zu.

„Eben!“, schnaufte Karli und lehnte sich mit verschränkten Armen zurück. „Das war erst der Anfang.“

Svea sah zweifelnd zu Raik. „Was meinst du?“

Aller Augen richteten sich auf ihn. Er fühlte sich fast ein bisschen wie eine Stunde zuvor, als er vor der Klasse gestanden hatte. Er musste nicht lange über eine Antwort nachdenken. Das Bild, wie Tanja mit hochrotem Kopf vor der Klasse gestanden hatte, war ihm noch allzu deutlich im Gedächtnis. „Sie haben es verdient“, sagte er schließlich. „Wir müssen ja nicht ewig weiterspielen“, fügte er an Svea gewandt hinzu. „Wenn wir genug haben, hören wir auf.“

Svea nickte.

***

„In den Keller?“, fragte Rachida.

Jeremias nickte. Er deutete auf eine Tür, die im Flur der Wohnzimmertür gegenüberlag, direkt unter der alten Treppe, die in den ersten Stock führte. Die dritte Tür im Flur führte zur Toilette, wie Raik bereits letzten Samstag herausgefunden hatte.

„Ich war die Woche zufällig da unten“, sagte Jeremias. „Es ist perfekt für das Spiel.“

Raik und Svea tauschten einen Blick.

Karli ging auf die Tür zu und drückte die Klinke hinunter. „Warum nicht? Ich bin dabei.“

Svea hob die Augenbrauen, doch Raik lächelte. So selten Jeremias und Karli einer Meinung waren: Wenn es um das Spiel ging, waren sie auf derselben Wellenlänge.

Karli machte ein paar Schritte die Stufen hinunter. „Lass mich raten: kein Licht?“

Jeremias verschwand ins Wohnzimmer. Als er zurückkam, hielt er in jeder Hand eine schwarze Metalllaterne, in der Stumpenkerzen brannten. Er reichte eine der Laternen an Karli weiter. „Unten die erste Tür links. Raik, du ziehst besser den Kopf ein. Ich gehe als Letzter.“

Der Reihe nach tasteten sie sich im Kerzenlicht die Kellertreppe hinunter. Karli vorneweg, dahinter Rachida, dann Raik und hinter ihm Svea und Jeremias. Raik musste sich tatsächlich ducken, damit er mit dem Kopf nicht an die niedrige Decke stieß.

Als er den kleinen Raum erreichte, standen Karli und Rachida bereits in der Mitte und sahen sich um. Die Wände standen voller Gerümpel: alte Regale, Umzugskisten und Krimskrams, von einem alten Fernseher bis hin zu Kerzenständern. Die Mitte der Kammer jedoch war offensichtlich vor Kurzem hergerichtet worden. Der Boden war staubfrei, das konnte Raik selbst im Kerzenlicht erkennen. Ein roter, altmodischer Teppich von der Größe eines Doppelbettes bildete das Kernstück des Raums. Darauf hatte Karli die Laterne abgestellt. Daneben lagen, fein säuberlich zu einem Stapel aufgerichtet, die Spielkarten.

Jeremias stellte die andere Laterne an den Teppichrand und setzte sich. Nach und nach nahmen auch die anderen Platz.

Niemand sagte etwas. Alle blickten erwartungsvoll zu Jeremias. Dessen Lippen formten den Hauch eines Lächelns. Das Kerzenlicht reflektierte in seinen Augen, als er nach den Karten griff. Mit ruhigen Handbewegungen mischte er, indem er kleine Kartenpäckchen mit dem Daumen der linken Hand aus der rechten zog. Als sich alle Karten in der linken Hand befanden, begann er von vorn.

Raik begriff mit einem Mal, was Jeremias damit gemeint hatte, dass dieser Raum perfekt für das Spiel sei. Das kleine Zimmer strahlte eine ganz besondere Atmosphäre aus. Eine Intimität, die das, was sie hier taten, bedeutungsvoller, aber auch verbotener erscheinen ließ als noch letzte Woche im Wohnzimmer.

Jeremias legte den Kartenstapel vor sich auf den Teppich und zog die fünf obersten Karten ab. Diese hielt er so, dass alle außer ihm selbst die Vorderseiten sehen konnten.

„Svea", sagte er.

Ihre Augen wanderten über die fünf Karten. Sie zeigten das Karoass, die Karoneun, den Kreuzbuben, die Herzneun und die Kreuzsieben. Nachdem sich Svea alle Karten genau angesehen hatte, richtete sie ihre Augen auf Jeremias, bevor sie die Rachekarte auswählte: „Karoass."

Jeremias schob die fünf Karten ineinander, mit der Rückseite nach oben, und mischte abermals. „Stellt euch die Person vor, die ihr am meisten hasst", sagte er leise. Er begann erneut mit dem Austeilen. Eine Karte an Svea, die zu seiner Linken saß, eine an Rachida. „Und stellt euch vor, was ihr dieser Person als Rache wünscht." Eine an Karli. Eine an Raik. Zum Schluss legte Jeremias eine vor sich selbst ab. „Jemand in diesem Raum bekommt die Möglichkeit, seine Rache wahrwerden zu lassen."

Wie auf einen geheimen Befehl hin griffen sie alle vor sich. Raik hielt die Luft an, als er seine Karte umdrehte, doch so hielt, dass keiner der anderen sehen konnte, was darauf war. Ein kurzer Blick und sie legten die Karten wieder mit der Rückseite auf den Teppich, woraufhin Jeremias sie zurück in den Stapel mischte. Mit ebenso ruhigen Handbewegungen wie zuvor.

Raik ließ seinen Blick über die anderen schweifen. Die Gesichter verrieten nichts, ebenso wenig wie sein eigenes.

KAPITEL 7

Gegenwart

„Du kannst mit dem Lügen aufhören. Ich weiß, dass du in jener Nacht die Rachekarte hattest“, sagte Jeremias. Svea starrte wie hypnotisiert in seine Augen. „Und anscheinend weiß Rachida es auch. Deshalb will sie dich auf die Farm locken.“

Svea wollte etwas erwidern, doch konnte keine Worte formen.

Jeremias seufzte. Er setzte sich neben Svea auf die Bettkante. Als sie von ihm wegrutschen wollte, griff er nach ihrem Arm, ließ sie nicht entkommen. „Du musst mir vertrauen, Svea. Wir müssen zusammenarbeiten und herausfinden, was für Beweise Rachida hat. Und was sie plant.“ Er sah nachdenklich auf Sveas Handy, las den Austausch zwischen ihr und Rachida noch einmal. „Das passt gar nicht zu ihr.“

Svea befreite ihren Arm und diesmal ließ Jeremias zu, dass sie von ihm wegrutschte. Mit ihm direkt neben sich fiel ihr das Denken noch schwerer. Sie stand auf und setzte sich auf den einzelnen Stuhl, der vor dem Fenster stand.

Jeremias verfolgte jede ihrer Bewegungen.

Svea stützte die Ellenbogen auf die Knie, um ihr Gesicht darin zu vergraben. Ihr Puls raste, die Gedanken stoben nur so durch ihren Kopf. Sie zwang sich, ruhig und langsam zu atmen.

„Gib es einfach zu, Svea“, sagte Jeremias sanft. „Ich kenne die Wahrheit seit zehn Jahren.“

„Welche Wahrheit?“

„Dass du es warst.“

Svea lachte. Schrill, hysterisch, doch sie konnte sich nicht helfen.

„Du hattest die Rachekarte“, wiederholte Jeremias mit dieser unerträglich ruhigen Stimme. „Ich habe dich gesucht an jenem Abend und konnte dich nicht finden. Du warst mit Marie-Luise zusammen, richtig?“

Endlich schaffte Svea es, mit dem Lachen aufzuhören. Sie hob den Kopf und sah Jeremias direkt an. Noch immer fiel es ihr schwer, ihre Gedanken zu ordnen. Aber eine Sache wusste sie mit Sicherheit. Und an dieser Sache musste sie festhalten, wenn sie nicht durchdrehen wollte. „Du glaubst allen Ernstes, dass ich es war? Du warst doch derjenige, der allen eingeredet hat, wir könnten nicht die Polizei rufen!“ Sveas Stimme war lauter geworden. Nur mit Mühe hielt sie sich davon ab, aufzustehen und Jeremias anzuschreien. Sie wollte noch etwas hinzufügen. Die Anschuldigung, die sie ihm bisher stets nur in ihrer Vorstellung entgegengeschleudert hatte.

Aber Jeremias kam ihr zuvor: „Du glaubst, ich war es?“

„Du hast uns dazu überredet, alles zu vertuschen!“

Jeremias schwieg einen Moment. Die Sekunden zogen sich unerträglich in die Länge. „Ich habe es für dich getan.“

Sveas Atem stockte. Die Zeit schien stillzustehen. Sie versank in Jeremias' Augen. Wenn er die Wahrheit sagte ... Unerträgliche Hoffnung ergriff von ihr Besitz.

„Wenn du es wirklich nicht warst", sagte Jeremias, und etwas schwang in seiner Stimme mit, etwas, das ebenfalls verdächtig nach Hoffnung klang, „wieso hast du nicht einfach die Polizei gerufen? Wieso hast du nachgegeben?"

Svea sah zu Boden. Sie spürte Jeremias' bohrenden Blick. Doch sie konnte es nicht sagen. „Woher weißt du, dass ich die Rachekarte hatte?"

„Weil ich sie dir mit Absicht gegeben habe."

Svea nickte nur. Sie hatte es schon damals geahnt. „Wie oft?"

Jeremias zuckte mit den Achseln. „Nicht jedes Mal, wenn ich gemischt habe. Nur wenn jemand unvorsichtig war." Er fixierte sie. „Du bist nicht überrascht", stellte er fest.

„Nein."

„Du kanntest mich immer am besten." Er lächelte sie voller Wärme an, dann wurde er schlagartig wieder ernst. „Wo warst du, als Marie-Luise starb?"

„Im Lagerhaus."

„Im Lagerhaus?"

„Ja, fast die ganze Nacht. Ich ..." Sie seufzte. „Du wusstest doch, dass ich eigentlich nicht mehr mitspielen wollte. Ihr wusstet es alle."

„Aber du bist nicht ausgestiegen."

Svea sah Jeremias lange an. Die Gründe, wieso sie es nicht geschafft hatte, der Gruppe und dem Spiel vollständig den Rücken zu kehren, kannte er nur zu gut. „Nein", sagte sie schließlich. „Aber ich wollte nicht, dass im letzten Spiel irgendjemand bestraft wird. Ich wusste, ich konnte euch nicht davon abhalten, es ein letztes Mal zu spielen, also ..." Sie ließ den Satz offen. Sie wusste, er würde selbst darauf kommen.

Jeremias verengte die Augen und gab ihrer Vermutung recht. „Du hast die Pikdame angeschaut, als du die Rachekarte bestimmt hast. Es war die Karte ganz rechts, von mir aus gesehen. Nur durch deinen Blick wusste ich, welche es ist, und konnte sie dir geben. Sonst hast du dir immer erst alle Karten gemerkt und dann mich angesehen, bevor du eine als Rachekarte ausgewählt hast. Du warst nie so unvorsichtig. Rachida ja, auch Anton manchmal. Aber du nie." Jeremias sah sie an, als würde er sie zum ersten Mal sehen. „Du hast mich getäuscht. Du wolltest, dass ich dir die Rachekarte gebe."

„Es war ein Versuch. Ich wusste nicht mit Sicherheit, ob du betrügst."

Jeremias lachte auf, abrupt und hart, als könnte er es nicht glauben.

„Und ich wusste nicht, ob du sie mir geben würdest, selbst wenn du betrügst. Nach allem, was zwischen uns vorgefallen war ..." Die Erinnerungen drohten, sie zu überschwemmen, doch sie ließ es nicht zu. „Ich war so erleichtert, als ich tatsächlich die Rachekarte bekam. Niemand würde bestraft werden. Aber ich wusste, ihr würdet alle genau darauf warten. Also habe ich mich im Lagerhaus versteckt. Ich wollte nicht lügen müssen, falls ihr euch fragen solltet, wieso derjenige mit der Rachekarte einfach nichts tut. Nachdem ihr endlich alle geschlafen habt, bin ich in mein Zimmer geschlichen.

Es war ohnehin das letzte Mal. Es hätte alles vorbei sein sollen."

Svea stockte, als ihre Stimme brach. Wie stolz war sie auf sich gewesen, in diesem letzten Spiel die Strafe verhindert zu haben. Nur um am nächsten Morgen festzustellen, dass sie rein gar nichts verhindert hatte. Es war ihre Schuld. Sie hatte gewusst, dass das Spiel zu weit ging, hatte als Einzige erkannt, dass sie aufhören mussten. Doch sie war zu schwach gewesen.

Wieder spürte sie diese seltsame Nässe an ihren Augenwinkeln, dieselbe wie zuvor im Hotelzimmer. Seit der Nacht des letzten Spiels hatte sie nicht geweint, hatte es sich nicht erlaubt. Und nun gleich zweimal innerhalb weniger Stunden.

Als sie die Tränen abwischte, bemerkte sie, dass Jeremias sie nachdenklich anschaute. „Was?", fragte sie.

„Wusstest du, was Marie-Luise getan hat?"

„Was meinst du?"

„Das mit deiner Mutter." Jeremias' Blick verließ ihr Gesicht für keine Sekunde. Er analysierte sie, versuchte zu ergründen, ob sie nur ahnungslos tat oder wirklich nichts wusste.

„Was hat Marie-Luise mit meiner Mutter zu tun?"

„Du weißt es wirklich nicht?"

„Jeremias ..."

„Sie hat deiner Mutter von dem Spiel erzählt."

Svea öffnete den Mund, doch kein Ton kam heraus. Sie versuchte es erneut, mit demselben Ergebnis. Ungläubig schüttelte die den Kopf.

Jeremias fuhr fort: „Sie war der Auslöser für euren Streit."

Den Streit, der sie zurück zu Jeremias getrieben hatte. Weil sie nicht hatte zu Hause bleiben wollen und nirgends sonst hatte hingehen können.

„Wieso?", hauchte Svea.

Jeremias zuckte mit den Achseln. „Marie-Luise hat mich angesprochen. Wollte wissen, wieso du plötzlich bei mir auf der Farm wohnst. Als ich ihr erzählt habe, dass du einen Streit mit deiner Mutter hattest, hat sie zu weinen angefangen und gebeichtet, dass sie deiner Mutter von dem Spiel erzählt hat. Ich dachte, du hättest das rausgefunden."

„Und sie dafür umgebracht?" Wieder war Sveas Stimme einige Oktaven nach oben geklettert.

„Es war ein schlimmer Streit. Zwischen dir und deiner Mutter."

„Ja, war es." Svea schluckte. Trotzdem hätte sie nie jemanden dafür umgebracht. Dass Jeremias das nicht zu wissen schien, versetzte ihr einen Stich. „Wieso hat Marie-Luise das getan?"

„Sie mochte das Spiel nicht. Vermutlich dachte sie, wenn deine Mutter davon erfährt, zwingt sie dich, damit aufzuhören. In der Hoffnung, dass ich es ebenfalls lassen würde, wenn du nicht mehr mitspielst."

Da hatte Marie-Luise Jeremias ziemlich schlecht gekannt. „Wenn sie das Spiel so hasste, wieso hat sie dann mitgespielt?", fragte Svea.

„Die Frage solltest du am besten beantworten können."

Er hatte recht. Svea hatte am eigenen Leib erfahren, wie schwierig es war, sich aus dem Sog der Gruppe zu lösen. Trotzdem. Marie-Luise war nicht wie Svea gewesen. Sie hatte bis kurz vor Ende gar nicht zu ihnen gehört. Sie war beliebt gewesen, klug, hatte in ihrem eigenen Jahrgang viele Freunde gehabt. Wieso hatte sie nach dem ersten Spiel nicht einfach die Finger davon gelassen? Das machte alles keinen Sinn.

Ihr Blick traf den von Jeremias.

„Woran denkst du?", fragte er. Seine Stimme klang sanft und erinnerte Svea schmerzhaft an Zeiten, in denen er ihr damit das Gefühl gegeben hatte, dass er sich ehrlich für sie interessierte. Nicht nur dafür, ob sie tat, was er von ihr erwartete, sondern wirklich für sie. Ihre Gedanken und Gefühle. Ihre Meinung, selbst wenn es nicht seine war.

Svea schüttelte den Kopf. „Nicht wichtig."

Er sah sie lange an. „Komm mit in die Küche. Ich mache dir heiße Schokolade."

„Du hast Kakao?"

„Den, den du immer am liebsten mochtest."

„Erzähl mir nicht, dass du selbst mittlerweile Kakao trinkst."

Er lächelte. „Nein, ich mache mir einen Kaffee."

„Wieso hast du dann Kakao da?"

„Möchtest du nun einen oder nicht?"

Jetzt war es an Svea, ihn nachdenklich zu betrachten. Jeremias hielt ihrem Blick kurz stand, sah jedoch nach einem Moment weg.

Ein eigenartiges Kribbeln machte sich in Sveas Magengegend breit, ließ sie lächeln. Und sie merkte, dass sie tatsächlich, zum ersten Mal seit über zehn Jahren, Lust auf heißen Kakao hatte.

***

Svea saß in Jeremias' Wohnzimmer auf dem Sofa, eingekuschelt in eine Wolldecke. Die Digitaluhr des Fernsehreceivers zeigte 04:11 Uhr an. Sie schnupperte den Duft, der aus ihrer Tasse aufstieg, dann nahm sie einen Schluck.

„Und?", fragte Jeremias, der ihr gegenüber auf seinem Bürostuhl saß.

„Perfekt."

Jeremias hob seinen Kaffeebecher an den Mund, doch Svea sah sein zufriedene Lächeln trotzdem.

Wie surreal das alles war. Sie und Jeremias. Saßen hier mitten in der Nacht und unterhielten sich über heiße Schokolade. So, als hätte es die letzten Jahre nie gegeben. Aber so einfach war das alles nicht. Plötzlich verursachte der bittersüße Geschmack ihr Übelkeit. Sie stellte die Tasse auf den Beistelltisch.

„Was ist?", fragte Jeremias.

„Wir haben keine Zeit für das hier. Wir sollten zur Farm fahren." Svea begann, sich aus der Decke zu schälen.

„Nein."

„Wenn Rachida dort ist, kann sie uns aufklären."

„Wenn sie da ist, ist es zu gefährlich. Wir wissen nicht, was mit ihr los ist. Oder klingen die Nachrichten, die du bekommen hast, nach der Rachida, die du kennst?"

„Nein, aber –"

„Möglicherweise denkt sie, dass du es warst", unterbrach Jeremias. „Vielleicht will sie dich auf die Farm locken, um sich an dir zu rächen."

„Oder sie kennt den wahren Täter."

„Oder sie ist es selbst."

Svea wollte widersprechen, aber was wusste sie schon über Rachida? Und über Karli, Raik und Anton? Wenn es wirklich nicht Jeremias gewesen war – und Svea musste sich eingestehen, dass sie ihm glaubte –, konnte es jeder der anderen gewesen sein.

Sie rieb über die Gänsehaut an ihren Armen, als sie an jene Nacht zurückdachte. So lange war sie davon ausgegangen, den Täter zu kennen. Sie versuchte, sich an die anderen zu erinnern. Wie hatten sie an jenem Morgen reagiert? Svea wusste noch, dass Karli Raik getröstet hatte. Rachida war, nachdem sie endlich mit dem Schreien aufgehört hatte, vollkommen verstummt. An Anton konnte Svea sich kaum erinnern. Auch er hatte die meiste Zeit geschwiegen. Doch als Jeremias vorgeschlagen hatte, nicht die Polizei zu rufen, war er als Einziger dagegen gewesen.

„Ich kann mir einfach nicht vorstellen, dass es einer von ihnen war“, flüsterte Svea.

„Muss es aber.“

„Ich weiß.“

Während Jeremias nachdenklich schwieg, sah Svea auf ihr Handy, das er ihr zurückgegeben hatte. Jeremias blickte sie fragend an, woraufhin sie den Kopf schüttelte.

„Wieso hatten du und Rachida Kontakt?“, wollte Jeremias wissen.

„Wieso hattet ihr beide Kontakt?“ Es störte sie noch immer, dass Rachida ihr nie davon erzählt hatte.

„Ganz zufällig“, sagte Jeremias. „Ich wusste nicht mal, dass Rachida ebenfalls in Bremen wohnt, bis sie vor unserer Praxis stand.“

„Praxis?“

„Unsere Gemeinschaftspraxis. Ich bin Psychotherapeut." Er wollte fortfahren, doch anscheinend war da etwas in ihrer Mimik, das ihn innehalten und fragen ließ: „Du nicht?"

Svea schüttelte den Kopf.

„Wieso nicht? Du wolltest doch Therapeutin werden."

Sie wich seinem Blick aus. Nur mit Mühe konnte sie sich von einer bissigen Bemerkung abhalten. Aber so war Jeremias. Es gab Dinge, die verstand er einfach nicht. Daran änderten anscheinend kein Psychologiestudium und keine Therapeutenausbildung etwas. „Es kam mir einfach falsch vor. Dass gerade ich geeignet sein sollte, anderen Menschen zu helfen."

„Was machst du dann?"

„Ich arbeite in der Forschung. Entwicklungspsychologie. Du wolltest von Rachida erzählen", sagte Svea, um das Thema zu beenden. Es tat noch immer zu weh, daran zu denken, was sie hätte haben können, was aus ihrem Leben hätte werden können, wenn sie nie mit dem Spiel begonnen hätten. „Wieso stand sie vor deiner Praxis?"

„Sie hatte anscheinend einen Termin mit meinem Kollegen. Erstgespräch. Als sie vor unserer Praxis stand, sah sie meinen Namen auf dem Schild. Ich kam an jenem Morgen später, weil der erste Patient abgesagt hatte, und sah sie dort stehen. Sie war wie erstarrt und registrierte meine Anwesenheit erst gar nicht. Schließlich kam sie mit ins Wartezimmer, doch sie war so durch den Wind, dass sie das Gespräch mit meinem Kollegen nicht führen konnte. Mein erster Patient kam und ich konnte nicht bei ihr bleiben. Ich kam erst eine Stunde später wieder ins Wartezimmer und sie saß noch immer dort, sagte, sie müsse unbedingt mit mir sprechen. Ich hatte im Anschluss einen weiteren Patienten, aber Rachida machte das nichts aus, sie wartete einfach. Als ich Zeit für sie hatte, gingen wir in mein Sprechzimmer und ich fragte sie, wie es ihr die letzten Jahre ergangen sei. Sie ging gar nicht darauf ein. Stattdessen fragte sie mich, was sie gegen dieses Gefühl der Schuld tun könne. Ich habe sie natürlich gefragt, weswegen genau sie sich schuldig fühlt, doch sie wollte nicht mehr dazu sagen."

„Und? Was hast du ihr geraten?"

„Dass gegen Schuld nur hilft, sich dieser zu stellen."

Das hörte sich so gar nicht nach Jeremias an. Vielleicht hatte er sich doch verändert.

„Du hast noch nicht auf meine Frage geantwortet", bemerkte Jeremias. „Wieso du mit Rachida Kontakt hattest."

„Weil es eine schwierige Frage ist."

„Versuch es trotzdem."

„Ich glaube, es hatte auch mit Schuld zu tun. Einmal im Monat ihre Stimme zu hören, die Erinnerungen an damals wieder hochkommen zu lassen ... Mir hat es das Gefühl gegeben, Buße zu tun." Sie lachte bitter auf, voller Ekel gegenüber sich selbst. „Weil ich mir zumindest an einem Tag im Monat nicht gestatte, das Ganze zu verdrängen." Jetzt, da sie es aussprach, wusste sie, dass es die Wahrheit war. „Ich habe es einzig und allein für mich selbst getan. Zwar habe ich mich dadurch nicht wie ein weniger schlechter Mensch gefühlt, aber zumindest weniger feige." Wieder brannten Tränen hinter ihren Augenlidern. Selbstmitleidstränen. Wütend wischte sie sie weg.

„Du bist kein schlechter Mensch, Svea."
„Sagst du das als Therapeut?"
„Nein. Als jemand, der dich kennt."
Sie schwiegen eine Weile.
Dann griff Jeremias zu seinem Handy. „Wusstest du, dass Rachida in den letzten zehn Jahren mit jedem von uns sporadisch in Kontakt stand?"
„Nein", sagte Svea, verwirrt angesichts des plötzlichen Themenwechsels. „Sie hat mal erwähnt, dass Karli ins Ausland gegangen sei und Raik seine eigene Firma habe. Aber ich dachte, das hat sie vielleicht von Facebook."
Jeremias schüttelte den Kopf. „Sie hatte alle ihre Nummern." Er tippte auf seinem Smartphone herum. „Das kommt uns jetzt zugute."
„Was machst du da?"
„Ich organisiere ein Klassentreffen." Er sah sie an, lächelte auf die gleiche sarkastische Weise wie damals als Junge.

***

Karli und Raik kamen als Erstes. Es war kurz nach zwei Uhr nachmittags und Svea musste schmunzeln bei dem Gedanken daran, dass Karli vor zehn Jahren niemals vor drei Uhr an einem Samstag erreichbar gewesen wäre, weil sie schlicht und einfach so lange geschlafen hatte.
Beide hatten sich merklich verändert. Raiks rotblondes Haar war dunkler geworden und er trug es kürzer, sodass die Locken ihm nicht länger in die Stirn fielen. Die Brille war schmaler und eckiger als früher, die

Augen dahinter blickten jedoch so freundlich wie eh und je. Er war gut gekleidet, vom Stil her ähnlich wie Jeremias, doch formeller, mit einer schwarzen Hose und einem offenen beigefarbenen Blazer, der unter dem halblangen Mantel zum Vorschein kam. Auch das Lächeln, das er Svea und Jeremias schenkte, war irgendwie anders. Weniger ängstlich. Er umarmte Svea kurz.

„Ihr habt Glück, dass Karli überhaupt hier ist. Sie ist gerade zu Besuch, eigentlich wohnt sie in Australien. Macht Fotos und gibt Deutschunterricht." Sein stolzer Blick wandelte sich in einen sorgenvollen. „Aber was ist denn nun mit Rachida? Du hast am Telefon gesagt, sie sei verschwunden?" Die letzte Frage war an Jeremias gerichtet.

„Wir warten noch auf Anton."

Während Raik Jeremias ins Wohnzimmer folgte, zog Karli langsam ihre Jacke aus. Abschätzig musterte sie Svea von Kopf bis Fuß, bevor sie vieldeutig zum Wohnzimmer nickte. „Zehn Jahre später und du und Jeremias steckt immer noch unter einer Decke." Sie trug jetzt ebenfalls eine Brille, randlos und unauffällig, wodurch ihre ungeschminkten Augen kleiner wirkten. Das Haar war nicht mehr gefärbt und der hellblonde Bob harmonierte besser mit ihrer blassen Haut. Sie trug braune Strumpfhosen unter einem knielangen Rock, darunter ebenfalls braune Stiefel. Über dem Rock verdeckte ein dicker Strickpullover ihre Figur. Sie sah gut aus. Modisch, hübsch. Aber auch viel zu dünn.

„Wir hatten bis gestern keinen Kontakt zueinander, falls du das meinst."

„Zehn Jahre keinen Kontakt und dann verbringst du gleich die Nacht bei ihm?“ Karli lugte ins Gästezimmer, wo Sveas Reisetasche stand. „Immerhin getrennte Zimmer, was?“ Ohne eine Antwort abzuwarten, stakste sie an Svea vorbei und folgte den beiden Männern.

Svea rieb sich über die Unterarme, auf denen sich Gänsehaut gebildet hatte. So anders Karli jetzt aussah, ihre Einstellung zu Jeremias schien sich kein bisschen geändert zu haben.

„Kaffee?“, hörte sie Jeremias im Wohnzimmer fragen.

„Hast du Hafermilch?“ Das war Karli. „Ich bin Veganerin.“

Jeremias’ Erwiderung war zu leise, als dass Svea sie hätte verstehen können.

„Schon mal was von Massentierhaltung gehört?“, fragte Karli spitz. „Hast du die letzten zehn Jahre hinterm Mond gelebt, oder was?“

„Nur normale Milch. Oder schwarz.“ Anscheinend bewegte sich Jeremias auf die Tür zu, denn seine Stimme wurde lauter.

„Tee?“, fragte Karli. Eine kurze Pause, bis sie seufzte. „Dann Wasser. Falls du das hast.“

Jeremias erschien im Flur. Ihre Blicke trafen sich und er verdrehte die Augen.

„Ich helfe dir mit dem Kaffee“, sagte Svea. Um nichts in der Welt wollte sie mit Raik und Karli alleine im Wohnzimmer warten.

Wenig später klingelte Anton. Im Gegensatz zu den anderen beiden hatte er sich äußerlich kaum verändert. Sein blondes Haar fiel ihm immer noch in die Stirn und er kleidete sich wie als Oberstufenschüler: weite Jeans, weiter Pulli, Sneakers. Er umarmte Svea nicht an der Tür, sondern blickte misstrauisch von ihr zu Jeremias. „Was soll das alles?"

„Komm erst mal rein. Raik und Karli sind schon da." Svea lächelte Anton an, doch ihr Lächeln wurde nicht erwidert.

„Ich setze mich sicher nicht mit euch zum Kaffeekränzchen." Er nickte Karli und Raik zu, die im Flur erschienen waren, Letzterer mit einer Tasse in der Hand. „Ich will nur wissen, was mit Rachida ist." Anton verschränkte die Arme vor der Brust und rührte sich nicht vom Fleck.

„Okay", sagte Svea. Wie seltsam. Sie alle hatten sich verändert und waren trotzdem immer noch dieselben.

Jeremias berichtete knapp und direkt, wie es seine Art war, von Rachidas Verschwinden. Er erzählte, was sie von ihrem Verlobten wussten. Die Textnachrichten und das Foto ließ er aus, so hatten er und Svea es abgesprochen. Wenn Rachida wirklich Beweise für den wahren Mörder hatte und der- oder diejenige davon erfuhr, wäre Rachida in größter Gefahr.

Als Jeremias geendet hatte, herrschte Stille.

„Was erwartest du jetzt von uns?", fragte Karli schließlich.

„War ja klar." Anton warf ihr einen verächtlichen Blick zu. „Dir sind natürlich wieder alle außer dir selbst egal."

„Rachida ist mir nicht egal!", fauchte Karli. „Aber die ganze Sache hat sicher nichts mit damals zu tun."

Anton lachte. „Natürlich hat sie das."

Karli setzte zu einer Erwiderung an, doch Raik legte ihr eine Hand auf die Schulter. „Was, wenn er recht hat?"

„Wahrscheinlich hat sie es einfach nicht mehr ausgehalten“, sagte Anton, leiser. „Wer kann es ihr verdenken?“

„Hat Rachida irgendjemandem gegenüber irgendwas gesagt?“, fragte Svea und sah von einem zum anderen.

„Woher willst du wissen, dass wir mit ihr Kontakt hatten?“, fragte Karli.

„Sie hat es mir erzählt, als ich sie vor Kurzem zufällig getroffen habe“, sagte Jeremias. „Ich habe eure Nummern von ihr.“

Karli und Jeremias maßen sich mit Blicken.

„Du spielst dich hier auf wie der Retter in der Not, dabei hast du am allerwenigsten Recht dazu“, sagte Karli schließlich.

„Und wieso habe ich kein Recht dazu?“ Jeremias wirkte auf den ersten Blick noch immer ruhig, doch Svea fiel auf, wie seine Lippen sich leicht aufeinanderpressten.

„Weil all die schlimmen Dinge, die passiert sind, deine Schuld waren.“

„Das ist unfair“, sagte Raik sanft.

„Da bin ich ausnahmsweise mal auf Karlis Seite“, sagte Anton. Er fixierte Jeremias aus schmalen grünen Augen. „Auch wenn wir nicht wissen, wer das mit Marie-Luise war, wir wissen, *was* es war: dein verdammtes Spiel!“

„Wir hätten sofort die Polizei rufen sollen!“ Karlis Stimme wurde schrill.

„Das war falsch“, sagte Raik leise. „Wir hätten es nicht vertuschen dürfen.“

Da lachte Anton. Laut und hässlich. „Du warst doch der Erste, der Jeremias recht gegeben hat. So, wie du immer nach seiner Pfeife getanzt hast. Ich war der Einzige, der zur Polizei gehen wollte. Weißt du noch, was du dazu gesagt hast?" Er fixierte wieder Jeremias. „‚Überstimmt!'"

„Trotzdem hast du am Ende nachgegeben."

Alle Blicke richteten sich auf Svea. Sie tat einen tiefen Atemzug und gab sich alle Mühe, ihre Stimme so ruhig wie möglich klingen zu lassen. Dabei hätte sie auch einiges zu sagen gehabt. Schuldzuweisungen, ja, aber auch Dinge, die sie seit zehn Jahren mit sich herumtrug und für die sie sich gern entschuldigt hätte. Aber jetzt war der falsche Zeitpunkt, um die Vergangenheit aufzuarbeiten. „Ich meine ja nur, was bringt es, sich jetzt darüber zu streiten, was damals wessen Schuld war? Natürlich war es falsch, nicht sofort die Polizei zu rufen. Aber wir können es nicht mehr rückgängig machen. Rachida ist verschwunden, darum sollte es uns gehen."

Karli murmelte etwas, das sich wie „Typisch!" anhörte. Svea ignorierte sie. „Wenn jemand mehr weiß, wenn Rachida irgendwelche Andeutungen gemacht hat, dann sagt das jetzt. Bitte."

Raik schüttelte den Kopf.

Karli starrte Jeremias feindselig an.

Anton öffnete die Tür. „Das muss ich mir nicht geben. Ich bin weg. Und ich hoffe von Herzen, dass ich keinen von euch noch mal wiedersehen muss."

***

„Und?", fragte Svea. Raik und Karli waren gleich nach Anton ebenfalls gegangen.

„Ich weiß es nicht." Jeremias nahm einen Schluck von seinem sicherlich kalten Kaffee. „Sie haben so reagiert, wie man es erwarten kann. Mir ist nichts Ungewöhnliches aufgefallen. Dir?"

Svea schüttelte den Kopf.

„Es könnte immer noch Rachida selbst sein." Jeremias blickte sie an.

„Das glaube ich nicht." Aber sie glaubte auch nicht, dass Raik, Karli oder Anton Marie-Luise getötet hatten. Oder Jeremias. Nicht mehr. Zwar hatte Svea damals gesehen, wozu sie alle – sie selbst eingeschlossen – fähig waren. Aber Marie-Luise? Wenn es Jeremias oder Karli erwischt hätte, oder sie selbst, könnte sie sich einen Grund vorstellen. Marie-Luise jedoch hatte nie jemandem etwas getan. Außer anscheinend, dass sie Sveas Mutter von dem Spiel erzählt hatte. Gab es vielleicht noch mehr, was sie über Marie-Luise nicht wusste?

„Ich mache frischen Kaffee. Meiner ist kalt."

Svea blickte auf. Die Augenringe, die ihr gestern schon an Jeremias aufgefallen waren, sahen heute noch dunkler aus. „Möchtest du noch eine heiße Schokolade?"

„Ja, gern."

Als Jeremias in die Küche ging, schloss Svea für einen Moment die Augen. Was jetzt? Sie hatten keine neuen Anhaltspunkte. Alles, was sie hatten, waren Rachidas Nachrichten.

Rachida ... Ob sie immer noch auf der Farm war? Hatte sie gestern die ganze Nacht auf Svea gewartet? Was dachte sie jetzt von ihr, da sie nicht gekommen war? Ob sie ihr überhaupt noch vertraute?

Svea griff nach ihrem Handy. Egal, was Jeremias sagte, es war falsch gewesen, Rachida nicht mehr zu schreiben. Sie musste ihr zumindest erklären, was passiert war. Wieso sie sie gestern im Stich gelassen hatte.

Als Svea den Bildschirm entsperrte, hielt sie inne. Sie hatte eine neue Sprachnachricht von Rachida, eingegangen vor wenigen Minuten.

Aus der Küche drang das Rauschen des Wasserkochers.

Svea drückte auf „Abspielen" und presste sich das Handy ans Ohr.

Zuerst hörte sie nichts. Dann schnelles Atmen, das sich wie Schluchzen anhörte. Nein, es *war* Schluchzen. Abgehackt und panisch. Dazwischen gepresste, kaum verständliche Wörter: „Wenn du ... mich retten willst ... komm heute Nacht ... zur Farm ... Bitte, Svea ... rette mich ..."

KAPITEL 8

Acht Monate vor der Nacht des letzten Spiels

Todmüde kuschelte sich Svea um halb zehn am Sonntagmorgen in ihr Bett. Am Vorabend hatte Karli nach dem Spiel eine Flasche Whiskey hervorgezaubert und ein Trinkspiel vorgeschlagen. Schließlich hatten sie nachgegeben und mitgemacht – bis auf Jeremias, der zwar ohne Begründung abgelehnt, es den anderen aber auch nicht verboten hatte. Svea wusste nicht, wie lange sie gespielt hatten oder wie viel Alkohol am Ende noch in der Flasche gewesen war. Sie war wohl auf dem Sofa eingenickt. Als sie um acht von Jeremias geweckt worden war, der ins Wohnzimmer kam, hatte es in ihrem Kopf gehämmert. Die anderen waren bereits nach Hause gefahren.

Erneut schloss Svea die Augen und schlief augenblicklich ein.

Ein Klingeln riss sie aus einem konfusen Traum. Desorientiert griff sie nach der Geräuschquelle und fand ihr Handy. „Hallo?"

„Bücherwurm?"

„Karli?" Mit zusammengekniffenen Augen schielte sie auf die Zeitanzeige oben rechts auf ihrem Handydisplay. Es war kurz nach zehn. „Du sollst mich nicht so nennen. Außerdem war ich gerade eingeschlafen", beschwerte sie sich.

„Steh auf und komm sofort her. Zur Kirche. Der von Jeremias' Vater."

Der resolute Tonfall ließ Svea aufhorchen. „Was? Wieso denn? Ist was passiert?"

Doch Karli hatte bereits aufgelegt.

***

Svea war bisher höchstens zwei-, dreimal an der evangelischen Lutherkirche vorbeigefahren. Sie war nicht besonders groß. Außer dem Kirchengebäude mit dem Kirchturm gab es noch ein niedrigeres Nebengebäude, in dem der Pfarrer wohnte. Der Bau stand auf einem kleinen Platz, der jetzt voller Menschen war. Entsetzt dreinblickende, tuschelnde Menschen, die Svea die Sicht auf den Kircheneingang nahmen. Abseits der Schaulustigen parkte ein Polizeiauto. Svea wusste, es musste tatsächlich etwas passiert sein. Nach den Blicken der Leute zu urteilen, etwas Schlimmes.

„Bücherwurm!"

Karli tauchte neben ihr auf. Sie sah genauso übernächtigt aus, wie Svea sich fühlte. Anscheinend war sie nicht mal dazu gekommen, ihr Make-up aufzufrischen. Die Kajal-Umrandung war weniger dick als sonst und die abbröckelnde Mascara gab den Blick auf blonde Wimpern frei.

Svea sah sich suchend um. „Sind die anderen auch hier?"

„Rachida ist nicht an ihr Handy gegangen, aber Raik wuselt hier irgendwo herum."

Svea wollte nach Jeremias fragen, doch in dem Moment umgriff Karli fest ihren am Arm. „Hast du's gesehen?", zischte sie.

Svea stellte sich auf die Zehenspitzen, reckte den Hals. „Was soll ich gesehen haben? Was ist denn passiert?"

„Komm! Hier lang!" Ohne sich nach ihr umzublicken, ging Karli voran, nach rechts, umrundete die Menschenmenge, bis sie sich auf der Seite, wo das Pfarrhaus stand, zu lichten begann. Svea stellte ihr Fahrrad neben Karlis, das wiederrum an einer Litfaßsäule lehnte, und positioniert sich so, dass sie genau zwischen zwei Köpfen hindurchschauen konnte.

Der Winkel war nicht ideal, aber sie konnte nun einen Teil der Treppen sehen, die zur zweiflügeligen Kirchtür hochführten. Außerdem erhaschte Svea einen Blick auf Niels Evers, der am Fuße der Treppe stand und mit einem Polizisten sprach. Seit sie wusste, dass er Jeremias' Vater war, hatte sie sich immer gefragt, wie alt er wohl sein mochte. Mit dem dunkelgrauen Haar, das sich an den Seiten lichtete, wirkte er mindestens wie sechzig. Er trug einen schwarzen Talar und stand so gerade, dass er noch größer und dünner wirkte, als er ohnehin war.

Seine hellen Augen richteten sich auf den Kircheneingang, den Svea nicht sehen konnte. Er sagte etwas und gestikulierte dabei aufgebracht, woraufhin der Polizist sich hilfesuchend nach seinem Kollegen umschaute.

In diesem Moment trat der Mann, der zwei Reihen vor Svea stand, einen Schritt nach rechts und gab den Blick auf die Kirchtüren frei. Erst verstand Svea nicht, was sie da sah.

Es wirkte, als hätte jemand die imposanten Holztüren neu streichen wollen, aber dann war mittendrin die Farbe ausgegangen. Der bräunliche Anstrich ähnelte dem Ton des Holzes, doch etwas stimmte damit nicht. Er war heller, eher ... rot. Svea sog scharf die Luft ein.

„Ist das etwa ...?", hauchte sie, unfähig, das Wort auszusprechen.

Sie spürte, wie das andere Mädchen nickte. Svea war nicht in der Lage, die Augen von der Farbe zu nehmen.

„Jemand meinte, sie haben hinter der Kirche ein totes Kaninchen gefunden. Aufgeschlitzt und leer geblutet."

Svea wurde heiß. So viel Blut. Übelkeit stieg in ihr hoch. „Wer macht so was?"

„Das ist doch nicht dein Ernst, oder? Schon vergessen, wo wir gestern waren?"

„Du glaubst, es war jemand von uns?" Endlich gelang es Svea, sich von dem makabren Anblick loszureißen. Sofort beruhigte sich ihr Magen.

„Nicht irgendjemand ..." Karli hob vielsagend die Augenbrauen.

Svea blieb die Luft weg. „Jeremias?"

„Wer sonst? Er hasst seinen Vater."

Langsam schüttelte Svea den Kopf. „Das glaube ich nicht."

Karli fasste sie hart am Arm. „Wach auf! Ich weiß ja, dass du ihn durch deine rosarote Brille siehst, aber es gibt Dinge, die du nicht über Jeremias weißt!"

Svea befreite sich und drehte der Kirche endgültig den Rücken zu. „Wie meinst du das?"

„Dass du dich vorsehen solltest!", fauchte Karli. „Du warst heute Morgen allein mit ihm, oder? Was habt ihr gemacht?"

Svea wich einen Schritt zurück. Karlis Augen schienen Funken zu sprühen. „Ich habe geschlafen! Du hättest mich ja wecken können, als ihr gegangen seid. Ich wäre mitgekommen."

„Jeremias sagte, ich solle dich schlafen lassen."

Sie sahen sich schweigend an.

„Na und?", meinte Svea schließlich. „Ist doch nett von ihm."

„‚Ist doch nett von ihm'", äffte Karli sie nach und verdrehte die Augen.

„Wenn du mir was über Jeremias sagen willst, dann sag es doch einfach."

Karli zögerte einen Moment. „Sei einfach vorsichtig, okay? Du glaubst vielleicht, er mag dich, aber Jeremias mag niemanden außer sich selbst."

Der Stich, den Svea in der Magengegend spürte, spiegelte sich anscheinend auch in ihrer Mimik wider, denn Karli streckte die Hand nach ihr aus. „Ich mein es ja nicht böse."

Svea wich zurück und Karli ließ die Hand wieder sinken. Sie seufzte. „Er ist nicht gut für dich."

„Das ist ja wohl meine Entscheidung."

Karli sah aus, als wollte sie noch etwas sagen. Da hielt sie inne und warf einen Blick auf ihr Handy. „Mist, ich muss zur Arbeit." Unentschlossen musterte sie Svea. „Sei nicht sauer."

Weil Svea nicht wusste, was sie darauf erwidern sollte, wechselte sie das Thema. „Was machst du eigentlich genau für Fotos?" Das Fotografieren war Karlis große Leidenschaft. Sie hatte lange gespart, um sich ihre Kamera leisten zu können.

„Ach, alles Mögliche", meinte Karli ausweichend.

„Und für deinen Nebenjob? Sind das Privatleute, die dir Aufträge geben?“

Karli blieb stehen und sah sie abwägend an. „Versprichst du, es niemandem zu erzählen?“

Obwohl sich ein ungutes Gefühl in Svea breitmachte, nickte sie und beugte sich vor, als Karli hauchte: „Ich mache Nacktfotos.“

Svea trat einen Schritt zurück. „Ernsthaft? Von Fremden?“

„Wie soll ich sonst Geld verdienen?“, fragte Karli ein bisschen zu laut. Sie klang beleidigt. „Oder meinst du, irgendjemand bezahlt mir Geld für Fotos von Dünen und dem Meer? Ich habe weniger als ein Jahr Zeit bis zum Abi. Bis dahin muss das Geld reichen, um wenigstens das Flugticket zu buchen.“

„Aber sind das nicht komische Leute? Ich meine ... gehst du zu denen nach Hause?“

Karli zuckte mit den Achseln. „Im Sommer manchmal auch draußen, aber selten. Oft sind es Paare, die erotische Fotos wollen, Schwule, Heteros, alles dabei. Die Singles ... Na ja, da ist schon ab und zu der ein oder andere komische Typ dabei, aber sobald ich das merke, haue ich wieder ab. O Mann ...“ Sie stieg auf ihr Fahrrad. „Ich komm zu spät! Wir sehen uns morgen in der Schule, ja?“ Ohne eine Antwort abzuwarten, fuhr sie davon.

Svea blickte ihr nach. Kaninchenblut an Kirchtüren. Karli, die glaubte, dass es Jeremias gewesen sei. Karli, die nicht wollte, dass Svea Zeit mit ihm verbrachte. Und Karli, die als Nebenjob Nacktfotos machte. Um sich nach dem Abi eine Reise ins Ausland zu ermöglichen.

So viele Probleme und zu wenig Schlaf, als dass Sveas Gehirn auch nur für eines davon an einer Lösung hätte arbeiten können. Wegen der Fotos könnte sie morgen noch mal versuchen, mit Karli zu sprechen. Aber die Freundin konnte unglaublich stur sein. Und sehr wütend werden, wenn jemand versuchte, ihr reinzureden.

Svea wandte sich um. Die Menschenmenge zerstreute sich allmählich. Die Polizei hatte den Kircheneingang mit rot-weißem Band abgesperrt, von Niels Evers war nichts zu sehen.

Die Müdigkeit lag wie Blei auf Sveas Gliedern. Sie wollte nach Hause in ihr Bett. Danach, wenn sie ausgeschlafen war, würde sie noch einmal in Ruhe über alles nachdenken.

Sie nahm ihr Fahrrad und schob es weg von den verbliebenen Schaulustigen, am Pfarrhaus vorbei, als sie aus den Augenwinkeln eine Bewegung bemerkte. Hinter dem Pfarrhaus stand Niels Evers, das Gesicht ihr zugewandt. Vor ihm Jeremias, mit dem Rücken zu Svea. Es wirkte, als führten die beiden eine hitzige Diskussion.

Svea stoppte, einen Augenblick nur, doch Niels Evers hatte sie gesehen. Er hob einen Finger, zeigte auf sie.

Jeremias drehte sich um. Die Augen kalt, das Gesicht angespannt.

„Du!", dröhnte Niels Evers' volle Stimme zu Svea herüber. „Komm her, Mädchen."

Sveas Müdigkeit war wie weggeblasen. Ihr Herzschlag beschleunigte sich, unschlüssig sah sie Jeremias an. Der nickte knapp.

Svea stellte ihr Fahrrad ab und näherte sich zögernd Vater und Sohn. Was wollte Niels Evers von ihr? Sobald sie vor ihm stand und sich bemühte, ihm mit erhobenem Kopf ins Gesicht zu sehen, merkte sie, dass er noch größer war, als sie gedacht hatte. Während er im Gespräch mit dem Polizisten zwar aufgebracht, aber höflich gewirkt hatte, war davon jetzt nichts mehr zu erkennen. Er fixierte Svea, wobei seine Augen sich zu Schlitzen verengten. *Furcht einflößend* waren die Wort, die Svea in den Sinn kamen.

Instinktiv rückte sie näher zu Jeremias.

„Du warst es, nicht wahr?" Niels Evers erhob die Stimme nicht, aber der Ton war schneidend. „Gib es zu!"

Svea blieb die Luft weg. Dies war ihre zweite Begegnung mit dem Pfarrer, sie hatte ihm nie etwas getan. Warum verdächtigte er sie? Svea öffnete den Mund, doch kein Wort kam heraus. Hilfesuchend schaute sie zu Jeremias, der allerdings sagte nichts, erwiderte nicht einmal ihren Blick.

„Ich ... Sie meinen das mit den ... Türen?", stammelte sie.

„Was denn sonst?" Der Pfarrer trat einen Schritt auf Svea zu.

Sie wollte zurückweichen, riss sich jedoch zusammen und zwang sich, Jeremias' Vater in die hellen Augen zu sehen. Eine andere Farbe, allerdings genauso kalt wie die von Jeremias.

„Ich war das nicht", sagte sie, die Stimme einigermaßen ruhig.

„Oh, ich weiß schon, dass es nicht deine Idee war. Aber nur, weil du dich von meinem Sohn anstiften lässt, bedeutet das nicht, dass du unschuldig bist. Lügen ist Sünde. Sich von jemand anderem zur Sünde verleiten lassen, ist ebenfalls Sünde.“

„Ich –“, begann Svea abermals, doch Niels Evers schien in Bezug auf sie alles gesagt zu haben.

Er wandte sich an seinen Sohn, den er um einen halben Kopf überragte. „Dachtest du wirklich, ich wüsste nicht sofort, dass du dahintersteckst?“

Jeremias gab sich Mühe, seinen Vater gleichgültig anzublicken, aber seine Augen sprühten vor Zorn.

Der Pfarrer erhob einen Zeigefinger. „Damit haben deine Privilegien ein Ende. Geh und hol deine Sachen. Du ziehst wieder zu mir.“

„Nein.“

Svea hielt die Luft an.

Niels Evers lachte nur. „Deine Großeltern haben das Grundstück mir hinterlassen, nicht dir.“

„Weil du sie unter Druck gesetzt hast. Ist das nicht auch Sünde?“

Svea wünschte, irgendwer würde ihr sagen, sie solle gehen. Diese Auseinandersetzung war zu intim für Außenstehende. Aber ohne Aufforderung den Rückzug anzutreten, traute sie sich nicht.

„Du hast keinerlei Recht, dort zu wohnen, wenn ich es dir nicht gestatte“, zischte der Pfarrer. „Hol sofort deine Sachen!“

Jeremias lächelte kalt. „Du kannst mir nicht drohen. Was willst du tun? Zur Polizei gehen?“

Für einen Moment glaubte Svea, Niels Evers würde die Hand gegen Jeremias erheben. Im nächsten Moment hatte er sich jedoch wieder im Griff und sagte nur: „Ich werde das Grundstück deiner Großeltern verkaufen.“

Kurz wirkte Jeremias, als wäre er tatsächlich geohrfeigt worden. Dann veränderte sich sein Gesicht, wurde zu einer wütenden Fratze.

Erschrocken trat Svea einen Schritt zurück, da war der Moment bereits vorüber.

Jeremias lächelte liebenswürdig, als er sagte: „Mach nur. Aber beim nächsten Mal ist es vielleicht kein totes Kaninchen hinter deiner Kirche, sondern ein totes Mädchen."

Niels Evers starrte Jeremias an, schließlich huschte sein Blick zu Svea. „Würdest du mich und meinen Sohn bitte entschuldigen?" Er räusperte sich. Sein ganzes Auftreten war in sich zusammengefallen, er wirkte nicht länger bedrohlich. „Wie es scheint, habe ich mich getäuscht. Es tut mir sehr leid." Er bedeutete seinem Sohn mit einem Nicken, ihm zu folgen, bevor er auf den Eingang des Pfarrhauses zutrat.

Jeremias sah Svea lange an. Dann wandte er sich um und ging seinem Vater hinterher.

Sobald die beiden außer Sichtweite waren, lehnte Svea sich mit dem Rücken gegen die Wand und ließ den Atem entweichen, den sie angehalten hatte. In ihrem Kopf hallte immer wieder der eine Satz nach. Von dem toten Mädchen. Sie wusste, dass Jeremias es nicht so gemeint hatte. Er hatte es aus Wut auf seinen Vater gesagt. Hatte ihn schockieren wollen. Und trotzdem ...

„Svea?"

Sie fuhr herum. Raik kam von der Vorderseite der Kirche auf sie zu. Sie hatte gar nicht gewusst, dass er auch unter den Schaulustigen gewesen war.

Er lehnte sich neben Svea gegen die Wand. „Meinst du, Jeremias ist okay?", fragte er leise.

Auf ihren fragenden Blick hin lächelte er entschuldigend. „Ich habe euch drei diskutieren sehen."

„Sein Vater glaubt, dass ich es war. Dass Jeremias mich dazu angestiftet hat." Zwar hatte sich Niels Evers am Ende bei ihr entschuldigt, doch das schrieb Svea dem Schock über Jeremias' Worte zu.

„Du?" Raik sah so überrascht aus, dass Svea lächeln musste. Es tat gut und die Anspannung begann, von ihr abzufallen.

„Ich war es aber nicht. Auch wenn ich das wahrscheinlich nicht sagen sollte. Wegen den Spielregeln und so."

Raik zuckte mit den Achseln. „Mich stört es nicht. Ich erzähl es keinem."

Svea nickte und musterte den Jungen neben sich einen Moment. Die Brille saß wie immer schief auf seiner etwas zu langen Nase. Die rotblonden Locken, die sein Gesicht umrahmten, verliehen ihm ein weiches, friedliches Aussehen, wie von einem Kuscheltier.

„Glaubst du, dass es Jeremias war?" Erst, als sie die Frage gestellt hatte, wurde ihr klar, dass sie sich vor der Antwort fürchtete. „Ich meine, das würde er doch nicht tun, oder?"

Raik antwortete nicht, sondern blickte nachdenklich vor sich hin.

„Ich meine, ich kann ja verstehen, dass Jeremias seinen Vater nicht leiden kann. Aber das? Ein Kaninchen aufschlitzen? Und dann mit dessen Blut die Kirchentüren verunstalten?" Svea hallte ihre eigene schrille Stimme in den Ohren wider.

Raik schwieg noch immer. Das war ihr Antwort genug.

Svea biss sich auf die Unterlippe, bis sie Blut schmeckte. Sie musste hier weg. Ihre Gedanken sortieren.

Sie überlegte gerade, wie sie sich von Raik verabschieden konnte, ohne ihn vor den Kopf zu stoßen, da sagte er: „Es ist mehr als das. Mit seinem Vater." Er seufzte und sah sie von der Seite an. „Wahrscheinlich sollte ich dir das nicht erzählen, aber ... wie sollst du ihn sonst verstehen? Er mag dich. Und er verdient jemanden, der ihn versteht."

„Du verstehst ihn."

Raik erwiderte ihr Lächeln, doch es wirkte traurig. „Das ist etwas anderes. Für mich fühlt er sich verantwortlich. Weißt du, Karli und ich sind mit unserer Mutter auch erst vor einem Jahr hergezogen. Unsere Tante Rosa wohnt schon lange hier. Sie und Jeremias' Vater sind gut befreundet." Er stockte, tat einen tiefen Atemzug. „Als wir zwölf waren, trennten sich unsere Eltern und wir wurden über die Sommerferien zu Tante Rosa geschickt, damit die zu Hause alles in Ruhe klären konnten. Damals bin ich zum ersten Mal Jeremias begegnet." Er lächelte kurz und sein Blick schweifte in die Ferne. Dann wurde er wieder ernst. „Karli fand schnell Anschluss hier, traf sich jeden Tag mit den anderen Jugendlichen. Ich ging ein paarmal mit, aber die hockten nur rum und rauchten Zigaretten und irgendwie passte ich nicht dazu. Verstehst du?" Er blickte Svea fast flehend an.

Sie nickte zögernd.

„Jeremias war auch immer allein. Irgendwann sprach ich ihn in der Kirche an. Damals kam er noch jeden Sonntag zum Gottesdienst. Wir mussten natürlich auch mit Tante Rosa mit. Nach der Kirche unternahmen Jeremias und ich zum ersten Mal was zusammen." Er seufzte. „Na ja, es war gleichzeitig auch das letzte Mal. Wir ... wir haben was angestellt. Na ja. Sie haben uns natürlich erwischt. Und ... Also, der Grund, aus dem ich dir das eigentlich erzählt habe ... Wir wurden bestraft. Nicht zusammen. Es war die Idee von Jeremias' Vater. Es war ..." Raik stockte, schnaufte schwer. Sein Gesicht war kalkweiß geworden. „Es war ziemlich schlimm. Aber der Punkt ist ...", er wandte sich zu Svea um, sah sie direkt an, „ich glaube, für Jeremias war es nicht das erste Mal."

KAPITEL 9

Gegenwart

Schritte näherten sich vom Flur her. Hastig nahm Svea das Handy vom Ohr und steckte es in ihre Hosentasche. Sie wich Jeremias' Blick aus, als er ihr die dampfende Tasse reichte.

„Was ist los?" Statt sich zu setzen, blieb er stehen, musterte sie.

Svea nahm einen Schluck Kakao, um Zeit zu gewinnen, aber er war viel zu heiß. „Die anderen", improvisierte Svea. „Es war ... komisch, sie wiederzusehen."

Jeremias' Züge entspannten sich. Er setzte sich neben sie auf das Sofa, doch nicht so nah, dass Svea seine Nähe körperlich hätte spüren können. Er hielt diesen Mindestabstand ein, wie es bei Freunden üblich war.

Svea pustete über die heiße Schokolade und wandte so das Gesicht von Jeremias ab, damit der den Ausdruck darauf nicht sehen konnte.

Jetzt, da sie Jeremias' Misstrauen zerstreut hatte, traf sie die Bedeutung von Rachidas Nachricht mit voller Wucht. Sie spürte, wie ihre Hand zu zittern begann, und stellte vorsichtig die Tasse ab.

„Anton und Karli sind wütender auf mich als auf dich. Allein schon, weil ich die Idee zu dem Spiel hatte." Jeremias klang, als wollte er sie trösten.

„Vielleicht." Was würde Jeremias sagen, wenn sie ihm von der Sprachnachricht erzählte? Würde er weiterhin Rachida verdächtigen? Würde er denken, dass sie das alles nur *spielte*? Vielleicht machte das sogar Sinn. Aber Svea wusste, dass das, was sie eben gehört hatte, nicht gespielt gewesen war. Dazu war Rachida einfach nicht fähig. Und das bedeutete ...

„... heute Abend nicht hier sein."

Svea blickte auf, hatte das Gefühl, ein paar Satzfetzen verpasst zu haben. „Was hast du gesagt?"

Jeremias legte den Kopf schief, als er sie betrachtete. Kleine Falten bildeten sich auf seiner Stirn.

Svea rang sich zu einem Lächeln durch. „Tut mir leid. Ich kann einfach nicht aufhören, an sie zu denken. Anton, Karli, Raik. Rachida. Und ..."

„Marie-Luise", flüsterte Jeremias.

Svea nickte. „Die letzten Jahre hat es sich manchmal angefühlt wie aus einem anderen Leben. Oder einem Traum. Aber jetzt ... jetzt fühlt es sich an, als wäre es gestern gewesen."

„Wir wissen immer noch nicht, wer es war."

„Ich glaube, es gibt noch viel mehr, das wir nicht wissen."

Jeremias nickte. „Seit ich mit Rachida gesprochen habe, denke ich das auch."

Svea wartete darauf, dass Jeremias fortfuhr. Dass er mit einem neuen Plan aufwartete, nachdem das Treffen mit den anderen sie nicht weitergebracht hatte. Doch Jeremias schwieg. Und Svea war froh darüber, denn sie wusste, was als Nächstes kam. Was sie zu tun hatte.

Beim Gedanken daran wurde ihr eiskalt. So gern sie Jeremias eingeweiht hätte, so tröstlich es gewesen wäre, ihn an ihrer Seite zu wissen, sie konnte es einfach nicht riskieren. Rachida hatte Todesangst. Sie vertraute ihr, Svea. Sie konnte niemand anderen zur Farm mitbringen, solange sie nicht wusste, vor wem oder was Rachida solche Angst hatte. Ihr Puls beschleunigte sich. Was, wenn der- oder diejenige bereits dort war?

Svea sah Jeremias an, der ruhig zurückblickte.

War dies das letzte Mal, dass sie ihn sah? Wenn er am Morgen aufwachte und merkte, dass sie sich davongeschlichen hatte, wäre er sicher wütend. Würde sich verraten fühlen. Wenn alles gut ausging, wenn sie ... Svea schluckte hart. Wenn sie die ganze Sache überlebte, würde sie Jeremias alles erklären. Dann würde er verstehen. Wenn nicht ... wenn nicht, würde er es ihr nie verzeihen, das wusste Svea. Aber sie musste das Risiko eingehen. Was auch immer auf der Farm auf sie wartete: Etwas würde heute Nacht passieren. Und vielleicht, vielleicht hätte damit alles ein Ende. Auf die eine oder andere Weise.

„Du kannst aber gerne hierbleiben."

Svea schreckte aus ihren Gedanken auf. Wieder hatte sie nicht mitbekommen, was Jeremias gesagt hatte. „Wohin gehst du?"

Er runzelte abermals die Stirn und Svea dämmerte, dass er ihr das anscheinend bereits erklärt hatte. „Zu einem Patienten. Normalerweise mache ich keine Hausbesuche, schon gar nicht abends und am Wochenende, aber bei diesem sieht es wirklich nicht gut aus. Er steckt in einer akuten Krise, ist ganz allein und offen gestanden kann ich nicht sagen, auf was für Ideen er kommt, wenn ich heute nicht zu ihm fahre. Je nachdem, wie der Abend heute verläuft, werde ich ihm anbieten, ihn in die psychiatrische Notaufnahme zu begleiten."

„Oh", machte Svea und bemühte sich um einen betroffenen Gesichtsausdruck. In Wahrheit jubilierte sie innerlich.

„Tut mir leid, dass das gerade heute sein muss."

„Nein, das muss es wirklich nicht. Ich finde es beeindruckend, wie du dich für deinen Patienten einsetzt." Außerdem spielte es ihr direkt in die Hände.

„Du musst überrascht sein."

„Ja, bin ich." Svea überlegte, wie sie ihre nächsten Worte abmildern konnte, doch entschied sich für den direkten Weg. „Früher hattest du nicht viel Interesse daran, anderen zu helfen."

Kurz fragte sie sich, ob sie Jeremias vielleicht unrecht tat. Sie erinnerte sich an die Chemiestunde, als sie zum ersten Mal Zeugin von Raiks Referatsphobie geworden war, wie sie sie damals genannt hatten. Und daran, dass Jeremias sich sofort gemeldet hatte, um Raiks Vortrag zu übernehmen. Oder nach der Sache mit Tanja, als Jeremias plötzlich ganz still geworden war und mit niemandem mehr geredet hatte. Nicht einmal am Spiel hatte er mehr Interesse gehabt. Zumindest für eine Weile. Aber diese Situationen waren so unglaublich rar gewesen und wurden überschattet von Szenen wie der mit seinem Vater.

„Du hast recht." Jeremias lächelte. „Weißt du, was ich mich damals in der Therapeutenausbildung oft gefragt habe?" Er lachte. Ein volles, ehrliches Lachen, das Svea von innen wärmte. „Was ich mich noch heute frage, wenn ich mit einem Patienten nicht weiterweiß? Ich frage mich: ‚Was würde Svea tun?'"

Für einen Moment fürchtete sie, er mache sich über sie lustig. Aber er lächelte sie noch immer auf diese besondere Art an, voller Wärme in den sonst so kühlen Augen, und es rührte Svea fast zu Tränen. „Du hast dich verändert", hauchte sie.

„Inwiefern?"

Svea schüttelte nur den Kopf. Sie konnte es nicht erklären. Es war mehr ein Gefühl. Jeremias' ganzes Wesen war weicher, zugänglicher geworden, so schien es ihr. Mehr mit sich selbst im Reinen.

„Ich war damals so wütend. Auf alles und jeden. Wusstest du das?", fragte er.

„Wissen ist das falsche Wort, aber ..." Sie zuckte mit den Achseln.

„Du hattest schon immer ein gutes Gespür für Menschen."

„Du auch."

Jeremias schüttelte den Kopf. „Das ist was anderes und das weißt du. Deshalb hättest du Therapeutin werden sollen."

Svea wappnete sich innerlich gegen den Schmerz, der sonst mit diesem Thema einherging. Diesmal blieb er aus. Svea konnte nicht umhin zu denken, dass es etwas mit der Art und Weise zu tun haben musste, wie Jeremias sie ansah. „Als ich dich kennenlernte, dachte ich, du magst einfach keine Menschen."

„Damit lagst du nicht ganz falsch."

„Ich glaube, du bist einfach zu oft von Menschen enttäuscht worden." Svea merkte, dass der Abstand zwischen ihr und Jeremias kleiner geworden war, doch konnte sich nicht erinnern, ob sie ihm oder er ihr näher gekommen war. Jeremias' Hand lag neben seinem Bein auf dem Sofa, neben Sveas eigener. Sie bildete sich ein, Jeremias' Körperwärme an der Stelle zu spüren, wo ihre kleinen Finger sich beinahe berührten. Ein Kribbeln breitete sich in ihrer Hand aus und es kostete Svea Überwindung, sie da zu lassen, wo sie war.

„In der Therapeutenausbildung muss man auch seine eigenen Traumata aufarbeiten", sagte Jeremias leise.

„Das war sicher nicht leicht."

„Nein." Er tat einen tiefen Atemzug und stieß die Luft langsam aus. „Nach dem Tod meiner Mutter ..." Er stockte, sah Svea in die Augen und fuhr fort. „Nach ihrem Tod gab es nur noch meinen Vater und mich. Dieses Gefühl der Hilflosigkeit, des Ausgeliefertseins ... das hat mich so wütend gemacht, selbst nachdem ich auf die Farm gezogen war."

Svea legte ihre Hand auf seine. Die Berührung war wie ein Stromschlag. Er blitzte durch ihren Körper und ließ ihren Atem stocken.

„Die meiste Zeit wusste ich nicht einmal, dass ich wütend war."

„Du bist gut darin, deine Gefühle zu verstecken." Ihre Stimme hörte sich rau an, kratzig.

Jeremias lächelte schief. „Sogar vor mir selbst." Er drehte seine Hand in ihrer, presste ihre Handflächen gegeneinander.

Sveas Herz schlug so schnell, dass ihr ganz schwindelig wurde. Während sie sich in die Augen sahen, verschränkten sie die Finger miteinander.

„Du warst immer besonders, Svea. Das weißt du, oder? Mit dir hat sich alles verändert."

„Ich habe es mir immer gewünscht." Ihre Stimme bebte. „Besonders für dich zu sein."

Er beugte sich zu ihr. „Was ich zu dir gesagt habe, vor dem letzten Spiel, das habe ich ernst gemeint."

Svea spürte seinen Atem auf ihren Lippen. Sie schloss die Augen.

„Du hast mich verändert, schon damals", hauchte er. „Und ich habe mich dagegen gewehrt bis zum Schluss. Bis es zu spät war. Es tut mir so leid."

Svea lächelte. Dann trafen sich ihre Lippen. Es war, als wäre sie am Verdursten gewesen und endlich hielt ihr jemand ein Glas Wasser hin. Jeremias berührte ihre Wange, strich sanft darüber, während er sie küsste. Seine Hand fand den Weg in ihren Nacken. Er presste sie an sich.

Svea erzitterte. Sie kniete sich aufs Sofa, um ihm noch näher zu sein. Strich mit ihren Fingern durch Jeremias' widerspenstiges Haar, erforschte jedes Stückchen Haut, das sie zu fassen bekam. Sie wollte, dass es ewig anhielt, und konnte es gleichzeitig nicht abwarten.

Jeremias schien es genauso zu gehen. Seine Hände bebten, als er ihr den Pullover über den Kopf zog. Sein Blick lag schwer auf ihr, als er ihre nackten Arme berührte, ihren Bauch. Ungeduldig zog Svea ihn an sich und trotzdem war es nicht genug. Sie wollte alles von ihm, jeden Zentimeter Haut spüren. Jeremias lachte leise auf, dunkel und tief. Dann presste er sie aufs Sofa. Svea versank in seinen Augen. In den Gefühlen, die nach so langer Zeit endlich erwidert wurden.

***

Svea vergaß die Zeit, während sie neben Jeremias lag. Beide auf der Seite, einander zugewandt, weil das Sofa für jede andere Position zu schmal war. Jeremias hatte die Wolldecke, in die Svea sich schon letzte Nacht gehüllt hatte, über ihre nackten Körper gezogen. Ihre Augen waren geschlossen, aber Svea wusste, dass Jeremias ebenfalls nicht schlief. Das verriet seine linke Hand, die in unregelmäßigen Abständen über Sveas Hüfte, ihren Rücken oder ihren Arm strich. Sie hatte ihre Hand unter das Gesicht geklemmt, trotzdem war die Position unbequem. Und doch wollte sie für immer so liegen. An nichts und niemanden denken außer an Jeremias. Es gab nur sie beide, die Welt war endlich in Ordnung gekommen.

Anscheinend war sie kurz eingedöst, eingelullt von Jeremias' Wärme und seinem Geruch, denn sie schreckte hoch, als er sich aufsetzte. Seine Hand fuhr durch Sveas Haar, streichelte ihre Wange, bevor er sie auf den Mund küsste.

„Ich muss los."

Mit einem Mal kam alles zurück. Die schreckliche Realität, die durch Jeremias' Nähe für kurze Zeit weggesperrt worden war.

Rachida. Die Farm. Heute Nacht.

Svea setzte sich ebenfalls auf. Die Decke rutschte über ihre Schultern und entblößte ihren Oberkörper.

Jeremias lächelte. „Es könnte spät werden. Wartest du trotzdem auf mich? Hier?"

„Ja. Natürlich." Svea wunderte sich, wie leicht ihr die Lüge über die Lippen kam. Kurz fürchtete sie, Jeremias würde sie durchschauen, wie er früher stets jeden Versuch einer Lüge durchschaut hatte, doch er schien mit den Gedanken bereits weit weg zu sein. Er lächelte sie noch einmal an, flüchtiger als vorher, dann stand er auf, sammelte seine Kleidungsstücke ein und zog sich an.

Wir werden uns wiedersehen, sagte sich Svea. Wiederholte den Satz in ihrem Kopf immer und immer wieder. Denn wenn sie den Gedanken zuließe, dass sie vielleicht niemals von der Farm zurückkehren würde, könnte sie die Tränen nicht zurückhalten. Und wie sollte sie das Jeremias erklären?

„Wir sehen uns spätestens morgen früh", sagte er und küsste sie zum Abschied. Lang und innig. Als er sie ein letztes Mal ansah, bevor er ging, fiel Svea auf, dass ein Teil des alten Strahlens in seine Augen zurückgekehrt war.

***

Die Fahrt zur Farm kam Svea diesmal noch länger vor. Das lag weder an dem Mietauto noch an dem Sturm, der sich ankündigte und dessen Vorboten unheilvoller heulten, desto näher Svea der Nordsee kam. Es lag an ihren Gedanken, die sie unbewusst das Tempo drosseln ließen, ganz so, als hätte sie tief in sich die Hoffnung, auf diese Weise niemals anzukommen.

Die Gedanken galten nicht nur Jeremias. Kurz bevor sie von der Autobahn abfuhr, dachte sie plötzlich an ihre Mutter. Der Drang, rechts ranzufahren, zum Handy zu greifen und noch einmal ihre Stimme zu hören, wurde übermächtig. Doch als sie das Auto tatsächlich zum Stehen gebracht hatte und ihr Handy in der Hand hielt, schaffte sie es nicht, die Nummer zu wählen. Zu ihrer Mutter hatte sie fast ebenso lange keinen Kontakt gehabt wie zu Jeremias. Kurz nach dem Abi, als Svea gerade zu studieren begonnen hatte, hatten sie hin und wieder ein paar Minuten am Telefon gesprochen. Aber Svea hatte die Fragen nicht ertragen können. Und später das Ungesagte. Ob ihre Mutter jetzt, nach zehn Jahren, die Wahrheit überhaupt noch hören wollte? Die Wahrheit, die sie selbst nicht vollständig kannte.

Svea seufzte, steckte ihr Handy weg und fuhr weiter. *Wenn das hier gut ausgeht*, sagte sie sich, *werde ich sie anrufen. Versprochen.*

Es war kurz vor halb neun und bereits stockdunkel, als Svea in den Privatweg einbog, auf dem noch immer ihr Nissan Micra stand. Zu dem Jeremias noch immer den Schlüssel hatte. In Schrittgeschwindigkeit fuhr sie an dem kleinen Auto vorbei. Das Scheinwerferlicht kroch über die bereits halb kahlen Bäume, sonst war nichts zu sehen. Gleich musste sie da sein. Sveas Atem ging schneller.

Der Weg war zu Ende. Svea hielt an, sah sich mit zusammengekniffenen Augen um. Auf der rechten Seite entdeckte sie eine Lücke zwischen den Bäumen, gerade groß genug, dass ein einzelnes Auto hindurchpasste.

Sie tat einen tiefen Atemzug, dann fuhr sie ein Stück zurück und bog ab, zwischen den Bäumen hindurch.

Die Scheinwerfer erhellten das Gelände, das sich vor ihr erstreckte. Unzählige Baumgruppen auf ungepflegtem Gras. Langsam fuhr Svea weiter. Da war das Wohnhaus. Daneben das Lagerhaus und ein wenig abseits der Schuppen.

Sie war auf der Farm angekommen. Und sie sah auf den ersten Blick, dass sie nicht allein war.

KAPITEL 10

Vier Monate vor der Nacht des letzten Spiels

Etwas war anders.

In Gedanken versunken verließ Rachida den Naturwissenschaftsflügel. Sie war wie üblich eine der letzten, um Tanja und ihrer Gruppe aus dem Weg zu gehen. War Svea schon vorgegangen? Normalerweise wartete sie nach dem Physikkurs doch immer.

Rachida durchquerte die ausgestorbene Pausenhalle und entdeckte Svea auf ihrem üblichen Platz. Alleine.

Es war Mittwoch, gerade hatte die Schulglocke das Ende der zehnten Stunde verkündet. Karli und Raik hatten frei und da sie sich nach Möglichkeit nicht länger als nötig auf dem Schulgelände aufhielten, waren sie vermutlich schon in der Stadt. Aber wo war Jeremias? Rachida folgte Sveas finsterem Blick und entdeckte ihn am Eingang, im Gespräch mit einem Mädchen. Jeanette aus der Zwölf.

Rachida blies sich eine schwarze Haarsträhne aus dem Gesicht. Das erklärte natürlich Sveas schlechte Laune. Sie war seit fast sechs Monaten hier, allerdings schien ihr erst jetzt aufzufallen, dass Jeremias nicht nur mit ihnen Zeit verbrachte. Zu Sveas Gunsten musste Rachida zugeben, dass es nicht allzu offensichtlich war. Ein Flüstern hier, dort eine SMS und ein Treffen ausgemacht. Als Rachida davon erfahren hatte, war sie für eine Weile ähnlich schlecht gelaunt gewesen wie Svea jetzt.

Und doch war das nicht alles. Noch mehr hatte sich verändert. Svea selbst. Seit der Sache mit dem Kaninchen.

Rachida hatte es nicht rechtzeitig zur Kirche geschafft, um es zu sehen. Sonntagsfrühstück mit der Familie. Im Grunde war sie ganz froh darüber gewesen. Vor allem, als Svea ihr am nächsten Tag von den Albträumen erzählt hatte. Rachida hatte sich tagelang den Kopf darüber zerbrochen, wer es gewesen sein könnte. Seltsamerweise hatte Svea sich kaum an den Spekulationen beteiligt. Ein aufgeschlitztes Kaninchen! Das traute Rachida nicht mal Karli zu. Wahrscheinlich war alles nur ein dummer Zufall gewesen und hatte gar nichts mit ihnen und dem Spiel zu tun gehabt. Als sie Svea zum ersten Mal von dieser Theorie erzählte, erntete sie nur ein zweifelndes Stirnrunzeln. Aber nach und nach schien sich auch Svea mit dieser Erklärung abgefunden zu haben.

Trotzdem war sie nach der Sache auffallend still geworden. Es hatte Wochen gedauert, bis sie wieder halbwegs normal zu den Gesprächen beitrug. Bis sie wieder die alte Svea wurde. Hatte Rachida zumindest gedacht. Nach außen hin war Svea dieselbe, gleichzeitig hatte Rachida das Gefühl, als würde Svea langsam aus der Gruppe wegdriften. Sie sagte nichts, aber Rachida sah ihre unwilligen Blicke, wenn sie sich zum Spiel verabredeten.

Mittlerweile hatten sie Tanja und alle ihre Freunde mehrmals bestraft. Rachida selbst hatte ihr erst am Montag Kaugummi auf den Stuhl geklebt. Nicht besonders fantasievoll, das wusste sie selbst, aber seinen Zweck hatte es erfüllt. Allein der Anblick, wie Tanja sich um sich selbst gedreht und versucht hatte, den Kaugummi von ihrem Hintern zu zupfen.

Als Jeremias das Spiel vorgeschlagen hatte, hätte Rachida niemals gedacht, wie befriedigend es sein könnte, Tanja ihre Gemeinheiten zurückzuzahlen. Bis Rachida selbst zum ersten Mal die Rachekarte gezogen hatte, war sie nur wegen Jeremias dabei gewesen. Derselbe Grund wie damals, aus dem sie sich mit Karli und Raik angefreundet hatte. Um in Jeremias' Nähe zu sein.

Aber je länger sie das Spiel spielten, desto weniger wollte Rachida damit aufhören. Schon deshalb nicht, weil Tanjas Verhalten mittlerweile eher schlimmer geworden war. Bis sie nicht verstanden hatte, dass ihr gerade genau das wiederfuhr, was sie selbst tagtäglich anderen antat, würde Rachida nicht aufhören.

Karli ebenso wenig. Das Verhältnis zwischen Raiks Schwester und Svea war besonders angespannt. Sie stritten sich nie vor den anderen, deshalb konnte Rachida sich nicht sicher sein, dass es um das Spiel ging, doch sie sah die beiden fast täglich abseits stehen und diskutieren.

Rachida setzte sich vorsichtig neben Svea. „Was hast du in Physik?" Sie hatten heute einen Test zurückbekommen, dessen Note zwar nicht mehr in das Halbjahreszeugnis einfloss, der aber als Vorbereitung und Mittel der Selbsteinschätzung für das schriftliche Abitur in zwei Monaten gedacht war.

Endlich wandte Svea den Blick von Jeremias und Jeanette ab. Kurz beglückwünschte Rachida sich zum erfolgreichen Ablenkungsmanöver, bis sie sah, dass der Blick der Freundin nur noch finsterer wurde.

„Oh, so schlimm?"

Svea zuckte mit den Achseln. „In Physik hab ich mir sowieso keine Chance auf eine gute Note ausgerechnet."

„Du hättest mit mir lernen sollen, wie ich es dir angeboten habe."

Rachida und Svea blickten auf. Jeremias hatte sich in der Zwischenzeit anscheinend von Jeanette verabschiedet und war auf sie zugekommen. Er blieb vor den beiden Mädchen stehen.

Rachida spürte, wie ihr mitleidvolles Lächeln bröckelte. Jeremias hatte Svea angeboten, zusammen zu lernen? Sie hatte in den letzten Wochen schon mehrfach den Verdacht gehabt, dass die beiden sich auch außerhalb der Gruppe trafen. Zu zweit. Hatte es aber bis jetzt nicht glauben wollen.

„Wie denn? Du bist in letzter Zeit ja anderweitig beschäftigt." Svea nickte zu Jeanette, die in diesem Moment das Schulgebäude verließ.

Mit großen Augen wartete Rachida auf Jeremias' Reaktion, der jedoch schien ausnahmsweise ebenfalls nicht zu wissen, was er sagen sollte.

Svea zuckte mit den Achseln, holte ein Buch aus ihrem Rucksack und schlug es demonstrativ auf.

Rachida fühlte sich wie eine Schaulustige bei einem Unfall. Grausam und faszinierend zugleich. Selbst, wenn sie gewollt hätte, sie konnte sich nicht abwenden.

„Lass es", sagte Jeremias schließlich.

„Was?", fragte Svea, ohne von ihrem Buch aufzublicken.

„Du weißt genau, was ich meine."

Jetzt sah Svea doch hoch, aber da hatte Jeremias ihr schon den Rücken zugewandt. Er machte sich auf den Weg zum Kaffeeautomaten. Rachida konnte sich nicht erinnern, dass er in den letzten zwei Monaten auch nur einmal ohne Svea Kaffee holen gegangen war.

Vorsichtig lugte Rachida zu dem anderen Mädchen. Svea pfefferte ihr Buch zurück in den Rucksack.

Sollte sie versuchen, mit ihr darüber zu reden? Dass es keinen Sinn machte, sich mehr von Jeremias zu versprechen? Aber was wusste Rachida schon? Ihr selbst hatte Jeremias in dem Jahr, seit sie zusammen Zeit verbrachten, gerade mal hier und da ein Lächeln geschenkt. Rachida war nicht blöd. Sie machte sich keine Illusionen oder redete sich ein, dass Jeremias ihre Gefühle erwidern könnte. Trotzdem tat es weh mitanzusehen, wie Svea einfach eines Tages auftauchte und ihn völlig in Beschlag nahm. Und mit dem, was sie bekam, nicht einmal zufrieden war.

„Was denn, bist du jetzt auch noch sauer auf mich?", fragte Svea.

Rachida lächelte. „Natürlich nicht. Ich war nur gerade in Gedanken. Treffen wir uns noch mit Karli und Raik?"

„Sie warten bestimmt schon ..." Svea brach ab. Dann: „Jetzt hacken die schon wieder auf Anton rum!"

Bevor Rachida etwas sagen konnte, war Svea aufgesprungen und marschierte an Jeremias vorbei, der gerade mit einem Becher in der Hand vom Kaffeeautomaten zurückkehrte.

Rachida reckte den Kopf, um sehen zu können, was Svea so aufgebracht hatte. Nahe des Korridors, der zum

Sekretariat und zum Lehrerzimmer führte, saß Anton wie üblich alleine auf seiner Bank. Benni und José hatten sich vor ihm aufgebaut. Keine Freunde von Tanja, einfach zwei Vollpfosten, die gerne auf Mitschülern rumtrampelten, die ohnehin schon am Boden lagen.

Sie stießen sich gegenseitig in die Rippen und bogen sich vor Lachen, während Anton mit hochrotem Kopf nach seinem Rucksack griff. Er wollte anscheinend gerade das Weite suchen, als Svea ihn erreichte. Mit verschränkten Armen stellte sie sich dicht neben ihn, sodass ihre Arme sich berührten. Sie sagte etwas zu Benni und José, ein ganzer Wortschwall, von dem Rachida keine Silbe verstehen konnte. Dann packte sie Anton am Arm und zog ihn von den beiden anderen Jungs weg. Sie ließ ihn erst los, als sie Rachida und Jeremias erreicht hatten.

Benni und José sahen ihnen zwar mit giftigen Blicken nach, kamen aber nicht hinterher.

„Danke", flüsterte Anton. Er sah Svea nicht an, sondern starrte zu Boden. „Was du da gesagt hast ..."

„Es stimmt doch", erwiderte sie heftig. Sie war fast einen Kopf kleiner als Anton und suchte seinen Blick. Endlich sah er sie an. Unsicher richteten sich seine blauen Augen auf Sveas Gesicht.

„Die machen dich nur fertig, weil sie neidisch sind", fuhr Svea fort und sah Anton dabei fest an. „Weil du gut aussiehst und weil alle wissen, dass deine Eltern Geld haben. Weil du gute Kleidung trägst und wahrscheinlich ein MacBook zu Hause hast. Sie haben Angst, dass du dich für besser halten könntest als sie. Ach was, wahrscheinlich denken sie selbst, dass du besser bist. Deshalb machen sie dich klein."

Anton lächelte. Es war, als ginge die Sonne auf. Und bestätigte, was Svea gesagt hatte und alle ohnehin wussten: dass Anton ein unglaublich gut aussehender Junge war.

„Hast du ... ich meine ..." Anton sah zwischen Rachida und Jeremias hin und her, als wäre er sich ihrer Gegenwart gerade erst bewusst geworden. Er errötete und flüsterte daraufhin etwas, schnell und so leise, dass nur Svea es verstehen konnte, die direkt vor ihm stand.

Sveas Mund öffnete sich überrascht. Unschlüssig sah sie ebenfalls erst zu Rachida, dann zu Jeremias. Sie zuckte mit den Achseln, bevor sie sagte: „Könnt ihr Karli und Raik ausrichten, dass ich heute später nachkomme?"

Rachida verstand und grinste.

Svea warf ihr einen strengen Blick zu, doch Rachida konnte nicht anders. Da war es wieder. Einer der Gründe, aus denen sie Svea einfach nicht lange böse sein konnte. Sie war zu nett. Rachida selbst hätte sich nie getraut, Zeit mit Anton zu verbringen. Was, wenn Tanja sie sah und das als Grund für eine neue Mobbing-Attacke nutzte?

„Kein Problem. Viel Spaß", konnte Rachida sich nicht abhalten hinzuzufügen.

Anton wurde schon wieder rot.

„Kommst du?", fragte Svea ihn. Sie winkte Rachida und Jeremias zum Abschied, bevor sie sich mit Anton zum Ausgang wandte.

Rachida kicherte leise. „Wenn wir das den anderen erzählen ..." Das Lachen verging ihr schlagartig, als sie den Blick bemerkte, mit dem Jeremias den beiden hinterher sah.

***

Rachidas ungutes Gefühl in Bezug auf Jeremias, Svea und Anton ließ allmählich nach, als die Tage vergingen und nichts passierte. Zwar sprachen Jeremias und Svea nicht mehr als das Nötigste miteinander, doch das war Rachida nur recht. Zum Glück kam Svea nicht auf die Idee, Anton in den Pausen bei ihnen sitzen zu lassen und sie dadurch noch stärker zu Tanjas Zielscheibe zu machen, als sie es ohnehin schon waren. Aber hin und wieder sah Rachida die beiden am Ende einer Stunde oder nach dem Klingeln ein paar Worte wechseln. Von Benni und José schien Anton nun vollkommen verschont zu bleiben, das galt allerdings nicht für Tanjas Freunde. Und gegen die konnte niemand etwas ausrichten.

Auch das Wochenende kam und ging ohne Zwischenfälle. Am Samstag trafen sie sich bei Jeremias, ihr wöchentliches Ritual. Sie spielten das Spiel im Keller und gingen anschließend hoch ins Wohnzimmer, tranken bei Kerzenschein, knabberten Chips und unterhielten sich über alles Mögliche, bis einer nach dem anderen einschlief. Rachida war diesmal nicht diejenige mit der Rachekarte.

Dann kam die zweite große Pause am Montag und plötzlich wünschte sie sich, es doch zu sein. Eigentlich war Svea selbst schuld. Am Freitag erst hatte Rachida ihr geraten, mit Anton vorsichtiger zu sein und nur noch nach der Schule Zeit zusammen zu verbringen, wenn es denn sein musste. Aber Svea schien sich in den

Kopf gesetzt zu haben, dass Anton einen Freund brauchte.

Die Pause war fast rum. Besonders strebsame Schüler machten sich bereits auf den Weg zu ihren Unterrichtsräumen. Svea stand von ihrem Platz zwischen Rachida und Raik auf und ging zu Anton hinüber. Als er sie sah, lächelte er ihr entgegen.

Sorgenvoll wanderte Rachidas Blick zu Jeremias, doch der war in ein Gespräch mit Raik vertieft und hatte Sveas Gehen entweder nicht mitbekommen oder es war ihm egal.

Rachida entspannte sich, bis sie von Karli angeschubst wurde.

Tanja und ihre Freunde steuerten auf Svea und Anton zu. Anscheinend sah Svea die Gruppe im selben Moment, denn sie sprang auf. Da stand Tanja allerdings schon hinter ihr und presste sie zurück auf die Bank neben Anton. Der war aschfahl geworden.

Rachida sog geräuschvoll die Luft ein. Sie blickte sich nach Jeremias um. Dieser hatte sein Gespräch mit Raik eingestellt und die Augen auf die Vorstellung gerichtet, die Tanja und ihre Freunde der halben Pausenhalle boten. Er machte keine Anstalten aufzustehen.

Tanjas Gruppe stellte sich im Halbkreis um Svea und Anton auf, sodass Rachida die beiden nicht mehr sehen konnte. Dafür hörte sie, was passierte. Ein vierstimmiger Chor erhob sich. Gerade laut genug, dass Rachida, Karli, Jeremias und Raik die Worte hören konnten, doch nicht laut genug, dass sie bis zum Lehrerzimmer hinübergetragen wurden. Nicht laut genug, um die Aufmerksamkeit der Aufsicht zu erregen, die gerade auf der anderen Seite der Pausenhalle ihre Runde zog.

„Küssen, küssen, küssen.“

Rachida griff instinktiv nach Karlis Hand. Das andere Mädchen, sonst keine Freundin von Hautkontakt, drückte sie.

Ein Tumult entstand. Anscheinend waren Anton und Svea aufgestanden und versuchten, den Halbkreis zu durchbrechen. Rachida bekam wieder klare Sicht auf die beiden, als die Reihe sich auflöste. Tanjas Freund Berat schnappte sich Anton und der andere Junge, Kai, drehte Svea die Arme auf den Rücken. Sie drängten die beiden aneinander, bis Svea mit der Stirn gegen Antons Schulter stieß. Tanja sah sich kurz in der Pausenhalle um, doch von der Aufsicht noch immer keine Spur. Es läutete. Ende der Pause.

In diesem Moment streckte Tanja beide Hände aus. Ihre linke Hand griff nach Antons Kopf, die rechte nach Sveas. Sie stieß die Münder der beiden hart gegeneinander.

Die Gruppe lachte johlend und zerstreute sich, als in diesem Moment zwei Lehrerinnen aus dem Korridor traten, der zum Lehrerzimmer führte.

Rachida hatte Tränen in den Augen. Karli klopfte ihr unbeholfen auf die Schulter.

„Mein Gott“, flüsterte Raik.

Anton hatte sich wieder auf die Bank gesetzt und starrte zu Boden. Sveas Gesicht konnte Rachida nicht sehen. Sie hatte ihr den Rücken zugewandt.

Jeremias stand auf. „Es hat geklingelt“, informierte er sie.

Rachida sah ihn an und ihre Blicke trafen sich. Ein hässlicher Gedanke durchzuckte sie. Hätte Jeremias

Svea geholfen, wenn es nur um sie und nicht auch um Anton gegangen wäre?

Jeremias wandte sich ab und ging an ihnen vorbei in Richtung des B-Teils, wo er jetzt mit Svea Geschichte hatte. Sein Gesicht verriet keine Regung. Doch seine Augen blickten noch kälter als sonst.

KAPITEL 11

Gegenwart

Unweit des Lagerhauses parkten bereits zwei Autos auf der Farm. Svea erkannte Jeremias' VW Golf sofort. Ihre Hände begannen so stark zu zittern, dass sie auf dem unebenen Boden beinahe die Kontrolle über ihr Fahrzeug verlor.

Das andere Auto war ebenfalls von dunkler Farbe, aber größer, wie ein Geländewagen, und von der teuren Sorte. Svea stoppte den Motor. Dunkelheit hüllte sie ein. Sie umklammerte das Lenkrad so stark, dass ihre Finger schmerzten. Kaum war die Heizung aus, begann die Kälte ins Wageninnere zu kriechen. Bald würde Sveas stoßweiser Atem kleine Wölkchen bilden.

Sie hatte erwartet, Rachida hier anzutreffen. Und eventuell jemanden, der sie bedrohte.

Zwei Autos. Eines das von Jeremias.

Eine Schwere hatte sich auf Sveas Brust gelegt, die sie kaum atmen ließ. Ihre Hand tastete auf dem Beifahrersitz nach dem Messer. Ein normales Küchenutensil mit einer etwa fünfzehn Zentimeter langen Klinge. Das Einzige, das Jeremias' Wohnung hergegeben hatte, was als Waffe durchgehen konnte.

Svea nahm das Messer in ihre linke Hand, mit der rechten tippte sie auf ihrem Handy an Rachida:

Ich bin da. Wo bist du?

Sie schickte die Nachricht ab. Im selben Moment klopfte es am Fahrerfenster.

Svea zuckte so heftig zusammen, dass sie mit dem Messer beinahe ihre Jeans aufschlitzte. Sie starrte die dunkle Silhouette neben sich an, kaum einen halben Meter entfernt, nur durch das Glas getrennt. Dann senkte sich ein Gesicht an die Scheibe. Jeremias.

Er klopfte abermals. „Steig aus, Svea." Die Stimme drang dumpf ins Autoinnere.

Sveas Atem ging keuchend. Sie zermarterte sich den Kopf nach einer plausiblen Erklärung dafür, dass Jeremias hier war. Es musste einfach eine geben. Eine andere als die, dass er derjenige war, der Rachida bedrohte.

Jeremias verschwand von der Fahrerseite. Sie hörte, wie er das Auto umrundete.

Panisch griff Svea nach dem Autoschlüssel und drückte auf die Zentralverriegelung – im selben Moment, in dem Jeremias versuchte, die Beifahrertür zu öffnen.

„Svea." Seine Stimme klang gepresst. „Du brauchst keine Angst vor mir zu haben. Steig einfach aus." Kurz blickte Jeremias hinter sich und es sah aus, als gäbe er ein Handzeichen.

„Wer ist da bei dir?", rief Svea und drehte hektisch den Kopf. Sie konnte niemanden entdecken.

„Steig einfach aus, dann erklären wir dir alles." Jeremias hatte sich ans Beifahrerfenster gebückt. Sie konnte sein Gesicht deutlich erkennen.

„Wer ist ‚wir'?"

Jeremias antwortete nicht.

„Wo ist Rachida?“

„Ich weiß es nicht. Bitte, Svea …“

„Du hast gelogen“, schrie sie. „Du hast gesagt, du gehst zu einem Patienten!“ Ihre Stimme überschlug sich. Er hatte gelogen. Hatte er ihr die ganze Zeit etwas vorgemacht? Svea hämmerte mit der geballten Faust gegen das Lenkrad, Tränen brannten hinter ihren Augen. Sie hatte ihm vertraut.

„Du hast auch gelogen.“ Jeremias' Stimme klang nicht mehr geduldig, sondern wütend. „Du hast eine Nachricht von Rachida bekommen.“

Woher wusste er das?

„Ich war nicht an deinem Handy, falls du das denkst.“ Er stieß den Atem aus, wie um sich selbst zu beruhigen. „Ich habe auch eine bekommen. Raik und Karli ebenfalls.“

„Was … was für Nachrichten?“

„Verdammt noch mal, Svea!“ Jeremias wurde zur Seite geschoben und Karli schaute durchs Fenster herein. „Komm endlich raus. Hast du eine Ahnung, wie scheißkalt es hier draußen ist?“

Der Anblick des blonden Bobs und der randlosen Brillengläser ließ Sveas Herz ruhiger schlagen. „Was hast du für eine Nachricht bekommen? Und von wem?“

Karli fluchte laut. Dann sagte sie mit der Tonlage einer Mutter, die am Ende ihrer Nerven angelangt ist: „Eine Drohung, dass alles auffliegt, was damals passiert ist, wenn ich nicht heute Nacht hierherkomme. Von Rachidas Nummer.“

Svea nickte langsam. Sie glaubte ihr. „Was ist mit Raik und Jeremias?“

„Soll ich dir was sagen, Svea? Erfrier doch in deinem Auto. Ich geh ins Haus."

Svea hörte Schritte, die sich entfernten. Ganz still sitzend lauschte sie, aber da war nichts außer dem Rauschen des Windes.

Als Jeremias' Stimme die Stille durchbrach, musste Svea die Luft anhalten, um ihn verstehen zu können, so leise sprach er: „In meiner Nachricht stand, dass dir was passieren würde, wenn ich nicht komme. Ich kann dir die Nachricht zeigen, wenn du mir nicht glaubst."

Ein warmes Gefühl breitete sich in Sveas Bauch aus. Im selben Moment entwich ihr ein Schluchzen. Svea presste sich eine Hand auf den Mund, um das Geräusch zu stoppen. Sie alle hatten Nachrichten von Rachida erhalten. Deswegen war Jeremias hier. Und sie hatte gedacht ...

Svea steckte das Messer in ihre Jackentasche. Es passte geradeso, ohne dass der Griff herausschaute. Dann entriegelte sie die Tür und stieg aus. Der Wind empfing sie wie ein alter Bekannter. Er zerzauste ihr Haar und liebkoste ihre Wangen mit seiner Eiseskälte, die ihre Haut in Sekunden taub werden ließ.

Wie hatte sie den Wind früher gehasst. Bis er ihr Freund und ihre Zuflucht geworden war. Nur, um sich letztendlich gegen sie zu wenden.

Jeremias stand noch immer auf der Beifahrerseite. Im schwachen Mondschein konnte Svea seinen Gesichtsausdruck nicht genau erkennen. Ihr war, als zögerte er, zu ihr herüberzukommen. Raik und Karli waren nirgends zu sehen.

„Lass uns auch ins Haus gehen", sagte Jeremias leise.

„Okay."

Sie trafen sich am Kofferraum. Svea schaute hoch in Jeremias' Gesicht. Es gab so vieles, was sie ihm sagen wollte.

„Ich dachte, du wärst es", sagte sie schließlich.

Jeremias setzte sich langsam in Bewegung. „Ich weiß."

„Es –"

„Du musst dich nicht entschuldigen", wurde sie von Jeremias unterbrochen.

Schweigend gingen sie nebeneinanderher. Als sie am Schuppen vorbeikamen, blieb Svea stehen. Sie starrte zu dem dunklen, rechteckigen Gebäude, in dem sie früher immer ihre Fahrräder untergestellt hatten. Svea konnte nicht viel erkennen, außer, dass die Tür geschlossen war. Trotzdem wusste sie, dass die alte, fleckige Gefriertruhe nicht mehr im Schuppen stand.

Die Erinnerungen überkamen sie wie ein Krampf. Schüttelten ihren Körper. Svea beugte sich vornüber und stützte die Hände auf den Knien ab, während sie versuchte, die Bilder wieder wegzuschließen. Die Morgensonne, die durch das brüchige Holz des Schuppens fiel und dünne Streifen über Marie-Luises toten Körper malte. Das Haar, ehemals dunkelblond, aber von getrockneten Matschklumpen braun. Die Arme und Beine, die seltsam verdreht in der Truhe steckten. Ihre Fingernägel, abgebrochen und blutig. Die Kratzspuren an der Innenseite des Gefriertruhendeckels.

Svea kniete sich auf den Boden. Feuchte Kälte durchdrang ihre Jeans und kroch ihre Beine hoch.

„Wo habt ihr sie hingebracht?" Ihre Stimme war nur ein Hauch, der beinahe im Wind unterging. Sie sah wieder Jeremias und Raik vor sich, wie sie Schritt für Schritt die Truhe ins Haus wuchteten.

Jeremias ging neben ihr in die Hocke. „In den Keller."

„Ist sie ... immer noch da?"

Jeremias nickte. „Komm, du wirst ganz nass." Er zog sie hoch.

Wie von selbst fanden ihre Hände zueinander, als sie auf das Haus zugingen. Es schien in den letzten Jahren noch mehr verkommen zu sein. Die Haustür stand weit offen.

„Konnte er dich davon überzeugen, dass wir dich nicht gleich umbringen, ja?" Karli leuchtete Svea mit der Taschenlampenfunktion ihres Handys direkt ins Gesicht. Sie und Raik drängten sich im Korridor. „Das Licht geht nicht", informierte sie Jeremias.

„Der Strom ist schon seit Jahren abgestellt. Behaltet also besser eure Jacken an."

„Fabelhaft", schnaubte Karli. „So sehen wir den Irren, der uns hierhergelockt hat, nicht mal kommen."

Svea schlang ihre Arme um sich selbst. Die Kälte war eine Sache, die Dunkelheit eine ganz andere. Und wo Karli recht hatte ...

„Ich mache den Kamin an. Feuer- und Anzündholz müssten noch da sein. Ein paar Kerzen finden wir auch." Jeremias schob sich an Karli und Raik vorbei.

Karli richtete ihr Handy in die andere Richtung, beschien Jeremias' Rücken, als er ins Wohnzimmer ging. Sie folgten ihm. Die Dielen knarrten unter ihren Schritten. Dann war alles still, außer dem heulenden Wind draußen.

„Was ist aus deinem Vater geworden?", fragte Raik, während Jeremias sich vor den Kamin kniete. „Ist der immer noch Pfarrer im Ort?"

Jeremias gab einen Laut von sich, der entfernt nach einem Lachen klang. „Nein. Vor ein paar Jahren begannen sich plötzlich ganz und gar ominöse Vorfälle zu häufen." Er sah sie nicht an, während er sprach, sondern schichtete Holzscheite in den Ofen. „Anscheinend riet er einigen Eltern, ihre Kinder zu bestrafen, damit sie zu Gott finden. Er rief wohl auch in den Predigten zu härteren Bestrafungen von Sündern aller Art auf, seien es Ehebrecher oder diejenigen, die den Sonntagsgottesdienst verpassen. Die Kirche bekam das irgendwann mit und schickte ihn in den Ruhestand. Danach ist er weggezogen. Ich habe keine Ahnung, wo er jetzt wohnt."

Die Lampe an der Rückseite von Karlis Handy war noch immer auf Jeremias gerichtet, allerdings spendete sie auch im Rest des Raumes etwas Licht.

Svea nahm eine Bewegung aus dem Augenwinkel wahr. Sie sah zu den beiden rechteckigen Fenstern nahe der Küchenzeile.

Nichts.

Sie lauschte. Doch alles, was sie hörte, war das Rascheln der Bäume, die vom Wind durchgeschüttelt wurden.

„Wenn er irgendwann zu senil ist, um sich um sich selbst zu kümmern, werde ich mit Vergnügen die Unterschrift unter seinen Heimplatz setzen." Jeremias legte Anzündholz über die darunterliegenden größeren Scheite.

Da sah Svea es. Diesmal ganz deutlich. Eine Bewegung vor dem linken Fenster. Sie trat einen Schritt zurück und prallte gegen Karli. Diese ließ ihr Handy fallen, das mit der Rückseite nach unten auf dem Boden landete. Das Licht wurde verdeckt. Finsternis umgab sie.

„Was ...?", begann Karli.

Svea packte ihre Hand. „Draußen ist jemand", flüsterte sie. Sie klammerte sich an Karli. „Ich hab vor dem Fenster einen Schatten gesehen." Svea tastete mit der freien Hand nach ihrer Jackentasche. Nach dem Messer. Sie spürte eine Bewegung neben sich und keuchte auf.

„Ich bin es nur", hauchte Jeremias. „Welches Fenster?"

„Das linke."

Sveas Augen begannen, sich an die Dunkelheit zu gewöhnen. Sie sah, wie Jeremias sich lautlos von ihr wegbewegte. Er erreichte das Fenster und spähte durch die Scheibe.

Ein Klopfen an der Eingangstür zerriss die Stille. Laut und dumpf. Niemand wagte sich zu rühren. Es klopfte abermals.

Sveas Hand verkrampfte sich um den Griff des Messers.

„Wer ist da?", rief Jeremias und bewegte sich langsam vom Fenster zum Korridor.

„Ich bin's! Anton!"

Karli stieß ein erleichtertes Seufzen aus. Svea nahm die Hand vom Messer.

„Bestimmt hat er auch eine Nachricht bekommen", meinte Raik.

Karli bückte sich nach ihrem Handy. Als die kleine Lichtquelle wieder frei war, sah Svea, wie Jeremias in den Korridor verschwand und kurz darauf mit Anton zurückkam.

Der Neuankömmling musterte sie alle der Reihe nach, soweit es im dürftigen Licht möglich war.

Jeremias ging zurück zum Kamin.

„Jetzt sind wir alle hier. Wisst ihr, was das bedeutet?“, flüsterte Raik.

Svea schluckte schwer und nickte. „Dass der Mörder auch hier ist. Und derjenige, vor dem Rachida sich versteckt.“

„Wenn es nicht Rachida selbst ist“, sagte Raik.

Jeremias erhob sich. Eine kleine Flamme züngelte im Kamin, die von Sekunde zu Sekunde stärker wurde.

Karli schaltete die Lampe ihres Smartphones aus. Der Lichtschein aus dem Kamin war jetzt hell genug.

Auf einmal hörte Svea, wie jemand scharf die Luft einsog. Im selben Moment sah sie es in dem diffusen Licht des Feuers ebenfalls. Über dem Kamin. Große dunkelrote Buchstaben an der weißen Wand. Svea schlug sich eine Hand vor den Mund, während sie die Nachricht entzifferte.

Spielt das Spiel noch einmal – oder Rachida stirbt.

Darunter, auf dem Kaminsims, lagen die Spielkarten.

KAPITEL 12

Vier Monate vor der Nacht des letzten Spiels

Svea war müde. Während sie über ihre heiße Schokolade pustete, fragte sie sich, ob sie nicht wie Jeremias auf Kaffee umsteigen sollte. Einfach, um sich zumindest für eine Weile wach zu fühlen.

Ihr Blick wanderte nach rechts, wo Rachida, Karli, Raik und Jeremias saßen. In dieser Reihenfolge. Jeremias hielt ebenfalls einen Becher aus dem Kaffeeautomaten in der Hand. Den hatte er sich alleine geholt, noch bevor er zu den anderen gekommen war. Erst, als er sich gesetzt hatte, war Svea aufgestanden, um ihrerseits zum Kaffeeautomaten zu gehen. Das lief nun schon seit über einer Woche so.

Svea nahm einen Schluck Kakao. Er hatte jetzt genau die richtige Temperatur. Die Süße füllte ihren Mund und sie fühlte sich sofort ein bisschen besser. Wenn sie nur nicht so müde wäre. Sie hatte gedacht, die Albträume würden irgendwann von selbst verschwinden. Die Kaninchen. Das Blut. Jeremias' Vater.

Sie hatte sich nicht getraut, Raik noch einmal auf die Geschichte anzusprechen. Was sie bereits wusste, reichte ihr völlig. Doch ihr Verstand konnte das Thema einfach nicht ruhen lassen. Wenn Svea nicht gerade von aufgeschlitzten Kaninchen träumte, sah sie Jeremias als kleinen Jungen, seinem Vater ausgeliefert. Ihr jede Nacht neue Arten der Bestrafung zu präsentieren, schien Sveas Unterbewusstsein besonders viel Freude zu bereiten.

Mit Jeremias hatte sie weder über den Vorfall mit seinem Vater noch über das Kaninchen gesprochen. Dank Raiks Geschichte verstand sie, warum er es getan hatte. Im Wachzustand versuchte sie einfach, so wenig wie möglich daran zu denken.

Eine Weile hatte es ausgesehen, als könnte alles gut werden. Als hätte sich durch die ganze Sache zwischen Svea und Jeremias sogar etwas zum Positiven verändert. Sie hatten begonnen, sich zu zweit zu treffen. Gingen stundenlang spazieren. Manchmal schwiegen sie, manchmal sprachen sie über alles und nichts.

Seit die Temperaturen im September rapide gefallen waren, hatte Jeremias Milch besorgt sowie das pure, ungesüßte Schokoladenpulver, das Svea am liebsten mochte. Sie erzählte Jeremias von ihrem Vater, der ihr immer so viel mehr Aufmerksamkeit geschenkt hatte als ihre Mutter. Dass sie bei ihm und seiner zweiten Frau gewohnt hatte, bis Sveas Halbschwester geboren und Svea gebeten worden war, vorübergehend bei ihrer Mutter zu wohnen. Nur so lange, bis ihre Stiefmutter sich an das Baby und die neue Situation gewöhnt hatte. Und dass Svea danach nie wieder gefragt worden war, ob sie zurückkommen wollte.

Svea liebte ihre Schwester Celina, obwohl sie sieben Jahre jünger war. Sie waren manchmal Eis essen oder Schlittschuh laufen oder einfach auf den Spielplatz gegangen. Seit dem Umzug hatte Svea nichts mehr von Celina gehört. Sie traute sich nicht, sie anzurufen. Ihre kleine Schwester war elf. Für sie war Telefonieren eines der langweiligsten Dinge der Welt.

All das vertraute sie Jeremias in Nächten voller Kerzenschein, Kaminfeuer und Kaffeegeruch an. Obwohl sie ihn erst wenige Wochen kannte, wusste sie, dass er der erste Mensch in ihrem Leben war, der sie vollkommen verstand.

Jeremias erzählte ihr im Gegenzug von seiner Mutter, die früh gestorben war. Er hatte nur wenige Erinnerungen an sie, doch diese waren glücklich, voller Wärme. Jeremias sprach auch von seinen Großeltern mütterlicherseits, denen die Farm gehört hatte und die ihn nach dem Tod seiner Mutter nicht mehr hatten sehen wollen. Später hatte er erfahren, dass sein Vater der Grund dafür war. Sie hatten Angst vor ihm. Vor seiner extremen Religiosität, die an Fanatismus grenzte, sowie der damit einhergehenden Unberechenbarkeit.

In den Monaten, in denen Svea mehr und mehr Zeit mit Jeremias verbrachte, wuchs gleichzeitig eine Hoffnung in ihr. Erst unbemerkt, schließlich so stark, dass sie nicht mehr zu ignorieren war. Eine Hoffnung auf etwas, das für Gleichaltrige schon seit Jahren das Hauptthema schlechthin zu sein schien, für das Svea aber bisher nie Interesse hatte aufbringen können.

Die Hoffnung auf mehr als Freundschaft.

Eines Nachts, als sie gar nicht viel geredet, sondern schweigend beieinandergesessen und nur ab und zu einen einträchtigen Blick getauscht hatten, hatte Svea endlich den Mut aufgebracht, sich selbst ihre Gefühle einzugestehen. Als sie sich spät in der Nacht verabschiedeten, hatte sie Jeremias ein Lächeln geschenkt, vielsagend, und gehofft, dass er sie wie auch sonst ohne

Worte verstehen würde. Am nächsten Tag hatte sie Jeremias zum ersten Mal mit einem unbekannten Mädchen gesehen. Das war nun eine Woche her. Seitdem waren auch Sveas Albträume unerträglich geworden.

Ihren Gedanken nachhängend, hatte sie bereits den kompletten Plastikbecher ausgetrunken. Sie stand auf, ging zum nächsten Mülleimer und da sie sowieso schon einmal stand, suchte sie auch die Toilette auf. Dabei kam sie an Antons Bank vorbei. Sie lächelte und zwinkerte ihm zu.

Seit der Sache mit Tanja vor zwei Tagen vermieden sie es, in der Schule miteinander zu sprechen. Manchmal trafen sie sich nachmittags. Anton war ganz anders als Jeremias. Aber es tat gut, jemanden zum Reden zu haben. Und Anton konnte, mehr als irgendjemand sonst, einen Freund gebrauchen.

Als Svea von der Toilette wiederkam, merkte sie sofort, dass etwas nicht stimmte.

Jeremias saß nicht mehr neben Raik, sondern neben Rachida. Da, wo Svea eben noch gesessen hatte. Er blickte ihr gelassen entgegen und Svea schaute zurück, während ihr Magen sich zusammenkrampfte. Jeremias beobachtete sie noch immer, als sie sich in einigem Abstand neben ihn setzte.

„Was?“, fragte sie.

„Gar nichts.“

Um sich irgendwie zu beschäftigen, griff sie mit einer Hand in ihren Rucksack, der nun zwischen ihr und Jeremias stand. Sie tastete in der vorderen Innentasche nach ihrem Handy, doch fand es nicht auf Anhieb. Svea hob den Rucksack auf ihren Schoß und wühlte sich durch Schulbücher, Blöcke, Stifte. Nichts.

„Suchst du das hier?“

Jeremias hatte die Hand ausgestreckt, hielt Svea ihr eigenes Handy hin. Ihr lief ein kalter Schauer über den Rücken.

„Was ...?“ Weiter kam sie nicht, denn im selben Moment, in dem Jeremias ihr das Telefon in die Hand drückte, leuchtete das Display auf. Eine neue Nachricht von Anton.

Klar! Ich komme rüber!

Svea öffnete den Nachrichtenverlauf. Ihr Atem stockte, als sie sah, worauf genau Anton geantwortet hatte. Eine Nachricht von ihrem Handy, vor fünf Minuten abgeschickt, aber nicht von ihr geschrieben. Mit offenem Mund starrte sie Jeremias an.

Jeremias erwiderte ihren Blick. Sein Grinsen war verschwunden.

„Hi.“ Anton tauchte vor ihr auf.

Svea setzte an, die ganze Sache als Scherz abzutun, da bemerkte sie Antons nervöses Lächeln. Seine Wangen waren vor Aufregung ganz rosa. Svea sah abermals zu Jeremias und der Ausdruck in seinen Augen bestätigte ihren Verdacht. Er war es gewesen.

Das ganze Ausmaß dieses *Scherzes* trieb Svea fast die Tränen in die Augen. Erst jetzt wurde ihr bewusst, dass auch Rachida, Karli und Raik sie anstarrten. Vor ihren Augen flimmerte noch immer die Textnachricht, die sie nicht geschrieben hatte:

Kommst du kurz rüber? Ich wollte schon so lange mit dir reden und möchte einfach nicht länger warten. Worüber, kannst du dir wahrscheinlich denken.

Dahinter ein Smiley mit Kussmund.

Svea sprang auf, nahm Anton am Arm und zog ihn weg. Nach draußen, in die Februarkälte, wo ihn hoffentlich niemand beobachten würde, wenn sie ihm das Herz brach.

Was tat weniger weh? Die Wahrheit oder eine Lüge?

Zitternd stand sie vor ihm, ihre Finger umklammerten noch immer das Handy. Sie sah zu Boden, konnte den erwartungsvollen Schimmer in seinen Augen nicht ertragen. Wie hatte sie das vorher nicht bemerken können? Dass Anton sich mehr erhoffte als Freundschaft? Wann war es Jeremias aufgefallen?

Doch eigentlich spielte es keine Rolle. Durch ihre eigene Ignoranz hatte sie ihm die Möglichkeit gegeben, sein Wissen gegen sie zu verwenden. Die Frage nach dem Warum musste sie sich gar nicht stellen. Svea und Jeremias. Svea und Anton. Beides Freundschaften, in denen einer mehr als Freundschaft wollte. Jeremias' Nachricht war laut und klar angekommen: *Sei froh, dass ich klare Grenzen gezogen habe, statt dich in deiner Hoffnung zu belassen – so, wie du es mit Anton gemacht hast.*

Wahrheit oder Lüge? Noch hatte sie die Wahl.

Sie könnte Anton vormachen, an einer Beziehung interessiert zu sein. Vielleicht merkte er dann in ein paar Tagen selbst, dass es nicht funktionierte. Unehrlich, aber wahrscheinlich die sanftere Variante für Anton. Sie müsste sich nur eine Weile verstellen. Vielleicht ein paarmal Händchen halten. Um Anton und seine Gefühle zu schützen.

Aber so war Svea nicht. Jeremias wusste das.

„Es tut mir leid. Es war alles nur ein dummer Streich." Svea zwang sich zuzusehen, wie der hoffnungsvolle Schimmer in Antons Augen erlosch und etwas anderem Platz machte. Wut.

Von da an war dies die einzige Emotion, die Svea in seinen Augen sehen würde, wenn er sie ansah. Nicht nur an diesem Tag, sondern auch noch vier Monate später.

***

Es musste jeden Moment zum Unterricht klingeln. Svea stand vor Jeremias, der gelassen zu ihr hochsah. Er würde es ihr nicht einfach machen.

„War es das Spiel?", fragte sie, um eine beherrschte Tonlage bemüht.

„Du kennst die Regeln."

Svea blickte in die braunen Augen und nickte langsam. „Also ja." Sie ließ die Luft, die sie angehalten hatte, entweichen. „Findest du das in Ordnung?"

Anscheinend eine Frage, die Jeremias einer Antwort unwürdig empfand.

„Antworte!", schrie Svea. Sie ignorierte Karlis nachdrückliches „Pst!" sowie die erschrockenen Blicke von Raik und Rachida. Sveas Hände waren zu Fäusten geballt. Die Wut über das, wozu Jeremias sie gerade gezwungen hatte, brannte heiß in ihrem Bauch.

Jeremias stand auf, sah auf sie herab. „Es macht keinen Unterschied, ob ich es in Ordnung finde oder nicht."

Für Svea tat es das. Sie wünschte sich nichts sehnlicher, als dass Jeremias das, was er getan hatte, ebenfalls moralisch verwerflich fand. Dass es nur eine Kurzschlusshandlung gewesen war. Keine eiskalte Berechnung.

„Er hat niemandem was getan", flüsterte Svea.

„Und wo steht geschrieben, dass das Opfer jemandem was getan haben muss?"

Svea starrte in sein ruhiges Gesicht. Sie wollte weiter auf ihn einreden, wollte ihm klarmachen, was er getan hatte, wollte, dass er verstand, wie sehr er sie verletzt hatte. Aber je länger sie in die braunen Augen sah, die ihren Blick erwiderten, desto deutlicher spürte sie die Wahrheit. Er würde nicht verstehen. Weil er es nicht konnte. Die Hilflosigkeit ließ sie zittern.

Svea wandte sich an die anderen: „Und ihr? Findet ihr das okay?" Sie gab sich Mühe, nicht zu laut zu sprechen. „Jeremias hat Anton bestraft. *Anton.* Er ist einer von uns. Im Spiel sollte es darum gehen, Tanja und ihre Freunde zu bestrafen." Niemand reagierte. „Oder?" Svea suchte erst Rachidas, dann Raiks Blick. Beide wichen ihr aus.

„Jeremias hat recht", sagte Karli.

Svea starrte sie mit offenem Mund an.

Karli zuckte mit den Achseln. „Es gibt keine Regeln, Bücherwurm. Gab es von Anfang an nicht. Da kannst du nicht daherkommen und verlangen, dass wir nur Tanja und ihre Freunde bestrafen."

Es klingelte. Karli schulterte ihren Rucksack, Raik und Rachida standen auf. Noch immer vermieden sie es, Svea anzusehen.

„So ein Spiel wollt ihr weiterspielen?" Svea war selbst erschrocken, wie leer ihre Stimme klang. Wie hoffnungslos. Denn sie kannte die Antwort bereits.

„Du nicht?", fragte Jeremias. Die dunklen Augen bohrten sich in Sveas.

„Nein."

Ihr war, als hielten alle die Luft an. Auch Svea selbst.

„Dann geh."

Erst verstand Svea nicht, was Jeremias meinte. Ratlos blickte sie in sein verschlossenes Gesicht, bis sie die Wut in seinen Augen bemerkte. Und wusste, dass er ihr gerade ein Ultimatum gestellt hatte.

Anscheinend hatte Raik es ebenfalls begriffen, denn er berührte Svea am Arm. „Überleg es dir noch mal", flüsterte er. Kein: „Auch, wenn Jeremias versucht, dich aus der Gruppe auszuschließen, wir bleiben trotzdem Freunde."

Mit Tränen in den Augen sah Svea zu Rachida. Sie lächelte. Hoffnung regte sich in Svea. Und wurde jäh wieder zerschmettert.

„Denk einfach in Ruhe drüber nach", meinte das andere Mädchen. „Es ist ja deine Entscheidung."

Karli sagte nichts. Sah sie nur an.

„Aber denk dran", sagte Jeremias. „Es gibt kein Zurück. Entweder gehörst du zu uns. Oder eben nicht."

Svea zog die Nase hoch. Kämpfte darum, die Tränen nicht laufen zu lassen.

„Wir kommen zu spät", sagte Rachida. „Sehen wir uns nach der Achten?"

Raik nickte.

Karli meinte: „Ich muss nachher noch arbeiten."

Jeremias' Blick ruhte weiterhin auf Svea, dann wandte er sich abrupt ab. Raik und Rachida gingen ebenfalls, jedoch in die entgegengesetzte Richtung. Svea und Jeremias hatten jetzt Geschichte, die anderen drei Deutsch.

„Geht schon mal vor", meinte Karli, als Raik sich nach ihr umdrehte.

Die Pausenhalle war bereits so gut wie leer. Nur eine kleine Gruppe Schüler, die jetzt eine Freistunde hatte, saß an einem der Tische und steckte die Köpfe über einem Schulbuch zusammen.

Svea konnte sich noch immer nicht rühren. Sie wünschte, Karli würde ebenfalls gehen, doch sie stand nur vor ihr und musterte sie mit ernster Miene.

„Jetzt hast du Jeremias' wahres Gesicht gesehen." Ihre Stimme war ungewöhnlich sanft. „Wenn du nicht tust, was er will, lässt er dich fallen. Du bist ihm völlig egal."

Sveas Kopf ruckte hoch. Heiße Wut verdrängte die Enttäuschung, die Traurigkeit. Svea war sie mehr als willkommen. „Bist du jetzt glücklich, ja?"

Karli seufzte. „Sei nicht so stur. Ich will nur, dass du aufhörst, ihn so anzuhimmeln."

„Sagst gerade du!", höhnte Svea. „Wer redet Jeremias denn seit Neuestem nach dem Mund?"

Karlis Wangen färbten sich rosa. „Das Spiel war nun mal seine Idee. Ohne ihn würde es nicht funktionieren. Rachida würde aussteigen, Raik wahrscheinlich auch. Aber ich rede ihm sicher nicht nach dem Mund! Im Gegensatz zu dir weiß ich nämlich genau, was er für einer ist!"

„Dann sag es mir doch endlich! Was für einer ist Jeremias?“

„Ein Psychopath ist er!“ Karli war laut geworden. Die Lerngruppe drehte sich zu ihnen um und warf ihnen neugierige Blicke zu. Karli tat einen tiefen Atemzug und sprach mit gesenkter Stimme weiter. „Du weißt nichts über ihn, absolut gar nichts. Du hättest mir vertrauen sollen, als ich dir das erste Mal geraten habe, ihm nicht zu nahe zu kommen. Dann wäre das alles nicht passiert.“

Svea schüttelte den Kopf. Sie war dieses Gespräch leid. Sie wollte nur nach Hause gehen und sich in ihr Bett verkriechen. Den ganzen Tag einfach ausradieren.

„Oder glaubst du etwa, er meint es nicht ernst?“, fragte Karli ungläubig. Sie machte einen Schritt auf Svea zu, suchte ihren Blick. „Glaubst du, er schließt dich nicht aus, weil du ach so besonders für ihn bist? Ich erzähl dir jetzt mal was über Jeremias, ja? Und du hörst besser genau zu.“ Karlis Züge hatten sich verhärtet. „Raik ist nämlich genauso blind. Bei ihm ist schon alles verloren, aber du hast noch eine Chance.“

„Raik?“, fragte Svea. Plötzlich hatte sie eine Ahnung, worum es ging.

„Er verehrt Jeremias, schon seit er zwölf war. Er sieht gar nicht, dass der sich einen Dreck für ihn interessiert. Es ist ihm auch egal, dass Jeremias daran schuld ist, dass er so geworden ist.“ Karli hatte Tränen in den Augen. Sie blinzelte wütend. „Wären wir doch nie zu Tante Rosa geschickt worden. Oder hätte ich mich mehr um Raik gekümmert, dann hätte er Jeremias niemals angesprochen ...“ Ihre Stimme brach ab.

Svea schluckte. Ihre Wut war vollständig verraucht. „Raik hat mir die Geschichte erzählt", sagte sie leise.

Karli starrte sie an. „Hat er?"

Svea nickte, doch Karli schüttelte den Kopf und lachte bitter auf. „Hat er dir auch erzählt, dass das alles kaputtgemacht hat? Dass es *ihn* kaputtgemacht hat? Du kanntest ihn vorher nicht, Svea. Er hatte nichts mit diesem ängstlichen, schüchternen Jungen gemein, der heute nicht mal ein Referat halten kann. Er war ganz anders. Vorher."

„Wie wurden sie ...?", begann Svea, konnte die Frage jedoch nicht zu Ende stellen.

„Das willst du nicht wissen", sagte Karli, die anscheinend trotzdem verstanden hatte. „Ich wünschte, ich hätte Raik nicht so lange bedrängt, bis er es mir erzählt hat. Ich wünschte, ich hätte es nie erfahren. Ich kann Tante Rosa bis heute nicht ansehen, ohne ihr die Augen auskratzen zu wollen." Karli schnaubte. „Aber sie ist nur eine engstirnige Christin, die sich von Niels Evers hat einreden lassen, dass er Gottes Stimme höchstpersönlich ist. Die würde alles tun, was er sagt. Die wahren Schuldigen sind Jeremias und sein Vater."

„Wie kannst du das sagen? Jeremias wurde ebenfalls bestraft. Wahrscheinlich seine ganze Kindheit über!" Ihre Stimme zitterte. Die Wut war zurück.

„Ach, sieh ihn dir doch an! Meinst du, den interessiert das? Jeremias hatte keine Angst vor den Konsequenzen, sonst hätte er Raik nicht dazu überredet, ein Feuer im Taufbecken zu machen! Du kapierst es einfach nicht! Keiner von euch sieht, wie Jeremias wirklich ist!"

Svea schüttelte den Kopf. „Ich verstehe ja irgendwo, dass du ihn für die Sache damals verantwortlich machst. Raik ist dein Bruder. Aber Jeremias war auch noch ein Kind, da macht man nun mal Dummheiten."

„Wie kannst du nur so blöd sein? Bitte! Renn doch in dein Unglück. Aber heul mir später nichts vor! Ich hab versucht, dich zu warnen." Sie machte einen Schritt rückwärts. Dann noch einen.

„Karli ..."

„Nein, Bücherwurm." Ihre Augen waren kalt geworden. So, als hätte sie bereits mit allem abgeschlossen. „Es ist deine Entscheidung. Ich hab es wieder und wieder versucht, hab mich bemüht, dir zu helfen. Und trotzdem stehst du auf seiner Seite statt auf meiner. Das war's. Auf mich brauchst du nicht mehr zählen." Damit drehte sie sich um und ging.

Svea blickte Karli nach. Sie war nicht zum Ausgang gelaufen, sondern in Richtung der Schließfächer. Wenn sie noch arbeiten musste, hatte sie wahrscheinlich ihre Kamera mitgebracht und vor dem Unterricht weggeschlossen.

Sie musste noch mal mit Karli reden. Oder sollte sie ihr erst mal Zeit geben, sich zu beruhigen, und morgen das Gespräch suchen?

Unschlüssig wandte Svea sich erst zum Ausgang, schlug dann einen Bogen und machte sich auf den Weg zu den Spinden. Sie konnte das nicht auf sich beruhen lassen. Nicht mal bis morgen.

Sie umrundete die Cafeteria und ging an den Nischentischen vorbei. Noch einmal um die Ecke, dahinter lagen die Schließfächer. Aber so weit kam Svea nicht. Jemand packte sie am Arm, zerrte sie mit einem Ruck nach hinten. Ein stechender Schmerz schoss ihr durch die Schulter.

„Wohin denn so eilig?“, säuselte Tanjas Stimme. Sie saß mit Berat, Sofie, Chrissi und Kai am letzten Nischentisch, an dem Svea gerade vorbeigeeilt war. Kai hatte sich hervorgelehnt und hielt noch immer Sveas Handgelenk.

Während Svea den Schmerz herunterschluckte und versuchte, sich aus Kais Griff zu befreien, stand die Gruppe einer nach dem anderen auf. Tanja legte einen Arm um Svea. Ihre Wangen berührten sich fast. Svea stieg der Geruch von zu süßem Parfüm in die Nase. Ihr wurde schlecht.

„Wie schön, dass ich dich allein erwische“, säuselte sie. „Ich wollte schon lange mal mit dir Klartext reden.“ Tanja ging los und zog Svea mit sich durch die ausgestorbene Pausenhalle. Die anderen vier folgten ihnen. Sie passierten den Tisch mit der Lerngruppe, doch als die Schüler Tanja sahen, beugten sie sich schnell wieder über die Bücher.

Sveas Atem ging keuchend. Was hatten sie mit ihr vor? Panik lähmte sie, ließ keinen rationalen Gedanken zu. *Lauf weg, lauf weg ...*

Als sie den Ausgang passierten, riss Svea sich los. Sie stemmte sich gegen die Glastür, die nach draußen führte, doch diese war zu schwer und öffnete sich nicht schnell genug. Da wurde sie an beiden Armen gepackt und zurückgerissen.

„Na, na, na.“ Tanjas Gesicht erschien vor ihr. Grinste sie an. Zu Berat und Kai, die Svea die Arme auf dem Rücken verdrehten, sagte sie: „Nicht so doll, lasst mir noch was übrig.“

Svea wurde vorwärts gestoßen, auf den Gang zu, der in den D-Flügel führte. Und zu den zweiten Toiletten, die so weit weg von der Pausenhalle lagen, dass sie fast nie genutzt wurden.

Bevor sie in den Korridor gestoßen wurde, erhaschte Svea einen Blick auf die Schließfächer. Karli stand vor ihrem Spind, das Gesicht Svea zugewandt, und starrte sie an.

Hol Hilfe, flehte Svea in Gedanken. *Tu irgendwas!*

Doch Karli stand nur da. Dann drehte sie sich um und ging davon. Ganz langsam, als wäre nichts gewesen. In Richtung Ausgang.

Tanja öffnete die Tür zur Mädchentoilette. Kai und Berat verpassten Svea einen Stoß, der sie zu Boden gehen ließ. Auf Händen und Knien rutschte sie über die kalten gelben Kacheln. Sie rappelte sich auf, rannte zu einer der Kabinen, da rutschte sie aus und schlug hin. Fünfstimmiges Gelächter begleitete sie, als sie von Tanja hochgezogen und gegen die Wand gepresst wurde.

„Es gibt da was, dass ich dich schon lange fragen wollte, Svea.“ Tanjas Gesicht war so nah vor ihrem, dass sie die feinen Speicheltropfen sehen konnte, die ihr beim Sprechen aus dem Mund des anderen Mädchens entgegenschlugen. „Eigentlich zwei Dinge. Erstens: Wart ihr es?“ Anscheinend erwartete Tanja tatsächlich eine Antwort, denn sie sah Svea erwartungsvoll an.

„Was?“, fragte Svea verwirrt. Sie sah es nicht kommen. Tanja ohrfeigte sie, zweimal, schnell und hart. Svea dröhnte der Kopf.

„Tu nicht so blöd. Bist du doch sonst auch nicht. Liebesbriefe. Verschwundene Hausaufgaben. Kaugummis auf Stühlen. Soll ich weitermachen?“

Svea bekam keine Luft. Sie wussten es.

„Wie seltsam, dass das alles losging, nachdem du auf die Schule gekommen bist." Tanja wandte sich an ihre Freunde. „Ich hab's euch ja gesagt. Sie streitet es nicht mal ab." Ihre Aufmerksamkeit richtete sich wieder auf Svea. Die schwarze Umrandung unter ihren Wimpern erinnerte sie an Karli. Die beiden Mädchen benutzten sogar einen ähnlichen Lippenstift. Tanja blickte nicht mehr spöttisch auf Svea herab. Ihre Augen hatten sich verengt, das Gesicht war eine hasserfüllte Grimasse. „Du und Jeremias scheint euch nahezustehen. Ich würde sogar sagen, dass du seit ziemlich langer Zeit die Erste bist, an der er aufrichtig Interesse hat." Sie kicherte, doch es klang hart und hässlich. „Also, die zweite Frage, bevor wir die Sache hier zu Ende bringen." Sie sah abermals zurück zu den vier anderen. „Und nicht vergessen, Leute, nur dahin, wo man es nicht auf Anhieb sieht."

Svea war eiskalt. Sie spürte ihre Finger nicht mehr, als sie wie hypnotisiert in Tanjas Augen starrte.

„Ist er das wert?" Dann holte Tanja aus und schlug Svea in den Magen.

***

Svea wusste nicht, wie lange sie schon auf dem kalten Toilettenboden saß. Sie weinte nicht, starrte nur vor sich hin. Sie fühlte sich abgrundtief leer. So, als hätten Tanjas Freunde sie mit ihren Schlägen aus ihrem eigenen Körper vertrieben.

Jedes Mal, wenn sie aufstehen wollte, wenn sie auch nur den Gedanken zu formen versuchte, wurde das Vorhaben von Unverständnis fortgeweht.

War ihr das wirklich passiert? War sie gerade ... *verprügelt* worden?

Die Schmerzen, die jeden Atemzug begleiteten, jede kleinste Bewegung zur Qual machten, waren der Beweis. Trotzdem konnte Svea es nicht glauben. Ein Teil von ihr wollte das Gesicht auf die Knie legen und weinen. Doch als sie ihre Beine anzog, schoss ein so heftiger Schmerz durch ihre Oberschenkel, dass sie es sein ließ. Die Tränen wollten ohnehin nicht kommen.

Hatte es schon geklingelt? Im D-Flügel hörte man die Schulglocke kaum, das wusste Svea. War die siebte Stunde schon vorbei? Die achte? Waren die anderen schon unterwegs in die Stadt? Ob sich irgendjemand wunderte, wo sie war?

Sveas Blick glitt zu ihrem Rucksack, der ein paar Meter von ihr entfernt auf dem Boden lag und in dem ihr Handy steckte. Sie wusste, sie könnte ihn nicht erreichen, ohne ein Feuerwerk an Schmerzen auszulösen. Also ließ sie es. Ersparte sich eine weitere Enttäuschung. Die anderen hatten sowieso mit ihr abgeschlossen. Svea lehnte den Kopf gegen die Wand und schloss die Augen.

Plötzlich hörte sie ein Geräusch. Schnelle Schritte. Im nächsten Moment wurde die Tür aufgerissen.

Svea starrte ihn an wie eine Erscheinung. Träumte sie?

„Ich habe dich überall gesucht“, sagte Jeremias. „Warum warst du nicht in Geschichte?“ Er klang wütend. Dann sah er ihren Blick und stockte. „Was ist passiert?“

Svea antwortete nicht. Die Wärme in seiner Stimme brachte die Tränen zum Vorschein, die eben nicht hatten kommen wollen.

Jeremias beugte sich zu ihr runter und nahm ihre Hand, versuchte, sie hochziehen. Svea spannte den Bauch an, wollte aufstehen, wollte es für Jeremias, aber sie konnte nicht. Sie keuchte auf. Zu mehr war sie nicht in der Lage, als der scharfe Schmerz in ihrer Magengegend ihr den Atem nahm.

Jeremias ließ ihre Hand los und ging neben ihr in die Hocke, suchte fragend ihren Blick. Svea starrte zu Boden.

Im nächsten Moment fühlte sie, wie Jeremias nach dem Saum ihres Pullovers griff. Vorsichtig schob er ihn nach oben, legte ihren Bauch frei.

Svea spürte, wie Jeremias neben ihr erstarrte.

Sie biss sich auf die Unterlippe, bis sie Blut schmeckte. Dann rollte Jeremias ihren Pullover sanft wieder nach unten. Svea zwang sich, ihm ins Gesicht zu sehen. Diesmal wich er ihr aus. Seine Augen waren noch immer auf ihren nun wieder von Stoff bedeckten Bauch gerichtet.

Svea schluckte, doch der Kloß in ihrem Hals blieb. Die erste Träne löste sich aus ihren Augen. Lief ihre Wange hinab.

In dem Moment richtete sich Jeremias' Blick endlich wieder auf sie. Vorsichtig strich er die Träne weg und legte die Arme um sie.

Svea weinte, während Jeremias sie hielt. Sie krallte ihre Finger in seine Jacke. Sie wollte ihn nie wieder loslassen. Je länger sie weinte, je mehr Tränen seine Jacke durchnässten, je öfter Jeremias ihr über den Kopf strich und ihr versicherte, dass alles wieder gut werde, desto sicherer wusste Svea, dass sie nicht ohne ihn konnte. Ohne ihn würde sie zerbrechen.

„Dafür wird sie bezahlen“, flüsterte Jeremias irgendwann.

Es war, als hätte er magische Worte gesprochen. Sveas Tränen versiegten.

Sie blickte auf. Kurz wollte sie ihm sagen, dass es nicht nur Tanja gewesen war. Dass es jemanden gab, der etwas viel Schlimmeres getan hatte. Doch sie schwieg. Der Hass, der sich heiß in ihrem Inneren ausbreitete, verdrängte die Schmerzen. Jeremias musste davon nichts wissen. Das war eine Sache zwischen ihr und Karli.

KAPITEL 13

Gegenwart

„Ist das ... Blut?“, fragte Svea. Ihre Stimme zitterte.

Jeremias näherte sich der Schrift an der Wand. „Nein. Sieht aus wie ganz normale Farbe.“

Svea hörte kollektives Aufatmen und auch sie entließ die Luft, die sie unbewusst angehalten hatte.

„Zeigt eure Handys“, verlangte Jeremias. „Wenn einer von uns es war und die Nachrichten von Rachida verschickt hat, war derjenige vielleicht dumm genug, sich selbst keine Nachricht zu senden.“

Ausnahmsweise widersprach keiner. Sie setzten sich alle auf den Boden um den niedrigen Couchtisch herum und legten ihre Smartphones darauf, auf dem Bildschirm WhatsApp geöffnet.

Komm heute Nacht auf die Farm oder ich lasse alles auffliegen. Wirklich alles.

Das war Karlis Nachricht.

Bitte komm heute Nacht auf die Farm! Oder ich werde die Nacht nicht überleben!

Raik.

Svea griff nach Antons Handy. Seine Nachricht begann wie die von Raik:
Bitte komm heute Nacht auf die Farm! Oder ich werde die Nacht nicht überleben! Und du weißt, dass es deine Schuld ist!

Als Letztes las sie die von Jeremias.

Wenn du heute Nacht nicht auf die Farm kommst, wirst du Svea niemals wiedersehen.

Sveas Kehle war wie zugeschnürt. „Warum droht sie Karli und Jeremias?"

Niemand antwortete.

Karli spielte die Sprachnachricht ab, die Svea von Rachida erhalten hatte. Schrill hallte das Schluchzen von den Wänden wider. „Warum bist du die Einzige, die eine Sprachnachricht bekommen hat?"

Svea hörte gar nicht zu. Diese Drohungen ... Das konnte nicht Rachida sein. Doch das würde bedeutete, dass jemand anderes ihr Handy hatte und davon die Nachrichten verschickte. Bei der Vorstellung wurde Svea eiskalt. Was hatte diese Person mit Rachida gemacht?

Karli wandte sich an Anton. „Was meint sie damit, dass es deine Schuld sei, wenn sie stirbt?"

„Was meint sie damit, dass sie alles auffliegen lässt?", gab Anton zurück. „Das klingt, als hättest du ein paar Leichen im Keller."

Karli verschränkte die Arme vor der Brust. „Nicht mehr als ihr anderen auch. Ganz ehrlich, ich will nicht, dass die ganze Sache rauskommt. Ihr vielleicht?"

Raik schüttelte den Kopf.

Svea spürte Jeremias' Blick auf sich. Sie ignorierte ihn und sah Anton an. Ihre Augen trafen sich.

„Warum eigentlich nicht?", sagte Anton langsam.

„Ach ja? Warum bist du dann hier?", fragte Karli.

„Weil ich nicht glaube, dass es Rachida war, die uns die Nachrichten geschickt hat." Er sah sie alle der Reihe nach an. „Ich glaube, es war einer von euch. Dieselbe Person, die auch Marie-Luise getötet hat, hält Rachida irgendwo fest. Ihr habt ihr Weinen in Sveas Sprachnachricht gehört. Sie wurde dazu gezwungen, diese Nachricht aufzunehmen."

Der Wind rüttelte an den Fensterrahmen. Svea fröstelte, obwohl sie noch immer ihre Jacke anhatte und so nah wie möglich am Kamin saß.

„Ich zweifle nicht daran, dass die Person, die für alles verantwortlich ist, ihre Drohung wahrgemacht hätte, wenn ich nicht gekommen wäre. Sie ist verrückt, hört ihr?" Anton sprang auf, sein Blick flackerte wild umher. „Einer von euch ist komplett durchgedreht!", schrie er.

Svea nickte stumm. *Er hat recht*, war alles, was sie denken konnte.

Raik knetete nervös seine Hände im Schoss. Karli rutschte ein Stück von den anderen weg. Jeremias sah schweigend zu Anton hoch.

„Es könnte auch Rachida sein", wandte Raik ein.

„Das glaube ich nicht", begann Svea, dann hielt sie inne und dachte ernsthaft über diese Möglichkeit nach. „Aber theoretisch könnte es sein."

Karli lachte. Alle starrten sie an.

„Bin ich eigentlich die Einzige, die kapiert, was hier vorgeht?" Ihr Blick richtete sich auf Jeremias. „Er war es. Heute wie damals. Wir müssen ihn nur wegsperren und das Problem ist gelöst."

Jeremias sagte nichts, schüttelte jedoch nachsichtig lächelnd den Kopf. Wie ein Vater, dessen Tochter sich mal wieder danebenbenahm.

„Es könnte jeder sein", sagte Raik. Karli warf ihm einen giftigen Blick zu.

„Er trägt die Verantwortung für das Spiel und damit auch für alles andere", sagte Anton. Er schrie nicht länger, machte allerdings auch keine Anstalten, sich wieder zu setzen. „Aber das heißt nicht unbedingt, dass er Marie-Luise getötet hat. Oder derjenige ist, der uns jetzt bedroht."

„Ihr seid nicht nur blind, sondern auch blöd!", giftete Karli. „Alle miteinander!"

„Was, wenn du dich irrst?", fragte Raik ungewohnt heftig. „Angenommen, wir sperren Jeremias weg und gehen davon aus, die Gefahr gebannt zu haben, und machen uns auf die Suche nach Rachida. Falls doch jemand anderes dahinter steckt, was meinst du, was passiert? Wahrscheinlich tut dieser Irre dann entweder Rachida oder einem von uns was an! Willst du das?"

Karli starrte ihren Zwillingsbruder an. Sie schob die Unterlippe vor und schmollte, sagte aber nichts mehr.

„Wir sollten das Spiel spielen", fuhr Raik ruhiger fort.

„Was soll das bringen?", fragte Svea. „Bestrafen wir uns gegenseitig, wie früher?"

Raik zuckte mit den Achseln. „Da steht, wenn wir es nicht machen, passiert Rachida was. Vielleicht sollten wir es einfach ausprobieren. Der mit der Rachekarte muss ja nichts Schlimmes tun. Eigentlich kann gar nichts passieren."

„Außer wenn ‚der Verrückte'", Jeremias malte mit beiden Händen Anführungsstriche in die Luft, „die Rachekarte bekommt. Oder glaubst du, dass auch er oder sie nichts Schlimmes tut?"

Raik sah Jeremias mit großen Augen an. „Daran habe ich nicht gedacht."

„Also spielen wir nicht. Aber was sollen wir stattdessen tun?", fragte Svea.

„Nein." Jeremias schüttelte den Kopf. „Wir müssen spielen. Wir haben keine Wahl. Wenn wir uns der Anweisung widersetzen und Rachida etwas passiert, ist das unsere Schuld. Wenn wir das Spiel spielen, ist es eher unwahrscheinlich, dass der Verantwortliche für all das hier die Rachekarte zieht. Aber das Risiko besteht natürlich."

„Hörst du dich einfach selbst gern reden oder was soll die ganze Laberei? Jeder hier hat längst kapiert, dass wir Rachida nicht sterben lassen können, nur weil wir uns zieren, das bitterböse Spiel noch mal zu spielen."

Sie sahen zu Anton. Er wich ihren Blicken aus. „Wenn das die einzige Chance ist, dass Rachida nichts passiert ..."

In dem Moment stand Jeremias bereits auf und nahm die Karten vom Kaminsims.

„Glaubt ja nicht, dass ich noch mal in diesen Keller gehe", sagte Karli. „Wir spielen hier."

Jeremias nickte. Er setzte sich zurück an seinen Platz zwischen Sofa und Tisch. Anton kniete sich ebenfalls wieder auf den Boden.

„Wenn du denkst, dass ich dich mischen lasse, hast du dich so was von getäuscht." Karli riss Jeremias die Karten aus der Hand.

Er starrte sie an, zum ersten Mal an diesem Abend Wut in den Augen. Svea meinte zu verstehen, warum. Sie wusste nun, dass er beeinflussen konnte, wer die Rachekarte bekam – zumindest, wenn derjenige, der sie auswählte, auffällig genug auf die betreffende Karte schaute. Mit ein bisschen Glück hätte er sich selbst die Rachekarte geben können. Oder Svea. Jemandem, dem er vertraute, nicht der Irre zu sein. Und Svea wollte ihm ebenso vertrauen, wollte glauben, dass er es selbst auch nicht war. Die meiste Zeit über war sie sich fast sicher. Doch eine leise Stimme in ihr, die sie einfach nicht vollständig abzustellen vermochte, flüsterte ihr zu, dass es dumm wäre, nicht alle Möglichkeiten in Betracht zu ziehen.

Karli begann zu mischen. Anders als Jeremias gab sie dafür nicht die Karten nacheinander von der rechten Hand in die linke, sondern legte sie in zwei Stapeln auf den Tisch und mischte sie dann ineinander.

„Woher wissen wir, dass du nicht betrügst?“, fragte Jeremias.

Karli hielt inne. „Schön. Ich bin glücklich, solange du nicht gibst.“

„Svea?“, fragte Jeremias.

Karli schüttelte den Kopf.

Jeremias seufzte. „Sollen wir abstimmen?“

„Wie wäre es mit Anton?“, fragte Raik.

Alle blickten zu dem jungen Mann, der noch immer auf so viele Arten dem Jungen von damals glich. Seine Augen wurden groß. „Ich hab noch nie gegeben.“

Jeremias sah Karli fragend an. Sie nickte und schob den Kartenstapel in Antons Richtung. Der griff mit zitternden Händen danach.

„Sag nicht, du weißt nicht, wie man mischt." Karli verdrehte die Augen.

„Behalt deine Kommentare einfach für dich. Sie nerven." Anton straffte die Schultern und teilte den Kartenstapel. Er mischte auf dieselbe Weise wie Karli zuvor. Nach dem vierten Mal nahm er die obersten fünf Karten ab. Damit er die Karten allen zeigen konnte, ohne sie selbst zu sehen, rutschte er ein Stückchen vom Tisch weg.

Herzsieben, Kreuzbube, Kreuzkönig, Pikacht, Karozehn.

„Du musst ...", begann Karli, doch Antons Blick ließ sie verstummen.

„Raik", sagte Anton.

Svea sah zu dem Mann, der neben ihr saß. Der Feuerschein spiegelte sich in seinen Brillengläsern, sodass sie seine Augen nicht sehen konnte.

„Kreuzkönig", sagte er.

Anton schob die fünf Karten zusammen und mischte sie ein paar Mal ineinander, bevor er begann auszuteilen. Zuerst an Jeremias, der zu seiner Linken saß. Dann an Svea, Raik, Karli und als Letztes an sich selbst.

Sie sahen sich alle ihre Karten an und gaben sie an Anton zurück, der sie auf dieselbe Weise wie zuvor in das restliche Deck mischte.

Schweigend saßen sie einen Moment lang da.

„Und jetzt?", fragte Anton. Er klang nervös.

„Jetzt tun wir, was wir immer getan haben", sagte Jeremias. „Wir warten ab."

***

Sie hockten für eine Weile im Schein des Kaminfeuers, ohne, dass jemand etwas sagte, bis Anton plötzlich aufstand. Fahrig fuhr er sich mit den Händen durch das blonde Haar.

„Ich hab meine Zigaretten im Auto vergessen."

Sie alle starrten ihn an.

„Und?", fragte Karli schließlich.

„Und ich geh sie jetzt holen."

„Hast du sie noch alle?"

„Da draußen läuft ein Mörder rum", pflichtete Raik seiner Schwester bei.

Anton sah die beiden mit hochgezogenen Augenbrauen an. „Der Mörder sitzt hier. Wahrscheinlich bin ich da draußen sicherer als hier bei euch."

Karli zuckte mit den Achseln. „Tu, was du nicht lassen kannst."

„Wenn es Rachida ist ...", begann Jeremias und ließ den Satz offen.

„Die Chancen stehen vier zu eins", sagte Anton und drehte sich um. „Und ich glaube wirklich nicht, dass es Rachida ist. Außerdem wird wahrscheinlich nie was passieren, solange wir alle zusammenhocken."

„Eben deshalb sollten wir zusammenbleiben", beharrte Jeremias. „Damit nichts passiert."

Svea beobachtete ihn aufmerksam. Da war etwas, das er nicht sagte. Schlagartig begriff sie. Ihr Magen krampfte sich vor Angst zusammen. „Du glaubst, der Mörder hat die Rachekarte."

Jeremias nickte. „Hätte sie jemand, der nichts Böses im Schilde führt, könnte er oder sie es einfach zugeben und offen jemanden bestrafen. Aber bisher ist nichts passiert. Das bedeutet, dass derjenige mit der Rachekarte geheim bleiben will."

„Anonymität war immer Teil des Spiels", wandte Svea ein.

Jeremias schaute in die Runde. „Das hier ist kein Spiel mehr, das dürfte jedem klar sein. Wer die Rachekarte hat, sollte das jetzt sagen. Damit wir wissen, dass der Mörder sie nicht hat."

Sie sahen sich gegenseitig an. Svea begegnete Karlis Blick, dann Raiks.

Niemand sagte etwas.

„Genau das dachte ich mir", sagte Jeremias.

Svea schlang die Arme um sich selbst. „Also warten wir, bis der Mörder jemanden bestraft?", fragte sie.

„Das kann er nicht, solange wir zusammenbleiben", wiederholte Jeremias.

„Was ist mit Rachida?", fragte Anton. „Was, wenn er ihr etwas tut, weil wir hier zusammenhocken und ihm keine Gelegenheit bieten?"

„Was sollen wir deiner Meinung nach tun?", fragte Karli. „Ein Opfer auswählen und es alleine herumspazieren lassen?"

Unbehagliches Schweigen breitete sich aus.

Anton zuckte mit den Achseln. „Wie auch immer. Ich brauche jetzt jedenfalls eine Kippe." Auf Karlis Augenrollen hin entgegnete er: „Ich übersteh diese Nacht nicht ohne. Und wenn ihr anderen hier zusammenbleibt, müsste ich ja sicher sein."

„Das ist so was von dämlich", meinte Karli.

Anton ignorierte sie und bewegte sich auf die Wohnzimmertür zu. Er zögerte kurz, blickte zurück zu den anderen.

„Soll ich mitkommen?“, bot Svea leise an.

Vier Augenpaare richteten sich auf sie.

„Wenn ich da rausmüsste, würde ich lieber nicht alleine gehen“, erklärte Svea. Dass sie sich noch immer für Anton verantwortlich fühlte, erwähnte sie nicht. Ebenso wenig wie das Messer in ihrer Tasche.

Anton zögerte noch immer.

„Schon gut“, beeilte Svea sich zu sagen. „Wenn du lieber alleine gehst, ist das nur verständlich.“

„Nein“, sagte Anton langsam. „Du kannst mitkommen.“ Er nickte ihr steif zu.

Sie gingen zur Tür.

„Ihr habt zehn Minuten“, sagte Jeremias. „Wenn ihr dann nicht wieder da seid, kommen wir euch suchen.“

Als Svea Jeremias’ Blick begegnete und die Sorge darin las, fragte sie sich kurz, ob sie nicht einen großen Fehler beging. Sie sah Anton nach, der gerade das Wohnzimmer verließ. Ihr Gefühl sagte ihr, dass sie von ihm nichts zu befürchten hatte. Wenn sie ihn aber alleine gehen ließ und ihm etwas zustieße, würde sie sich das nie verzeihen. Das wusste sie mit absoluter Sicherheit. Also folgte sie Anton durch den Flur und in die Nacht hinaus.

Sein Auto hatte er neben denen der anderen geparkt, etwa fünfzig Meter vom Hauseingang entfernt. Schwaches Licht aus den Fenstern begleitete sie die ersten paar Meter, dann wurde es immer dunkler. Auch der Mond war hinter dicken Wolken verschwunden.

Svea stemmte sie mit aller Kraft gegen den Wind. Trotzdem kam sie kaum vorwärts. Als sie Antons Zweitürer endlich erreicht hatten, beugte er sich auf der Beifahrerseite ins Innere und zog eine Schachtel blaue

Gauloises heraus. Bevor Svea noch etwas sagen konnte, hatte er sich schon eine zwischen die Lippen gesteckt und mit dem Feuerzeug, das ebenfalls in der Schachtel gewesen war, angezündet. Seufzend nahm er einen tiefen Zug. Er setzte sich auf den Beifahrersitz, die Beine noch immer draußen, sodass er windgeschützt hinter der geöffneten Autotür saß.

Unruhig blickte Svea sich um. Sie suchte alle Richtungen ab, doch entdeckte nichts Ungewöhnliches. Keine Bewegungen. Aber die Dunkelheit wurde schon nach wenigen Metern undurchdringlich. Was dort lauerte, konnte Svea unmöglich sagen. Der Gedanke ließ ihre Hand zu ihrer Jackentasche mit dem Messer wandern.

„Wir sollten zurückgehen", rief Svea, um den Wind zu übertönen.

Anton rührte sich nicht. Die Innenbeleuchtung des Autos spendete etwas Helligkeit. Seine Augen waren direkt auf Svea gerichtet. „Weißt du eigentlich, wie sehr ich dich gehasst habe?"

Sie musste kurz schlucken. „Ja."

Anton nickte, als wäre er mit der Antwort zufrieden. Er zog an seiner Zigarette.

„Mir hat es all die Jahre unendlich leid getan. Dass ich dich da mit reingezogen habe."

Wut blitzte in Antons Augen auf. „Du machst es dir verdammt einfach, Svea. Darf ich dich was fragen? Hast du einen Beruf gelernt?"

„Ich ... arbeite in der psychologischen Forschung."

Antons pfiff durch die Zähne. „Nicht schlecht. Beziehung?"

Svea schüttelte den Kopf.

„Besser, man hat niemanden, als dass man es immer und immer wieder versaut. So wie ich. Ich hab kein abgeschlossenes Studium. Keine Ausbildung." Antons Stimme wurde immer schneller. „Dafür hab ich ein Kind von meiner Ex. Ein dreijähriges Mädchen, Charlotte. Das ich nie sehe, weil ich zu feige bin. Wer braucht schon einen Vater wie mich, der nichts in seinem Leben auf die Reihe kriegt?" Er starrte sie an, als warte er auf eine Antwort.

Svea sah weg. Sie schwieg, denn sie wusste, was kommen würde. Und sie hatte es verdient.

„Das ist deine Schuld", sagte Anton leise. Er warf den Zigarettenstummel auf den Boden und stand auf. „Hättest du mich doch einfach in Ruhe gelassen. Das Mobbing hätte ich schon überlebt." Er schlug die Autotür zu. Dann marschierte er davon ins Dunkel.

Svea blieb zurück. Ihre Kehle fühlte sich rau an, hinter ihren Augenlidern brannte es. Sie gestattete sich nicht, dem Drang zu weinen nachzugeben. Sich im Selbstmitleid zu suhlen. Dazu hatte sie wirklich kein Recht.

Sie lauschte Antons Schritten, bis sie vom Heulen des Windes verschluckt wurden. Plötzlich alleine, fühlte Svea sich wie auf dem Präsentierteller. Sie konnte nur schemenhaft ihre Umgebung erkennen und das Heulen des Windes verschluckte jedes andere Geräusch. Der Weg zum Haus kam ihr unendlich lang vor.

Sie musste hier weg.

Einem Instinkt folgend, rannte sie die paar Meter zu ihrem Mietauto. Erst, als sie im Inneren saß und die Zentralverriegelung aktiviert hatte, beruhigte sich ihr Herzschlag allmählich.

Sie schloss die Augen, versuchte, nicht an das, was Anton gesagt hatte, zu denken. Und nicht daran, dass einer von ihnen ein wahnsinniger Mörder war. Der wahrscheinlich Rachida in seiner Gewalt hatte.

Jemand klopfte an die Scheibe. Svea fuhr hoch. Es war Jeremias, der durch das Fenster hereinschaute.

Svea schloss kurz die Augen und atmete auf. Mit zitternden Fingern öffnete sie die Tür.

„Was machst du hier draußen alleine?", fragte er, die Stimme tief vor Wut. Dann: „Wo ist Anton?"

„Er ist vor mir zurückgegangen. Hast du ihn nicht gesehen?"

Jeremias schüttelte den Kopf.

Ein bleiernes Gewicht legte sich auf Sveas Brust und machte ihr das Atmen schwer. Sie stieg aus dem Leihwagen. „Vielleicht hat er sich irgendwo untergestellt, um noch eine zu rauchen."

„Raik wollte beim Lagerhaus nachsehen", sagte Jeremias. „Als wir euch bei den Autos nicht gefunden haben, haben wir uns aufgeteilt."

Sie rannten los. Es begann zu regnen. Dicke Tropfen klatschten auf Sveas ungeschützten Kopf. Als sie das Lagerhaus erreichten, eine Art größerer Schuppen, der mit allen möglichen alten Farmfahrzeugen vollgestellt war, waren sie klatschnass.

„Raik?", rief Jeremias in die Dunkelheit hinein.

„Ich bin hier!" Er kam hinter einem heruntergekommenen Mähdrescher hervor. „Svea!", rief er, als er sie sah. „Gott sei Dank! Wo wart ihr denn?" Dann runzelte er die Stirn. „Wo ist Anton?"

Svea und Jeremias sahen sich an. Furcht stieg in ihr auf. Wie auf Kommando machten sie kehrt. Matsch spritzte hoch, als sie auf das Haus zustürmten. Svea rutschte aus, doch Jeremias packte sie gerade noch rechtzeitig am Arm. Endlich hatten sie die Eingangstür erreicht. Sie rannten ins Wohnzimmer, dunkle Schlammspuren hinter sich herziehend.

Karli, die vor dem Kamin saß, fuhr herum. Mit weit aufgerissenen Augen starrte sie sie an. „Was ist passiert?"

Svea drehte sich um sich selbst, so, als würde sie Anton jeden Moment entdecken. Auf dem Sofa vielleicht, wo er eingeschlafen war.

Es war Raik, der die schreckliche Wahrheit zuerst in Worte fasste. „Anton ist verschwunden."

KAPITEL 14

Vier Monate vor der Nacht des letzten Spiels

So leise wie möglich schloss Tanja die klapprige Wohnungstür auf. Es stank nach Zigarettenrauch und Alkoholausdünstungen. Ein Geruch, an den sie sich schon vor langer Zeit gewöhnt hatte. Sie blieb stehen, lauschte zum Wohnzimmer hin. Die Tür war nur angelehnt. Tanja hörte Werbemusik aus dem Fernseher. Sonst war alles ruhig. Vielleicht schlief *er*.

Normalerweise kam sie nie um diese Zeit nach Hause. Ihre Mutter war arbeiten und ihre beiden kleinen Brüder noch bei der Nachmittagsbetreuung. Tanja verbrachte so wenig Zeit in dem engen, stinkenden Appartement wie möglich. Erst gegen Abend, wenn ihre Mutter mit den Brüdern heimkam, ging Tanja ebenfalls nach Hause. Nicht, dass sie viel Wert darauf legte, beim Abendessen von ihm angestarrt und mit penetranten Fragen gelöchert zu werden. Sich anschreien zu lassen. Aber so bekamen es zumindest nicht ihre Mutter oder gar ihre Brüder ab.

Auf Zehenspitzen schlich sie in ihr Zimmer und schnappte sich ihr Tagebuch, das sie am Morgen auf dem Bett vergessen hatte. Der kleine Raum, vollgestellt mit drei Betten und diversem Grundschulkinderspielzeug, war das reinste Chaos. Wenn ihr Stiefvater heute auf die Idee kam, einen Blick in das Zimmer zu werfen, würden sie alle drei ohne Essen ins Bett gehen. Sie, als die Älteste, würde sich dazu mindestens eine Ohrfeige einfangen.

Tanja wollte den Raum gerade wieder verlassen, als ihr Blick in den winzigen, runden Wandspiegel neben der Tür fiel. Jeden Morgen stand sie davor und trug sorgfältig ihr Make-up auf. Sie war immer darauf bedacht, dass es nicht verschmierte, dass sie nicht wie die Schlampe aussah, als die ihr Stiefvater sie gern betitelte. Nie fasste sie sich ins Gesicht oder rieb sich die Augen. Abends, wenn sie sich abschminkte, sah ihre Mascara noch ebenso perfekt aus wie frisch nach dem Auftragen.

Heute jedoch zog sich eine feine schwarze Spur von ihrem rechten äußeren Augenrand über ihre Wange, wo sie schließlich verblasste. Wütend rieb Tanja sich mit den Fingern darüber, bis sie die Flecken beseitigt hatte. Der Beweis ihrer Schwäche. Eine einzelne Träne nur, mehr hatte sie sich nicht gestattet, als sie gesehen hatte, wie Jeremias Svea aus der Schultoilette geführt hatte. Sie hatte sich an ihn geklammert wie eine Ertrinkende. Er hatte sie gestützt, einen Arm um ihre Hüfte, und leise auf sie eingeredet.

In diesem Moment hatte Tanja gewusst, dass sie verloren hatte.

Sie stopfte ihr Tagebuch in den Rucksack und machte sich leise auf den Weg zur Wohnungstür. Als sie diese hinter sich zugezogen hatte, atmete sie erleichtert aus. Ruhe bis zum Abend.

Tanja drehte sich um und erstarrte. Am Treppengeländer lehnte Jeremias.

Ihr Blick flackerte zur Wohnungstür, um sicherzustellen, dass sie wirklich geschlossen war. Aber die Wände in diesem Haus waren hellhörig. Wenn ihr Stiefvater mitbekam, dass Jeremias hier war ...

Sie wollte sich an ihm vorbeischieben, die Treppe hinuntergehen. Mussten sie dieses Gespräch nun nach über einem Jahr endlich führen, dann zumindest nicht auf derselben Etage, auf der ihr Stiefvater im Fernsehsessel schlief. Doch Jeremias griff nach ihrem Arm und hielt sie fest.

Sie sah ihn an und in seinen Augen erkannte sie, dass er darauf bestehen würde, es genau hier zu tun.

„Du bist zu weit gegangen", sagte er und gab sich keine Mühe, seine Stimme leise zu halten.

Nur mit Mühe konnte Tanja ihren Blick von der Wohnungstüre abwenden. „Ja, findest du?", fragte sie, die Stimme um einiges leiser als Jeremias'. „Warum jetzt?"

„Du weißt genau, warum jetzt."

Tanja grinste, dabei war ihr zum Heulen zumute. „Die Kleine hat's dir echt angetan, was?"

Jeremias machte einen Schritt auf sie zu. Er war ihr so nah wie schon sehr lange nicht mehr. Sie musste gegen den Drang ankämpfen, vor ihm zurückzuweichen.

„Lass Svea in Ruhe", sagte er.

„Sonst was?", fragte Tanja zurück.

Jeremias Blick glitt an ihr vorbei zu der Wohnungstür, durch die Tanja vor wenigen Minuten gekommen war.

Sie spürte, wie ihr das Blut aus dem Gesicht wich. „Ernsthaft?", spottete sie trotzdem. „Du kannst mir nichts antun, was du nicht schon längst getan hast, Jeremias."

„Wenn du dich da mal nicht irrst.“ Er drehte sich um, ging die Treppen hinunter – und ließ ein Mädchen zurück, das zum zweiten Mal an diesem Tag mit den Tränen kämpfte.

***

Tanja kannte die Wattlaufzeiten in- und auswendig. Es verging keine Woche, in der sie sich nicht zum Nachdenken oder Tagebuchschreiben an die steinerne Absperrung zurückzog, die bei Niedrigwasser das Watt vom Meer trennte.

Als sie Turnschuhe und Socken auszog und die eisige Kälte des gerade abfließenden Wassers sich wie tausend Nadelstiche auf ihre Füße stürzte, bemerkte sie, dass Nebel aufzog. Den Touristen, die jedes Jahr an die Nordsee strömten, wurde eingebläut, auf keinen Fall bei Nebel ins Watt zu gehen. Allzu groß war die Gefahr, die Orientierung zu verlieren und nicht mehr zu wissen, in welcher Richtung die sichere Küste lag.

Tanja verstaute ihre Schuhe im Rucksack und marschierte los.

Jetzt, im Februar, begegnete sie auf ihrem Weg durch die endlose Weite des Watts keiner Menschenseele. Selbst im Sommer, wenn es nur wenige Kilometer östlich von Touristen nur so wimmelte, die sich mit Pferdekutschen und zu Fuß auf den Weg zur Insel Neuwerk machten, sah Tanja höchstens ab und zu andere Wattläufer aus weiter Ferne.

Sie ging nicht entlang der Markierungen aus Buschpricken – circa ein Meter hohe Sträucher, die Wattwanderern auch bei schlechtem Wetter den Rückweg zur

Küste zeigen sollten. Tanja war hier aufgewachsen, sie brauchte diese Hilfe nicht. Sie ging alleine ins Watt, seit sie kaum zehn Jahre alt gewesen war. Sie wusste genau, was sie tat.

Die Minuten flossen ineinander. Stunden verstrichen, ohne dass sich Geräusche oder Aussicht veränderten. Als Tanja den Deich aus Steinen erreichte, ließ sie sich mit einem Seufzen darauf nieder. In ihrer Trainingsjacke fror sie erbärmlich. Der Wind ging ihr durch und durch. Aber sie würde sich eher die Zunge abbeißen, als ihre Mutter um Geld zu bitten. Sie wusste, dass sie ohnehin keins hatten. Zumindest ihre nackten Füße hatten jedes Gefühl verloren. Später, wenn sie unter die warme Dusche ging, würden sie erst schmerzhaft, dann angenehm prickeln.

Nachdenklich blickte Tanja über das Meer. Normalerweise konnte sie von hier Schiffe sehen, doch heute nahm der dichte Nebel ihr jede Sicht.

Sie schlug ihr Tagebuch auf und fuhr mit den Fingern über die leere Seite. Anschließend holte sie ihren Kugelschreiber aus dem Rucksack und positionierte ihn in der obersten Zeile. Die Worte wollten nicht kommen, nur immer wieder dieses Bild, wie Jeremias Svea tröstete.

Was hatte sie falsch gemacht?

Nicht zum ersten Mal stellte Tanja sich diese Frage. Doch zum ersten Mal dämmerte ihr die Antwort.

Nichts. Es war nicht sie, sondern Jeremias.

Tanjas Finger legten den Stift beiseite und blätterten zurück. Zurück, zurück, bis zu einem Eintrag vor fast genau zwei Jahren. Der Tag, an dem alles begonnen hatte.

***

Tanja kannte Jeremias schon ewig. Genau wie sie selbst lebte er seit seiner Geburt hier. Wobei kennen *zu viel gesagt war – sie sah ihn ab und zu. In der Stadt mit seinem Vater. Später in der Schule. Interesse hatte sie nie an ihm gehabt. Er war komisch, ein Außenseiter, und die meisten anderen Kinder machten einen Bogen um ihn.*

Sie hatte Freundinnen. Schnatternde Mädchen, die sich ausnahmslos über Jungs, Mode und die neuesten Filme im Kino unterhielten. Tanja kleidete sich wie sie, schminkte sich wie sie, redete wie sie. Aber sie lud nie eine von ihnen zu sich nach Hause ein.

Die anderen Mädchen lebten alle in Einfamilienhäusern mit hübschen kleinen Gärten. Mit Vätern, die gut verdienten, und Müttern, die nach der Schule mit dem Essen auf sie warteten. In den offenen Küchen duftete es nach Erdbeeren, in den Bädern nach Lavendel. Tanja war gerne bei ihren Freundinnen zu Besuch. Gleichzeitig schien jede dieser Einladungen die Leere in ihrem Inneren nur noch größer zu machen. Ihre Freundschaften waren eine Lüge. Sie selbst war eine Lüge. Niemand kannte sie wirklich. Und sie war sich sicher, wenn ihre Freundinnen herausfänden, wer sie wirklich war, wäre es mit der angeblichen Freundschaft schnell vorbei.

Eines Tages ging sie mit den Mädchen ins Kino. Tanja hatte dafür zehn Euro aus dem Portemonnaie ihrer Mutter geklaut. Das schlechte Gewissen nagte an ihr, aber sie konnte einfach nicht absagen. Nicht schon wieder.

Ihre Freundinnen brachten Jungs mit. Tanja kannte sie, sie gingen in die Parallelklasse, aber sie mochte sie nicht besonders. Einer von ihnen war Berat, ein großer, klobiger Kerl, der sie ein bisschen an ihren Stiefvater erinnerte. Genau wie dieser stank auch Berat nach Zigaretten, dabei war er wie Tanja erst sechzehn.

Nach dem Film schlugen die Jungs vor, Alkohol kaufen zu gehen. Sie schickten Berat, weil der aussah wie achtzehn. Die anderen warteten außer Sichtweite des Kiosks. Berat kam zurück und hielt triumphierend die Wodkaflasche hoch. Anschließend wanderten sie ziellos durch die Straßen, trinkend, lachend. Tanja war selbst überrascht, dass sie Spaß hatte. Der Alkohol wärmte sie von innen, brannte zwar ein bisschen und hinterließ einen ekligen Geschmack in ihrem Mund, aber er ließ sie vergessen, zumindest zeitweise. Als die Wodkaflasche sich immer schneller leerte, drehten sie um und steuerten abermals das Kiosk an.

„Hier, du kriegst den letzten Schluck", johlte Berat und hielt Tanja die Flasche an die Lippen. Gleichzeitig legte er einen Arm um sie. Tanja trank. Dabei fiel ihr Blick auf den Mann, der vor dem Kiosk stand und sich in diesem Moment zu ihnen umdrehte. Ihr Stiefvater.

An diesem Abend verpasste er ihr das erste blaue Auge, nachdem er sie mehrere Male als Schlampe tituliert hatte.

Als ihre Freundinnen und die Jungs, die jetzt fester Bestandteil der Gruppe waren, wissen wollten, was passiert war, erzählte Tanja, dass sie betrunken auf der Treppe gestürzt sei. Niemand hakte nach.

Doch als sie aufstand, um zur Toilette zu gehen und ihr Make-up zu richten, bemerkte sie Jeremias' Blick. Er saß nicht weit von Tanjas Freunden und sah sie direkt an. Sie schaute zurück, hob fragend eine Augenbraue. Jeremias lächelte wissend. Tanja zuckte nur mit den Achseln und ging zur Toilette.

Ab diesem Tag spürte sie öfter Jeremias' Aufmerksamkeit auf sich. Seltsamerweise störte es sie nicht, im Gegenteil. Jeremias' Blicke hatten nichts Bedrohliches. Er sah sie nicht an wie manche der anderen Jungs, deren Augen von ihrem Ausschnitt oder den nackten Beinen unter einem kurzen Rock magisch angezogen wurden. Fast war Tanja, als wäre Jeremias der Erste, der wirklich sie *sah.*

Eines Tages, als sie ohne ihre Freunde eine Freistunde hatte und Jeremias alleine auf der Bank sitzen sah, sprach sie ihn an. Sie redeten über Belanglosigkeiten, nichts, das Tanja lange im Gedächtnis blieb. Aber plötzlich läutete die Schulglocke und sie hatten fünfundvierzig Minuten miteinander gesprochen. Die Zeit war wie im Fluge vergangen.

„Das war nicht die Treppe", sagte Jeremias, als Tanja sich schon verabschiedet hatte und nach ihren Freunden Ausschau hielt. Er musterte den Bereich um ihr Auge, der mittlerweile nicht mehr dunkelblau, sondern nur noch hellgrün schimmerte. „Ich habe deinen Stiefvater ein paarmal getroffen", fuhr Jeremias fort. „Er erinnert mich an meinen Vater."

Tanja starrte ihn noch immer sprachlos an, als Berat ihr von hinten auf die Schulter tippte.

Danach ging alles wieder seinen gewohnten Gang. Tanja saß bei ihren Freunden, hörte Gesprächen über

Schwärmereien und die neue Frühlingsmode zu. Jeremias saß alleine. Er ließ sie in Ruhe, sah sie nicht mehr an.

Dafür wanderte nun Tanjas Blick immer häufiger zu ihm. Es dauerte mehrere Wochen, bis ihre Freundinnen bemerkten, dass Tanja kaum noch zu den Gesprächen beitrug. Dass sie hier und da abwesend nickte, aber nicht wirklich zuhörte. Dann, fast drei Monate nach dem Abend im Kino, fiel Tanja auf, dass ihre Freunde sich woandershin gesetzt hatten. Niemand hatte sie aufgefordert mitzukommen. Und Tanja war erleichtert. Sie setzte sich zu Jeremias, ohne, dass sie um Erlaubnis fragte oder er es kommentierte. Als wäre es das Natürlichste der Welt und schon immer so gewesen. Sie waren wie zwei Teile eines Ganzen, die sich perfekt ergänzten.

Sie redeten nie über ihre Väter und doch war das Thema immer präsent. Die Gemeinsamkeit, die sie zusammengeführt hatte und die ihrer beider Leben prägte. Jeremias sah ihr an, wenn sie einen schlimmen Abend zu Hause gehabt hatte, und obwohl er es nicht kommentierte, fühlte Tanja sich besser. Einfach, weil sie wusste, dass er es verstand.

Tanja war keine Lüge mehr, sondern einfach sie selbst. Sie musste sich nicht verstellen, musste nicht so tun, als fände sie alles, was Jeremias tat und sagte, toll. Sie durfte ihre eigene Meinung vertreten. Jeremias und sie konnten stundenlange Diskussionen führen. Es war das erste Mal, dass jemand das, was Tanja sagte, wirklich ernst nahm. Es hätte ewig so weitergehen können.

Wenn nicht nach über einem halben Jahr der Tag gekommen wäre, an dem Jeremias alles zerstörte.

Es war einer dieser Abende, an denen Tanja einfach rausmusste aus der engen Wohnung. Ihr Stiefvater hatte beim Abendessen mit Tellern um sich geworfen. Aus Rache hatte sie ihm sogar eine Flasche Bier geklaut. Normalerweise trank sie nie, einfach, weil Jeremias es auch nicht tat. Der Alkohol, den sie zu schnell und auf nüchternen Magen in sich hineinkippte, stieg ihr sofort zu Kopf. Der Schwindel, der sich bald darauf in ihr ausbreitete, aber die Verzweiflung und Hilflosigkeit nicht überdecken konnte, und Jeremias, der schweigend neben ihr herging und ihren unzusammenhängenden Satzfetzen lauschte, ließen sie fast in Tränen ausbrechen. Sie riss sich zusammen. Aber als sie am Meer standen, in den klaren Sternenhimmel blickten und Jeremias sie so von der Seite ansah, konnte sie plötzlich nicht anders. Während der Wind ihr den Atem nahm, küsste sie Jeremias auf den Mund. Das Erstaunlichste allerdings war, dass er sie zurückküsste. Als Jeremias sich schließlich von ihr zurückzog, sah er sie mit seltsamem Blick an. Dann gingen sie weiter. Sprachen nicht darüber, was gerade geschehen war. Trotzdem begleitete Tanja in jener Nacht eine nie gekannte Euphorie nach Hause.

Am nächsten Tag erhielt Tanjas Stiefvater einen Besuch von Niels Evers. Tanja und ihre Mutter wurden ebenfalls dazugerufen. In ruhigen, sachlichen Worten legte der Pfarrer den beiden Erwachsenen dar, wie Tanja am Abend zuvor seinen Sohn verführt habe. Nicht nur von einem Kuss war da die Rede, sondern von mehr, viel mehr.

Tanja musste nicht ins Krankenhaus, aber es fehlte nicht viel. Fast zwei Wochen lang war es ihr verboten, zur Schule zu gehen. Bis alle Spuren des stiefväterlichen Wutausbruchs abgeheilt waren.

Zum ersten Mal hatte Tanja nichts dagegen, zu Hause zu bleiben. Sie hatte feststellen müssen, dass es noch schlimmere Menschen als ihren Stiefvater gab. Menschen wie Jeremias, die dir erst alles gaben, was du dir je erträumt hast, und dann deine größte Schwachstelle gegen dich einsetzten. Und wieso? Das war die Frage, die Tanja während der zwei Wochen in ihrem Bett ununterbrochen beschäftigte.

Als sie wieder am Unterricht teilnehmen durfte, ignorierte Jeremias sie völlig. Kein Blick. Gar nichts. Es war Berat, der auf sie zukam und wissen wollte, wo sie denn die zwei Wochen gewesen sei und ob es ihr gut gehe. Er hing mittlerweile nicht mehr mit ihren Freundinnen rum. Zu langweilig. Dafür stellte er sie seinen neuen Freunden vor: Kai, Sophie und Chrissi. Tanja war das nur recht. Sie wollte Jeremias nicht die Genugtuung geben, sie alleine in einer Ecke hocken zu sehen. Wenn er schon der Grund war, aus dem sie nie wieder jemandem vertrauen würde.

Doch auch Jeremias blieb nicht lange allein. Zu Anfang der zwölften Klasse kamen Zwillinge auf die Schule, ein Junge und ein Mädchen, die Jeremias zu kennen schienen. Der Junge, schüchtern, mit komischen Haaren und Brille, klebte vom ersten Tag an förmlich an Jeremias. Das Mädchen kleidete sich mehr wie Tanja, allerdings komplett schwarz. Sie war vorlaut, schlecht in der Schule und vielleicht hätte Tanja sie mögen können, wenn ihre Streitgespräche mit Jeremias sie nicht allzu schmerzhaft an ihre eigenen Diskussionen erinnert hätten. Berat, seit ein paar Wochen ihr fester Freund, fiel Tanjas Unmut sofort auf. Auch, wenn er den Grund nicht kannte, wusste er doch, dass etwas mit Jeremias vorgefallen sein musste.

Von Zeit zu Zeit schikanierten Berat und seine Freunde Mitschüler, die sie nicht leiden konnten. Tanja hatte sich das bisher nur mäßig interessiert angesehen. Leid taten ihr die Opfer nicht. Immerhin versuchten diese nicht einmal, sich zu wehren, erduldeten die Schikanen nur stillschweigend. Dafür hatte Tanja nur Verachtung übrig.

Eines Tages stellte Berat Raik im Flur ein Bein. Das Grinsen, das Tanja sich nicht verkneifen konnte, stachelte ihn noch mehr an. Daraufhin nahm sich Berat, der der inoffizielle Anführer der Gruppe war, auch Karli vor. Dann Rachida, die seit Neuestem ebenfalls mit den drei anderen Zeit verbrachte.

Tanja hielt sich wochenlang raus, doch eines Tages konnte sie nicht mehr widerstehen. Sie versteckte Raiks Brille, die er im Sportunterricht kurz zur Seite gelegt hatte, und während sie zusah, wie er verzweifelt und mit zusammengekniffenen Augen überall suchte, fühlte sie sich gut. Zum ersten Mal seit Langem. Bis sie Jeremias' undeutbaren Blick auffing. Und vor Angst erstarrte.

Die nächsten Tage lebte sie mit dieser Furcht. Sie hatte eine Grenze überschritten. Was würde Jeremias jetzt tun?

Aber es passierte nichts und sie machte weiter. Nur Jeremias selbst ließen sie in Ruhe. Ein- oder zweimal hatte Berat vorgeschlagen, ihm heimzuzahlen, was er damals Tanja angetan hatte, auch, wenn der noch immer nicht wusste, was genau vorgefallen war. Tanja hatte ohne die Nennung eines Grundes abgelehnt. Sie konnte es nicht erklären. Doch allein, wenn sie über die Möglichkeit nachdachte, das Mobbing auf Jeremias auszudehnen, wurde ihr eiskalt vor Angst.

Also begnügte sie sich damit, seine Freunde zu schikanierten. Tanja wurde bald so gut darin, dass sie selbst Berats Position als Anführerin der Gruppe einnahm.

Anfangs versuchte wenigstens Karli, sich zu wehren, aber das trieben sie ihr schnell aus. Und Jeremias setzte sich nicht für seine Freunde ein. Bis Svea kam.

***

Tanja blätterte die letzte beschriebene Seite um. Sie war so in Gedanken versunken, dass sie das Geräusch zuerst für Meeresrauschen hielt, doch es waren Schritte.

In dem Moment spürte Tanja eine Hand auf ihrer Schulter und schrie erschrocken auf. Sie sprang hoch, während sie gleichzeitig versuchte, sich umzudrehen. Das Tagebuch rutschte von ihren Beinen auf die Steine, ihr rechter Fuß trat ins Leere. Kurz kämpfte sie um ihr Gleichgewicht, bis sie endgültig verlor und hintenüberfiel.

KAPITEL 15

Gegenwart

„Wie kann er einfach so verschwinden?", fragte Karli bereits zum dritten Mal. Ihre Haare standen in alle Richtungen ab, weil sie sich wieder und wieder mit den Händen durch den Bob fuhr.

Svea tauschte erst einen Blick mit Jeremias, dann mit Raik, und hatte das Gefühl, dass die beiden Männer dasselbe dachten wie sie. Aber anscheinend traute sich keiner, es auszusprechen. Sie hatte das Gefühl, ihre Beine würden jeden Moment nachgeben.

Mit letzter Kraft schleppte sie sich zum Sofa. Wenn sie mit ihrer Vermutung richtiglag, war es ihre Schuld. Sie hatte Anton einfach alleine gehen lassen.

„Vielleicht versteckt er sich vor uns", meinte Karli. Doch Svea hörte ihrem Ton an, dass sie mittlerweile ebenfalls dachte, was alle vermuteten. „Ich meine, das macht Sinn, oder?", fragte sie trotzdem in die Runde.

Keiner antwortete ihr.

„Wir wissen alle, dass es entweder einer von uns ist oder Rachida. Wenn er sich versteckt, ist er so oder so sicher."

Svea blickte Karli an. Von ihrer Position auf dem Sofa aus hatte sie den ganzen Raum im Blick. Die Tür zum Korridor, durch die sie vor wenigen Minuten mit Jeremias und Raik hereingestürmt war, stand offen. Der

Feuerschein reichte gerade so aus, um Svea die Umrisse der Kellertür, die im Korridor der Wohnzimmertür gegenüberlag, erahnen zu lassen. Sie schluckte. „Warum ist er dann nicht einfach in sein Auto gestiegen und weggefahren?“ Sie wollte Karlis Erklärung glauben. Wollte es so sehr. Aber es machte einfach keinen Sinn.

„Er wollte nicht gegen die Regeln verstoßen. Wollte nicht dafür verantwortlich sein, dass der Verrückte Rachida etwas antut, weil er kalte Füße bekommen hat und abgehauen ist.“ Karlis verschränkte die Arme vor der Brust.

„Was, wenn er es ist?“, fragte Raik plötzlich.

Svea starrte ihn ungläubig an. An Karlis Blick erkannte sie, dass ihr dieser Gedanke ebenso absurd erschien.

„Wir müssen ihn suchen“, sagte Jeremias.

Karli schüttelte den Kopf. „Ich gehe nirgendwo allein hin. Und auch mit niemandem von euch.“ Ihr Blick ging feindselig zuerst zu Svea und dann zurück zu Jeremias.

Letzterer nickte. „Geh du mit Raik und ich mit –“

„Jemand sollte hierbleiben“, unterbrach Svea. Sie wich seinem prüfenden Blick aus und fügte hinzu: „Für den Fall, dass er wirklich nur ein paar Zigaretten geraucht hat und doch noch wiederkommt. Außerdem seid ihr zu dritt sicherer, als wir es zu zweit wären. Egal, ob es einer von uns ist oder Rachida.“

Jeremias nickte zögerlich. „Aber wenn es Rachida oder Anton ist, bist du hier nicht sicher. Du solltest nicht alleine hierbleiben.“

„Ich habe ja das hier.“ Svea zog das Messer aus ihrer Jackentasche. „Außerdem kann ich vom Sofa aus den ganzen Raum überblicken. Niemand kann sich an mich ranschleichen. Und sobald ich Schritte oder die Tür höre, rufe ich an, versprochen."

„Warte mal, noch ist nicht entschieden, dass ausgerechnet du hierbleibst", sagte Karli.

Svea zuckte mit den Achseln. „Willst du?"

Die andere Frau schüttelte den Kopf.

„Dann spricht nichts dagegen, oder?"

Karli sah sie lange an. „Du warst mit Anton zusammen, als er verschwand." Mehr sagte sie nicht, musste sie auch nicht. Ihre Augen bohrten sich in Sveas.

„Wir waren alle alleine, als er verschwand", sagte da Raik leise. „Es könnte jeder gewesen sein."

Karli fuhr herum, starrte ihren Bruder an. „Du hättest dich nicht von Jeremias trennen sollen!"

Svea lachte auf. „Verdächtigst du jetzt mich oder Jeremias?"

„Vielleicht seid ihr es ja beide!"

Raik legte Karli eine Hand auf die Schulter, doch sie befreite sich zornig. „Bleib du nur hier, Svea", fauchte sie. „Wahrscheinlich ist es besser, dich und Jeremias getrennt zu halten, nur für den Fall." Sie stakste zur Küche. „Aber ich gehe da nicht raus ohne was zur Verteidigung."

„Viel Glück", sagte Jeremias, während Karli Schubladen und Schranktüren aufriss. „Mehr als Buttermesser gibt es hier nicht."

Karli schmetterte die letzte Schublade zu. Dann fiel ihr Blick auf einen in der Ecke stehenden alten Besen. „Raik, hilf mir mal." Sie schnappte sich den Stiel, die roten Borsten gen Boden zeigend, und versuchte mit einem Tritt, den Besen zum Brechen zu bringen. Ohne Erfolg. Als Raik es versuchte, splitterte das alte Holz.

Triumphierend hielt Karli das etwa fünfzig Zentimeter lange Ende des Stiels hoch, die abgesplitterte Spitze auf Svea gerichtet.

„Wir sollten auch irgendwas mitnehmen", sagte Raik zu Jeremias. Der schien einen Moment nachzudenken und nickte schließlich. „Wenn es Karli ist, haben wir tatsächlich ein Problem, wenn sie als Einzige eine Waffe hat."

Karli rollte mit den Augen. „Netter Versuch."

Jeremias ignorierte sie. „Im Schuppen gibt es alle möglichen Werkzeuge, irgendwas finden wir da schon."

Selbst im schwacher werdenden Schein des Kaminfeuers sah Svea, wie Raik blass wurde. „Im Schuppen?" Er räusperte sich.

„Schon gut, ich gehe allein rein. Ihr beide könnt draußen warten."

Raik nickte dankbar.

Bevor die drei das Haus verließen, legte Jeremias Holz nach, damit das Feuer nicht ausging. Dann nahm er nacheinander drei schwarze Metalllaternen vom Fensterbrett, entzündete die Kerzen darin und reichte zwei davon an Karli und Raik weiter. Die beiden anderen waren schon an der Tür, als Jeremias sich noch einmal zu Svea umdrehte und sie lange ansah. Eine unausgesprochene Frage lag in seinem Blick. *Warum willst du nicht mit mir zusammen Anton suchen gehen?*

Svea schaute schweigend zurück.

„Wenn du irgendwas hörst oder siehst, ruf sofort an."

Sie nickte.

Die drei verließen das Haus und die Tür fiel zu. Svea war alleine.

Es war nicht so, dass Svea nicht mit Jeremias hatte gehen wollen. Nicht direkt. Aber seit ihr die Kellertür ins Auge gestochen war, war da ein Gedanke, den sie einfach nicht abschütteln konnte.

Langsam stand Svea auf und ging zum Fenster. Draußen regnete es noch immer. Angestrengt starrte sie in die Dunkelheit, doch so sehr sie sich bemühte, sie konnte nichts erkennen. Nicht einmal die Umrisse des Schuppens.

Svea aktivierte die Taschenlampe ihres Smartphones, mit der anderen Hand umfasste sie das Messer in ihrer Jackentasche. Dann ging sie zur Kellertür. Eine schwere Tür aus dunklem Massivholz. Sie war nicht verschlossen.

Ein lautes Knarzen ertönte, als die Tür aufschwang. Es drang Svea durch Mark und Bein, als wäre sie bei etwas Verbotenem ertappt worden. Was sollte sie tun, wenn Rachida oder Anton oder sogar beide wirklich da unten waren? Handys bekamen im Keller keinen Empfang, das wusste sie aus Erfahrung.

Svea leuchtete die steile Steintreppe hinab. Langsam setzte sie einen Fuß vor den anderen. Auf der Mitte der Treppe hielt sie inne. Lauschte. Hier unten herrschte komplette, absolute Stille. Wie in einem Grab. Allein Sveas eigener Herzschlag begleitete sie, als sie tiefer und tiefer unter das Haus hinabstieg. Die Luft war hier noch kälter als oben.

Als sie unten ankam, ging direkt neben ihr eine Tür ab. Das Zimmer, in dem sie früher das Spiel gespielt hatten. Doch der Keller ging noch weiter, führte in einem langen grauen Gang geradeaus, dessen Ende Sveas Handylicht nicht erfasste.

Sie nahm ihre rechte Hand vom Messergriff und legte sie stattdessen an die Klinke der Tür, die zum Spielzimmer führte. Diese Tür knarzte nicht, als sie aufschwang. Svea blieb im Rahmen stehen und leuchtete in das Zimmer. Alles sah noch genauso aus wie im Juni vor zehn Jahren. Der Teppich. Die Kerzen. Drumherum das Gerümpel an den Wänden.

Darauf bedacht, kein Geräusch zu machen, schloss Svea die Tür wieder. Anschließend schlich sie den langen Gang entlang, auf den Teil des Kellers zu, in dem sie noch nie gewesen war.

Ihr Kopf war komplett leergefegt. Wie in Trance bewegte sie sich vorwärts. Sie wusste nicht, wie lange sie gegangen war, als sie das Ende erreichte. Eine Tür. Identisch mit der zum Spielzimmer. Ein Raum in der hintersten Ecke eines Kellers. Perfekt, um etwas zu verstecken. Oder jemanden.

Mit klammen Fingern drückte Svea die Klinke hinunter. Die Tür schwang auf und gab den Blick auf einen großen, verwinkelten Raum frei. Er war schmucklos – kahle Wände und kahler Boden. Der Teil, den Svea überblicken konnte, war komplett leer. Als hätten Jeremias' Großeltern ihn nie genutzt, vielleicht, weil er so unpraktisch weit von der Treppe entfernt lag und man schwere Möbel, die man nicht mehr benötigte, möglichst schnell abstellen wollte.

Ein Luftzug streifte Svea. Mit einem lauten Krachen fiel die Tür hinter ihr zu.

Sie leuchtete nach oben, während sie versuchte, nicht vor Panik zu schreien. Von den vier kleinen, vergitterten Fenstern, die sich direkt unter der Decke befanden, waren zwei zerbrochen. Durch das zersplitterte Glas zog eisig kalter Wind herein.

Mit klopfendem Herzen ging Svea tiefer in den Raum. Zu ihrer Rechten erhob sich nach ein paar Metern eine Wand, auf der linken Seite ging der Raum weiter, führte um eine Ecke. Langsam, darauf bedacht, ihre Schuhe möglichst lautlos auf dem kahlen Stein abzusetzen, näherte sich Svea der Stelle, an der der Raum die Biegung machte. Noch ein Schritt und sie könnte um die Ecke sehen. Sie hörte nichts außer ihrem eigenen keuchenden Atem.

Svea blieb stehen und beugte sich vor. Ihre Finger umklammerten das Messer. Ein letzter Atemzug.

Sie blickte um die Ecke. Ein klirrendes Geräusch ertönte. Svea schrie auf, bis ihr klar wurde, dass sie selbst den Lärm ausgelöst hatte, als ihr das Messer aus der Hand gefallen war. Am ganzen Körper zitternd, hob sie es auf und steckte es wieder in ihre Tasche. Hier war niemand, der ihr etwas antun würde. Zumindest nicht körperlich.

Tränen bildeten sich in ihren Augen und rannen ihr kurz darauf über die Wangen, als sie sich zwang, auf die Gefriertruhe zuzugehen. Sie stand in der Mitte des Raumes, wie zur Präsentation. Drumherum waren Blumenkränze aufgestellt worden, einige alt und vertrocknet, einige ganz frisch. Dazwischen Kerzen, halb abgebrannt, mit schwarzem Docht. Wie an einem Altar. Oder einem Grab.

Svea streckte die Hand nach dem Deckel der Gefriertruhe aus. Sie konnte nicht anders. Doch der Deckel war schwer. Sie musste ihr Smartphone auf dem Boden ablegen, um beide Hände freizuhaben. Dann stemmte sie ihn hoch.

Svea hielt die Luft an, als die Gefriertruhe geöffnet vor ihr stand. So lange, bis ihr vor Luftmangel schwindelig wurde. Vorsichtig atmete sie ein. Es roch leicht muffig, aber nicht so schlimm, wie Svea befürchtet hatte. So schlimm, wie es hätte sein müssen, wenn die Truhe zum ersten Mal seit zehn Jahren geöffnet worden wäre.

Erst ein paar Atemzüge später fühlte sich Svea stabil genug, um in die dunklen Tiefen der Truhe zu blicken. Ihr Handy am Boden, mit der Lampe nach oben gerichtet, spendete gerade genug Licht, um den Inhalt silhouettenhaft wahrzunehmen. Sveas Hände klammerten sich rechts und links an die Ränder der Gefriertruhe. Sie beugte sich vor. Die Knochen kannte sie bereits von dem Foto, doch es war etwas ganz anderes, sie in echt zu sehen. Hier unten im Keller, im Halbdunkeln. Wohlwissend, dass außer diesen Resten nichts von Marie-Luise übrig geblieben war. Dunkelgraue Knochen, ein paar Kleidungsreste und das vierblättrige Kleeblatt. Und dieser muffige Geruch, der Svea immer penetranter vorkam.

Ihr war schlecht. Sie griff nach dem Deckel, um die Truhe zu schließen, als ihr etwas ins Auge stach, das sie vorher übersehen hatte. Ein kleines, dickes Buch, in braunes Leder gebunden, steckte neben Marie-Luises Beckenknochen.

Svea stieß keuchend den Atem aus und griff zu. Dann schloss sie den Deckel so abrupt, dass das dumpfe Geräusch von den kahlen Wänden widerhallte. Sie sank auf die Knie und konzentrierte sich auf ihren Atem. Ein, aus. Ein, aus.

Als Svea die Augen wieder öffnete, fiel ihr Blick zurück auf das Buch in ihrer rechten Hand. Sie klappte es auf.

Ein Tagebuch. Zu gut drei Vierteln mit einer kleinen, eckigen Handschrift beschrieben.

Schon nach den ersten Zeilen runzelte Svea die Stirn. Ein betrunkener Stiefvater. Zwei kleine Brüder. Das klang so gar nicht nach Marie-Luise. Doch erst, als sie Jeremias' Namen las, begann ihr zu dämmern, wessen Tagebuch sie in den Händen hielt.

Sie las schneller und schneller. Rutschte näher an ihr Handy heran, das noch immer vom Boden aus Licht spendete, um auch die hastig und in Wut hingeschmierten Wörter entziffern zu können.

Svea hatte bereits mehr als die Hälfte gelesen, als sie ein Geräusch hörte. Sie zuckte zusammen, das Tagebuch fiel von ihren Knien und kam polternd auf dem Boden auf. Den angehaltenen Atem ausstoßend, sah sie hoch, lauschte, die Hand automatisch am Messer. Die andere griff nach ihrem Handy, um das Licht zu löschen, doch es war zu spät. Schritte ertönten, kurz bevor jemand um die Ecke trat.

Sie starrten sich an. Jeremias kam nicht näher. Sein finsterer Blick glitt von ihrem Gesicht zu den Blumen und Kerzen und schließlich zu dem Tagebuch.

„Was ist das?“ Seine Stimme war komplett leer.

Sveas Puls beruhigte sich etwas. Sie nahm die Hand vom Messer und drückte das Buch fester an sich. „Du kennst es nicht?“, fragte sie, darum bemüht, ihre Stimme ebenfalls unbeteiligt klingen zu lassen.

Jeremias kniff die Augen zusammen. „Ist das ... Tanjas Tagebuch?“ Die letzten beide Wörter waren kaum zu hören.

Svea nickte.

Jeremias machte einen Schritt auf sie zu. „Wo hast du das her?“

Sie antwortete nicht, denn ihr war etwas aufgefallen. Etwas, das ihre Stimme zittern ließ, als sie fragte: „Wo sind Raik und Karli?“

„Oben. Ich habe von draußen Licht hier gesehen.“ Er nickte zu den kleinen Fenstern unter der Decke. „Svea, woher hast du Tanjas Tagebuch?“ Er kam einen weiteren Schritt auf sie zu.

„Es lag bei Marie-Luise.“

Jeremias’ Augen wanderten zur Gefriertruhe, dann zurück zu Svea. „Hast du es gelesen?“

Sie nickte.

„Bis zum Ende?“

„Fast.“ Langsam stand sie auf.

„Dann lies weiter.“ Jeremias verschränkte die Arme. Ohne den Blick von Svea zu nehmen, lehnte er sich an die gegenüberliegende Wand. Als sie nicht reagierte, hob er die Augenbrauen. Eine Aufforderung.

Svea tat einen tiefen Atemzug. Sie musterte Jeremias’ angespanntes Gesicht, doch seine Haltung war nicht länger bedrohlich. Er hatte gesagt, dass Raik und Karli oben waren. Sie glaubte ihm. Also klappte sie Tanjas Tagebuch wieder auf.

***

„Und?", fragte Jeremias, als Svea nicht weiter umblätterte.

Langsam sah sie zu ihm hoch, begegnete seinem Blick. Ihr Kopf dröhnte von dem, was sie gerade über ihn gelesen hatte. Über ihn und Tanja. Ein Mädchen, von dem sie all die Jahre gedacht hatte, dass es aus Bösartigkeit ihre Mitschüler mobbte. Nur um festzustellen, dass Jeremias sie dazu gemacht hatte. Fragen und Anschuldigungen begannen sich zu formen, doch zerplatzten im selben Moment, in dem Svea sie aussprechen wollte. Sie bemühte sich, ihr Gesicht neutral zu halten, wusste aber, dass es ihr nicht gelang.

Jeremias schien das entweder nicht zu bemerken oder es interessierte ihn nicht. „Was hat sie vor ihrem Tod geschrieben?", fragte er.

„Dass sie mich hasst. Dass sie dich und deine Freunde hasst."

„Ich meine, was hat sie *unmittelbar* vor ihrem Tod geschrieben? Am letzten Tag, an dem wir sie lebend gesehen haben?"

Er meinte den Tag, an dem Tanja Svea in der Toilette verprügelt hatte. „An dem Tag gibt es keinen Eintrag."

Jeremias trat so schnell vor, dass Svea keine Zeit zum Reagieren blieb. Er riss ihr das Buch aus der Hand und blätterte darin herum. Immer und immer wieder las er den letzten Eintrag, der auf zwei Tage vor der Sache in der Schultoilette datiert war. Schließlich klappte er das Buch zu und legte es auf den Boden.

Svea beobachtete ihn, wartete darauf, dass er ihrem Blick begegnete. Doch er wich ihr aus.

„Warum hast du das gemacht?", fragte sie. Svea wusste, dass es eine dumme Frage war, trotzdem musste sie sie stellen. Jeremias' Geschichte mit Tanja erinnerte sie geradezu schmerzhaft an ihre eigene. Nur, dass sie selbst nicht tot war.

Jeremias antwortete nicht.

Sie machte einen Schritt auf ihn zu. Sah ihm direkt ins Gesicht. Er wich nicht zurück, aber er sah sie noch immer nicht an.

„Du mochtest sie. Ich weiß, dass du sie mochtest. Was sie in ihrem Tagebuch schreibt ... Ihr wart Freunde. Du hast täglich Zeit mit ihr verbracht. Du hast verstanden, wie schlecht es ihr zu Hause ging. Ich weiß, dass dir etwas an ihr lag." Sie sah ihn wieder vor sich, an den Tagen nach Tanjas Verschwinden. Er hatte so verloren gewirkt. „Wieso hast du deinem Vater erzählt, dass da mehr als ein Kuss zwischen euch gewesen sei? Dass Tanja dich verführt habe?", fragte Svea. Ihre plötzlich zu hohe Stimme hallte von den kahlen Wänden wider. Sie tat einen tiefen Atemzug, um sich zu beruhigen. „Du wusstest doch, was passieren würde. Oder?" Sie musste es von ihm hören.

Jeremias zögerte. „Vielleicht mochte ich sie zu sehr", sagte er schließlich leise.

Svea stieß ihren angehaltenen Atem aus, nickte. Dann wappnete sie sich für die andere Frage, die sie stellen musste.

Was weißt du über Tanjas Tod?

Sie sah ihm in die Augen. Öffnete den Mund.

Ein Poltern aus Richtung der Treppe verschluckte ihre Worte. „Jeremias! Svea!", hallte Raiks Stimme dumpf durch den Keller.

„Wir sind hier!", rief Svea zurück.

„Kommt nach oben! Schnell!"

Jeremias und Svea tauschten einen Blick und rannten los.

Als sie außer Atem im Korridor ankamen, standen Raik und Karli auf der Treppe, die in den ersten Stock führte.

„Eins der Schlafzimmer ist abgeschlossen“, sagte Karli. Sie hob die Laterne in ihrer Hand höher und hielt sie direkt vor Jeremias’ Gesicht. „Das auf der rechten Seite. Wieso?“

Svea sah Jeremias an. Er war ganz still geworden.

„Ich habe keine Ahnung.“ Er ließ sie alle stehen, eilte ins Wohnzimmer. Svea ging ihm nach und sah ihn in der Küche stehen, eine der Schubladen geöffnet. Langsam drehte er sich zu ihr um. „Der Schlüssel ist weg.“

Er ging zurück in den Korridor, schob sich an Raik und Karli vorbei und marschierte die Treppe hoch. Vor dem Zimmer, das früher manchmal als Karlis und Raiks Gästezimmer hergehalten hatte, stoppte er. Jeremias drückte die Klinke hinunter. Die Tür war verschlossen, wie Karli gesagt hatte.

„Anton?“, rief Jeremias. Er klopfte an die Tür, dann legte er ein Ohr gegen das Holz und lauschte. Er wandte sich zu den anderen um und schüttelte den Kopf.

„Niemand außer dir wusste, wo die Schlüssel sind!“ Karlis Stimme zitterte merklich.

„Sie liegen schon immer in der Küchenschublade. Jeder hätte einen nehmen können.“ Jeremias klang abwesend.

Er drehte um und ging zielstrebig zu seinem eigenen ehemaligen Schlafzimmer. Svea hörte es klappern, kurz darauf trat Jeremias wieder auf den Flur, einen Kleiderbügel aus Draht in der Hand.

„Vielleicht hat er sich selbst eingeschlossen“, sagte Svea. Sie spürte, wie sich Gänsehaut auf ihren Armen ausbreitete. Gleichzeitig war ihr plötzlich seltsam heiß. „Du hattest doch die Theorie, dass er sich vor uns versteckt“, sagte sie zu Karli, drängender diesmal.

„Warum antwortet er dann nicht?“, wisperte sie.

Die Hitze in Sveas Körper wurde so unerträglich, dass sie den Reißverschluss ihrer Jacke öffnete.

Jeremias hatte inzwischen den Haken des Kleiderbügels so verbogen, dass er länger war und wie ein Fischhaken aussah. Er ging vor dem Türschloss in die Hocke und begann, darin herumzustochern.

Während Svea und Raik ihn beobachteten, lief Karli den Gang auf und ab, Unverständliches vor sich hin flüsternd.

Ein Klicken ertönte.

Jeremias warf den Haken zur Seite und richtete sich auf. Eine Hand an der Klinke stieß er lautlos den Atem aus.

Dann öffnete er die Tür.

Zuerst konnte Svea nichts sehen außer den Pfosten der beiden Einzelbetten, die zur Linken und Rechten des kleinen Fensters standen. Jeremias versperrte mit seinem Körper die Sicht.

Svea wollte sich an ihm vorbeidrängen, doch er packte sie am Arm. Wollte sie daran hindern, das Zimmer zu betreten. Svea riss sich los, stieß Jeremias zur Seite. Sie sah Anton sofort. Erleichterung durchströmte sie. Er lag auf dem rechten der beiden Betten, Arme und Beine locker von sich gestreckt. Er machte nur ein Nickerchen.

„Anton!“, rief Svea und lief auf ihn zu. Im selben Moment, in dem Jeremias erneut nach ihrem Arm griff, betrat Karli mit der Laterne das Zimmer. Und Svea sah die Plastiktüte um Antons Kopf.

KAPITEL 16

Vier Monate vor der Nacht des letzten Spiels

Karli schaute auf die Uhr, zum mindestens fünften Mal in ebenso vielen Minuten. Ihr Blick ging zu Raik, der neben ihr auf der zerschlissenen Couch saß und aus dem Fenster schaute, dann zu Rachida, die Karli zunickte und die Augen verdrehte. Jeremias stand in der Küche und sah ebenfalls aus dem Fenster.

Kurz fragte Karli sich, ob sie schon mal den Alkohol auspacken sollte, den sie wie jeden Samstag für nach dem Spiel mitgebracht hatte. Jeremias würde wahrscheinlich protestieren, aber was konnte er schon tun, außer sich weigern mitzutrinken? Das tat er sowieso immer.

„Vielleicht kommt sie nicht mehr. Lasst uns einfach anfangen", schlug Karli vor.

Jeremias warf ihr einen Blick zu, der alles sagte. Er würde auf Svea warten.

Einzig Rachida schien Karli stumm recht zu geben. Die äußerlich stets zuckersüße Rachida, die im Inneren ihre eigenen moralischen Kämpfe ausfocht. Niemand redete darüber, doch jeder wusste, wie sehr Rachida Jeremias verehrte. Auch Jeremias selbst.

Obwohl jeder, der dämlich genug war, auf Jeremias hereinzufallen, es nicht anders verdient hatte, als enttäuscht zu werden, spürte Karli hin und wieder einen

Stich Mitleid mit Rachida. Sie war sogar mit dem Bücherwurm befreundet und versuchte nicht einmal, ihr Jeremias auszureden. Ganz anders als Karli. Aber das war ja ohnehin nach hinten losgegangen.

Karli sah abermals auf die Uhr. Die Hoffnung, dass Svea wirklich nicht mehr käme, ließ sich kaum noch zurückhalten. Wahrscheinlich war sie einfach fertig mit ihnen. Nach dem, was Tanja am Mittwoch mit ihr angestellt hatte, wäre das allzu verständlich. Svea war am nächsten Tag nicht mal zu Hause geblieben. Erst als sie am Donnerstagmorgen mit hocherhobenem Kopf die Pausenhalle betreten hatte, war Karli klar geworden, dass sie davon ausgegangen war, Svea würde sich vor nächster Woche nicht mehr in die Schule trauen. Dann hätte Karli wenigstens ein paar Tage Zeit gehabt, sich darauf vorzubereiten.

So allerdings war es, als hätte jemand einen Schwall kaltes Wasser über ihr ausgekippt, als sie Svea sah, die auffallend langsam lief, als bereite ihr jeder Schritt Schmerzen. Die das Gesicht verzog, als sie den Rucksack vom Rücken nahm, und die Luft durch die Zähne einsog, wenn sie sich hinsetzte.

Ansonsten benahm sich Svea, als wäre nichts passiert. Sie saß wie immer bei der Gruppe, unterhielt sich mit Rachida und Raik, wobei sie allen Fragen nach dem Grund für ihre offensichtliche Pein auswich. Sie ging auch wieder mit Jeremias zum Kaffeeautomaten. Das Verhältnis der beiden, das die letzten Tage deutlich unterkühlt gewesen war, schien sich auf einen Schlag gebessert zu haben. Nur Karli wurde von Svea komplett ignoriert.

Das tat weh. Nicht das Ignoriertwerden, das hatte sie verdient, das wusste Karli. Sondern zu sehen, dass alles, was sie getan hatte, um Svea von Jeremias fernzuhalten, die beiden am Ende nur noch näher zusammengebracht hatte. Wie hatte sich Karli um den Bücherwurm bemüht. Mehr, als sie sich, mit Ausnahme ihres Bruders, jemals um irgendjemanden bemüht hatte. Weil sie sie gemocht hatte und davon ausgegangen war, sie beide könnten Freundinnen werden.

Karli hatte es nur gut gemeint. Sie wusste, dass Jeremias Svea am Ende mit in seinen Abgrund reißen würde. So, wie er es bei Raik getan hatte. Nur sah Svea das einfach nicht. Selbst, als Jeremias ihr mit Ausschluss aus der Gruppe drohte, hatte sie noch zu ihm gehalten. Hatte ihn ihr, Karli, vorgezogen.

Sie hatte Svea helfen wollen. Wirklich. Hatte nicht gewollt, dass Tanja ihr das antat. Aber es war, als wäre in dem Moment eine Sicherung in Karlis Gehirn rausgesprungen. Sie hatte Svea gesehen, wie sie von Tanjas Gruppe abgeführt wurde, und eine Stimme in ihrem Kopf hatte geflüstert, dass das nur die gerechte Strafe sei.

Jetzt konnte Karli es selbst nicht mehr verstehen. Konnte ihr Verhalten nicht erklären. Aber das war egal, denn um eine Erklärung wurde sie nicht gebeten.

Daher tat Karli das Einzige, das für sie Sinn machte: Sie ignorierte Svea ebenfalls. Das Ganze wäre ohnehin nicht von Dauer. Früher oder später würde Svea aussteigen, wiedergefundene Nähe zu Jeremias hin oder her. Sie war gegen das Spiel, das hatte sie während der letzten Monate mehr als einmal deutlich gemacht.

Selbst die Tatsache, dass Tanja Svea anscheinend grün und blau geprügelt hatte, schien nichts an Sveas Meinung geändert zu haben. Es passte so zu ihr. Karli wusste, dass es eine Art persönliche Rache war. Sie wollte sagen: *„Schau her! Nach allem, was Tanja mir angetan hat, habe ich es trotzdem nicht nötig, mich durch das Spiel an ihr zu rächen. Ich bin nicht wie du, Karli. Nicht so kleinlich, so böse und hasserfüllt."*

Karli ballte die Fäuste. Sie wollte jetzt wirklich einen Schluck von ihrem Johnny Walker. Svea konnte so überlegen tun, wie sie wollte, sie verstand nicht, dass sie es noch gut getroffen hatte. Die letzten zwei Tage hatte Tanja in der Schule gefehlt. Svea war die Konfrontation erspart geblieben. Hatte Raik etwa jemals so viel Glück gehabt? Oder sie selbst? Svea glaubte, nach den paar Monaten, die sie hier war, alles zu wissen, alles zu verstehen. Für die anderen waren es über anderthalb Jahre. Sie konnten mit dem Spiel nicht aufhören. Niemals.

„Sie kommt." Jeremias drehte sich zu ihnen um. Seine Stimme klang eigenartig, als wollte er mit den zwei Worten so viel mehr sagen. Wahrscheinlich war er einfach erleichtert.

Karli seufzte lautlos. Hatte Svea ihr Limit also noch nicht erreicht.

Schritte ertönten vom Flur her. Karli dachte noch, dass an diesen Schritten irgendetwas komisch war, dann betrat Svea das Wohnzimmer. Ihr Gesicht wirkte durchgefroren, die Wangen ganz rot. Während sie die Hände aneinanderrieb, wandte sie sich um. „Komm rein."

Langsam, mit vorsichtigem Blick, erschien Anton hinter Svea. Scheu schaute er in die Runde.

Mitten in die geschockte Stille hinein sagte Svea: „Ich habe ihm von dem Spiel erzählt. Er will mitmachen." Ihre Stimme klang klar und selbstsicher. Keine Spur von Reue oder schlechtem Gewissen.

Heiß rauschte der Zorn durch Karlis Körper. „Hast du sie noch alle, Bücherwurm? Wie kommst du dazu, irgendjemandem von dem Spiel zu erzählen?"

Svea warf ihr nur einen kühlen Blick zu. Dann sah sie Jeremias an. Ein sonderbarer Ausdruck huschte über sein Gesicht. Er nickte, bevor er sich den anderen zuwandte. „Warum nicht? Lassen wir ihn mitspielen."

Karli musste nicht einmal hinsehen, um zu wissen, dass Raik und Rachida ebenfalls nickten.

***

„Tut mir wirklich leid, ich habe einfach nicht an den Berufsverkehr gedacht", entschuldigte sich Ralph, die bessere Hälfte eines schwulen Pärchens, bereits zum dritten Mal.

Karli tätschelte ihm die Hand, bevor sie die Tür des BMWs öffnete. „Keine Sorge, es klingelt erst in fünf Minuten. Ist doch alles gutgegangen." Sie lächelte Ralph breit zu, zum einen, weil sie ihn wirklich sympathisch fand, und zum anderen, weil sie hoffte, dass er sie in seinem Bekanntenkreis weiterempfehlen würde. So, wie das Pärchen letzte Woche sie an Ralph und seinen Freund Tom weiterempfohlen hatten. Wenn das so weiterging, würde sie das Geld für das Flugticket tatsächlich noch vor dem Abi zusammenbekommen.

„Zum Glück“, stöhnte Ralph und fuhr sich durchs Haar. „Dass du wegen uns Unterricht versäumst, kann ich nun wirklich nicht verantworten.“ Er beugte sich zur Beifahrerseite und Karli ließ sich jeweils ein Küsschen links und rechts auf die Wange drücken. „Deine Fotos sind wirklich ausgezeichnet“, wisperte er ihr ins Ohr.

Sie grinsten sich verschwörerisch an.

Karli stieg aus dem Auto, winkte zum Abschied und schloss die Autotür. Die Woche fing wirklich gut an.

Beschwingt drehte sie sich um und gefror in ihren Bewegungen. Keine fünf Meter von ihr entfernt stand Anton, eine Hand am Schultor, und starrte sie an.

Der BMW wendete, aus dem geöffneten Fahrerfenster warf Ralph Karli eine Kusshand zu.

Anton sah dem Wagen nach, dann richtete sich sein fragender Blick wieder auf Karli.

Sie wusste, wonach das für ihn aussehen musste. Der Gedanke allein reichte, um ihr die Schamesröte ins Gesicht zu treiben. Karli konnte sich nicht erinnern, wann sie das letzte Mal rot geworden war. Sie machte einen Schritt in Antons Richtung, wollte etwas sagen, ihm irgendeine unschuldige Erklärung auftischen. Doch er wandte sich ab, bevor Karli auch nur den Mund öffnen konnte, und ging eilig auf das Schulgebäude zu.

Als Karli die Pausenhalle betrat, saß Anton bereits mit Svea zusammen. Wobei es so aussah, als wünschte sich Anton woandershin, vorzugsweise weit weg von Svea. Das war Karli schon am Samstag aufgefallen: Wenn Anton die Wahl hatte, hielt er so viel Abstand zu Svea wie nur möglich. Sah sie nicht an. Wenn er es doch tat, sprach nicht gerade Wohlwollen aus seinem

Blick. Svea dagegen biederte sich geradezu an. Lächelte und redete auf ihn ein, was das Zeug hielt. Das schlechte Gewissen stand ihr quer und breit über das Gesicht geschrieben.

Betont langsam ging Karli an ihnen vorbei, aber keiner der beiden sah auch nur in ihre Richtung. Karli fing Wortfetzen auf und blieb stehen.

„Das ist deine Chance!“, sagte Svea gerade. „Du wolltest doch schon immer in einer Band spielen, hast du gesagt.“

Anton zuckte mit den Achseln.

„Du solltest es wenigstens probieren. Eine Band, die ausgerechnet einen Gitarristen sucht, findest du nicht jeden Tag! Ich kann dich mit Paolo bekannt machen. Das ist der, der die Suche ausgehängt hat.“

Karli blies die angehaltene Luft aus und ging weiter. Ausgerechnet Anton, der immer noch so schüchtern war, dass er am Samstag auf der Farm kaum einen geraden Satz rausgebracht hatte, wollte in einer Band spielen? Sieh mal einer an. Aber sollte er ruhig machen. Vielleicht fand er dadurch ja eigene Freunde und stieg wieder aus der Gruppe aus.

So oder so würde Karli ihn im Auge behalten. Nur, weil er Svea gerade eben nichts von ihrem Chauffeur zur Schule erzählt hatte, bedeutete das nicht unbedingt, dass das so blieb. Wenn Karli eins nun wirklich nicht gebrauchen konnte, dann waren es Gerüchte.

Rachida stand abseits, anscheinend machte sie sich bereits auf den Weg zum Deutschraum. Wieso sie nicht wie sonst bei Svea saß, konnte Karli nur erahnen.

„Was sagst du eigentlich zu unserem neuesten Mitglied?“, flüsterte Karli Rachida zu, als sie zu ihr aufgeholt hatte.

Rachida lächelte ihr zu, zuckte aber als Antwort auf die Frage nur mit den Achseln.

„Ach, komm. Wir haben damit angefangen. Wir fünf. Es war nie die Rede davon, dass wir Außenstehende dazuholen. Dafür ist das alles zu persönlich.“

„Jeremias hat gesagt, es sei in Ordnung. Das Spiel war seine Idee, also ist es seine Entscheidung.“

Karli fasste Rachida am Arm. „Es sollte unser aller Entscheidung sein“, zischte sie. „Wir hängen da alle mit drin. Was, wenn der liebe kleine Anton sich morgen überlegt, alles der Schulleitung zu petzen? Oder zu seinen Eltern rennt?“

Plötzlich blickten Rachidas dunkle Augen an Karli vorbei und weiteten sich.

Mit einem unguten Gefühl im Magen drehte Karli sich um. Svea und Anton standen hinter ihr. Ihre Gesichter verrieten deutlich, dass sie sie gehört hatten.

Während Antons Augen verdächtig schimmerten, sprach aus Sveas nur kalte Wut.

***

„Du solltest dich bei Anton entschuldigen“, meinte Rachida zwei Schulstunden später, während sie und Karli, begleitet von einer Schülerschar, zur Pausenhalle gingen. „Und rede mit Svea. Was ihr auch für ein Problem miteinander habt, soll das jetzt bis zum Abi so weitergehen?“

„Sie hatte kein Recht, ihn mitzubringen“, beharrte Karli.

Die Cafeteria öffnete gerade und Dutzende hungrige Schüler drängten sich davor.

„Ich weiß“, seufzte Rachida. „Aber du kennst doch den Spruch: Der Klügere gibt nach.“

„Falls du über meine Schwester sprichst, solltest du dir keine großen Hoffnungen machen.“ Raik war zu ihnen gestoßen und grinste. „Ich glaube nicht, dass sie in ihrem ganzen Leben bisher auch nur ein Mal nachgegeben hat.“ Er kicherte und Rachida stimmte ein.

„Sehr lustig“, schmollte Karli und funkelte ihren Bruder an. „Wer war überhaupt das Mädchen, mit dem du dich am Schokoautomaten unterhalten hast?“

Raik lief knallrot an.

Karli grinste zufrieden. Gerade ihr Bruder sollte wissen, dass er den Kürzeren zog, wenn er sich mit ihr anlegte. „Na?“

„Ihr haben zwanzig Cent für ein Balisto gefehlt. Ich hab sie ihr gegeben“, nuschelte er.

Karli schüttelte seufzend den Kopf. „Wahrscheinlich wollte sie Geld sparen und da kam ihr ein gutgläubiger Tropf wie du gerade recht.“

„Sie hat nicht gelogen!“, brauste Raik auf. Dann trieb ihm die Scham über seinen eigenen Ausbruch noch mehr Röte ins Gesicht. „Marie-Luise ist wirklich nett.“

Karli verkniff sich jeden weiteren Kommentar. Noch eine Sache, die sie im Auge behalten musste. Nicht, dass dieses Mädchen ihrem Bruder jetzt jeden Tag Geld aus der Tasche zog. Als hätte sie selbst nicht schon genug Probleme.

„Was ist denn am Schwarzen Brett los?“, fragte Rachida.

Tatsächlich tummelten sich vor der verglasten Pinnwand, an der Unterrichtsausfälle und AG-Angebote ausgehängt wurden, weit mehr Schüler als normalerweise.

„Vielleicht ist ein Lehrer krank“, mutmaßte Raik.

„Sieht eher aus, als wäre jemand gestorben.“ Neugierig wollte Karli sich einen Weg durch die dicht aneinandergedrängten Jugendlichen bahnen. Doch als die Ersten sich umdrehten und sie sahen, machten sie ihr von selbst Platz. Wichen mit großen Augen zur Seite, sodass sich eine Schneise bildete, die direkt zum Schwarzen Brett führte. Karli war so von der ungewöhnlichen Reaktion ihrer Mitschüler fasziniert, dass sie erschrocken zusammenzuckte, als sie Rachida und Raik neben sich spürte.

„O Gott“, stieß ihr Bruder aus.

Karlis folgte seinem Blick auf das Schutzglas, welches sicherstellte, dass kein Schüler eigenmächtig Aushänge am Schwarzen Brett aufhängen oder abnehmen konnte. Jemand hatte zwei einzelne DIN-A4-Seiten darangeklebt, eine davon ein Textausdruck mit großen schwarzen Buchstaben. An der Unterseite war die Kante mehrfach angeschnitten worden, sodass kleine Abreißzettel entstanden. Das andere Blatt zeigte ein Foto von Karli. Nichts Schlimmes, nur ihr Gesicht, nicht einmal besonders scharf, aber doch eindeutig sie. Ihr lief ein Schauer über den Rücken. Sie näherte sich dem Schwarzen Brett, bis sie den Text auf dem anderen Blatt entziffern konnte.

Nacktfotos! Ihr wolltet euch schon immer erotisch ablichten lassen? Dann seid ihr bei mir genau richtig. Ich biete die besten Preise – garantiert. Und wenn ihr artig seid, vielleicht auch das ein oder andere Extra.

Auf den Abreißzetteln stand Karlis Handynummer. Nur vier von zehn waren noch da.

Wie durch Watte nahm Karli das Tuscheln um sich herum wahr. Jemand stieß sie zur Seite und schob sich vor sie. Es war Raik. Mit einer einzigen Bewegung riss er beide Zettel ab, zerknüllte sie und stopfte sie in seinen Rucksack. Dann griff er Karli am Arm und zog sie weg. Im selben Moment rauschte die Sekretärin an ihnen vorbei zum Schwarzen Brett, zweifellos um zu sehen, was den Tumult ausgelöst hatte.

Karli bekam kaum mit, wohin Raik sie führte, bis sie auf einer Bank in der Nähe der Spinde saß. Von hier aus konnte sie den Eingang zu den Toiletten sehen, in die Svea letzte Woche von Tanja gezerrt worden war.

Karli stützte ihre Ellenbogen auf die Knie und verbarg das Gesicht in den Händen.

„Wer war das nur?", fragte Raik neben ihr leise. „Ich meine, Tanja ist doch schon seit letzter Woche nicht mehr in der Schule gewesen."

Karli musste lachen. So sehr, dass ihr die Tränen kamen. „Das war nicht Tanja oder einer ihrer Freunde", krächzte sie, als sie den Lachanfall unter Kontrolle bekam. „Das war einer von uns." Sie wusste auch genau, wer. Jemand, der keine Ahnung hatte, dass sie sich nicht gegenseitig bestraften. Jemand, der neu war und sie erst heute Morgen aus einem BMV hatte steigen sehen. Der gehört hatte, wie Karli schlecht über ihn geredet hatte.

Und er würde es bereuen.

„Hier seid ihr!“ Japsend kam Rachida um die Ecke. Sie warf kurz einen mitleidigen Blick auf Karli, doch hielt sie das, was sie zu erzählen hatte, anscheinend für wichtiger als die Annonce am Schwarzen Brett. Ihre Augen funkelten sensationslustig. „Ich habe gerade gehört, dass Tanja von ihrer Mutter als vermisst gemeldet wurde.“

KAPITEL 17

Gegenwart

Als Erstes verließ Karli das Zimmer. Sie schluchzte nur ganz leise, gerade so, als wollte sie Anton nicht stören. Bevor sie ging, drückte sie Svea die Laterne in die Hand.

Wenig später folgte ihr Raik.

Svea wusste nicht, wie lange sie vor dem Bett stand. Sie konnte den Blick nicht von der Plastiktüte abwenden, die sie zunächst übersehen hatte. Straff war sie über Antons Gesicht gezogen, sodass sich Mund, Nase und die weit aufgerissenen Augen deutlich darunter abzeichneten. Jeremias hatte seinen Puls gefühlt, woraufhin Svea ebenfalls die Finger an Antons Hals gelegt hatte. Hatte an der noch warmen Haut gepresst und gedrückt, doch nichts gefunden.

Anton war tot.

Jeremias warf Svea immer wieder Blicke zu. Antons Mund unter der transparenten Plastiktüte war aufgerissen, als hätte er versucht zu schreien. Die Arme hatte er ausgestreckt, sodass die Hände neben seinem Kopf lagen. Vielleicht hatte er seinen Angreifer packen wollen.

Die schrecklichen Szenen setzten sich ganz von selbst in Sveas Kopf zusammen, bis sie Antons Tod wie einen Film vor sich sah. Immer und immer wieder. Jemand zog ihm von hinten die Tüte über den Kopf. Anton versuchte, sich zu wehren. Zu schreien. Er kämpfte um sein Leben. Dann ging ihm die Luft aus.

Svea wusste, was im menschlichen Körper passierte, wenn er keinen Sauerstoff bekam. Bereits nach sechzig Sekunden stieg der CO_2-Gehalt im Blut drastisch an und der Herzschlag beschleunigte sich, nur um nach weiteren dreißig Sekunden immer langsamer zu werden. Vermutlich hatte Anton zu diesem Zeitpunkt bereits das Bewusstsein verloren. Weitere dreißig Sekunden später folgte der Atemstillstand. Nach insgesamt zwei bis drei Minuten hatte Antons Gehirn irreversible Schäden erlitten. Der Hirntod war sechs Minuten später eingetreten.

Svea ballte ihre zitternden Hände zu Fäusten. Sie wollte wegsehen, doch gestattete es sich selbst nicht. Sie hatte Anton alleine gehen lassen. Das hier war ihre Schuld. Zu verstehen, was er vor seinem Tod durchlitten hatte, war das Mindeste, das sie tun konnte.

Jeremias berührte sie am Arm, aber Svea schüttelte ihn ab. Im selben Moment erregte etwas ihre Aufmerksamkeit. Schritt für Schritt bewegte Svea sich auf das Bett zu. Als ihre Knie beinahe gegen das Bettgestell stießen, ging sie in die Hocke. Sie brachte die Laterne näher an Antons Hinterkopf und kniff die Augen zusammen. Kein Zweifel, sie hatte richtig gesehen. An der Innenseite der Plastiktüte klebte etwas Rotes, Schmieriges. „Was ist das?“, flüsterte sie.

Jeremias trat neben sie, beugte sich vor und streckte eine Hand aus. Mitten in der Bewegung zögerte er jedoch und zog seine Finger wieder zurück. „Es sieht aus, als hätte er eine Wunde am Hinterkopf.“

Svea nickte. Sie lehnte sich so weit über das Bett, wie es möglich war, ohne Anton zu berühren. Durch die Plastiktüte konnte man die rötliche Verfärbung an seinem Hinterkopf kaum erkennen. Svea kniff die Augen zusammen. „Hier“, sagte sie und deutete mit dem Finger in Antons helle Haare. „Könnte das Blut sein?“ Die blonden Haare wirkten an der Stelle dunkler als der Rest, doch es hätte auch lediglich ein Schatten sein können. Svea konnte es einfach nicht sagen.

„Genau wüssten wir es nur, wenn wir die Tüte abnehmen“, sagte Jeremias.

Die beiden sahen sich an.

„Was, wenn wir dabei Spuren verwischen?“, fragte Svea.

„Du meinst wegen der Polizei?“

Svea nickte, bis sie realisierte, dass das Argument hinfällig war.

„Wir können nicht die Polizei rufen. Das weißt du doch, oder?“

„Nicht jetzt, aber vielleicht, wenn alles vorbei ist.“

„Wenn alles vorbei ist, wissen wir ohnehin, wer Anton das angetan hat.“

Sveas sah wieder zu Anton. Zu den weit aufgerissenen Augen. Was er für eine Angst gehabt haben musste. „Was soll uns das bringen, wenn wir die Tüte abnehmen?“

„Vielleicht finden wir einen Hinweis. Wir wüssten mit Sicherheit, ob Anton vor seinem Tod eine Kopfverletzung zugefügt wurde.“

„Was ändert das?“

Jeremias musterte sie mit zusammengezogenen Augenbrauen.

Im selben Moment verstand Svea. „Wenn der Täter ihn zuerst niedergeschlagen und erst anschließend erstickt hat, hätte er nicht so viel Kraft gebraucht. Dann könnte es ..." Sie brach ab.

„... auch eine Frau gewesen sein", fuhr Jeremias den Gedanken zu Ende.

Schweigen breitete sich zwischen ihnen aus.

„Wir sollten runtergehen", sagte er schließlich.

„Ich möchte noch kurz hierbleiben." Svea spürte, wie Jeremias zögerte. Er wollte sie hier nicht allein lassen. Mit Anton. „Ist schon gut. Wirklich."

Schließlich wandte Jeremias sich doch zur Tür. Er sah sie lange an, bevor er das Zimmer verließ. Die Tür ließ er offen.

Svea rutschte rückwärts über den Teppich und lehnte sich mit dem Rücken gegen das andere Bett. Dabei nahm sie den Blick nicht von der Leiche.

Die Leiche.

Sie erschrak über sich selbst, aber es stimmte ja. Anton gab es nicht mehr. Er würde nie wieder Gitarre spielen, sie nie wieder wütend ansehen. Nie wieder seine Tochter treffen.

Tränen brannten hinter Sveas Augen. Sie wehrte sich dagegen und war gerade dabei, den Kampf zu verlieren, als Jeremias' Stimme laut durch das Haus schallte. „Svea!"

Sie rappelte sich hoch und wischte sich über das Gesicht.

„Svea!", rief Jeremias erneut, dringlicher diesmal.

Sie rannte aus dem Zimmer und die Treppe hinunter. Jeremias stand im Flur und blickte sorgenvoll ins

Wohnzimmer, wo Karli gerade wie manisch alle Kissen vom Sofa schleuderte.

„Was ist los?“ Svea ging an Jeremias vorbei und sah nun auch Raik, der auf allen vieren vor dem riesigen Bücherregal kauerte und versuchte darunterzusehen.

„Svea!“ Karli sprang vom Sofa und stürzte auf sie zu. Sie packte sie an beiden Oberarmen. „Wo ist dein Handy?“

„Mein ...?“ Sveas Finger gingen automatisch zu ihrer rechten Jackentasche, bevor ihr einfiel, dass da nur das Messer drinsteckte. Sie tastete ihre linke Jackentasche und ihre Hosentaschen ab. Nichts. Sie starrte Karli an, deren ohnehin blasse Gesichtsfarbe noch eine Nuance weißer wurde.

„Es ist weg?“, hauchte Karli.

Svea nickte, dann hielt sie abrupt inne. Der Keller! Sie hatte ihr Handy da unten als Lichtquelle benutzt!

Sie machte auf dem Absatz kehrt und rannte zurück in den Flur. Blind tastete sie sich die Kellerstufen hinunter und den Gang entlang. Im letzten Kellerraum mit den schmalen Fenstern unter der Decke spendete der Mondschein etwas Licht. Svea näherte sich der Gefriertruhe, wusste noch genau, dass sie ihr Handy dagegengelehnt hatte, um den Deckel öffnen zu können. Aber mit Ausnahme von Tanjas Tagebuch war der Boden vollkommen leer. Svea ging auf die Knie, tastete den kalten Stein mit den Händen ab und schob sogar die Finger unter die Gefriertruhe. Ihr Handy war nicht da. Jemand musste es genommen haben.

Wie um etwas zum Dranfesthalten zu haben, schlossen sich Sveas klamme Finger um Tanjas Tagebuch. Alle hätten die Möglichkeit dazu gehabt. Als sie alleine oben bei Anton gewesen war, hätte jeder der anderen drei hier runtergehen können, um ihr Handy zu nehmen. Über das Warum musste sie nicht lange grübeln. Ohne Handys waren sie von der Außenwelt vollkommen abgeschnitten. Jetzt konnten sie keine Hilfe mehr rufen.

Mechanisch stieg Svea die Treppe hoch. Ihr Körper war vollkommen taub, sie hatte jedes Gefühl verloren. Oben angekommen, legte sie Tanjas Tagebuch auf den Küchentresen. Die anderen drei waren in ein Streitgespräch verwickelt und schienen sie nicht einmal zu bemerken.

„Svea?", fragte Karli plötzlich, ohne sich nach ihr umzudrehen. Ihr feindlicher Blick war auf Jeremias gerichtet. „Hast du dein Handy gefunden?"

„Nein."

„Dann gibt es keine andere Möglichkeit. Gib mir deins, Jeremias." Die Aufforderung klang resigniert, als hätte Karli sie bereits mehrere Male wiederholt.

Jeremias schüttelte den Kopf. Erst jetzt sah Svea, dass er mit der rechten Hand sein Smartphone umklammert hielt.

„Sie hat recht, Jeremias", schaltete sich Raik ein und ging einen Schritt auf den anderen Mann zu. „Wir müssen die Polizei rufen. Denk an Anton!"

Svea hatte das Gefühl, nicht nur zehn Minuten, sondern mehrere Stunden verpasst zu haben. „Dein Handy ist auch weg, Raik?", fragte sie.

Er drehte sich zu ihr um. Sein Gesicht war blass und die Augen hinter den Brillengläsern wirkten größer als sonst. „Karli ist es zuerst aufgefallen. Sie hatte ihre Handtasche aufs Sofa gestellt und die ist nicht mehr da.

Dann habe ich nach meinem Handy gesucht. Ich habe es da drüben aufs Regal gelegt, als wir uns zum Spiel gesetzt haben. Es ist ebenfalls weg. Nur Jeremias hat seins noch."

„Ich hatte es in der Hosentasche", sagte Jeremias und es klang wie eine Rechtfertigung. Doch er hielt Sveas prüfendem Blick stand.

Dass nur Jeremias sein Handy noch hatte, war ein seltsamer Zufall, da musste Svea Karli recht geben. Oder war es wirklich so, dass Jeremias einfach am vorsichtigsten gewesen war? Wollte der wahre Täter ihn vielleicht sogar verdächtig machen?

Svea sah zuerst weg. Sie wusste nicht, was hier vorging, aber eines war sicher: Hätte Jeremias die Handys genommen, wäre er sein eigenes ebenfalls losgeworden, um sich nicht verdächtig zu machen. Seine Ehrlichkeit sprach für seine Unschuld.

„Wir können die Polizei nicht rufen", sagte Jeremias und Svea hatte das Gefühl, als spräche er allein mit ihr. „Anton ist tot. Ihm kann nicht mehr geholfen werden. Rachida schon."

Ein seltsames Geräusch kam von Karli. Es klang wie eine Mischung aus Aufschrei und Schluchzen. Sie stürzte sich auf Jeremias, griff nach seinem Smartphone, aber er machte im richtigen Moment einen Schritt zur Seite und Karli lief ins Leere.

Im nächsten Moment hatte Raik seine Schwester an den Armen gepackt. „Das bringt doch nichts!", schrie er sie an, während sie darum kämpfe, sich aus seinem Griff zu befreien. „Nicht so!"

„Wir sterben alle hier!", schrie Karli schrill.

„Es ist einer von uns.“ Auch Jeremias’ Stimme war nicht länger ruhig. Er sprach schneller als sonst. „Du, Raik, Svea oder ich. Vielleicht auch Rachida, aber in dem Fall ist sie unglaublich gut darin, uns zu beobachten, ohne, dass es auffällt. Wenn es sie ist, dann beobachtet sie uns genau jetzt, in diesem Moment.“

Karli hatte den Kampf mit ihrem Bruder aufgegeben. Sie hörte Jeremias zwar zu, doch ihr Gesichtsausdruck spiegelte puren Ekel wider. „Ich weiß, wer es ist, Jeremias. Glaub ja nicht, ich wüsste das nicht!“

Jeremias nickte. Raik lockerte seinen Griff, aber traute sich anscheinend nicht, seine Schwester ganz loszulassen.

„Nach deiner eigenen Logik macht das, was du vorhast, absolut keinen Sinn“, sagte Jeremias zu Karli. „Nehmen wir an, ich wäre tatsächlich Antons Mörder. Was würde ich wohl tun, sobald du versuchst, die Polizei zu rufen?“

Karli schluckte. Ihre Gesichtsfarbe war nicht länger weiß, sondern grünlich.

„Eben. Ich würde es nicht zulassen“, fuhr Jeremias fort. „Wer immer es ist, hat einen Grund für all das hier. Er oder sie will etwas beweisen, will, dass wir uns der Vergangenheit stellen. Bis wir das nicht getan haben, können wir nicht gehen. Und wenn einer von uns versucht, die Polizei zu rufen, wird derjenige der Nächste sein, der stirbt.“

„Das weißt du nicht! Ich will es versuchen! Es ist meine Entscheidung!“

Jeremias sah Karli an.

Dann schmetterte er sein Smartphone mit voller Wucht gegen die Wand. Ein Knirschen, ein dumpfer

Aufprall. Das Handy lag am Boden, der Bildschirm zerbrochen.

Svea nahm das Smartphone hoch. Sie drückte die Knöpfe, doch nichts tat sich.

Karli fiel in sich zusammen. Nur Raiks Griff bewahrte sie davor, einfach auf den Boden zu rutschen. Als er sie nicht mehr halten konnte, ging er mit ihr in die Knie. Die beiden kauerten am Boden und hielten einander.

Da sprang Karli schlagartig auf. Ohne ein Wort stürmte sie durch die offene Tür in den Korridor, Raik dicht auf ihren Fersen. Svea und Jeremias tauschten einen Blick, dann rannten sie hinterher.

Karli preschte nach draußen, in die Dunkelheit hinein. Es regnete noch immer, der Wind peitschte gegen Sveas Wangen. Mit einem Mal war ihr klar, wohin Karli wollte.

Kaum hatte sie den Gedanken gehabt, sah sie bereits Autolichter aufleuchten. Karli schlug gerade die Autotür hinter sich zu. Sie gestikulierte Raik, ebenfalls einzusteigen. Ihr Bruder hämmerte gegen die Scheibe und rief etwas, das im Heulen des Windes unterging.

Svea war jetzt nah genug, um zu hören, wie Karli den Geländewagen startete, doch das vertraute Motorbrummen wollte sich nicht einstellen.

Plötzlich stand Jeremias mit einer der Laternen in der Hand neben dem Auto. Karli im Wageninneren drehte wieder und wieder den Zündschlüssel um.

„Entriegel die Motorhaube!“, brüllte Raik gegen den Wind.

Karli saß für einen Augenblick bewegungslos im Fahrersitz, ehe sie unter das Lenkrad griff.

Svea erreichte das Auto, als Raik gerade die Motorhaube anhob. Jeremias hielt die Laterne, während die beiden Männer in das Gewimmel aus Drähten und Schläuchen spähten. Im nächsten Moment sahen sie sich an. Raik klappte die Motorhaube zu.

„Du kannst aussteigen!", rief er Karli zu. „Mit diesem Auto fährst du nirgendwohin."

***

Alle schwiegen, doch still war es trotzdem nicht. Das Feuer prasselte wieder stärker im Kamin, seit Jeremias abermals Holz nachgelegt hatte. Der Wind heulte unverändert laut und warf sich hin und wieder mit seiner ganzen Kraft gegen die Fenster. Das leiseste Geräusch von allen – und gleichzeitig das präsenteste für Svea – war Karlis Schluchzen. Seit sie entdeckt hatten, dass aus allen ihren Autos sämtliche Zündkabel entfernt worden waren, hatte niemand mehr etwas gesagt. Karli hatte nicht einmal mehr den Blick gehoben.

Svea saß mit Jeremias auf dem Sofa. Sie hatte so viel Abstand zwischen sich und ihn gebracht wie möglich. Svea könnte es nicht ertragen, wenn er versuchen sollte, ihre Hand zu nehmen oder sie irgendwie zu berühren. Zu frisch waren die Erkenntnisse aus Tanjas Tagebuch.

Irgendwann stand Raik auf und begann, auf und ab zu laufen. Niemand sagte ihm, er solle es lassen. Svea war sogar ganz froh, dass sein Marschieren sie von ihren Gedanken ablenkte. Gedanken, die sich um Anton drehten. Und um Jeremias.

„Das hat er nicht verdient."

Erst meinte Svea, sich verhört zu haben. Dann wiederholte Karli die Worte, diesmal lauter und nicht von Schluchzern unterbrochen. „Anton hat das nicht verdient." Sie richtete sich auf und sah sie alle der Reihe nach herausfordernd an, so als erwartete sie, jemand würde ihr widersprechen. „Ich weiß, dass er schlimme Dinge getan hat. Ich weiß das vermutlich besser als irgendjemand von euch. Aber *das* hat er nicht verdient." Sie nahm ihre randlose Brille ab und wischte sich über die geröteten Augen.

„Die Sache mit dem Abi war ein Versehen", sagte Svea leise. „Und er hatte einen Grund dafür."

Karli setzte ihre Brille wieder auf und schüttelte den Kopf. „Das meine ich nicht. Sondern das mit dem Schwarzen Brett."

Svea und Karli blickten sich in die Augen. Erst dachte Svea, Karli würde mit Absicht die Unwissende spielen. Bis ihr klar wurde, dass sie es tatsächlich nicht wusste. All die Jahre ... und sie war nie auf die Wahrheit gekommen.

„Das war nicht Anton." Sveas Stimme war zu leise, um noch als Flüstern durchzugehen. Nur Karlis Gesichtsausdruck zeigte ihr, dass sie sie gehört hatte. Ihr Mund öffnete sich zu einem erstaunten O. Es sah aus, als wollte sie eine Frage formulieren, bis sich schließlich ein Ausdruck von Verständnis auf ihr Gesicht legte. „Du?"

Svea nickte und bemühte sich, Karlis Blick standzuhalten. „Du kannst dir wahrscheinlich denken, warum. Trotzdem tat es mir unendlich leid."

Karli sog scharf die Luft ein, ehe sie sagte: „Du hast recht. Ich weiß, warum. Und ich bin diejenige, der es leidtun muss, Bücherwurm. Tat es auch." Nach einer kurzen Pause fügte sie hinzu: „Tut es noch."

Svea lächelte.

Karli erwiderte das Lächeln nicht, aber sie nickte Svea zu.

„Was ist das?" Raik stand vor dem Küchentresen und hatte Tanjas Tagebuch in der Hand.

Svea spürte Jeremias' Blick auf sich. Sie drehte sich zu ihm um. „Ich habe es mit nach oben gebracht. Sie haben ein Recht darauf, es zu erfahren."

Jeremias sah sie lange an. Dann nickte er.

Svea stieß die angehaltene Luft aus. Sie hätte es den anderen auch ohne Jeremias' Erlaubnis erzählt. Aber so fühlte es sich um einiges besser an. Nicht so sehr nach Verrat.

Raik hatte bereits begonnen zu lesen. „Ist das ...?", fragte er.

„Ja. Tanjas Tagebuch. Ich habe es unten gefunden. In der Gefriertruhe."

„Du meinst, bei ...?" Karli erschauderte.

Svea nickte. „Bei Marie-Luise."

„Hast du es gelesen? Was steht drin?"

Alle Blicke waren auf Svea gerichtet. Sie tat einen tiefen Atemzug und fasste das Wichtigste zusammen. Dass Tanja und Jeremias einst Freunde gewesen waren. Wie die Freundschaft zerbrochen war. Und wieso Tanja mit dem Mobbing begonnen hatte.

Als Svea geendet hatte, war es Raik, der als Erster das Schweigen brach: „Das alles ist wegen dir passiert?" Seine Stimme klang seltsamerweise gar nicht wütend, sondern tieftraurig. Enttäuscht.

Jeremias hielt seinem Blick stand. Er nickte.

„Sie war wütend auf dich. Nur auf dich. Und hat es an uns ausgelassen“, sagte Karli ungläubig.

„Du wusstest das? Die ganze Zeit?“, fragte Raik.

Jeremias nickte abermals.

„Warum?“

Seit Svea das Tagebuch gelesen hatte, stellte sie sich diese Frage ebenfalls. Wieso hatte Jeremias das alles zugelassen? Wieso hatte er nicht das Gespräch mit Tanja gesucht? Sich entschuldigt? Ihr gesagt, dass sie seine Freunde in Ruhe lassen soll? Oder wenn das nicht wirkte, wieso hatte er ihr nicht einfach gedroht? Aus dem Tagebuch war deutlich hervorgegangen, dass Tanja Angst vor Jeremias gehabt hatte. Doch er hatte nichts unternommen. Hatte Tag für Tag zugesehen, wie Tanjas Gruppe seine Freunde schikanierte.

„Du hast uns an dich gebunden“, sagte Raik leise.

Svea sah ihn an. Ihre Blicke trafen sich. Er hatte ausgesprochen, was sie selbst gedacht hatte.

„Du hast uns das Gefühl gegeben, dass es ohne dich noch schlimmer wäre“, fuhr Raik fort. „Dir haben sie ja nie was getan. Du hast uns glauben gemacht, dass es deine Gegenwart ist, die uns vor noch Schlimmerem bewahrt.“

Karli lachte bitter auf. „Deine eigene kleine Sekte. Ganz der Vater.“

Jeremias’ Augen blitzten auf, doch er sagte nichts.

„Du hast Tanja umgebracht, stimmt’s?“ Karli erhob sich. Ihre Hände waren zu Fäusten geballt.

„Dafür hat er am wenigsten ein Motiv“, wandte Svea ein.

„Du warst bei ihr zu Hause an jenem Tag“, sagte Raik. „An dem Tag, an dem sie das letzte Mal in der Schule war.“

Svea starrte ihn an. „Davon steht nichts in ihrem Tagebuch. Woher weißt du das?“

Raik zuckte mit den Achseln. „An dem Tag kam Jeremias nicht mit uns anderen in die Stadt. Auf dem Nachhauseweg habe ich ihn zufällig gesehen. Er ist in ein Haus gegangen, das ich nicht kannte. Ich war neugierig und ...“ Raiks Wangen färbten sich rosa. „Auf den Klingelschildern habe ich dann Tanjas Nachnamen gelesen.“

Svea sah Jeremias an. Er hatte Tanja am selben Tag, an dem sie verschwunden war, zu Hause aufgesucht? Stimmte das?

Jeremias fing ihren Blick auf und nickte.

„Ich hab’s doch gesagt!“, schrie Karli. „Du hast sie umgebracht!“

„Nein. Aber ich habe ihr gedroht.“ Er antwortete zwar auf Karlis Anschuldigung, sah jedoch immer noch Svea an. „Es war der Tag, an dem Tanja und ihre Gruppe dich verprügelt haben. Ich bin zu Tanja und habe ihr gesagt, dass sie dich in Ruhe lassen soll.“

„Sonst was?“, fragte Karli.

Svea spürte, dass ihr das Blut aus dem Gesicht gewichen war. Genau das hatte sie auch fragen wollen.

„Sonst würde etwas Schlimmes passieren. Ich habe ihr nicht mit etwas Bestimmtem gedroht.“

„Und am selben Tag ist sie im Meer ertrunken“, sagte Svea langsam.

„Ja.“

Sie schluckte. Der Drang, vom Sofa aufzustehen und so viel Abstand wie möglich zwischen sich und Jeremias zu bringen, wurde übermächtig. War er dazu fähig? Hatte er Tanja aus Wut über das, was sie Svea angetan hatte, ins Meer gestoßen? Jeremias hatte ihr gedroht, das hatte er selbst zugegeben. Hatte einem Mädchen gedroht, dem er schon schlimme Dinge im Überfluss angetan hatte.

Sie stieß den Atem aus und sah Jeremias in die Augen. „Wenn du das mit Tanja warst, dann gib es jetzt zu." Ihre Stimme bebte. „Wenn du das mit Tanja warst, aber hiermit ... mit Anton ... nichts zu tun hast, dann sag es jetzt. Bitte!"

Jeremias antwortete, ohne zu zögern: „Ich habe weder Anton noch Tanja getötet." Er erwiderte ihren Blick, schaute nicht weg.

Das Gewicht, das auf Sveas Brust lag und ihr eben noch das Atem erschwert hatte, löste sich langsam auf, gerade als Raik sagte: „Das passt auch alles nicht zusammen. Ich habe ihn bei Tanja zu Hause gesehen. Aber dort wurde sie nicht getötet."

„Wahrscheinlich ist er ihr gefolgt!", stieß Karli aus.

„Das wäre möglich", gab Raik zu. „Aber wieso sollte er ihr erst drohen, nur um sie dann zu töten?"

„Wie sonst hätte er an das Tagebuch kommen sollen, wenn nicht er derjenige ist, der sie umgebracht hat?" Karli starrte Jeremias an, doch Svea fiel auf, dass sie ihm nicht zu nahe kam. Da war nicht nur Hass in ihren Augen, sondern auch Angst.

„Er war überrascht, als er mich mit Tanjas Tagebuch sah", wandte Svea vorsichtig ein. „Vielleicht hat es jemand anderes dort abgelegt."

Karli hörte ihr nicht zu. „Du hattest die Idee mit dem Spiel", fuhr sie an Jeremias gerichtet fort. Ihre Stimme zitterte. „Du hast uns die ganze Zeit belogen, hast zugesehen, wie Tanja uns das Leben zur Hölle gemacht hat. Du hast uns manipuliert. Und jetzt das hier. Das alles. Du spielst wieder mit uns, genau wie damals! Das alles hier stinkt geradezu nach dir!"

Svea suchte Raiks Blick, aber der wirkte genauso ratlos wie sie selbst.

„Ich war es nicht", sagte Jeremias leise. „Ich habe Rachida und Anton nichts getan."

„Spar dir deine Lügen!", spie Karli ihm entgegen.

„Wir sollten uns alle ein bisschen beruhigen", unterbrach Raik sie. „Wir müssen uns überlegen, was wir als Nächstes tun."

Erst sah es aus, als wollte Karli widersprechen, doch schließlich drehte sie sich einfach um und marschierte in die Küche. Kurz darauf hörte Svea Wasser fließen. Sie stand auf und folgte Karli. Als sie sich ebenfalls ein Glas aus dem Schrank nahm, merkte sie, dass eine der Küchenschubladen halb offen stand. Die, in der früher stets Blöcke und alte Kugelschreiber aufbewahrt worden waren. Karli, die an der Spüle stand, schob ihr einen Zettel zu.

Wir sperren ihn ein! In den Keller!

Svea ließ fast das Glas fallen.

Karli griff wieder zum Kugelschreiber und schrieb:
Nimm dir was zu trinken und geh zurück zu Jeremias, damit er nichts merkt.

Doch Svea konnte sich nicht rühren. „Karli …“, brachte sie hervor.

In diesem Moment trat Raik zu ihnen. Svea wusste nicht, ob Karli ihn mit Blicken verständigt hatte oder es reiner Zufall war. Kaum war er in Reichweite, steckte sie ihm ebenfalls das beschriebene Blatt Papier zu.

Raik las. Und schüttelte den Kopf.

Karli starrte ihn fassungslos an.

„Was, wenn er es nicht ist?“, fragte Raik laut genug, dass Jeremias es hören musste.

„Wer soll es denn sonst sein? Ich vielleicht? Oder Svea?“ Karli zerknüllte das Blatt und warf es auf den Boden. „Aber bitte, lasst ihm weiter freie Hand. Der Nächste, den er umbringt, geht auf euer Konto!“ Sie rutschte am Küchenschrank zu Boden und zog die Beine an.

Raik sah aus, als wollte er noch etwas sagen. Er streckte sogar die Hand nach seiner Schwester aus, dann schien er es sich anders zu überlegen. „Es könnte jeder sein, Karli. Rachida haben wir auch noch nicht gefunden. Was, wenn sie genau das erreichen will? Was, wenn sie das Tagebuch in den Keller gelegt hat? Damit wir uns gegenseitig beschuldigen?“

Karli starrte stur geradeaus.

„Wir sollten noch einmal das Spiel spielen“, sagte Jeremias laut genug, dass sie ihn in der Küche verstehen konnten.

Svea ging zurück ins Wohnzimmer, die anderen beiden folgten ihr. Jeremias saß noch immer auf dem Sofa. An seiner Miene war nicht abzulesen, ob er verstanden hatte, was gerade vorgefallen war.

Karli gab ein undefinierbares Geräusch von sich.

„Wir haben das Spiel gespielt. Genau aus dem Grund ist Anton …“ Svea ließ den Satz offen. Sie konnte es noch immer nicht aussprechen.

Jeremias nickte. Er erhob sich vom Sofa und kam langsam auf die anderen zu. „Ich glaube, dass der Mörder im letzten Spiel die Rachekarte hatte. Dass Anton deshalb sterben musste.“

Svea schluckte. „Du glaubst also, es ist einer von uns. Von uns vieren. Nicht Rachida.“

Jeremias nickte abermals.

„Wenn du recht hast …“, begann Raik, brach ab und setzte erneut an. „Wenn das stimmt, wir noch mal spielen und der Mörder wieder die Rachekarte bekommt … was dann?“

„Dann stirbt wieder jemand“, sagte Jeremias, ohne mit der Wimper zu zucken. „Die Wahrscheinlichkeit liegt bei drei zu eins.“

„Im letzten Spiel standen sie vier zu eins“, sagte Svea.

„Es ist ein Risiko“, gab Jeremias zu. „Aber wenn ich den Mörder richtig einschätze, will er oder sie, dass wir das Spiel spielen. Wenn wir es nicht tun, werden wir vielleicht alle getötet. Ohne die Chance, die uns das Spiel bietet.“

„Chance?“, fragte Raik.

„Wenn ein Unschuldiger die Rachekarte bekommt, kann dieser den Mörder bestrafen. Sofern wir richtig tippen.“

„Du meinst, das würde der Mörder zulassen?“, fragte Raik.

„Ich glaube, das würde er“, sagte Jeremias. „Ich glaube, wenn er uns alle einfach umbringen wollte, hätte er das schon längst getan. Er will, dass wir das

Spiel spielen, und er will den Zufall entscheiden lassen, wie die ganze Sache ausgeht."

Raik nickte langsam. „Wenn das stimmt, dann ist das Spiel wirklich unsere einzige Chance."

Die beiden Männer sahen Svea an.

Sie meinte, den Mörder zu verstehen, wer immer es auch war. Sie alle hier hatten schreckliche Dinge getan. Dafür hatte zwar keiner den Tod verdient, zumindest nicht aus Sveas Sicht. Doch sie konnte nachvollziehen, dass der Mörder es anders sah. Leben oder Sterben. Darüber entschied das Spiel. Und wie auch immer es ausgehen mochte – es traf keine Unschuldigen.

Svea stieß den angehaltenen Atem aus.

Dann nickte sie.

KAPITEL 18

Drei Monate vor der Nacht des letzten Spiels

Svea lag auf dem Sofa und sah mit halb geschlossenen Augen zu, wie das rustikale Holzvogelhaus auf der Terrasse seine ersten Besucher in diesem Jahr willkommen hieß. Als ihre Mutter letztes Wochenende kurz zu Hause gewesen war, hatte diese Vogelfutter gekauft und das Häuschen befüllt. Schließlich war es mittlerweile März und die ersten Blümchen streckten ebenfalls ihre Köpfchen aus der Erde. Wieso es ihre Mutter interessierte, ob sie Vögel auf der Terrasse hatten oder nicht, wo sie doch ohnehin nie da war, erschloss sich Svea nicht ganz. Doch jetzt, an einem Samstagnachmittag, an dem sie wieder einmal nichts zu tun hatte, war sie plötzlich froh darüber.

Svea seufzte und rollte sich auf die Seite. Wenn sie sich schon über die Gesellschaft von Vögeln freute, sollte sie ihre Mutter vielleicht bitten, ihr einen Hund zu kaufen. Oder wenigstens einen Hamster.

Sie griff nach dem historischen Roman, der auf dem Beistelltisch lag, zog ihre Finger jedoch wieder zurück, bevor sie das Cover berührten. Es würde ohnehin nicht funktionieren.

Seit die Gruppe zersprengt war, hatte Svea unzählige Male versucht, in ihre Romanwelt zurückzufinden. Ohne Erfolg. Es war wie damals, als sie fünf gewesen war und zum ersten Mal Kakao getrunken hatte. Vorher hatte sie Milch über alles geliebt. Aber von dem Moment an hatte sie nie wieder Milch pur getrunken, nur Kakao. Ihre Romanwelt hatte ihr genügt, solange sie nicht gewusst hatte, wie spannend, wie farbenfroh, wie voller Emotionen das echte Leben sein konnte. Bücher kamen ihr im Vergleich dazu nur noch langweilig vor.

Svea seufzte. Sie würde die Tage bis zum Abi einfach absitzen müssen. Allein. Doch so einsam und langweilig das war, es hatte auch sein Gutes.

Seit drei Wochen hatten sie nicht mehr gespielt. Seit sie von Tanjas Verschwinden gehört hatten. Seitdem kaufte Svea sich jeden Tag die lokale Tageszeitung und blätterte sie aufmerksam von vorne bis hinten durch, weil sie wissen musste, ob es etwas Neues gab. Gab es bisher nicht. Nachdem alles andere keine Hinweise erbracht und einer von Tanjas Brüdern schließlich ausgesagt hatte, dass Tanja oft zum Tagebuchschreiben ins Watt ging, suchte man nun seit gut einer Woche Strände und Meer ab.

Svea klammerte sich noch immer an den Gedanken, sie würden Tanja lebend finden. Karli war der Meinung, sie sei einfach abgehauen. Rachida dagegen, die, wenn sie nicht gerade lernte, gerne Thriller las, vertrat die Theorie, dass Tanja entführt und ermordet worden war. Nur Jeremias äußerte sich nicht zu dem Thema. Tatsächlich hatte er seit Tanjas Verschwinden kaum mehr etwas gesagt. Er war es auch gewesen, der das Spiel abgeblasen hatte. Karli und Rachida hatten protestiert, sogar Raik war auf ihrer Seite gewesen, aber Jeremias hatte sich nicht erweichen lassen.

So sehr Svea seine Entscheidung in Bezug auf das Spiel begrüßte, so sehr machte ihr sein Verhalten gleichzeitig Angst. Auch die Albträume hatten sich gewandelt. Pfarrer Niels Evers und Kaninchen kamen kaum noch darin vor, dafür hörte sie nachts regelmäßig Jeremias' Stimme: *„Dafür wird sie bezahlen."*

Trotzdem war diese Angst, die Sveas Hände zittern ließ, wenn sie die Tageszeitung durchblätterte, und ihr jede Nacht neue Albträume schickte, nicht das Schlimmste.

Das Schlimmste war, Jeremias so zu sehen. Einsilbig, in Gedanken versunken ... vollkommen unnahbar.

Svea ahnte, dass er litt. Aber sie war nicht sicher, warum. War sich nicht sicher, ob sie es wissen wollte. Doch ihn so zu erleben, raubte ihr alle Energie. Nichts schien mehr irgendeinen Sinn zu machen. Nicht die Schule, nicht einmal die Aussicht aufs Studium.

Sie vermisste ihn. Vermisste die Vertrautheit, die sich gerade erst wieder zwischen ihnen eingestellt hatte.

Svea drehte sich zurück auf den Rücken und sah zum Vogelhäuschen. Sie wünschte, sie könnte all die Gedanken einfach abstellen.

Wenigstens in Bezug auf Anton hatte sie etwas wiedergutmachen können. Er hatte bei Paolos Band vorgespielt und war tatsächlich als Gitarrist aufgenommen worden. Auch privat schien er sich mit den Bandmitgliedern gut zu verstehen. Er verbrachte jede Pause mit Paolo, Svea und die anderen schienen vergessen.

Das war der einzige Grund, aus dem Svea morgens noch in den Spiegel schauen konnte. Die Tage nach Tanjas Vermisstmeldung, nach Karlis Foto am schwarzen Brett, war Svea ungeschminkt zur Schule gegangen. Sie hatte ihren eigenen Anblick im Spiegel einfach nicht ertragen. Svea wusste selbst nicht, was sie da geritten hatte. Sie erinnerte sich nur noch an diese eiskalte Wut, die alles andere verdrängt hatte. Die Schmerzen, die sie noch Tage nach Tanjas Angriff bei jeder Bewegung durchzuckt hatten, jede Nacht, die sie nicht hatte schlafen können, weil jede Position wehtat – all das hatte ihren Hass angefacht, bis er drohte, überzulaufen. Dann hatte sie gehört, wie Karli über Anton hergezogen war. Anton, der niemandem etwas getan hatte und wegen ihnen noch mehr gelitten hatte als ohnehin schon.

Es klopfte an der Haustür. Wahrscheinlich der Postbote. Ihre Mutter liebte es, Sachen aus Katalogen zu bestellen. Träge richtete Svea sich auf.

Doch es war nicht der Postbote. Vor der Haustür stand Rachida.

„Was gibt's?" Svea bemühte sich um einen gelassenen Tonfall.

„Wir müssen mit dir reden."

Wie auf Kommando traten Raik und Karli um die Hausecke.

Svea trat vor Überraschung einen Schritt zurück und verschränkte die Arme über ihrem Schlabberpullover. Plötzlich war sie sich ihres Outfits, das durch eine ausgebeulte Jogginghose abgerundet wurde, peinlich bewusst.

„Kannst du mitkommen? Jetzt?", fragte Rachida.

Svea sah zu Raik, der ihr schüchtern zulächelte. Karli wich ihrem Blick aus.

„Wohin?", wollte Svea wissen.

„Zu Jeremias."

Svea hob hilflos die Schultern. „Er will im Moment seine Ruhe, das wisst ihr doch."

„Er hatte genug Ruhe", schaltete Karli sich ein. „Nur, weil er sich querstellt, sind wir zum Abwarten verdammt."

Etwas an der Art, wie Karli das sagte, gefiel ihr ganz und gar nicht. Da begriff sie, was das alles sollte. „Ihr wollt das Spiel wieder spielen."

Jetzt war es Raik, der ihrem Blick auswich. Karli und Rachida nickten.

„Tut mir leid, ich kann euch nicht helfen." Svea machte Anstalten, die Haustür zu schließen, doch ein Fuß im Türrahmen hinderte sie daran. Es war Rachidas. „Darf ich kurz reinkommen, Svea?"

„Von mir aus."

„Es dauert auch nicht lange", versprach Rachida. Bevor sie das Haus betrat, flüsterte sie Karli und Raik etwas zu. Letzterer sah kurz zu Svea, dann wandte er den Blick schnell ab.

Sie gingen ins Wohnzimmer. Svea setzte sich aufs Sofa. Rachida blieb stehen.

„Ich weiß, dass du mit dem Spiel nichts mehr zu tun haben willst", begann Rachida. Sie hatte die Hände vor dem Körper gefaltet und blickte ruhig und beherrscht auf Svea hinab. „Das ist deine Sache. Ich verstehe es sogar irgendwie. Aber du siehst doch auch, dass es Jeremias nicht gut geht, oder?"

„Was hat das mit dem Spiel zu tun?" Ob Rachida den Zusammenhang mit Tanjas Verschwinden wirklich nicht sah? Oder wollte sie es einfach nicht?

„Ach komm, Svea. Das Spiel war seine Idee. Er braucht es."

Svea lief ein Schauer über den Rücken. Ein unschöner Gedanke drängte sich in den Vordergrund: Vielleicht kannte Rachida Jeremias besser, als Svea ihr zutraute. „Er will aber nicht mehr spielen."

„Wenn du ihm sagen würdest, dass du weiterspielen willst, würde er seine Meinung ändern."

Svea schüttelte den Kopf, dann runzelte sie die Stirn und hielt inne. Was, wenn Rachida recht hatte? Brauchte es am Ende gar nicht mehr, um Jeremias aus seiner Lethargie zu reißen? Einfach noch einmal das Spiel spielen? Würde dadurch das Leuchten in seine Augen zurückkehren?

„Es ist einen Versuch wert", sagte Rachida. „Oder willst du lieber zusehen, wie er weiter leidet?"

Eine leise Stimme in Sveas Kopf flüsterte ihr zu, dass Rachida sie manipulierte. Aus irgendeinem Grund wusste das Mädchen ganz genau, welche Knöpfe es zu drücken hatte, um Svea dazu zu bringen, genau das zu tun, was sie wollte. Aber diese Einsicht war seltsamerweise gar nicht wichtig. Wichtig war nur, dass sich hier und jetzt eine Möglichkeit bot, Jeremias zu helfen.

Svea kaute auf ihrer Unterlippe. Sie durfte nichts überstürzen. Sie wusste nicht, ob es wirklich so einfach war. Und selbst wenn, war der Preis nicht zu hoch? Das Spiel wieder zu spielen, bedeutete weitere Bestrafungen. Noch mehr Leid. Aber es ging hier um Jeremias. „Ich muss drüber nachdenken."

„Nein, Svea. Jetzt oder nie. Wir fahren zu Jeremias. Entweder du kommst mit oder du lässt es."

„Was wollt ihr ihm sagen?"

„Dass wir das Spiel wieder spielen werden. Mit ihm oder ohne ihn."

Svea befeuchtete ihre trockenen Lippen. „Das wird ihn vielleicht überzeugen."

Rachida zuckte mit den Achseln. „Möglich. Aber selbst wenn: Ohne dich ist es nicht dasselbe. Er braucht dich, Svea."

Ein eigenartiges Klingeln hallte in Sveas Ohren wider und machte es ihr unmöglich, einen klaren Gedanken zu fassen. Ihr Blut rauschte zu schnell durch ihren Körper. Sie könnte jetzt zu Jeremias fahren und alles wiedergutmachen. Noch heute könnte Jeremias wieder derselbe sein. Sie würden das Spiel spielen. Morgen könnte sie wieder Zeit mit Jeremias verbringen, nur er und sie, nachdem die anderen nach Hause gefahren waren. Vielleicht ... vielleicht könnte sie ihn irgendwann nach Tanja fragen. Und ihn bitten, mit dem Spiel endgültig aufzuhören. Wenn es ihm wieder gut ging.

Alle Zweifel und jede Vernunft ignorierend, ging Svea die Treppe hoch, um sich umzuziehen. Bestimmt würde Tanja doch noch gefunden werden. Genau. Bald würde Tanja wiederauftauchen. Dann würde Svea Jeremias dazu bringen, das Spiel sein zu lassen. Es würde alles gut werden. Wenn Jeremias erst wieder normal war.

***

Es war gar nicht so schwer.

Zu Jeremias fahren. Dabei nicht Karlis Blick begegnen. Anklopfen. Jeremias anlächeln.

Sogar der Vorschlag, das Spiel wieder zu spielen, kam Svea unerwartet leicht über die Lippen.

Dabei weiterlächeln. Geduldig nicken, als Jeremias die Arme verschränkte und sie bat, wieder zu gehen. Es weiterversuchen. Zur Seite treten. Rachida, Karli und Raik reden lassen. Zusehen, wie Jeremias' Widerstand bröckelte. Am Ende selbst noch einmal vortreten, ihn weiter anlächelnd, und ihn bitten, es sich noch einmal zu überlegen. Jeremias' undeutbarem Blick standhalten.

Und sich den Triumph nicht anmerken lassen, als er endlich nickte.

In den Keller gehen. Hinsetzen. Jeremias beim Mischen zusehen. Beobachten, wie Rachida die Rachekarte auswählte. Nach der eigenen Karte greifen, sie umdrehen. Das taube Gefühl ignorieren, das selbst dann noch blieb, als sie feststellte, dass sie nicht die Rachekarte hatte.

Wieder hochgehen. Aus Höflichkeit ein paar Schlucke mittrinken. Mit den anderen nach Hause fahren.

Das taube Gefühl hatte sogar die Lust auf ein paar Stunden alleine mit Jeremias ausgelöscht.

***

Svea hatte nicht gut geschlafen. Sogar am nächsten Morgen fühlte sich alles noch seltsam surreal an, als wäre der Samstag nur ein böser Traum gewesen. Einen Großteil des Sonntags verbrachte Svea damit zu versuchen, Schlaf nachzuholen. Gleichzeitig hatte sie Angst, die Augen zu schließen. Sie lag auf ihrem Bett, starrte an die Decke und fragte sich, ob es das wert gewesen war. Ein bisschen Leben war in Jeremias zurückgekehrt. Doch zu sagen, er sei wieder ganz der Alte, wäre übertrieben.

Dann, am Montag, noch vor der ersten Stunde, sah sie es plötzlich wieder. Das Leuchten in Jeremias' Augen. Und Svea wusste mit absoluter Sicherheit, wovon es herrührte: Er wartete darauf, dass etwas passierte. Dass derjenige mit der Rachekarte seinen Zug machte.

Rachida hatte recht behalten.

Der Unterricht waberte wie Dunst an Svea vorüber. Nach der sechsten Stunde konnte sie sich kaum noch an die einzelnen Fächer erinnern, geschweige denn an den Stoff, den sie durchgenommen hatten. Auf dem Weg zur Cafeteria sah sie Anton, der mit Paolo und den anderen Bandmitgliedern auf die Sporthalle zusteuerte. Sie hatten die Erlaubnis erhalten, während der einstündigen Mittagspause dort zu proben. Auch auf Raik erhaschte sie einen kurzen Blick. Er stand, wie so oft in letzter Zeit, mit dem zierlichen dunkelblonden Mädchen namens Marie-Luise vor dem Süßigkeitenautomaten und unterhielt sich angeregt.

Svea kaufte sich ein belegtes Brötchen und setzte sich neben Jeremias. Auf der anderen Seite hockten Rachida und Karli. Svea spürte Jeremias' Blick auf sich. Derselbe seltsame Blick, mit dem er sie schon am Samstag gemustert hatte. Sie fragte nicht nach. Wusste, dass er sah, dass mit ihr etwas nicht stimmte. Er fragte ebenfalls nicht. Und die Mittagspause verging, ohne dass Svea und Jeremias auch nur ein Wort gewechselt hätten.

Nach der achten Stunde schob Svea Kopfschmerzen vor, um nicht mit den anderen in die Stadt gehen zu müssen. Ein seltsames Gefühl, fast wie Erleichterung, machte sich in ihr breit, als die anderen ohne sie das Schulgebäude verließen.

Svea wollte gerade ebenfalls gehen, als sie Anton aus den Jungstoiletten kommen sah. Sie lächelte ihm zu. Zwar erwartete sie keine positive Reaktion zurück, aber als er sie ansah, sog sie erschrocken die Luft ein. Seine Augen waren aufgequollen und gerötet. Bevor sie ihn fragen konnte, was passiert war, stand er schon vor ihr. Mit vor Zorn sprühenden Augen drückte er ihr einen gefalteten Zettel in die Hand.

„Das war einer von euch, oder? Ihr spielt das Spiel wieder!"

„Ich ...", stammelte Svea, doch Anton schnippte mit Daumen und Zeigefinger gegen das Papier.

„Mach ihn auf!"

Svea faltete das Blatt auseinander. Ein Schwarz-Weiß-Foto prangte ihr entgegen, das manche vielleicht als erotisch bezeichnet hätten. Es zeigte einen gut gebauten, nackten Mann, der sich auf einem Sofa räkelte. Sogar die Genitalien waren sichtbar.

Verwirrt sah Svea zu Anton hoch. Sie kannte den Mann auf dem Bild nicht.

„Das ist irgendein Internetausdruck", sagte Anton, als wüsste er, was sie dachte. „Jetzt lies die Rückseite."

Mit trockenem Mund drehte Svea das Blatt um.

Liebster Paolo, magst du heute nach der Schule nicht noch mit zu mir kommen?
Küsschen
dein Anton.

„Du ... hast das nicht geschrieben, oder?"

Anton riss ihr das Papier so heftig aus der Hand, dass die Kante in Sveas Hand schnitt. Er lachte auf. „Ich weiß genau, wer das war. Und du weißt es auch!“

Svea ging einen Schritt rückwärts. „Das würde sie nicht.“

„Wer sonst würde das hier tun, hm?“ Er wedelte mit dem Zettel. „Karli hasst mich. Sie wollte mich von Anfang an nicht dabeihaben. Tja, Pech gehabt. Nächsten Samstag spiele ich wieder mit. Und wenn ich die Rachekarte bekomme, kann sie sich auf was gefasst machen!“ Damit ließ er sie einfach stehen.

***

Als Svea am nächsten Morgen auf dem Weg zur Schule an dem kleinen Kiosk hielt, an dem sie die letzten Wochen täglich die Tageszeitung gekauft hatte, sah sie direkt, dass Tanja gefunden worden war. Es prangte auf allen Zeitungen ganz vorne als Schlagzeile. Man hatte sie aus der Nordsee gezogen.

Tot.

KAPITEL 19

Gegenwart

„Wer mischt?“, fragte Jeremias und sah dabei Karli an.

„Jedenfalls nicht du.“

„Oder du“, gab Jeremias zurück. „Bleiben nur Raik und Svea.“

„Raik kann gerne ...“, begann Svea. Jeremias brachte sie mit einem Blick zum Schweigen. Das Kaminfeuer malte hinter ihm dunkle Schatten an die Wand. Der Wind schien nachgelassen zu haben, doch der Regen prasselte noch immer gegen die Fensterscheiben. Dafür tat das Feuer seinen Dienst. Es war mittlerweile so warm im Wohnzimmer, dass Svea ihre Jacke gern ausgezogen hätte. Nur das Wissen um das Messer darin hielt sie davon ab.

„Wir losen aus. Zwischen Raik und Svea.“ Jeremias fixierte Karli. Es war, als wären die anderen beiden gar nicht da.

Karli nickte. „Wie?“

„Münze?“

Karli lachte. „Und wer wirft die Münze? Ich traue dir zu, dass du sogar dabei irgendwie betrügst.“

„Ich werfe die Münze und fange sie verdeckt auf, dann darf sich Raik Kopf oder Zahl aussuchen. So kann ich unmöglich betrügen.“

Karli legte den Kopf schief und schien zu überlegen. „In Ordnung."

Raik lächelte Svea zu und zuckte mit den Achseln.

Jeremias zog ein braunes Lederportemonnaie aus der Jackentasche und förderte eine Ein-Euro-Münze zutage. „Bereit?", fragte Jeremias. Alle nickten.

Mit dem Schnippen seines rechten Daumens beförderte Jeremias die Münze in die Luft. Sich drehend flog sie hoch, bevor sie wieder zu fallen begann. Er fing sie auf und positionierte sie auf seinem linken Handrücken, durch die rechte Hand verdeckt.

Alle sahen Raik an.

„Ähm ... Zahl?"

Jeremias hob die rechte Hand. Die Euro-Münze lag mit der Eins nach oben.

Abermals zuckte Raik mit den Achseln und lächelte Svea zu. Sie schob ihm die Karten hin.

Als er gemischt hatte und vier Karten für ihn selbst unsichtbar in die Höhe hielt, sagte er: „Svea."

Sie achtete darauf, keine der vier Karten zu lange anzusehen. „Kreuzacht", sagte sie schließlich.

Raik nickte, mischte die vier Karten und teilte sie aus. Mit zitternden Fingern griff Svea nach ihrer eigenen. Es war nicht das erste Mal, dass sie hoffte, selbst die Rachekarte zu bekommen. Damals, als sie Karli hatte bestrafen wollen, weil die sie im Stich gelassen hatte. Und später, beim letzten Spiel, als sie hatte verhindern wollen, dass jemand bestraft wurde. Aber das war kein Vergleich dazu, was sie jetzt fühlte. Wenn der Falsche die Rachekarte hatte, würde wieder jemand sterben. Schweiß lief Svea den Rücken hinunter.

Ihre Finger berührten die Karte, doch bevor sie sie aufheben konnte, schrie Karli triumphierend auf. Sie warf ihre Karte auf den Tisch, sodass alle sehen konnten, was darauf war.

Die Kreuzacht.

Jeremias legte seine eigene Karte auf den Tisch und lehnte sich zurück, die Augen auf Karli gerichtet. „Und jetzt?"

„Jetzt hat dein Spiel ein Ende!" Sie stand auf. „Wir sperren dich weg."

Svea war ebenfalls auf den Beinen, ohne, dass sie sich erinnern konnte, aufgestanden zu sein. „Das kannst du nicht machen! Du hast keine Beweise!"

„Er hat es vorhin selbst gesagt! Wer die Rachekarte hat, kann den Mörder bestrafen. Du willst es vielleicht nicht einsehen, aber ich rette uns gerade allen das Leben!" Sie trat auf Jeremias zu, der noch immer auf dem Sofa saß. „Raik, hol was zum Fesseln aus dem Schuppen." Sie nahm ihre Augen keine Sekunde von Jeremias, als befürchtete sie, er würde jeden Moment aufspringen und sie attackieren. „Schnell!"

Raik setzte sich in Bewegung.

„Du machst einen Fehler", sagte Jeremias.

„O nein, diesmal nicht. Diesmal tue ich das Richtige."

Jeremias stand auf, was Karli einen Schritt zurückweichen ließ. „Warum bist du hier?", fragte er.

Svea verstand die Frage nicht und auch Karli wirkte verwirrt.

„Du wohnst in Australien. Also warum bist du hier? Gerade jetzt, gerade zur richtigen Zeit, um hierbei mitzumachen? Glaubst du wirklich, das ist ein Zufall?"

Raik kam zurück ins Zimmer. Unschlüssig stand er im Türrahmen, eine zusammengerollte blaue Kunststoffwäscheleine in der Hand.

„Was stehst du da so rum?“, fuhr Karli ihren Bruder an. „Gib her und hol noch was zum Schneiden.“ Fahrig wischte sie sich eine Haarsträhne aus dem Gesicht. Auf ihrer Stirn standen Schweißperlen. „Lässt du dich freiwillig fesseln oder muss Raik dich festhalten?“, fragte sie Jeremias.

Der hielt ihr kommentarlos seine Hände hin.

„Auf den Rücken“, befahl Karli.

„Hör auf“, sagte Svea, als sie endlich ihre Stimme wiedergefunden hatte. „Dazu hast du kein Recht.“

„Doch, hat sie.“ Jeremias lächelte Svea an, aber es erreichte nicht seine Augen. „Sie hat die Rachekarte gezogen, schon vergessen?“ Er verzog kurz das Gesicht, als Karli die Wäscheleine um seine Handgelenke zurrte. Raik trat mit einer Küchenschere zu ihr und schnitt die Leine durch, die Karli anschließend mehrmals verknotete.

„So, das sollte halten“, sagte sie zufrieden und drehte ihn an den Armen herum, sodass sie ihm ins Gesicht sehen konnte. „Wo ist Rachidas Handy?“

Jeremias antwortete nicht.

Karli begann, seine Taschen zu durchsuchen. Sie zog das braune Portemonnaie hervor sowie seine Autoschlüssel. „Es muss irgendwo sein“, flüsterte sie fiebrig. Nachdem sie alle seine Taschen dreimal kontrolliert hatte, gab sie auf. „Er hat es versteckt. Wahrscheinlich hier im Haus.“

Svea hatte die Hände hilflos zu Fäusten geballt.

„Ab in den Keller.“ Karli versetzte Jeremias einen Stoß. „Gibt es einen Schlüssel zu dem Raum, wo wir früher das Spiel gespielt haben?“

Jeremias sah sie nur stumm an. Sein Körper hatte sich versteift.

„Passt du kurz auf ihn auf?“, fragte Karli Raik, dann ging sie in die Küche. Svea hörte, wie Karli die Schubladen aufzog. Mit der Hand voller identisch aussehender Metallschlüssel kam sie zurück. „Einer davon wird's sein.“

„Du kannst ihn nicht in den Keller sperren“, sagte Svea. Sie erinnerte sich noch allzu gut, was für eine absolute Finsternis da unten herrschte. Der Raum, in dem sie früher das Spiel gespielt hatten, besaß keine Fenster.

„Lass ihn uns nach oben bringen“, meinte Raik. „In sein altes Schlafzimmer.“

Karli hörte nicht zu. Sie griff Jeremias am Arm und zerrte ihn zur Kellertür. Dieser wehrte sich nicht, ging aber auch nicht freiwillig. Er ließ sich mitziehen.

Svea warf Raik einen flehenden Blick zu. Der sah ebenso verzweifelt aus, wie sie sich fühlte. „Karli!“, rief er, doch seine Schwester ging stur weiter. Sie zog immer stärker an Jeremias, sodass er auf den Stufen stolperte. Beinahe wären beide die Treppe hinunter gefallen. Unten schob Karli ihn in das Spielzimmer. Jeremias wandte sich um und suchte Sveas Blick. „Jetzt liegt es an dir“, sagte er, bevor Karli die Tür zuschlug und mit den Schlüsseln hantierte.

Svea liefen Tränen über die Wangen. Sie wischte sie nicht weg. Starrte nur die Tür an, hinter der Jeremias verschwunden war. Seine Worte, auf die sie sich keinen Reim machen konnte, noch immer im Ohr.

***

„Das wäre geschafft“, seufzte Karli, als sie wieder oben waren. „Jetzt können wir gehen.“

„Gehen?“, fragte Svea verständnislos.

„Nach Hause. Wobei ich für meinen Teil warten werde, bis es hell wird und zu regnen aufhört, bevor ich zum nächsten Haus gehe und darum bitte, dass mir jemand ein Taxi ruft.“

Svea konnte sie nur anstarren.

„Vielleicht sollten wir uns noch mal in Ruhe auf dem Grundstück umsehen“, fuhr Karli fort. „Irgendwohin muss er Rachida ja gebracht haben.“

Svea setzte sich auf den Sessel und vergrub das Gesicht in den Händen. „Wie kannst du dir nur so sicher sein?“

Karli antwortete nicht.

Als Svea aufschaute, kniete die andere Frau direkt neben ihr, das Gesicht nur eine Handlänge von ihrem eigenen entfernt.

„Ich hab damals versucht, es dir zu erklären, aber du hast mir ja nicht zugehört. Niemand hat je auf mich gehört, wenn es um ihn ging. Er hat dich belogen, Svea.“

Svea schüttelte den Kopf.

Karli schlug mit der Faust auf den Tisch. „O doch, das hat er! Das Märchen von seiner toten Mutter? Alles gelogen. Alles gelogen, Svea!“

Sie sah sich und Jeremias wieder genau hier sitzen, vor dem Kamin. Es war eine dieser Nächte gewesen, die nur ihnen beiden gehört hatte. Sie erzählte von ihrem Vater. Und Jeremias von seiner Mutter. Von seiner Mutter, die viel zu früh gestorben war und ihn mit dem Vater allein gelassen hatte.

Karlis Augen bohrten sich in Sveas. „Ich kenne die Wahrheit von seiner Tante, die Schwester seiner Mutter. Sie wohnt nicht hier, ist weg aus dem Kaff, kaum dass sie achtzehn war. Hatte nur sporadisch mit ihrer Schwester Kontakt. Aber vor ein paar Jahren hat sie Kontakt zu meiner Tante gesucht, weil sie wusste, dass sie mit Jeremias' Vater befreundet ist. Sie wollte wissen, wo Jeremias ist und was er so macht. Meine Tante wusste nichts darüber und hat ihr stattdessen meine Kontaktdaten gegeben. Ich hatte ein wirklich sehr interessantes Telefongespräch mit der Dame."

Svea brauchte drei Anläufe, bis sie mit ihrer plötzlich kratzigen Stimme eine Frage zustande brachte: „Was hat sie gesagt?"

„Dass Jeremias' Mutter noch lebt. Er hat uns alle angelogen. Schämt sich wahrscheinlich dafür. Dabei erklärt das so vieles."

Raik trat ebenfalls näher.

„Jeremias' Tante ist nicht wirklich gut auf ihre Schwester zu sprechen, wisst ihr? Schon als Jugendliche hat sie Eltern und Lehrer manipuliert. Mit siebzehn hat sie Jeremias' Vater kennengelernt, der ihr jeden Wunsch von den Augen abgelesen hat. Sie wurde schwanger und hatte nach der Geburt schwere Depressionen. Dachten zumindest alle. Bis ihre Schwester sie während einer Kur besuchen wollte und herausfand, dass sie stattdessen bei Freunden wohnte und Partys feierte, während ihr Mann und ihre Mutter sich zu

Hause um das Baby kümmerten. Als Jeremias vier war, hat sie versucht, ihn in der Badewanne zu ertränken, weil er nicht aufhörte, um ein Glas Saft zu betteln. Da wurde es sogar seinem Vater zu viel. Er wollte, dass sie sich behandeln lässt, stattdessen ist sie einfach abgehauen. Keiner weiß, wo sie ist. Und Niels? Tja, der hat seitdem versucht, Jeremias den schlechten Einfluss der Mutter auszutreiben. Anscheinend ohne allzu viel Erfolg."

„Du weißt ja nicht, was du da redest", sagte Raik. Seine Stimme klang rau und zum ersten Mal sah Svea Wut in den Augen hinter den Brillengläsern. Wut auf seine Schwester. „Für das, was Niels getan hat, gibt es keine Entschuldigung und schon gar keine Rechtfertigung."

Karli wollte etwas sagen, doch Raik ließ sie nicht zu Wort kommen.

„Im Gegensatz zu dir habe ich es erlebt. Also hör auf, so zu tun, als könntest du es auch nur ansatzweise verstehen!"

„Ich meinte ja nur ..."

„Nein, Karli, du meintest gar nichts. Du hast wie üblich einfach nicht nachgedacht. Oder hast du schon mal in völliger Finsternis gekauert? So dunkel, dass du dich irgendwann fragst, ob du überhaupt noch da bist, weil du nicht mal deinen eigenen Finger sehen kannst, wenn du ihn dir vors Auge hältst? Eingesperrt in dem Wissen, dass du absolut nichts tun kannst, außer abzuwarten. Dass du vielleicht jetzt gleich wieder rausgelassen wirst oder erst in einer Stunde oder in fünf Stunden. Du hast keine Ahnung, wie lange du schon da kauerst. Es fühlt sich an wie Stunden, aber in Wahrheit sind es erst zehn Minuten. Hast du schon mal erlebt, wie schwer sich absolute Dunkelheit anfühlt? Wie sie sich auf dich legt, dich runterdrückt, bis du nicht mehr atmen kannst? Wie du glaubst zu ersticken? Doch dir ist klar, selbst wenn du jetzt stirbst, kümmert es keinen – denn niemand bekommt es mit. Niemand kann dich hören, solange du hier eingesperrt bist." Raik holte zitternd Atem.

Karli hatte Tränen in den Augen. Svea schluckte hart.

„Was Jeremias' Vater ihm als Kind angetan hat, war falsch", fuhr Raik fort, die Stimme jetzt leiser und ruhiger. „Es rechtfertigt nicht, was Jeremias selbst getan hat. Aber es war falsch."

Das war es also. Die Strafe, über die niemand hatte reden wollen. Was Raik und Jeremias passiert war, als sie das Feuer im Taufbecken gemacht hatten. Was Jeremias bereits unzählige Male vor- und auch nachher widerfahren war.

„Wir müssen ihn da rausholen", schluchzte Svea leise. Sie wusste nicht, wann genau sie zu weinen begonnen hatte. „Wir können ihn nicht da unten sitzen lassen. In der Dunkelheit."

Karli schüttelte den Kopf. „Raik hat es selbst gesagt: Was Jeremias passiert ist, rechtfertigt nicht seine eigenen Grausamkeiten. Er hat Anton auf dem Gewissen, Svea! Und wer weiß, was er mit Rachida gemacht hat!"

„Das weißt du doch gar nicht!", schrie Svea. „Raik, hilf mir!"

Doch Karlis Bruder schüttelte den Kopf. Er sah unendlich traurig aus. „Denk an all die Dinge, die er hätte verhindern können, wenn er gewollt hätte. Der Kakao in deinen Haaren. Der erzwungene Kuss zwischen dir und Anton. Dass du verprügelt wurdest. All das hätte er verhindern können. Er hätte Tanja nur konfrontieren müssen. Sie hatte Angst vor ihm, sie hätte es sein lassen, wenn er sich nur für uns eingesetzt hätte. Er ist genauso wie sein Vater."

Svea zog die Nase hoch. Dann stürmte sie aus dem Zimmer.

„Wohin willst du?", rief Karli ihr hinterher. „Ich hab den Schlüssel!"

Svea antwortete nicht. Sie stieß die Kellertür auf und tastete sich durch die Dunkelheit. Sie musste zu Jeremias.

KAPITEL 20

Zwei Monate vor der Nacht des letzten Spiels

Am Morgen der schriftlichen Englischprüfung klingelte Rachidas Wecker pünktlich um sechs Uhr dreißig. Während sie sich die Zähne putzte, ging sie ihre selbst erstellte Liste für englische Präpositionen durch: *on* für Wochentage, *in* für Monate, Jahreszeiten, Jahreszahlen. *At the station*, aber *in the kitchen*.

Beim Frühstück vertiefte sie die Regeln des *Present Perfect* und der *Past Tenses*, obwohl sie diese bereits in- und auswendig kannte. Trotzdem verwendete sie sie in Aufsätzen regelmäßig falsch.

Ihre Mutter, die genau wusste, wie nervös sie wegen der Prüfung war, hatte ihr extra Rührei zum Frühstück gemacht. Dazu einen Nutellatoast, als wäre sie zehn Jahre alt.

„Du schaffst das", sagte sie in einem Deutsch, das auch nach über zwanzig Jahren in Deutschland noch einen Akzent aufwies.

Rachida seufzte. „Ich bin ja gut vorbereitet, aber ich mache immer so viele Flüchtigkeitsfehler beim Schreiben. Ich brauche mindestens zwölf Punkte in jedem Fach, sonst reicht mein Durchschnitt nicht." Wie immer, wenn sie darüber nachdachte, war sie vor Panik den Tränen nah.

Ihre Mutter strich ihr über den Kopf. „Wenn du in Mathe fünfzehn hast, reichen in Englisch auch zehn."

Rachida sah zu ihrer Mutter hoch. Sie hatte dieselben großen, dunklen Augen wie sie selbst. In ihnen lag Wärme, Verständnis, aber auch eine gewisse Erwartung. Rachida würde Medizin studieren und Ärztin werden. Wann und wie das beschlossen worden war, daran erinnerte Rachida sich nicht mehr. Auch nicht daran, ob es ihre Idee oder die ihrer Eltern gewesen war. Das spielte jetzt sowieso keine Rolle mehr. Es war eine unumstößliche Tatsache, gegen die man sich nicht auflehnte.

Sie schob den Teller von sich. Den Nutellatoast hatte sie nicht angerührt.

„Willst du noch einen Milchkaffee?"

Doch Rachida stand auf und wandte sich zur Garderobe. „Ich bin so schon viel zu nervös. Ich mache mich lieber auf den Weg. Wenn ich zu früh bin, gehe ich noch mal die unregelmäßigen Verben und Pluralformen durch."

„Ich fahr dich!"

„Ist nicht nötig." Rachida brauchte dringend ein paar Minuten für sich, um den Kopf frei zu bekommen.

„Keine Widerrede. Seit dieses Mädchen ..." Ihre Mutter seufzte.

Rachida versteifte sich. Mit diesem Mädchen meinte sie Tanja.

„Du weißt, dass ich dich seit dieser Sache ungern allein mit dem Fahrrad fahren lasse."

„Vielleicht gehe ich nachher noch mit den anderen in die Stadt", wandte Rachida vorsichtig ein.

„Mach das, solange du nicht alleine unterwegs bist. Wenn du nach Hause willst, ruf mich einfach an. Ich hole dich ab." Ihre Mutter hatte sich bereits eine Jacke übergezogen und die Autoschlüssel von der Kommode im Flur genommen, als sie endlich Rachidas unglücklichen Blick zu bemerken schien. „Ich mache mir doch nur Sorgen um dich. Dieses Mädchen ... es weiß noch immer keiner, wie das passieren konnte. Ob es ein Unfall war oder ... ob sie sich das Leben genommen hat. Oder ..." Ihre Mutter brach endgültig ab.

Ob sie jemand umgebracht hatte.

***

„*Bacterium, bacteria, criterion, criteria, hypothesis, hypotheses*", murmelte Rachida vor sich hin, als jemand seinen Rucksack neben ihr abstellte. Sie blickte hoch und sah Svea, die sie anlächelte.

Rachida konnte sich nur mit Mühe davon abhalten, die Augen zu verdrehen. Sie wusste, das andere Mädchen würde sich nicht einfach still neben sie setzen. Wenn Svea ihre Nähe suchte, ging es in letzter Zeit nur um ein Thema und das hatte nichts mit Schule zu tun.

„Na, bist du gut vorbereitet?", fragte Svea.

„Bin noch dabei", sagte Rachida abwesend und versuchte, sich wieder auf ihre Liste zu konzentrieren. *Tooth, teeth, goose, geese, ox, oxen ...*

„Du, wegen des Spiels ..."

„Svea, ich lerne!"

„Ich weiß, aber ..."

„Kein Aber!"

Thief, thieves, potato, potatoes ...

„Guten Morgen. Und, was habt ihr für ein Gefühl wegen Englisch?"

Rachida knirschte mit den Zähnen und sah Raik unfreundlich an. Das Mädchen, mit dem er sich seit ein paar Wochen so gut verstand, Marie-Luise, stand neben ihm. Sie war ein Jahrgang unter ihnen, weshalb sie noch kein Abitur schrieb, trotzdem begleitete sie Raik bis an die Tür zu allen seinen Prüfungen. Selbst ein Blinder sah, dass da mehr vorging als harmlose Freundschaft, auch, wenn es bisher keiner offen zugegeben hatte. Seit er Marie-Luise kannte, stylte Raik sich sogar die Haare und achtete mehr auf seine Kleidung. Selbst Rachida musste zugeben, dass er so richtig ansehnlich aussah.

„Ich wünsche euch viel Glück", sagte Marie-Luise, wie immer so leise, dass man versucht war, ihr das Ohr hinzuhalten. „Oh, und danke noch mal wegen Samstag." Sie errötete und senkte den Kopf, sodass ihr das schulterlange Haar vors Gesicht fiel. Sie und Raik hatten sich wirklich gesucht und gefunden.

„Hat es dir ... Spaß gemacht?", fragte Svea.

„Oh! Ähm ... Ja, schon ... nur ...", stammelte Marie-Luise und Rachida wandte gerade rechtzeitig den Kopf, um zu sehen, wie Svea verständnisvoll nickte. Hatte sie also endlich jemanden gefunden, der genauso über das Spiel dachte wie sie selbst. Sollte Svea doch mit Marie-Luise einen Canasta-Club gründen und sie anderen in Ruhe lassen.

„Leute", sagte Rachida unwirsch, „ist euch aufgefallen, dass ich hier versuche zu lernen?"

Raik schaute betreten drein und Marie-Luise entschuldigte sich zweimal mit gesenktem Blick. Ihre

Finger wanderten zu der Silberkette, die sie stets um den Hals trug, und begannen, mit dem Anhänger in Kleeblattform zu spielen. Rachida vertiefte sich wieder in die Pluralformen, da kam Karli um die Ecke. Anton folgte wenige Sekunden später.

Rachida wusste, dass es jetzt mit dem Lernen endgültig vorbei war. Selbst sie konnte sich nicht konzentrieren, während Karli und Anton sich Blicke zuwarfen, als wollten sie einander jeden Moment die Augen auskratzen. Sie alle wussten, dass Anton wegen Karli aus seiner Band geflogen war. Dass er wegen ihr seine neuen Freunde verloren hatte. Dass er nur deshalb wieder bei dem Spiel mitmachte, weil er Karli eins auswischen wollte, sobald er die Rachekarte zog. Alle wussten es. Niemand sprach darüber. Selbst gegenüber Svea, die nach wie vor regelmäßig auf Anton zuging, zeigte er die kalte Schulter.

Marie-Luise flüsterte etwas an Raiks Ohr. Karli, die neben den beiden stand, brach in schallendes Gelächter aus. Raiks säuerlicher Blick verriet, dass seine Schwester mal wieder ins Fettnäpfchen getreten war. Nur war das egal, wenn man wie Karli das erstens weder merkte und es einen zweitens nicht kümmerte.

„Raik beim Projektwettbewerb?", keuchte Karli und wischte sich die Lachtränen aus den Augen. „Du bist ja süß!"

Marie-Luise lief knallrot an. Sie wusste nicht, wohin sie gucken sollte, und sprach daher einmal mehr mit dem Boden. „Ich dachte nur, weil er doch diese App ..." Sie brach ab.

So gut schienen die beiden sich doch nicht zu kennen. Zumindest hatte Raik ihr wohl nichts von seiner

Vortragsphobie erzählt. Da würde Karli bestimmt gleich nachhelfen.

Doch die starrte nur ihren Bruder an. „Du bist mit deiner App fertig? Warum hast du nichts gesagt?“

Raik zuckte nur mit den Achseln.

„Er hat sie mir gezeigt“, plapperte Marie-Luise los und weil ihr Blick nun voller Bewunderung auf Raik gerichtet war, sah sie nicht, wie Karlis Augen immer schmaler wurden. „Sie ist wahnsinnig toll!“

„Ach“, winkte Raik verlegen ab und fuhr sich durchs Haar, wodurch er die sorgfältige Frisur ruinierte. „Es ist ein ganz banales Spiel mit rudimentärer Grafik. Nichts Besonderes.“

„Es geht um diese Prinzessin, die Hindernisse aus dem Weg räumen oder darüberspringen muss, um ans Ziel zu kommen und ihren Prinzen zu retten.“ Marie-Luise kicherte. „Ein bisschen wie Super Mario, nur ist die Frau die Heldin. Mir gefällt es!“

Rachidas Blick ging zur Uhr. Ihr Puls beschleunigte sich. „Wir müssen rein!“ Sie stopfte ihre Liste in den Rucksack.

Marie-Luise verabschiedete sich von ihnen und wünschte abermals viel Glück. Dann trotteten sie alle der Reihe nach die Treppe runter ins Untergeschoss, wo die Klausurräume lagen.

Die drei Lehrer, die heute die Aufsicht bildeten, waren schon anwesend, sammelten die Handys ein und wiesen den Schülern ihre Plätze zu. Die Einzeltische standen jeweils einen guten Meter voneinander entfernt. Insgesamt gab es fünf Reihen mit je acht Tischen. Rachida bekam einen Platz in der Mitte der dritten Reihe zugewiesen. Hinter ihr saß Raik, links neben ihr Karli.

Svea hatte einen Tisch irgendwo hinten bekommen, Anton saß ganz vorne.

Einer der Lehrer sah auf seine Armbanduhr. „Noch fünf Minuten. Sie dürfen Schreibmaterialien, eine Uhr und eine Trinkflasche auf dem Tisch haben. Ihre Taschen stellen Sie bitte hier an der Tür ab."

Als Rachida ihren Rucksack neben dem von Karli platzierte, kam Jeremias herein. Er nickte ihr zu und setzte sich auf den ihm zugeteilten Platz neben Anton.

„Noch zwei Minuten. Alle zu Ihren Tischen, bitte." Einer der Lehrer schloss die Tür.

Es wurde kurz laut, als die Prüfungsteilnehmer ein letztes Mal an ihre Rucksäcke eilten oder ihre Stühle zurechtrückten. Dann saßen alle und es herrschte gespannte Stille.

„Sie dürfen jetzt Ihre Prüfungsunterlagen umdrehen. Sie haben drei Stunden Zeit. Viel Erfolg."

Mit zitternden Fingern griff Rachida nach den Blättern, die mit den weißen, unbeschriebenen Seiten nach oben vor ihr lagen. Sie überflog den ersten Teil. Ein Text über die Situation der Katholiken in Irland mit mehrere Fragen dazu. Sie atmete tief durch und begann zu lesen.

Ein Geräusch zwei Reihen vor ihr ließ sie hochblicken. Anton hatte sich auf seinem Stuhl umgedreht. Er sah Karli an, die tief über ihr Blatt gebeugt dasaß.

„Augen auf die eigenen Prüfungsunterlagen", rügte einer der Lehrer, der eben aufgestanden war und seine Runde durch den Raum begann.

Anton drehte ihnen den Rücken zu.

Rachida las weiter, aber durch die Unterbrechung konnte sie sich nicht mehr an den Inhalt erinnern, den sie zuvor gelesen hatte. Sie begann noch einmal von vorne.

Rachida war bei der Hälfte des Textes angelangt, als der Lehrer plötzlich vor ihrem Tisch stand. Sie hielt den Kopf gesenkt, doch konnte nicht weiterlesen, bis die Aufsicht an ihr vorbei war. Auch, wenn es ihr nicht im Traum einfiele, einen Täuschungsversuch zu unternehmen, machte sie der umherlaufende Lehrer nervös.

Rachida las gerade den letzten Satz noch einmal, als sie aus den Augenwinkeln sah, wie Karli nach ihrem Kugelschreiber griff. Anscheinend war sie bereits fertig mit Lesen und begann schon mit den Aufgaben.

Rachida unterdrückte ein Seufzen. Neidisch beobachtete sie, wie Karli den Deckel vom Kuli riss. Etwas fiel aus der Kappe. Rachidas Augen folgten dem winzigen, zusammengerollten Zettel. Er beschrieb einen hohen Bogen, bevor er direkt vor ihren eigenen Füßen liegen blieb.

Rachida starrte in Karlis entsetztes Gesicht, dann schob sich der Lehrer, der eben noch seine Runde gedreht hatte, zwischen sie. Er bückte sich nach dem Papier und rollte es aus.

„Ein Spickzettel", sagte er leise.

Sein strenger Blick glitt von Rachida zu Karli. Schließlich blieb er an Raik hängen.

„Haben Sie gesehen, woher der kam?"

Raik war aschfahl im Gesicht. Er biss sich auf die Unterlippe.

Rachida wollte etwas sagen, klarstellen, dass sie nichts getan hatte, doch nur ein Wimmern kam über ihre Lippen. Sie konnte Karli hinter dem Körper des

Lehrers nicht sehen, bemerkte aber, wie Raik zu seiner Schwester sah. Er schluckte.

Und wie bei einem schlechten Film wusste Rachida genau, was er sagen würde, noch bevor die Worte seinen Mund verließen.

„Es war Rachida."

KAPITEL 21

Gegenwart

Es herrschte eine unheimliche Stille. Von der Kellertür her, die Svea offen gelassen hatte, drang nur ein schwacher Lichtstrahl zu ihr nach unten. Sie legte ein Ohr an die Holztür, die zum Spielzimmer führte, und lauschte. Alles, was sie hörte, war ihr eigener Herzschlag.

„Jeremias?", flüsterte sie.

Keine Antwort.

Svea griff nach der Klinke und rüttelte daran, doch vergebens. So alt Tür und Schloss auch waren, sie hielten stand.

„Svea?"

Sie sank auf die Knie, die Handflächen gegen das Holz gepresst. „Ich bin hier."

„Hast du ...?" Jeremias' Stimme klang rau. Er machte eine kurze Pause. „Hast du den Schlüssel?"

Svea schluckte. „Karli gibt ihn einfach nicht raus."

Sie meinte fast, sein Nicken sehen zu können. Und wie der Hoffnungsschimmer in seinen Augen erlosch. „Es tut mir so leid." Ihr Kopf sank nach vorne, bis ihre Stirn das kühle Holz berührte. Die Tränen flossen, ohne, dass sie versuchte, sie aufzuhalten.

„Du bist hier. Das ist genug."

Svea schloss die Augen und weinte still. Als sie wieder sprechen konnte, sagte sie: „Wenn ich es gewusst hätte,

hätte ich nicht zugelassen, dass sie dich hier einsperren."

„Was gewusst?", fragte Jeremias, die Stimme nicht mehr rau, sondern scharf.

Svea zog die Nase hoch und wischte sich über die Augen. „Das mit deinem Vater. Dass er dich eingesperrt hat."

Jeremias schwieg.

Svea veränderte ihre Position, legte ihre Wange statt der Stirn an die Tür. Sie lauschte und hörte diesmal tatsächlich etwas. Ein schabendes, rutschendes Geräusch, das näher kam. Als Jeremias wieder sprach, war es fast, als säße er direkt neben ihr. Nur das alte Holz dämpfte seine Stimme.

„Das ist Vergangenheit. Unwichtig."

„Ist es das?"

„Was willst du von mir hören, Svea?"

„Du hast gelogen, oder? Was deine Mutter angeht?"

Svea drückte ihr Ohr fester gegen das Holz. Auf der anderen Seite herrschte Stille. „Karli hat mit deiner Tante gesprochen. Sie hat ihr die ganze Geschichte erzählt."

„Die ganze Geschichte?", fragte Jeremias, wollte es wohl spöttisch klingen lassen, doch in Sveas Ohren hörte es sich bitter an.

„Warum hast du mir nicht die Wahrheit gesagt?", fragte Svea sanft.

Sie hörte Jeremias seufzen. „Du hast mir von deiner Familie erzählt. Ich wollte dir etwas zurückgeben. Aber ich konnte nicht darüber sprechen."

Svea nickte langsam. „Du hast noch nie über sie gesprochen, oder? Ich meine, darüber, was wirklich passiert ist."

Wieder Schweigen. Dann: „Nein."

„Wir müssen nicht reden. Wir können einfach hier sitzen."

Jeremias lachte leise. „Du bist runtergekommen, um mit mir zu sprechen. Nicht, um schweigend im Dunkeln zu sitzen."

„Ich bin runtergekommen, weil ich bei dir sein wollte."

„Weil du denkst, ich habe Angst im Dunkeln."

„Jeder hat Angst vor irgendwas."

„Und niemand gibt es gerne zu."

„Schon gar nicht du." Svea lächelte. „Aber du hast dich verändert. Wir alle haben das, aber du ..." Sie suchte nach den richtigen Worten, fand sie jedoch nicht. „Bei dir ist es irgendwie anders."

„Anders?", fragte Jeremias. Seine Stimme verriet nichts.

„Die Blumen. Die Kerzen." Mehr musste sie nicht sagen. Sie wusste, dass Jeremias verstand, wovon sie sprach. „Du hast das Tagebuch wirklich nicht zu Marie-Luise gelegt, oder?"

„Nein."

„Weißt du, wer es war?"

„Dieselbe Person, die sie und Anton getötet hat."

Svea nickte. „Das denke ich auch." Sie schloss einen Moment die Augen und überlegte, wie sie die Frage, die ihr auf der Zunge lag, formulieren sollte. Sie wollte Jeremias nicht verletzen. Aber sie musste es einfach von ihm hören.

„In den ersten Semesterferien kam ich hierher zurück", sagte Jeremias, bevor Svea ihre Frage stellen konnte. „Es war Gras über die Sache gewachsen. Ich hatte in Bremen begonnen zu studieren und mit niemandem von euch Kontakt. Ich weiß gar nicht, warum ich zurückkam, aber etwas ließ mir keine Ruhe. Ich wollte sie noch mal sehen. Marie-Luise. Und als ich in den Raum kam und die Truhe da stehen sah, an der Wand, unauffällig, war ich plötzlich sicher, dass sie nie gefunden werden würde." Er lachte auf, kurz und abgehackt. „Das war es ja, was ich gewollt hatte, aber plötzlich kam es mir falsch vor. Dass wir sie hier abgestellt hatten, weil wir keine andere Möglichkeit sahen, sie loszuwerden. Einsam und vergessen. Ich weiß auch nicht. Zum ersten Mal dachte ich, dass diese ganze Tradition mit Friedhöfen und geschmückten Gräbern Sinn macht."

„Also hast du die Gefriertruhe in die Mitte des Raumes gerückt und ihr eine Gedenkstätte errichtet", sagte Svea erstickt. „Ich finde es wunderschön."

Sie hörte an seiner Stimme, dass er lächelte. „Du hast recht. Ich habe mich verändert. Durch dich."

Ihr Puls beschleunigte sich. „Durch mich?"

„Ich habe dir gesagt, dass ich es ernst meinte. Das, was ich vor dem letzten Spiel zu dir gesagt habe. Du kennst die Geschichte mit Tanja jetzt. Bei ihr konnte ich es noch nicht."

Jetzt, dachte Svea. *Jetzt ist der richtige Zeitpunkt, ihm die Frage zu stellen.*

Doch bevor sie zu sprechen ansetzen konnte, fuhr Jeremias fort: „Als ich dich vor der Polizei schützen wollte, weil ich dachte, dass du es warst, habe ich das erste Mal etwas ausschließlich für jemand anderen getan. Wegen dir bin ich Therapeut geworden. Ich habe festgestellt, dass es guttut, Menschen zu helfen, statt das, was ich über sie weiß, gegen sie zu verwenden."

Jetzt oder nie. „Bereust du es? Das Spiel, meine ich." Als sie bemerkte, dass sie unbewusst die Luft anhielt, zwang sie sich, normal zu atmen. Sie lauschte, doch auf Jeremias' Seite hatte sich abermals Stille ausgebreitet.

„Ich ...", begann er und brach ab. Svea hörte ihn scharf die Luft einziehen. „Svea, ich hab was gehört", zischte er.

„Was?", fragte sie erschrocken. „Was gehört?" Sie sah sich hektisch nach der Treppe um. Aber da war niemand.

„Hier drinnen."

Svea hörte, wie Jeremias sich von ihr wegbewegte.

„Jeremias!", flüsterte sie. Er antwortete nicht.

Svea sprang auf und rüttelte an der Klinke. „Jeremias!" Doch so sehr sie auch zog und zerrte, die Tür gab nicht nach. „Ich hole den Schlüssel!"

„Warte", drang es leise aus dem Spielzimmer.

Svea presste ihr Ohr so fest gegen das Holz, dass es wehtat. „Du musst da raus."

„Svea, hörst du das nicht?"

Sie zwang sich, die Augen zu schließen. Mit geballten Fäusten stand sie da und versuchte, an ihrem eigenen dröhnenden Herzschlag vorbeizuhören. „Ich ... Warte." Da war etwas. Ein Geräusch, das undeutlich aus dem Spielzimmer drang. Ein Kratzen, gefolgt von einem Wimmern. Erst ganz leise, steigerte es sich wie eine näher kommende Sirene.

Entsetzt presste Svea die Hand vor den Mund. Sie konnte nichts sagen. Doch Jeremias sprach aus, was sie dachte: „Es ist Rachida.“

KAPITEL 22

Ein Monat vor der Nacht des letzten Spiels

Svea beobachtete, wie sich langsam und zäh die in der Sporthalle aufgestellten Stühle füllten. Es gab Platz für rund hundert Zuschauer, doch bisher blieben gut zwei Drittel der Sitzgelegenheiten leer. Das Publikum bestand größtenteils aus Mitschülern, wobei sich auch einige Lehrer daruntergemischt hatten.

Svea sah zu der großen Uhr über der Bühne. Fünf vor fünf. Gleich würde es losgehen.

Neben ihr trommelte Rachida mit dem Zeigefinger auf die Armlehne.

Klack, klack, klack.

Svea hatte keine Ahnung, warum sie hier war. Es interessierte sie nicht, was ihre Mitschüler für Projekte vorstellten. Vielleicht vor ein paar Monaten. Vielleicht, wenn es das Spiel nicht gäbe. Vielleicht, wenn sie und Jeremias noch miteinander sprechen würden. Aber das taten sie nicht. Daran hatte sich seit jenem Montag, an dem sie schweigend nebeneinander die Pause verbracht hatten, nichts geändert. Dabei hätte alles wieder normal sein sollen. Nur deshalb hatte Svea sich schließlich dazu durchgerungen, zu Jeremias zu gehen und das Spiel wieder zu spielen. Alles hätte normal sein *müssen.* Jeremias war es, aber sie selbst nicht.

Und dann hatte Rachida darauf bestanden, dass Svea zu dieser Veranstaltung mitkam. Gerade Rachida, der sie im Moment unmöglich etwas abschlagen konnte.

Wochenlang hatte Sveas Freundin mit niemandem auch nur ein Wort gewechselt. Nur zum Spiel war sie gekommen.

„Was willst du denn bei diesen Vorträgen?“, hatte Svea gefragt.

„Sie haben entschieden, mich nicht nachschreiben zu lassen. Letzte Woche haben sie es mir mitgeteilt.“

Svea hatte sie nur fassungslos anstarren können.

„Das heißt für mich: null Punkte in Englisch“, hatte Rachida fast genüsslich fortgefahren. „Ich bekomme zwar mein Abi, aber das mit dem Medizinstudium hat sich erledigt.“

„Ich rede noch mal mit Anton“, hatte Svea angeboten. Sie wusste, dass es ihm leidtat, dass seine Rache an Karli fälschlicherweise Rachida getroffen hatte.

„Spar dir die Mühe“, war Rachida ihr über den Mund gefahren. „Das hätte nur Sinn, wenn Raik zugäbe, dass er gelogen hat. Wird er aber nicht. Was ist jetzt? Kommst du mit oder nicht?“

So saßen sie heute hier. Seit sie sich vor einer halben Stunde vor der Sporthalle getroffen hatten, war noch kein Wort zwischen ihnen gefallen. Svea wollte Rachida irgendwie trösten. Wollte sie fragen, was sie jetzt vorhatte. Würde sie ein anderes Fach studieren? Oder ein paar Wartesemester ansammeln? Aber sie traute sich nicht.

„Darf ich mich zu euch setzen?“ Marie-Luise stand vor ihnen.

Alarmiert hielt Svea nach Raik Ausschau. Er und Rachida im selben Raum wäre momentan die Katastrophe schlechthin. Doch anscheinend war Marie-Luise heute allein unterwegs.

„Das ist nicht der Abiball, weißt du?“, bemerkte Rachida.

Erst jetzt bemerkte Svea, dass Marie-Luise anders aussah als sonst. Sie hatte ihr Haar hochgesteckt und trug ein schwarzes Kleid. Sogar kleine, funkelnde Ohrstecker hatte sie angelegt, die perfekt mit dem vierblättrigen Kleeblatt an ihrem Hals harmonierten. Die Handflächen über die glühenden Wangen gelegt, setzte sie sich neben Svea und starrte zu Boden.

„Du siehst sehr hübsch aus“, flüsterte sie der Jüngeren zu.

Marie-Luise lächelte. „Ich wollte einfach zeigen, dass heute ein besonderer Tag ist.“

Svea runzelte die Stirn und wollte nachhaken, da erschien einer der Lehrer auf der Bühne und begann eine langweilige Rede über die Tradition des Projektwettbewerbs an der Schule.

Sveas Blick glitt immer wieder zu Marie-Luise. Letzten Samstag war sie wieder bei dem Spiel dabei gewesen, nachdem sie die beiden Wochen davor nicht mitgemacht hatte. Die Frage nach dem Wieso ließ Svea keine Ruhe. Sie war sich nach dem ersten Mal so sicher gewesen, dass Marie-Luise das Spiel nicht mochte. Warum hatte sie ihre Meinung geändert? Wegen Raik? Hatte er sie überredet?

Seit Monaten versuchte Svea nun schon, die anderen von dem Spiel abzubringen. Aber es brachte einfach nichts. Wie oft war sie kurz davor gewesen, die ganze

Sache hinzuschmeißen. Einfach selbst auszusteigen. Doch letztendlich war auch das keine Lösung. Die anderen würden weitermachen. Sich gegenseitig bestrafen. Solange Svea Teil der Gruppe war, konnte sie zumindest hoffen, selbst die Rachekarte zu ziehen.

Der Lehrer war mit seiner Rede fertig. Der erste Wettbewerbsteilnehmer, ein großer Junge aus der Dreizehn, der wie Svea und die anderen dieses Jahr Abi gemacht hatte, trat auf die Bühne. Mit Hilfe von PowerPoint stellte er einen kleinen Roboter vor, dessen Funktionen Svea kaum zur Hälfte verstand.

Sie drehte sich um und ließ den Blick schweifen. Sie sagte sich, dass sie nach Raik und Anton Ausschau hielt, wusste jedoch, dass sie sich selbst belog.

Natürlich war Jeremias nicht hier. Wieso sollte er auch?

Wie so oft in letzter Zeit schweiften Sveas Gedanken ab. Sie wünschte sich so sehr, wieder normal mit ihm reden zu können. Aber wie sollte sie einfach über die Tatsache hinwegsehen, dass er sich ein Spiel ausgedacht hatte, das allen Beteiligten nur Schmerzen bereitete? Das Leben zerstörte? Das er trotz allem, was passiert war, einfach nicht aufgeben wollte?

Ihre Gespräche zu dem Thema waren immer gleich abgelaufen. Wenn man sie überhaupt Gespräche nennen konnte. Zwar hatte er ihr nicht mehr mit Ausschluss aus der Gruppe gedroht, doch sobald Svea auch nur vom Spiel anfing, wurde Jeremias' Blick abweisend und er erstickte jede Diskussion im Keim.

In einem Monat waren sie mit der Schule fertig. Dann würden alle getrennte Wege gehen. Raik wollte Informatik studieren, Karli würde ins Ausland gehen. Svea und Jeremias hatten eigentlich zusammen in Bremen Psychologie studieren wollen. Ein Plan, über den sie lange nicht mehr gesprochen hatten. Ging Jeremias davon aus, dass das Vorhaben noch stand? Oder war es ihm egal? Einerseits hätte Svea ihn gern danach gefragt. Andererseits wusste sie selbst nicht mehr, welche Antwort sie sich eigentlich erhoffte.

Das Publikum klatschte. Anscheinend war der erste Vortrag zu Ende. Der große Junge grinste und verließ die Bühne.

Svea schweifte mit den Gedanken bereits wieder ab, als Marie-Luise plötzlich nach ihrer Hand griff. Svea bemerkte, dass die Zuschauer zu tuscheln begonnen hatten. Die Bühne war noch immer leer.

Marie-Luises Finger krallten sich so fest in Sveas Hand, dass es wehtat. Da nahm Svea aus den Augenwinkeln eine Bewegung wahr. Eine Gestalt kam zögerlich hinter dem Vorhang hervor. Mit gesenktem Kopf, jeden Blick ins Publikum vermeidend.

Svea sog scharf die Luft ein. Es war Raik.

Er hantierte an dem Laptop herum, der mit dem Projektor verbunden war. Selbst aus der Entfernung fiel Svea auf, wie stark seine Hände zitterten.

Sie sah Marie-Luise fragend an, doch die blickte gebannt zu Raik.

Endlich schien er mit den Vorbereitungen fertig zu sein. Das Deckblatt eines PowerPoint-Vortrags erschien an der Leinwand. Raik drehte sich um, sah das erste Mal, seit er die Bühne betreten hatte, ins Publikum. Und erstarrte. Jegliche Farbe wich aus seinem Gesicht. Die Augen hinter den Brillengläsern huschten panisch zwischen den Zuschauern umher. Raiks Mund öffnete und schloss sich, ohne, dass ein Laut herauskam.

Die Tuscheleien hatten aufgehört. Es war so still in der Sporthalle, dass Svea meinte, Raiks Atem hören zu können. Seine Hand hielt die Fernbedienung fest umklammert. In dem Moment wechselte Raiks Gesicht die Farbe. Von kalkweiß zu alarmrot.

Svea hörte die ersten Mitschüler kichern. Entsetzt verfolgte sie, wie sich Raiks blaue Jeans vom Schritt ausgehend dunkel färbte. An beiden Beinen zog sich je eine feine, nasse Bahn über die Hose, die in den Schuhen endete. Svea bildete sich ein, leises Tröpfeln zu hören, doch es wurde sofort von lautem Lachen hinter ihr übertönt.

Raik rannte von der Bühne. Marie-Luise schluchzte auf. Und Rachida saß einfach da, einen eigentümlichen Ausdruck im Gesicht. Hätte Svea es nicht besser gewusst, hätte sie fast gemeint, dass Rachida lächelte.

***

Sveas Uhr zeigte kurz vor acht. Alle Vorträge waren zu Ende, die Zuschauer längst nach Hause gegangen. Sogar Marie-Luise und Rachida.

Svea wartete vor der Sporthalle am separaten Eingang, der hinter die Bühne führte. Raik war noch nicht herausgekommen. Sie klopfte. Nach dem fünften Mal öffnete ihr der Lehrer, der zu Beginn der Vorträge die Rede gehalten hatte. Er hatte blaue Augen und einen grauen Vollbart.

„Ist Raik noch da?“, fragte sie.

„Komm rein", sagte er und sah erleichtert aus. „Bitte bring ihn dazu, nach Hause zu gehen, oder ruf zur Not seine Eltern an. Ich muss hier gleich alles abschließen."

Raik hockte hinter der Bühne auf dem Boden. Jemand hatte ihm eine Wechselhose gegeben, ein hässliches, ausgebeultes Ding. Neben ihm lagen seine nasse Jeans und Boxershorts in einer Plastiktüte.

„Was machst du noch hier?"

Er sah sie nicht an. Starrte nur weiter geradeaus, als hätte er sie nicht gehört.

„Komm, ich bring dich nach Hause." Sie nahm seine Hand und wollte ihn hochziehen, doch er ließ es nicht zu.

„Was machen wir nur mit ihm?", seufzte der Lehrer.

„Ich rufe seine Schwester an."

Karli ging nicht dran. Keine Überraschung, schließlich konnte sie sehen, dass der Anruf von Svea kam. Was jetzt?

Sie hatte noch eine letzte Idee, aber ... Seufzend holte sie abermals ihr Handy hervor. Sie hatte keine Wahl. Schnell verfasste Svea die Nachricht und schickte sie ab. Während sie wartete, setzte sie sich neben Raik. Unsicher sah sie ihn von der Seite an, aber er schien sie nicht einmal wahrzunehmen.

Der Lehrer lief ein paarmal vor Svea auf und ab, dann murmelte er: „Ich räume noch ein paar Sachen weg", und verschwand.

Svea knetete ihre Hände ineinander. Immer wieder warf sie einen Blick zu Raik, doch sie versuchte nicht noch einmal, mit ihm zu reden.

Als es dumpf an der Tür klopfte, hörte sie, wie der Lehrer öffnete. Kommentarlos ließ er den Neuankömmling ein.

Jeremias fragte nicht, was genau vorgefallen war. Er redete überhaupt nicht mit Svea. Stattdessen er kniete sich neben Raik und schaute ihm ins Gesicht.

Dessen Augen fokussierten sich endlich. Langsam drehte er den Kopf und sah Jeremias an. Den Blick konnte Svea nicht deuten.

„Komm", sagte Jeremias nur. Er nahm weder Raiks Hand noch versuchte er auf andere Weise, ihm hochzuhelfen. Anscheinend war das auch nicht mehr nötig. Raik stand auf, langsam und ungelenk zwar, aber ohne jede Hilfe. Er griff sich die Plastiktüte und ging ohne ein Wort auf den Ausgang zu.

„Danke", sagte der Lehrer, als Svea ebenfalls die Tür erreicht hatte. Sie nickte nur.

Als sie nach draußen trat, waren Raik und Jeremias nirgends zu sehen.

***

In dem Moment, in dem Svea die Haustür aufschloss, wusste sie, dass etwas nicht stimmte. Das Gefühl verstärkte sich, als sie in den Wohnraum trat und ihre Mutter ihr entgegensah. Selbst, wenn sie mal zu Hause war, verbrachte sie die meiste Zeit in ihrem Büro.

„Wo warst du?"

Svea starrte ihre Mutter an. Wann hatte sie das zum letzten Mal gefragt? „Bei einer Projektvorstellung in der Schule. Wieso?"

Ihre Mutter fuhr sich durch das lange Haar. Wie immer trug sie ein teures Kostüm. Svea hatte ihre Mutter noch nie in einer Jogginghose gesehen.

„Diese Freunde, mit denen du dich ständig triffst, die sind kein Umgang für dich."

Svea leckte sich über die plötzlich trockenen Lippen. Was ging hier vor? „Du kennst sie doch gar nicht."

„Ich habe da was gehört ..."

„Was hast du gehört? Von wem?"

Ihre Mutter wischte die Fragen mit einer Handbewegung zur Seite. „Irrelevant. Ab jetzt bleibst du zu Hause!"

Sveas Nervosität verwandelte sich in Wut. „Du hast irgendetwas von irgendwem gehört, aber willst mir nicht sagen, was und von wem?"

Ihre Mutter schüttelte nur stumm den Kopf. Da war ein Ausdruck in ihren Augen, von dem Svea nicht wusste, ob sie ihn je an ihrer Mutter gesehen hatte. Sorge? Wahrscheinlich darum, dass Sveas Verhalten negativ auf sie selbst zurückfiel.

Svea dachte fieberhaft nach. Woher könnte ihre Mutter etwas gehört haben, das sie dazu brachte, ihr den Umgang mit den anderen verbieten zu wollen? Was genau war ihr erzählt worden? Es wusste doch niemand von dem Spiel. Oder?

„Bitte, Svea. Ich will doch nur dein Bestes." Ihre Mutter kam mit weit ausgestreckten Händen auf sie zu.

Svea wich zurück. „Sag mir, was du gehört hast."

„Das kann ich nicht. Ich habe versprochen, nichts zu sagen." Sie holte tief Atem. „Aber ich weiß, was du mit deinen Freunden treibst."

Sveas Augen weiteten sich. Ihr war schlecht.

„Ja, Svea, ich weiß es. Und ich finde es abartig." Ihre Stimme wurde lauter. „Wie kannst du bei so was mitmachen? Was geht in deinem Kopf vor?"

Svea spürte, wie alles Blut aus ihrem Gesicht wich. Sie wusste es. Ihre Mutter wusste von dem Spiel.

Svea drehte sich um und rannte aus dem Haus.

***

Es war nach zehn und die Sonne bereits untergegangen. Mittlerweile hatte es zu regnen begonnen. Sveas dünne Frühlingsjacke war innerhalb weniger Minuten komplett durchweicht. Sie spürte, wie sich die Nässe auch durch ihr T-Shirt fraß. Dann war sie endlich angekommen.

Der einzige Ort, wo sie hinkonnte.

Svea klopfte. Den Kopf gegen den strömenden Regen eingezogen, wartete sie.

Jeremias öffnete und sah sie überrascht an. Svea brauchte nichts zu sagen. Wortlos trat er zur Seite und ließ sie rein.

KAPITEL 23

Gegenwart

„Rachida?“, schrie Svea, um das Geheule zu übertönen. Es klang nicht wie ein Mensch, nicht einmal wie ein Tier, sondern wie eine ganz und gar fremdartige Kreatur. Und sie litt. Das bewies sie mit jedem neuen Klagelaut, der Svea das Blut in den Adern gefrieren ließ.

„Ich brauche Licht!“, rief Jeremias. Svea konnte ihn kaum verstehen. Die Sekunden zogen sich in die Länge, bis: „Sie ist hier!“

Erleichtert sank Svea auf die Knie. „Geht es ihr gut?“

Jeremias antwortete nicht. Erst glaubte Svea, er habe sie nicht gehört, dann sagte er: „Ich weiß es nicht.“

Die Art, wie er das sagte, kam Svea eigenartig vor.

Das Geheul erhob sich von Neuem, steigerte sich zu einer bisher nicht dagewesenen Lautstärke, die Svea beinahe ihre Hände auf die Ohren pressen ließ. „Ich hole Hilfe!“, brüllte sie und rannte los.

Zwei Stufen auf einmal nehmend, preschte sie die Treppe hinauf und stolperte ins Wohnzimmer. Nur am Rande nahm sie das Chaos wahr. Bücher lagen auf dem Boden verstreut, der Teppich war umgeschlagen, alle Küchenschränke aufgerissen. Raik und Karli starrten Svea mit weit aufgerissenen Augen an. Das Geheul aus dem Keller drang deutlich bis hierher.

„Wir brauchen ... den Schlüssel“, keuchte Svea.

Karli rührte sich nicht.

„Was ist da unten los?“, brachte Raik hervor.

„Es ist Rachida!“ Mit einem Satz war Svea bei Karli, packte sie an den Armen und schüttelte mit aller Kraft. „Es ist Rachida!“, schrie sie ihr ins Gesicht. Karlis Kopf ruckte unter dem Schütteln vor und zurück.

Raik reagierte als Erster. Er griff nach Karlis Arm und befreite sie mit einem kräftigen Ziehen aus Sveas Griff. Dann zog er seine Schwester vom Sofa und in Richtung Treppe. Svea schnappte sich eine der Laternen, in denen noch immer die Kerzen brannten, und eilte hinterher. Ihr fiel die gespenstische Stille auf, die plötzlich im Keller herrschte.

„Im Spielzimmer?“, fragte Raik, als sie unten angekommen waren.

Svea schluckte und nickte. Raik zog den Schlüssel aus Karlis Jackentasche. Seine Schwester wehrte sich nicht. Sie hatte die Arme um sich selbst geschlungen und schaute mit großen Augen dem Geschehen zu.

Svea leuchtete mit der Laterne, während Raik den Schlüssel in das Schloss steckte. Ein leises Klicken ertönte, als er ihn umdrehte. Die Tür schwang auf.

Der Lichtschein der Laterne fiel ins Innere des Spielzimmers. Jeremias saß mit seinen auf dem Rücken gefesselten Armen mitten im Gerümpel und blinzelte ins Licht. Hinter ihm stapelten sich vier zerschlissene Polsterstühle, links von ihm stand ein altes Regal und rechts eine riesige Seekiste aus dunkelgrün bemaltem Holz. Jeremias hatte den Kopf gegen den abblätternden Lack gelehnt.

„Wo ist Rachida?“, hauchte Svea.

Jeremias hob den Kopf und sah sie an. Ihre Blicke trafen sich. Im selben Moment hörte Svea wieder das Kratzen. Es kam aus der Seekiste.

Karli zitterte unkontrolliert. Raik schien wie erstarrt.

Mit einem Satz war Svea an der Kiste. Jeremias rückte zur Seite, machte ihr Platz. Der Kasten maß rund einen Meter in der Höhe, in der Länge etwas mehr, aber nicht viel. Svea schluchzte auf, während sie die Laterne daneben abstellte und das kupferne Schloss inspizierte. Der kleine Schlüssel steckte.

Tränen liefen Svea über die Wangen, als sie endlich den Deckel hochschlug. In der Kiste lag Rachida.

Die Beine hatte sie eng an den Körper gezogen, den Rücken gekrümmt, weil sie anders nicht hineingepasst hätte. Das Haar war strähnig und stumpf, das Gesicht voller Mascara-Flecken. Sie blickte nicht auf, als Svea ihren Namen flüsterte. Doch sie bewegte ihre Hand. Ganz langsam hob sie den blutigen Zeigefinger, dessen Nagel weit abgebrochen war, und kratzte apathisch von innen gegen das Holz.

„Rachida", sagte Svea abermals. Sie streckte eine Hand nach der Frau aus, deren Stimme sie zwar vom Telefon kannte, die sie aber seit zehn Jahren nicht gesehen hatte. Als ihr Finger Rachidas Schulter berührte, zuckte der Körper unter ihr zusammen. Riesige dunkle Augen richteten sich auf Sveas Gesicht. Rachidas Atem ging stoßweise. Die Panik in ihren Zügen schnürte Svea die Kehle zu.

„Ich bin ja da", murmelte sie und strich Rachida immer und immer wieder über die Schulter. „Ich bin ja da. Es ist alles gut. Du bist nicht mehr allein."

Als Rachida die Berührung zuließ, aber keine Anstalten machte, sich aufzurichten, griff Svea ihr vorsichtig unter die Achseln. Sie zog und brachte Rachida in eine sitzende Position. Da fiel ihr auf, dass die andere Frau sie nicht länger ansah. Sie starrte geradeaus ins Leere und wirkte völlig abwesend.

Svea setzte sich kraftlos auf den Boden. Sie konnte den Blick einfach nicht von Rachida lösen. Wer hatte ihr das angetan? War es wirklich einer von ihnen gewesen? Sie sah zu Karli, deren Arme noch immer um ihren eigenen Körper geschlungen waren, dann zu Raik, der mit verstörtem Gesicht neben seiner Schwester an der Wand lehnte. Zuletzt schaute sie zu Jeremias, der weiterhin gefesselt am Boden saß und dessen Blick nachdenklich auf Rachida ruhte.

„Riecht ihr etwas?", fragte er.

„Was?", fragte Svea, als niemand sonst antwortete.

„Eben", sagte Jeremias. „Ich glaube nicht, dass sie allzu lange in dieser Kiste war. Es riecht weder nach Urin noch nach anderen Ausscheidungen."

Svea stieß langsam die Luft aus, während sie über Jeremias' Worte nachdachte. Rachida starrte weiterhin bewegungslos ins Leere.

Auf Knien rutschte Svea hinter Jeremias und zog ihr Messer aus der Jackentasche. Wortlos begann sie, seine Fesseln durchzuschneiden.

„Was tust du da?" Plötzlich stand Karli neben Svea. Mit einer schnellen Bewegung durchtrennte Svea das letzte Stück der Wäscheleine. Im nächsten Moment riss Karli ihr das Messer aus der Hand und richtete es auf Jeremias.

„Du hast sie gefunden", zischte Karli.

Jeremias rieb sich über die roten Handgelenke, während er zu ihr hochblickte. Die Messerspitze berührte fast seine Stirn. Svea richtete sich langsam auf.

„Bleib weg von mir!", zischte Karli sie an.

Svea hob beide Hände und ging langsam einen Schritt rückwärts.

„Du hast sie gefunden!", wiederholte Karli. Ihre Augen sprühten vor Zorn und bohrten sich in die von Jeremias. „Und jetzt hast du den Nerv, sie zu verdächtigen?"

„Ich habe sie nicht –" Er brach ab, sein letztes Wort ging in ein leises Zischen über. Karli hatte zugestochen. Ein feines Rinnsal Blut schlängelte sich von Jeremias' Stirn aus zwischen seinen Augen entlang und die Nase herab.

„Karli!", schrie Svea. Die Wunde schien jedoch nicht tief zu sein.

„Du hast gesagt, sie sei nur kurz in der Kiste gewesen", fuhr Karli unbeirrt fort.

„Er meint, dass sie wahrscheinlich nicht seit ihrem Verschwinden da drin war", erklärte Svea so schnell, wie ihr keuchender Atem es zuließ. „Er meint, dass jemand sie erst kurz vor unserer Ankunft dort eingesperrt hat."

„Nein", sagte Karli, ohne Svea anzusehen. „Er meint, dass sie es sein könnte. Dass sie uns das alles nur vorspielt. Hab ich nicht recht?"

Jeremias' Gesichtszüge spannten sich an, als Karli die Messerspitze tiefer in seine Stirn presste. Er antwortete nicht.

„Du bist der Grund für das alles", zischte Karli. Feine Spucketröpfchen lösten sich beim Sprechen aus ihrem Mund.

„Das mag sein“, sagte Jeremias. Er sah zu Karli hoch, während das Blut über seine Nase hinweg bis zu seinen Mundwinkeln lief. „Aber ich bin nicht derjenige, der hier alle töten will. Das weißt du doch, oder?“

Svea sah den blinden Hass in Karlis Augen. Ohne nachzudenken, stürzte sie sich auf sie und griff nach dem Messer. Karli war schneller. Sie zog die Klinge weg, schnitt Svea dabei in die Handfläche. Anschließend richtete sie die Waffe auf Svea.

„Nein!“, rief Jeremias.

Mit vor Zorn entstelltem Gesicht machte Karli einen Schritt auf Svea zu. Die blickte ihr entgegen, doch konnte sich nicht rühren. Sie zitterte am ganzen Körper.

„Karli“, sagte da Raik. Langsam, mit ausgestreckten Handflächen, näherte er sich von der Seite. „Karli.“ Seine Stimme war sanft.

Endlich wich Svea zurück, bis sie neben Jeremias stand. Ihre blutende Handfläche hielt sie vor sich, wie um sich vor der näher kommenden Messerspitze zu schützen.

„Karli“, flüsterte Raik abermals. „Das willst du doch nicht wirklich.“

Karli schluchzte auf. „Er hat alles kaputtgemacht.“

„Ich weiß“, hauchte Raik. Er hatte seine Schwester erreicht. Vorsichtig streckte er seine Finger nach dem Messer aus.

Karli schlug sich eine Hand vors Gesicht. Ihr Körper bebte. Dann gab sie Raik das Messer.

Im selben Moment begann Rachida zu schreien.

KAPITEL 24

Die Nacht des letzten Spiels

Svea stand am großen Fenster nahe der Küche und beobachtete, wie die Sonne langsam am Horizont versank. Gedankenverloren fuhr sie mit dem Zeigefinger über das Fensterbrett, dessen weiße Farbe großflächig abblätterte. Sie tastete über die scharfen Kanten der Lackteilchen und sehnte sich danach, dass alles ein Ende hätte. Eigentlich absurd, denn nach dieser Nacht würde tatsächlich alles ein Ende haben.

Das Spiel. Die Lügen. Ihre Freundschaft zu Rachida und Raik. Sie und Jeremias. Nur, dass Jeremias es noch nicht wusste. Oder ahnte er es bereits?

„Was machst du am Fenster?"

Svea zuckte zusammen. Bevor sie sich zu Jeremias umwandte, setzte sie ein Lächeln auf. „Gar nichts." Da. Schon wieder eine Lüge.

Jeremias' Blick ruhte einen Moment lang auf ihr, bevor er in die Küche ging und Kaffee aufsetzte.

Svea sah wieder nach draußen. Es war nach neun Uhr und beinahe dunkel. Bald würden die anderen hier sein. Noch immer hatte sie keinen Weg gefunden, das Spiel zu verhindern. Sie presste sich die Handballen gegen die Augen, bis sie Sternchen flimmern sah.

Denk nach, Svea!

Im Grunde wusste sie ja, dass es keinen Sinn machte. Sie hatte weder verhindern können, dass Antons aufkeimende Freundschaft zu Paolo zerstört wurde, noch, dass Rachida wegen eines Täuschungsversuchs null Punkte in Englisch bekam. Auch die Strafe heute Nacht würde sie nicht verhindern können, worin auch immer sie bestehen mochte.

„Geht es dir nicht gut?“ Jeremias war unbemerkt hinter sie getreten, einen Becher mit dampfendem Kaffee in der Hand.

„Doch, wieso?“ Die nächste Lüge.

Was war los mit Jeremias? Die letzten Wochen hatte er doch auch kaum ein Wort mit ihr gewechselt. Sie hatten in diesem großen, abgelegenen Haus nebeneinanderher gelebt wie zwei Bewohner einer WG, die sich zwar notgedrungen ein Zuhause teilten, sich aber eigentlich nicht ausstehen konnten.

Heute war Zeugnisvergabe gewesen. Während alle anderen Schüler, die das Abitur bestanden hatten, mit glücklichen Gesichtern auf der Bühne gestanden hatten, war in Svea nur eine große, gähnende Leere gewesen. Auch Raik, Rachida, Anton und Karli hatten kaum ein Lächeln für das Abschlussfoto zustande bekommen. Und alles nur wegen des Spiels. Es hatte alles zerstört. Doch keiner der anderen schien das zugeben zu wollen.

„Ist es wegen deiner Mutter? Weil sie heute nicht bei der Zeugnisvergabe war?“

Svea lachte auf. Sie konnte nicht anders. Endlich drehte sie sich zu Jeremias um, zwang sich, ihm in die Augen zu sehen. „Es ist nicht wegen meiner Mutter.“

Jeremias hielt ihrem Blick stand. Zuckte mit keiner Wimper. „Was ist es dann?"

„Bist du sicher, dass du das wissen willst?" Svea hob die Augenbrauen, lächelte ironisch, doch Jeremias blieb ernst.

„Sonst würde ich nicht fragen."

Svea nickte. Mehr zu sich selbst als für Jeremias. Er wollte es ja nicht anders. Aber wenn sie es wirklich sagte, würde er sie rausschmeißen. Wohin könnte sie dann noch gehen? Zurück zu ihrer Mutter? Sie hatten seit ihrem Streit vor vier Wochen keinen Kontakt mehr gehabt. Wenn sie Glück hatte, war sie wieder verreist. Svea besaß noch einen Schlüssel. Vielleicht könnte sie zurück nach Hause, nur, bis sie eine Zusage der Uni erhalten und ein günstiges Zimmer gefunden hatte.

Jeremias sah sie abwartend an. Er wandte zu keinem Zeitpunkt seinen Blick von ihrem Gesicht ab.

„Im Grunde weißt du es doch schon", sagte sie leichthin. Denn es stimmte. Jeremias wusste genau, was los war. Er wollte es nicht wahrhaben, also ignorierte er es einfach. Das war sein gutes Recht und Svea hatte sich damit abgefunden. Aber warum konnte er sie dann nicht einfach in Ruhe lassen?

„Entweder beantwortest du meine Frage oder du lässt es, Svea. Deine Entscheidung. Aber unterstell mir nicht, ich würde dir aus purer Langeweile eine Frage stellen, deren Antwort ich schon kenne."

Er nahm einen Schluck von seinem Kaffee, vielleicht, um von seinem scharfen Tonfall abzulenken. Doch Svea erkannte die Angespanntheit in seinen Gesichtszügen und in der Art, wie er seine Tasse hielt. Und das machte sie wütender als alles andere. Jeremias war der Letzte, der einen Grund hatte, aufgebracht zu sein.

„Du willst wirklich wissen, was los ist?“, fragte sie leise und machte einen Schritt auf ihn zu.

Jeremias wich nicht zurück. Sah nicht weg. Nickte nur wortlos.

„Wo soll ich anfangen?“ Eine heiße Welle der Wut schwappte über sie hinweg und riss jede Vorsicht mit sich. „Ich hasse das Spiel! Ich hasse es! Aber das weißt du ja bereits.“ Svea beobachtete, wie Jeremias' Augen mit jedem ihrer Worte kühler wurden. Aber es interessierte sie nicht mehr. „Ich habe Angst“, sagte sie, etwas gefasster jetzt. „Angst, was du dir als Nächstes ausdenkst. Ich habe Angst vor deinem Einfluss auf andere. Aber ich glaube, auch das weißt du schon.“

Jeremias antwortete nicht. Er wusste, sie war noch nicht fertig.

„Ich will nicht mit dir zusammen studieren. Ich kann es nicht.“ Sie fühlte sich ausgebrannt. Die Welle des Zorns war vorübergeschwappt und hinterließ nichts als Leere. „Ich werde an eine andere Uni gehen. Weit weg. Ich will Therapeutin werden und ganz neu anfangen.“

Sie würde alles hinter sich lassen. Alles, was im letzten Jahr geschehen war, vergessen. Vielleicht könnte sie das tatsächlich irgendwann. Es war schließlich nur ein Jahr ihres Lebens gewesen. Irgendwann würde sie zurückblicken und nicht mehr nachvollziehen können, warum sie sich in diesem Moment so schlecht gefühlt hatte. Würde nicht mehr verstehen, was für eine Anstrengung es sie gekostet hatte, Jeremias in diesem Moment in die Augen zu sehen. Zu wissen, dass ihre Worte das Ende bedeuteten. Das Ende ihrer Freundschaft. Das Ende ihrer Träume.

Wie würde sie in ein paar Jahren darüber lachen, dass es sich in diesem Moment anfühlte, als würde ihr jemand das Herz rausreißen. In Jeremias' Augen zu blicken und zu sehen, wie er langsam begriff, dass sie es ernst meinte. Zeugin zu werden, wie das Licht in seinen Augen, das Svea so mühsam nach Tanjas Verschwinden wieder zum Leuchten gebracht hatte, abermals erlosch.

„Bist du fertig?", fragte Jeremias schließlich.

Svea nickte.

„Nein", sagte er. „Du hast was vergessen."

Svea starrte ihn an, sicher, dass er etwas anderes meinen musste. Doch je länger sie in seine Augen blickte, desto klarer wusste sie, dass es genau das war. Sie machte einen Schritt zurück, stieß mit dem Rücken gegen das Fensterbrett.

„Sag es." Jeremias Augen bohrten sich in ihre.

Sveas Blick schweifte umher, suchte wie der eines wilden Tieres nach einem Ausweg. Sie fand keinen. „Die anderen müssten jeden Moment hier sein und –"

„Wir haben zehn gesagt. Wir haben alle Zeit der Welt."

Wieso tat er ihr das an? Er wusste genau, wie sehr ihr das hier wehtat. Dass es das schlimmste Thema von allen für sie war. Aber vielleicht war das seine Rache. Dafür, dass sie ihn verletzte.

„Sag es", wiederholte Jeremias.

Svea blinzelte die Tränen zurück und tat einen tiefen Atemzug. Erst, als sie sicher war, dass sie ihrer eigenen Stimme trauen konnte, sah sie ihm wieder ins Gesicht.

„Vermutlich ist jetzt ohnehin alles egal, oder?“ Sie versuchte sich an einem Lächeln, das die Situation auflockern sollte, doch sie wusste selbst, dass es bitter ausfiel. „Ich ...“

Sie wollte es sagen, aber sie konnte nicht. Svea schüttelte den Kopf. „Du weißt es ohnehin schon. Wieso zwingst du mich hierzu?“ Wieder brannte es verdächtig hinter ihren Augen.

Jeremias kam einen Schritt näher und streckte die Hände nach ihr aus, umfasste ihre Arme. Ganz sacht nur, ohne zuzudrücken. „Tu mir den Gefallen.“ Seine Stimme war wie seine Berührung. Sanft und seltsam tröstend. Von der Stelle, an der er ihre Arme hielt, breitete sich Wärme in Svea aus. Sie schluckte, aber den Kloß in ihrem Hals wurde sie nicht los.

Eine unglaubliche Hoffnung, die Svea nicht mal in Worte fassen konnte, wuchs in ihr. „Du weißt doch schon lange, was ich ...“, sie schloss kurz die Augen, stieß den Atem aus, und öffnete sie wieder, „... was ich für dich fühle. Und du hast klargemacht, dass es für dich nicht infrage kommt, also –“

„Was, wenn es für mich infrage kommt?“

Svea stockte der Atem.

Im nächsten Moment lagen Jeremias’ Lippen auf ihren. Zögerlich erst, doch dann presste er sie mit seinem Körper gegen das Fensterbrett. Sein Geruch war überall. Svea konnte nicht atmen, konnte nicht denken. Warmer Kaffee rann ihr über den Handrücken, als Jeremias die Tasse zu hart neben ihr abstellte. Svea nahm es kaum wahr. Es gab nur sie und ihn. Und dieses unglaubliche Gefühl, wie ein Feuerwerk, das sich in

Sekundenschnelle bis in jeden Teil ihres Körpers ausbreitete.

Ihre Augen hatten sich von selbst geschlossen. Jeremias' Lippen lösten sich von ihren, sein Atem streifte ihren Mund. Im nächsten Moment küsste er sie erneut. Noch immer vorsichtig, doch mit mehr Nachdruck diesmal. Als wollte er ihr zeigen, dass er es ernst meinte. Der letzte Rest von Sveas Vernunft wurde von dem Flattern in ihrer Magengegend zurückgedrängt. Sie stieß ein leises Seufzen aus und küsste Jeremias zurück.

Dann war es vorbei.

Als Svea die Augen öffnete und Jeremias verklärt ansah, starrte der jedoch an Svea vorbei und aus dem Fenster.

„Rachida ist zu früh“, sagte er. Seine Stimme schien von weit her zu kommen und nur langsam erreichte der Inhalt seiner Worte Sveas Gehirn. Als sie begriff, drehte sie sich um. Svea sah die leuchtende Fahrradlampe in der Dunkelheit sofort. Sie erhellte einen Teil von Rachidas hellblauer Sommerjacke. Obwohl Svea ihr Gesicht nicht erkennen konnte, verriet das Fahrradlicht, dass Rachidas Körper dem Haus zugewandt war. Sie rührte sich nicht. Mit einem Mal war Svea sich der eingeschalteten Deckenlampe im Wohnzimmer schmerzhaft bewusst. Von draußen konnte jeder ohne Probleme sehen, was hier drinnen vor sich ging.

„Sag das Spiel ab“, wisperte Svea. Er hatte sie geküsst. Hatte ihr so klar, wie es ihm möglich war, mitgeteilt, dass er ihre Gefühle erwiderte. Das musste einfach etwas bedeuten. Jetzt würde er auf sie hören.

Eindringlich starrte Svea zu Jeremias hoch. Seine Augen, die bis eben zu Rachida geblickt hatten, sahen nun sie an. Er schüttelte den Kopf.

„Bitte", flehte Svea.

„Es ist das letzte Mal." Jeremias wandte sich ab.

Und Svea wusste, dass sie verloren hatte. Sie ballte die Hände zu Fäusten, kämpfte verbissen gegen die Tränen an, während Jeremias zur Tür ging, um Rachida hereinzulassen. Wie durch einen Schleier hörte sie ihre Freundin eintreten, sah ihr versteinertes Gesicht.

„Wohin gehst du?"

Auch Jeremias' Stimme drang nur seltsam dumpf zu Svea durch, während sie sich an Rachida vorbeischob, im Flur ihre Schuhe anzog und das Haus verließ. Als sie ihr Fahrrad aus dem Schuppen holte, begannen die ersten Regentropfen zu fallen.

***

Svea wusste nicht, wie lange sie am Deich gesessen hatte. Sie verbot es sich, über den Kuss nachzudenken. Gegen elf und dann noch mal um viertel nach und halb zwölf rief Raik sie auf ihrem Handy an, doch sie ging nicht dran. Auch die Nachrichten las sie nicht.

Svea legte die Stirn auf ihre angezogenen Knie. Ein Teil von ihr hoffte, dass die anderen einfach ohne sie spielen würden. Der Gedanke war feige und Svea schämte sich dafür. Nicht mitzuspielen, änderte rein gar nichts daran, dass heute Nacht jemand bestraft werden würde. Nach den Grausamkeiten der letzten Spielrunden graute es Svea davor herauszufinden, was sich derjenige mit der Rachekarte diesmal ausdenken würde. Sie konnte es nicht verhindern. Sie hatte alles versucht. Jeremias würde es nicht zulassen. Wenn sie mitspielte, bestand zumindest die Möglichkeit, dass sie selbst die Rachekarte zog.

Trotz des Regens schien ein großer, runder Mond am Himmel. Er und die zahllosen Sterne brachten das Meer zum Glitzern.

Svea hatte eine Idee. Sie konnte das Spiel zwar nicht verhindern. Aber vielleicht konnte sie die Chance, dass sie selbst die Rachekarte zog, erhöhen.

Mit klopfendem Herzen sprang Svea auf. Alles hing von Jeremias ab. Davon, ob er heute Nacht selbst mischen würde. Ob er sie auswählen würde, die Rachekarte auszusuchen. Und davon, ob er tatsächlich betrog.

Sie hatte nichts zu verlieren. Aber wenn es funktionierte, wäre das ebenso gut, wie das Spiel zu verhindern.

Atemlos stieg sie auf ihr Fahrrad und fuhr los.

KAPITEL 25

Gegenwart

Rachida hob ihren zitternden Zeigefinger mit dem abgebrochenen Nagel und deutete auf Raik. Der hob das Messer. Svea trat einen zittrigen Schritt zurück. Sie meinte, ihre Knie würden jeden Moment nachgeben. Karlis Gesicht war kalkweiß.

Im Keller war es so still, dass Svea ihren eigenen Herzschlag in den Ohren hämmern hörte, während sie wie alle anderen Raik anstarrte. Sein Gesichtsausdruck hatte sich nicht verändert, doch er hielt das Messer vor sich auf Brusthöhe, die Spitze von sich weggerichtet. Er wich ein paar Schritte in Richtung Tür zurück, verschaffte sich Platz. So, dass niemand hinter ihm stand und er sie alle im Blick hatte, ohne den Kopf drehen zu müssen.

„Raik?", fragte Karli. Ihre Stimme klang dünn und verletzlich.

Rachidas schriller Schrei war verebbt. Die Fingerkuppe, rot von getrocknetem Blut, zeigte weiterhin spitz und anklagend auf Raik.

Ein Schluchzen drang aus Karlis Mund. „Du hast mich gebeten zu kommen. Wegen dir bin ich Hals über Kopf ins Flugzeug nach Deutschland gestiegen."

Da reagierte Raik zum ersten Mal, seit er das Messer genommen hatte. Er grinste, aber es lag keine

Fröhlichkeit darin. Nur Hass. „Du hättest auf Jeremias hören sollen. Er hat versucht, dich zu warnen, als er dich fragte, warum du hier seist. Was eigentlich gegen die Spielregeln ist.“ Er fixierte Jeremias, der aufgestanden war. Schweigend maßen sich die beiden Männer. Raik wandte den Blick als Erster ab, sah wieder zu seiner Schwester. „Im Grunde wusstest du es doch. Wieso sonst diese alberne Hetze gegen Jeremias die ganze Zeit? Aber du warst schon immer gut darin, vor der Wahrheit davonzulaufen. Wärst du nur mal ehrlich zu dir selbst gewesen, hättest du vielleicht einiges verhindern können.“

„Du hast doch gar nichts getan.“ Karli schluchzte nicht mehr, aber ihre Stimme zitterte so stark, dass sie kaum zu verstehen war. „Es war ja nicht deine Schuld. Du warst ein ganz normaler Junge, bevor du Jeremias kanntest. Bitte ...“

Raik reagierte nicht auf die Worte seiner Schwester.

Jeremias lächelte Karli anerkennend zu. „Du kennst nicht mal die Hälfte der Wahrheit und trotzdem bist du die Einzige, die verstanden hat.“

Sveas Gedanken stoben so schnell durcheinander, dass ihr ganz schwindelig wurde. Nichts ergab einen Sinn.

„Raik!“, schrie Karli und preschte vor. Ihr Bruder fuhr herum. Karli stoppte, im allerletzten Moment. Ungläubig starrte sie Raik an, der ihren Blick kalt erwiderte.

„Diesmal hast du Glück gehabt. Das nächste Mal lasse ich dich ins Messer laufen, im wahrsten Sinne des Wortes.“

Mit offenem Mund sah Karli herab auf ihre Rippen, wo die Messerspitze den Stoff ihres Pullovers gegen ihre Brust presste. „Bitte ...“, wisperte sie.

„Das Flehen kannst du dir sparen“, zischte Raik. „Das gilt übrigens für euch alle. Nichts, was ihr sagt oder tut, wird irgendetwas daran ändern, dass heute Nacht jeder bekommt, was er verdient hat – und wir alle wissen, dass jeder hier das Schlimmste verdient.“ Er fixierte sie der Reihe nach. Sein Blick blieb abermals an Jeremias hängen. Kurz schien es, als wollte er das Wort an ihn richten, dann riss er seine Augen von dem anderen Mann los. „Diesmal machen wir es richtig. Wir spielen das Spiel fair zu Ende. Es hat mich schon immer gestört, dass pro Runde nur einer entscheiden darf. Das ist ungerecht.“

Schock lähmte Sveas ganzen Körper. Sie fühlte sich wie in einem Traum, sah zwar, was passierte, doch konnte es nicht begreifen.

„Karli war schon dran“, fuhr Raik unbeirrt fort. „Sie hat Jeremias hier eingesperrt. Ich war eigentlich auch schon am Zug.“ Er wies mit der Messerspitze nach oben. „Anton hätte mich besser nicht ins Zimmer gelassen. Aber wie gesagt, verdient hat er es ebenso wie wir alle.“ Raiks Blick blieb an Karli hängen, deren Gesichtsausdruck blanken Horror widerspiegelte. „Was? Glaubst du vielleicht, mir hat das Spaß gemacht? Anton niederzuschlagen und ihn mit einer Plastiktüte zu ersticken?“ Seine Stimme war laut geworden, ehe er sich fing und bitter lachte. „Wo war ich? Genau. Karli war schon dran. Ich ebenfalls. Wobei wir das als Proberunde ansehen, sonst hättet ihr schließlich schon gewonnen. Ein bisschen Fairness muss sein.“ Raiks Blick richtete sich auf Jeremias. Er lächelte. Sein Schweigen dehnte sich aus und kam Svea wie Stunden vor. Jeremias sah mit unlesbarem Gesichtsausdruck zurück.

„Svea“, sagte Raik. Sein Blick richtete sich auf sie. „Du bist dran. Wen hättest du bestraft, wenn du die Rachekarte vorhin gezogen hättest? Bevor du wusstest, dass ich derjenige war, der euch hergelockt hat?“

Raiks Augen wirkten auf sie wie hypnotisierend. Es fiel ihr schwer, sich auf seine Frage zu konzentrieren.

Er machte einen Schritt in ihre Richtung, das Messer zeigte auf Sveas Brust. „Wen hast du verdächtigt?“, brüllte er.

Svea zuckte heftig zusammen. Aus den Augenwinkeln nahm sie eine Bewegung war. Sie sah zu Karli, die Raiks Unaufmerksamkeit genutzt hatte, um zur Wand zurückzuweichen.

Als Svea begriff, was sie da tat, schaute sie schnell wieder Raik an. Doch der hatte ihren Blick bemerkt.

„Nicht schlecht“, meinte er. Die Messerspitze richtete sich wieder auf Karli.

„Ich hab sie nicht verdächtigt!“, schrie Svea. „Ich hab sie angesehen, weil sie sich bewegt hat!“

Karlis weit aufgerissene Augen fixierten die Waffe. Sie presste sich mit ihrem Körper gegen die Wand.

„Wenn nicht Karli, wer dann, Svea?“, fragte Raik, ohne den Blick von seiner Schwester zu nehmen. „Wer soll es sein? Rachida? Oder vielleicht Jeremias?“

„Nein, ich ... ich habe niemanden verdächtigt!“

Raik lachte. „Tut mir leid, aber so funktioniert das nicht. Das wäre zu einfach.“

„Bitte“, flehte Svea atemlos. „Ich will das nicht. Sie ist doch deine Schwester.“

„Keiner von uns ist unschuldig. Oder, Schwesterherz?“ Raiks Stimme war seltsam ruhig. Abwartend sah er Karli an.

„Nein“, hauchte sie.

Raik nickte zufrieden. „Du verdienst deine Strafe, so wie alle hier. Habe ich nicht recht?“

Karli nickte und senkte den Kopf. Tränen quollen aus ihren Augen.

„Erzähl es ihnen“, forderte Raik sie auf.

Karli schluckte. Dann begann sie zu sprechen.

KAPITEL 26

Die Nacht des letzten Spiels

Karli hätte liebend gerne ohne Svea angefangen. Als sie um elf noch nicht da war, fasste sie ihre Gedanken in Worte, doch Jeremias weigerte sich zu spielen, bevor Svea entweder kam oder ihnen klipp und klar mitteilte, dass sie heute nicht dabei sein würde.

Der große Zeiger auf der runden Wanduhr bewegte sich unerbittlich vorwärts. Um halb zwölf sah Karli ihre Chance, heute noch zu ihrer Rache zu kommen, rapide schwinden. Um zwölf begehrte sie ein weiteres Mal auf, aber erhielt die gleiche Antwort.

Sie forderte Raik auf, Svea noch mal anzurufen, und war beinahe so weit, es selbst zu tun. Das war doch Sveas Strategie! Wortlos wegbleiben, weil sie wusste, dass Jeremias auf sie warten würde. Darauf setzen, dass ihnen allen irgendwann die Lust vergehen würde, das Spiel zu spielen. Aber Karli würde ihr das nicht durchgehen lassen. Selbst wenn Svea erst um fünf Uhr morgens auftauchte, sie würde darauf bestehen, das Spiel zu spielen. Es war ihre letzte Chance.

Irgendwann kam Svea doch. Entschuldigte sich sogar. Machte einen letzten Versuch, ihnen das Spiel auszureden. Als das nichts nützte, gab sie nach. Und sie machten sich auf den Weg in den Keller.

***

Als sie wieder nach oben kamen, führte Karlis erster Weg geradewegs zu ihrem Rucksack, in dem die Whiskeyflasche steckte. Sie hatte auch Bier mitgebracht, aber angesichts der späten Stunde und der Tatsache, dass sie die Rachekarte nicht bekommen hatte, hielt sie Bier für verschwendete Zeit.

Jeremias stellte kommentarlos kleine Plastikbecher auf den Tisch. Erstaunt sah Karli zu ihm hoch. Er zuckte nur mit den Achseln und schenkte ihr dieses Lächeln, das alles und nichts bedeuten konnte und das Karli so sehr hasste.

Nach dem ersten Shot fühlte sie sich besser. Rachida und Raik tranken auch mit, Anton ebenfalls, obwohl sie Letzterem ihren teuren Alkohol fast verweigert hatte. Aber was sollte das bringen? Jetzt war ohnehin alles vorbei.

Karli schenkte sich gerade erneut von der klaren braunen Flüssigkeit ein, als Raik ihr zum zweiten Mal in wenigen Minuten seinen Becher hinhielt. Mit gehobenen Augenbrauen sah sie ihn an, doch füllte ihm nach. Sie warf einen Blick hinter sich, wo Marie-Luise mit angezogenen Knien auf dem Sofa saß und mit den Bändern ihrer weiß geblümten Bluse spielte. Sie hatten ausgemacht, die Nacht hier zu verbringen oder zumindest so lange zu bleiben, bis derjenige mit der Rachekarte seine Bestrafung durchgeführt hatte. Da die Schule zu Ende war, gab es nach der heutigen Nacht kaum eine Chance mehr, sich zu rächen. Zum Eisessen oder einfach Gemeinsam-in-die-Stadt-gehen, wie sie es früher häufig getan hatten, würden sie sich mit Sicherheit nicht mehr treffen.

Karli fing Marie-Luises unglücklichen Blick auf. Es sah ganz so aus, als ob das sie ihre Entscheidung, heute noch mal mitzumachen, bereits bereute. Aber wer verstand dieses Mädchen schon?

Seit sie mit Raik vor dem Süßigkeitenautomaten das erste Wort gewechselt hatte, war Karli achtsam gewesen. Hatte mit Misstrauen beobachtet, wie die Jüngere ihrem Bruder völlig den Kopf verdrehte. Raik war zum ersten Mal verliebt. Doch als die Wochen vergingen und Karli außer dieser nervtötenden Schüchternheit nichts Schlechtes an Marie-Luise entdecken konnte, ließ ihre Aufmerksamkeit nach. Wann immer Marie-Luise Raik ansah, trat ein unverwechselbares Leuchten in ihre Augen. Auch, wenn Karli es nicht verstand: Das Mädchen schien ihren Bruder ebenso zu mögen wie er sie.

Sie wartete darauf, dass Raik sich ihr offenbarte oder die beiden ihre Gefühle füreinander öffentlich machten. Nichts dergleichen geschah. Beinahe war Karli so weit gewesen, ihren Bruder selbst darauf anzusprechen und ihm den anscheinend nötigen Schubs zu geben. Als ihre eigenen Probleme überhandnahmen, sagte sie sich allerdings, dass es nicht ihre Verantwortung war, wenn die beiden vor lauter Hemmungen nicht zueinanderfanden.

Dann jedoch kam diese schreckliche Präsentation.

Raik hatte vorher kein Wort darüber verloren. An jenem Abend war Karli alleine zu Hause gewesen, während ihre Mutter deren Schwester besuchte. Karli hatte bei sich gedacht, dass anscheinend doch schon etwas zwischen Raik und Marie-Luise lief, dass er abends plötzlich alleine wegblieb. Bis es an der Tür geklingelt und Jeremias Raik zu Hause abgeliefert hatte. In einer Jogginghose, die ihm nicht gehörte, mit einer Plastiktüte nasser Sachen unter dem Arm.

Raik war wortlos ins Badezimmer verschwunden.

Jeremias hatte Karli mit gedämpfter Stimme berichtet, was er wusste. Das war nicht viel und beruhte größtenteils auf Vermutungen, doch Svea konnte Karli schlecht fragen. Raik, den sie am selben Abend noch mit Fragen gelöchert hatte, schwieg wie ein Grab. Hatte er sich selbst zur Präsentation angemeldet? Wenn ja, warum? Wieso, um Himmels willen, hatte er sich auf diese Bühne gestellt, wo er doch genau wusste, dass er nicht mal einen fünfminütigen Vortrag vor seiner eigenen Klasse halten konnte?

Je länger Karli darüber nachdachte, desto sicherer wurde sie, dass es etwas mit dem Spiel zu tun haben musste. Vor einigen Wochen hatte es eine Runde gegeben, nach der niemand bestraft worden war. Oder zumindest nicht so, dass Karli es mitbekommen hätte.

Erst hatte sie gedacht, dass es wegen Svea war. Dass sie die Rachekarte gezogen und einfach nichts getan hatte. Mittlerweile vermutete Karli etwas anderes. Was, wenn derjenige mit der Rachekarte Raik zu dem Vortrag angemeldet und irgendwie dafür gesorgt hatte, dass ihr Bruder die Sache tatsächlich durchzog? Wenn dem so war, kam nur einer dafür infrage.

Und der saß Karli gerade gegenüber, trank ihren Johnny Walker und mit jedem Schluck färbten sich die Wangen unter dem blonden Beachboy-Haar röter.

Niemand hatte ein Motiv, Raik zu schaden. Ihr, Karli, dagegen schon. Nachdem Antons Spickzettel-Aktion nach hinten losgegangen war, machte es Sinn, dass er es noch einmal versuchte. Und diesmal den Umweg über ihren Bruder ging.

Kurz hatte Karli auch an Rachida gedacht. Mit ihrem leidenden Blick, weil sie ihr Medizinstudium nicht direkt antreten konnte. Aber Rachida war nicht blöd. Sie wusste, dass Karli in der Situation keine andere Wahl gehabt hatte, als Raik für sich lügen zu lassen. Wusste, dass sie ebenso wie Rachida selbst ein Opfer und der wahre Schuldige Anton war.

Wie der es allerdings angestellt hatte, Raik dazu zu bringen, freiwillig auf diese Bühne zu gehen, erschloss sich Karli nicht. Doch sie war sicher, dass sie mit ihrer Vermutung richtiglag. Und anscheinend hatte Anton dabei auch noch Raiks Beziehung zu Marie-Luise zerstört.

Es hatte direkt nach der Präsentation angefangen, dass die beiden sich aus dem Weg gingen. Dass sie nicht mehr nebeneinandersaßen, ja absolut kein Wort mehr miteinander wechselten. Raik schämte sich, das war für Karli sonnenklar. Wahrscheinlich war Marie-Luise Zeugin davon geworden, wie Raik sich auf der Bühne in die Hose gemacht hatte.

Die Whiskeyflasche leerte sich rapide, obwohl sie nur zu dritt tranken. Danach griffen sie zum Bier.

Svea war irgendwann aufgestanden und im Flur verschwunden. Wahrscheinlich musste sie mal. Erst jetzt fiel Karli auf, dass sie schon eine Weile weg war. Vielleicht hatte sie sich oben hingelegt.

In dem Moment richtete Raik sich auf. Er taumelte kurz und fing sich dann wieder. Langsam, Schritt für Schritt, schwankte er in Richtung Toilette.

Karli fing den traurigen Blick auf, den Marie-Luise ihrem Bruder hinterherwarf. Vielleicht war es der Alkohol – mit Sicherheit sogar –, doch plötzlich konnte Karli es nicht mehr ertragen. Wenn sie Anton schon nicht bestrafen konnte, konnte sie vielleicht wenigstens einen Teil von dem, was er angerichtet hatte, wiedergutmachen.

Als sie den Flur erreichte, wurde hinter der Toilettentür gerade die Klospülung betätigt. Raik schlug ungelenk die Tür auf und prallte fast gegen Karli. Er starrte sie an wie eine Erscheinung.

Karli legte einen Finger auf die Lippen, dann gestikulierte sie zur Haustür. Sie ging voran und stellte mit einem Blick zurück sicher, dass ihr Bruder folgte.

Der Regen hatte eine Pause eingelegt, doch der Boden war durchweicht und Karli verlor den Halt. Nur Raiks Griff um ihre Taille rettete sie davor, im Matsch zu landen. Verlegen nahm ihr Bruder seine Hände von ihrem Körper. Karli trat einen Schritt zurück. Sie konnte sich nicht erinnern, wann sie und Raik sich zuletzt berührt hatten. Es musste Jahre her sein.

Vorsichtig einen Fuß vor den anderen setzend, um nicht noch einmal auszurutschen, entfernte Karli sich ein Stück vom Wohnhaus. Die schmatzenden Geräusche von Raiks Schuhen im Schlamm ließen sie wissen, dass er ihr folgte. In einiger Entfernung zum Schuppen, nahe des riesigen Backsteinofens, blieben sie stehen. Die Wolken hatten sich geteilt und gaben den Blick auf den Mond frei. Karli tat einen tiefen Atemzug und sah ihrem Bruder in die Augen. Ansonsten konnte sie nur Schemen von seinem Gesicht erkennen.

„Ich weiß, du willst nicht über die Präsentation reden“, begann sie. Trotz der Dunkelheit bemerkte sie, dass Raik sich versteifte. „Aber findest du nicht, du solltest zumindest das mit Marie-Luise in Ordnung bringen?“

Raik schüttelte den Kopf. Er sah zu Boden, blickte sie nicht an.

Karli spürte Ungeduld in sich aufsteigen. „Rede einfach mit ihr. Ich weiß, dir ist die Sache peinlich, aber – “

„Du weißt gar nichts.“ Raik sah sie an, die Stimme bemerkenswert klar.

„Ich weiß, dass es idiotisch ist, wie du dich verhältst!“, brauste Karli auf. „Gib ihr wenigstens eine Chance.“

Raik schnaubte. Er wirkte, als wollte er noch etwas sagen. Dann drehte er sich einfach um und stapfte zurück zum Haus.

Karli lief los und erreichte ihren Bruder, als dieser erst wenige Schritte weit gekommen war. Sie fasste ihn am Arm, doch Raik schüttelte sie mit aller Kraft ab. Die heftige Reaktion ließ Karli straucheln, sie rutschte aus und landete mit dem Hintern mitten in einer Schlammpfütze. „Hast du sie noch alle?“, schrie sie ihn an.

Raik stand über ihr, die Hände an seinen Seiten geballt. Finster starrte er auf sie herab. „Du hast es verdient.“

Karli schnappte nach Luft.

„Du willst wissen, was passiert ist?“, fuhr Raik fort. „Sie hat mich fallen lassen. Nicht andersrum. Sie will seit der Präsentation nichts mehr mit mir zu tun haben. Zufrieden?“

Sie starrte ihn nur sprachlos an.

„Ja, dachte ich mir.“ Ohne eine weitere Reaktion ihrerseits abzuwarten, wandte er sich ab.

Karli blickte ihrem Bruder nach, bis er in der Dunkelheit verschwand. Erst dann rappelte sie sich hoch. Ihre Jeans war klatschnass und klebte an den Beinen. Sie spürte, dass die Nässe bis durch ihren Slip gedrungen war. Trotzdem ging sie nicht zurück ins Haus. Sie watete zu dem zwei Meter hohen, gemauerten Grillofen und setzte sich in die Ausbuchtung auf Taillenhöhe, in der sich weiter hinten eine kesselförmige Aushöhlung für Kohle befand. Die alten Backsteine bewegten sich keinen Millimeter unter Karlis Gewicht. Sie ließ die Füße baumeln und fragte sich, was mit dem Alkohol passiert war, den sie getrunken hatte. Sie spürte seine betäubende Wirkung gar nicht mehr.

Wohin Raik wohl gegangen war?

Feine Regentropfen sprenkelten Karlis Gesicht. Sie kannte das Wetter hier mittlerweile gut genug, um zu wissen, dass sich der Sprühregen innerhalb der nächsten Minuten zu einem ausgewachsenen Schauer steigern würde. Also sprang sie von dem rustikalen Steinofen und machte sich auf den Weg zurück zum Haus.

Sie hatte es fast erreicht, als die Tür von innen aufgeschlagen wurde und eine Gestalt in den Regen trat. Sie trug eine weiß geblümte Bluse.

Karli lachte bitter auf. Diese Person kam ihr gerade so was von recht. „Marie-Luise!“

Das andere Mädchen fuhr heftig zusammen.

Karli ging auf Marie-Luise zu. Diese wich nicht zurück. Aber es sah aus, als kostete es sie einige Anstrengung, dort stehen zu bleiben, wo sie war.

„Wo ist Raik?“, fragte Marie-Luise.

Karli blieb einen halben Meter vor dem anderen Mädchen stehen. Der Regen war stärker geworden. Tropfen rannen Karli den Nacken hinunter. „Was willst du von ihm?“

Marie-Luise antwortete nicht. Stattdessen sah sie sich mit suchendem Blick um.

Karli packte sie am Arm und drückte zu. „Was willst du von Raik?“, wiederholte sie.

Marie-Luise starrte sie an. Dann riss sie sich los und marschierte auf den Schuppen zu. „Raik?“, rief sie.

Karli starrte ihr perplex hinterher. Im nächsten Moment setzte sie Marie-Luise nach. Das andere Mädchen hatte in den Schuppen gespäht und schlug nun den Weg zum Lagerhaus ein. Karli erreichte sie, als sie gerade den Backsteinofen passierte.

„Ich hab dich was gefragt!“ Sie griff nach der durchnässten weißen Bluse und zerrte daran. Marie-Luise kämpfte um ihr Gleichgewicht. Ihr rechter Fuß schlitterte über den aufgeweichten Boden, ehe er Halt fand. Sie wirbelte herum.

„Was willst du von mir?“, schrie sie.

„Ich will wissen, warum du das Raik angetan hast“, brüllte Karli zurück. „Wie kannst du ihn einfach so fallen lassen? Nur wegen der dämlichen Präsentation? Ich dachte, du magst ihn! Aber du bist auch nur eine hinterhältige, oberflächliche Schlampe!“

„Das sagst gerade du?“ Marie-Luises Stimme zitterte. Sie machte einen Schritt auf Karli zu. Beugte sich vor, bis ihre Gesichter direkt voreinander waren.

Karli konnte die Regentropfen erkennen, die Marie-Luise in Augen und Mund liefen. Sah die feinen Härchen auf ihrer Oberlippe.

„Du bist seine Schwester“, zischte Marie-Luise. „Du weißt ja gar nicht, wie sehr er zu dir aufblickt. Wie gerne er so wäre wie du. Aber du interessierst dich nur für dich selbst, oder? Was meinst du, wieso er dir nichts von der Präsentation erzählt hat? Oder dass er seine App fertiggestellt hat? Weil du ihn immer nur runtermachst. Für dich ist er doch nur jemand, den du kleinmachen kannst, damit du dich selbst besser fühlst. Du bist hier die hinterhältige, oberflächliche Schlampe.“

Karli schlug Marie-Luise mit der flachen Hand ins Gesicht. Gleich darauf ein zweites Mal, so fest sie konnte. Das Klatschen hallte laut in ihren eigenen Ohren wider. Karli holte zur dritten Ohrfeige aus, als sie merkte, dass Marie-Luise unter dem vorherigen Schlag zu wanken begonnen hatte. Gleichzeitig versuchte sie, vor Karli zurückzuweichen.

Panisch machte sie einen Schritt zurück. Dann noch einen. Beim dritten rutschte sie aus. Ihr Fuß schlitterte so heftig durch den Matsch, dass der Schwung ihr auch das andere Bein wegriss. Karli konnte nur zusehen, wie Marie-Luise fiel. Rückwärts, die Arme hilflos in der Luft.

Ihr Fall wurde durch den Grillofen gebremst. Mit einem hässlichen Krachen schlug ihr Hinterkopf auf die Backsteinkante. Im nächsten Moment lag Marie-Luise im Schlamm. Reglos.

Karli starrte mit offenem Mund. In ihrem Kopf herrschte ein großes Loch, das sich mit seiner Taubheit auf ihren ganzen Körper ausdehnte. Wie ferngesteuert drehte sie sich um und ging mit steifen Schritten zurück ins Haus.

***

Karli wusste nicht, wie lange sie im Wohnzimmer saß. Sie konnte später auch nicht mehr sagen, ob sie allein gewesen war oder Gesellschaft gehabt hatte. Irgendwann lichtete sich der Schleier und sie realisierte, dass sie eine noch volle Bierflasche in der Hand hielt. Die Kerzen waren – bis auf eine – heruntergebrannt. Es war dunkel. Das Zimmer war außer Anton, der auf dem Sofa eingeschlafen war, und Karli selbst leer.

Sie stellte die Bierflasche auf den Tisch und rannte hinaus zum Backsteinofen. Regen durchweichte ihre fast getrockneten Haare. Karli nahm die Tropfen wahr, auch den Wind, der sie frösteln ließ. Oder vielmehr der ihren Körper frösteln ließ. Zu ihr selbst drangen die Empfindungen noch immer nicht durch.

Sie erreichte den Grillofen. Wie vom Donner gerührt blieb sie stehen. Der Schock lähmte sie für einen Moment. Dann begriff sie, fiel auf die Knie und lachte. Starrte unentwegt auf die Stelle, wo Marie-Luise gelegen hatte und die jetzt leer war. Sie lachte aus vollem Hals, während Regen und Schlamm sie völlig durchnässten.

***

Karli machte die ganze Nacht kein Auge zu. Angst vor den Konsequenzen, die das, was sie getan hatte, mit sich bringen könnte, hielt sie wach. Irgendwann stieg sie aus dem Bett und schlich an dem schlafenden Raik, der nach ihr ins Zimmer gekommen war, vorbei zur Tür.

Das Wohnzimmer war leer bis auf Anton, der noch immer auf dem Sofa schlief. Sie nahm sich eine der noch verschlossenen Bierflaschen, öffnete sie und ließ sich in einen Sessel sinken.

Vielleicht sollte sie Marie-Luise anrufen. Sich entschuldigen. Fragen, wie es ihrem Kopf ging. Aber wenn sie sich mitten in der Nacht aufs Fahrrad gesetzt hatte und nach Hause gefahren war, konnte es nicht allzu schlimm sein. Andererseits hatte sie sich direkt nach dem Sturz nicht bewegt. War bewusstlos gewesen.

Karli saß immer noch im Sessel, nippte am Bier und kaute unentschlossen an ihren Fingernägeln, als Jeremias und Rachida die Treppe runterkamen. Erst da merkte Karli, dass die Sonne bereits aufgegangen war.

Während Jeremias in der Küche Kaffee aufsetzte, wachte auch Anton auf.

„Ich fahr nach Hause“, sagte Rachida zu niemand Bestimmtem und wandte sich zur Tür. Anton nuschelte etwas und folgte ihr in den Flur.

Karli schaute den beiden nach. Es war gerade mal sieben Uhr. Ob sie Raik wecken und ebenfalls fahren sollte?

Jeremias stellte eine einzige Tasse Kaffee auf den Tisch. Typisch, dass er nicht gefragt hatte, ob sie auch einen wollte. Aber ohne Milch, die er im Sommer grundsätzlich wegen der Wärme nicht im Haus hatte, bekam sie die viel zu starke Brühe ohnehin nicht runter.

Jeremias setzte sich gerade aufs Sofa, als der Schrei sie beide zusammenfahren ließ. Karli starrte Jeremias an. Dessen Blick war auf die Tür gerichtet, die zum Flur führte.

Karli fuhr herum. Rachida stand im Türrahmen. Aschfahl. Dann schrie sie abermals.

Jeremias sprang auf und schob sich an Rachida vorbei. Karli setzte ihm nach und erreichte den Flur in genau dem Moment, in dem Raik verschlafen auf der Treppe erschien. Sie achtete nicht auf ihren Bruder, sondern rannte nach draußen. Die Morgensonne hatte noch keine Zeit gehabt, den matschigen Boden zu trocknen. Schlamm spritzte hoch, als Karli Jeremias hinterher zum Schuppen rannte. Anton lehnte an der hölzernen Außenwand und wirkte, als müsse er sich jeden Moment übergeben. Als Karli nur noch knapp einen Meter von der geöffneten Tür entfernt war, erstarrte sie. Neben ihrem eigenen Fahrrad lehnte ein pinkes Damenrad. Marie-Luises Fahrrad.

Jemand berührte sie am Arm. Karli schrie auf. Raik wich vor ihr zurück.

Sie achtete nicht auf ihn, sondern ging den letzten Meter bis zum Schuppen. Jeremias stand vor einer gelbfleckigen Gefriertruhe. Sie war wahrscheinlich schon immer da gewesen, aber Karli hatte dem Gerümpel im Schuppen nie einen zweiten Blick geschenkt.

Der Deckel der Gefriertruhe war hochgeklappt, Jeremias starrte hinein. Es war sein Gesichtsausdruck, der Karli Gänsehaut verursachte. Dann wandte er den Kopf und sah sie direkt an. Er hatte seine Mimik wieder im Griff. Doch der Ausdruck in den braunen Augen machte Karli unmissverständlich klar, dass etwas ganz und gar nicht stimmte.

Sie trat an die Truhe und schaute hinein. Karli spürte, wie ihr Blut nach unten sackte. Sie krallte ihre Finger in den Gefriertruhenrand, um nicht umzukippen. Allmählich ließ die Schwärze vor ihren Augen wieder nach. Sie blinzelte. Trotzdem verschwamm das Bild, das sich ihr bot. Marie-Luises schlammverkrustetes Haar. Das tiefe Braun rührte nicht nur vom Matsch her. Irgendwo dazwischen mischte sich getrocknetes Blut, von der Farbe her von Dreck kaum zu unterscheiden.

Sie konnte nichts mehr sehen. Es war, als hätte sie vergessen, ihre Kontaktlinsen einzusetzen. Dann spürte sie Nässe auf ihren Wangen und realisierte, dass sie weinte.

Jeremias nahm sie am Arm und führte sie zu Raik, der neben der Gefriertruhe am Boden kauerte. Sie setzte sich neben ihn und strich ihm mechanisch übers Haar. Karli bekam nur am Rande mit, wie Svea plötzlich ebenfalls im Schuppen stand, weil Raik im selben Moment zu ihr hochblickte. Er sah sie mit einem Ausdruck an, der abermals Schwärze vor Karlis Augen heraufbeschwor. In den Augen ihres Bruders las sie nicht nur Verzweiflung, sondern noch etwas anderes: Schuldgefühle.

Und Karli wusste, dass er es gewesen war.

KAPITEL 27

Gegenwart

Karli war irgendwann mit dem Rücken an der Wand runtergerutscht. Sie kauerte in der Ecke auf dem Boden, die Beine eng an den Körper gezogen. Mit einer bebenden Hand griff sie nach ihrer Brille und nahm sie ab. Mit den Fingern der anderen Hand wischte sie sich über die feuchten Augen.

Svea schniefte. Ein Unfall. Es war ein Unfall gewesen. Dabei hatte sie all die Jahre gedacht, jemand hätte Marie-Luise umgebracht.

Sie wollte zu Karli gehen, ihr wenigstens eine Hand auf die Schulter legen. Trost spenden, wenn das irgendwie möglich war. Sie machte einen Schritt auf die andere Frau zu.

Raik schob sich zwischen sie, fixierte Svea warnend. Doch die Messerspitze war nach wie vor auf seine Schwester gerichtet. Er drehte sich so, dass er sie alle sehen konnte, den Rücken der Tür zugewandt.

Svea zermarterte sich den Kopf, was sie zu ihm sagen könnte. Etwas, um ihn zu besänftigen. Um ihn dazu zu bringen, das Messer nicht länger auf Karli zu richten.

Ihr Blick flackerte zu Jeremias. Er stand neben Rachida, die noch immer in der Seemannskiste kauerte. Sie hatte ihr Gesicht mit beiden Händen bedeckt und wiegte sich langsam vor und zurück. Ihr leises Wimmern war das einzige Geräusch im Keller.

Jeremias fing Sveas Blick auf. Er schüttelte kaum merklich den Kopf und formte mit den Lippen zwei lautlose Wörter: *Lass es.*

„Es tut mir so leid", sagte Karli. Sie hatte ihre Brille wieder aufgesetzt. Ihre Augen waren auf Raik gerichtet. „Es ist alles meine Schuld." Sie holte zitternd Luft und stieß sie langsam aus. So, als wollte sie sich innerlich vorbereiten auf das, was kommen würde. „Wenn du mich dafür bestrafen willst, tu es. Ich wehre mich nicht."

Svea machte entsetzt einen Schritt auf Karli zu. „Nein!"

Raik richtete das Messer auf Svea.

Aus den Augenwinkeln sah sie Jeremias abermals den Kopf schütteln, aber sie konnte das nicht. Still sein und zusehen, wie Raik und Karli sich gegenseitig umbrachten. Sie hob beide Hände. Hoffte, die Geste würde Raik zeigen, dass sie nichts Böses im Sinn hatte. „Ich verstehe, warum du es getan hast. Du hast Marie-Luises Leiche versteckt, weil du Karli schützen wolltest, oder? Du hattest nichts Böses im Sinn, das weiß ich. Ich kenne dich."

Raik lachte. Laut und schrill hallte es von den nackten Kellerwänden wider. „Kennen? Niemand kennt hier irgendwen."

„Halt einfach die Klappe", fuhr Karli Svea im selben Moment an. „Du kapierst es nicht. Ja, er wollte mich nur decken. Aber ich hab ihn gelassen."

Karli richtete sich vorsichtig auf. Sie wirkte vollkommen kraftlos und jede Bewegung schien ihr Mühe zu machen. Sie sah ihren Bruder an. „Das alles ist deswegen passiert, oder? Du hast mich und Marie-Luise beobachtet. Und während ich vor Schock kaum geradeaus gehen konnte, hast du die Nerven behalten und sie ... sie versteckt." Karli atmete schwer. „Weil du nicht wolltest, dass mir etwas passiert. Hätte ich gewusst, wie hoch der Preis dafür ist, hätte ich allen sofort die Wahrheit gesagt! Hätte ich gewusst, wie schwer dieses Geheimnis auf dir lastet, hätte ich dein Schweigen nie akzeptiert. Ich weiß doch, was sie dir bedeutet hat! Ich wollte nicht, dass sie stirbt! Bitte glaub mir! Das hätte ich dir doch nie angetan! Ich war einfach so wütend, dass sie ein falsches Spiel mit dir spielte."

„Nein", unterbrach Raik sie scharf. „Du warst wütend, weil sie dich beschimpft hat. Du warst wütend, weil wir Streit hatten. Weil ich dir widersprochen habe. Weil Marie-Luise dir widersprochen hat." Raiks Gesicht glich einer Maske. Es war völlig emotionslos, wie in Stein gehauen.

Frische Tränen quollen aus Karlis Augen. Sie wirkte verzweifelt. „Du hast recht. Es ging mir einzig und allein um mich selbst. Aber ich wollte nie, dass sie stirbt." Den letzten Satz flüsterte sie so leise, dass Svea ihn kaum verstand. „Ich hätte wissen müssen, wie sehr dich das alles belastet. Du hast nichts getan, dich trifft keine Schuld. Warum konnte ich nicht sehen, dass es in dir gärt ...?"

Svea runzelte die Stirn. Etwas störte sie an der Geschichte, doch sie kam einfach nicht darauf, was.

„Es war nicht nur die Sache mit Marie-Luise, oder?" Karli zog die Nase hoch. „Es war alles zusammen. Seit der Sache mit Jeremias, seit der Strafe ... Du hast innerlich all die Jahre gelitten. Und ich hab es nicht gesehen. Ich *wollte* es nicht sehen. Was Marie-Luise zu mir in jener Nacht sagte, stimmt: Ich habe dich immer schlecht behandelt. Trotzdem ... trotzdem hast du mich gedeckt, die ganze Zeit." Karli schniefte abermals, die Tränen rannen ungehemmt weiter über ihr Gesicht. Flehend blickte sie zu ihrem Bruder hoch. „Ich will nichts mehr, als es irgendwie wiedergutmachen."

Raik hörte ihr aufmerksam zu. Sein Gesicht verriet nichts.

„Bitte", flehte Karli. „Sag mir, was ich tun kann."

Raik machte einen Schritt auf sie zu. Die Messerspitze zeigte direkt auf Karlis Brust.

Seine Schwester schloss die Augen. Ergab sich ihrem Schicksal. „Ich habe es verdient", flüsterte sie. „Wir alle haben es verdient, für das, was wir dir angetan haben. Ich dafür, dass ich nie für dich da war. Dass ich mich über dich lustig gemacht habe. Anton für die Präsentation. Jeremias dafür, dass er dich mit zwölf zu diesem Feuer angestiftet und nie als Freund gesehen hat. Das muss unvorstellbar für dich gewesen sein. Und dann Tanja. Du hattest nie die Chance, sie zu konfrontieren. Es ihr heimzuzahlen ..." Karli stockte.

Svea riss die Augen auf und starrte Raik an. Ihr war, als sähe sie ihn zum ersten Mal.

Raik fing ihren Blick auf und lächelte.

KAPITEL 28

Vier Monate vor der Nacht des letzten Spiels

Wieso hatte Jeremias nicht auf sie gewartet?

Lustlos nippte Raik an seinem schwarzen Kaffee. Der bittere Geschmack lag ihm wie immer schwer auf der Zunge. Bis er Freundschaft mit Jeremias schloss, hatte er das Zeug nicht leiden können. Es schmeckte Raik zwar noch immer nicht, aber allein der Gedanke, dass Jeremias am Tag ebenfalls mehrere Tassen davon trank, wärmte ihn von innen.

Karli ihm gegenüber hatte ihren Spaghetti-Eisbecher nicht angerührt. Wieso sie mitten im Februar überhaupt Eis bestellte, war Raik ein Rätsel.

Rachida starrte zum Fenster des Eiscafés hinaus. Sie hatte ihren Latte Macchiato schon lange ausgetrunken.

Die Ereignisse des Tages hingen ihnen allen nach. Auch, wenn Karli und Rachida es nicht zugeben wollten: Er wusste, dass sie der Streit zwischen Jeremias und Svea beschäftigte. Dass es ihnen nicht egal war, sollte Jeremias Svea wirklich aus der Gruppe ausschließen. Raiks einzige Hoffnung bestand darin, dass die beiden aus ebendiesem Grund nicht hier waren: dass sie sich irgendwie zusammengerauft hatten, vielleicht gerade ein klärendes Gespräch führten und morgen alles wieder normal sein würde.

„Ich muss zur Arbeit“, sagte Karli, riss Raik dadurch aus seinen Gedanken, und stand auf. Ihr Eisbecher war nur noch gelbliche Brühe und drohte, jeden Moment über den Rand zu schwappen.

„Und ich nach Hause“, fügte Rachida hinzu, anscheinend erleichtert, endlich einen Grund zu haben, gehen zu können.

***

Sie alle fuhren in unterschiedliche Richtungen.

Während Raik in die Pedale trat und sich gegen den Wind stemmte, wurde die Hoffnung, dass Svea nachgegeben hatte und weiterhin zur Gruppe gehörte, zur Gewissheit. Etwas anderes konnte er sich einfach nicht vorstellen. Svea war genau wie er selbst. Sie brauchte Jeremias, ob sie das Spiel nun mochte oder nicht.

Raik wich einem Auto aus, das genau vor ihm aus einer Einfahrt herausschoss. Die schmalen Straßen hier im Ort besaßen keine abgetrennten Fahrradwege. Raik hätte auch am Deich entlangfahren können, zumindest eine Weile, doch quer durch den Ort ging es schneller. Die Stadtmitte hatte er bereits hinter sich gelassen. Geschäfte, Cafés und Ferienwohnungen wichen alten Mehrfamilienhäusern. Je weiter Raik fuhr, desto maroder wurden die grauen Gebäude rechts und links der Straße.

Ja, Raik verstand, was in Svea vorging. Deshalb kam er so gut mit ihr aus.

Sie beide liebten Jeremias. Vielleicht nicht auf die gleiche Weise, aber das machte keinen Unterschied. Liebe war Liebe. Sie beide konnten nicht immer genau nachvollziehen, was in Jeremias vorging. Wieso er tat, was er tat. Das verletzte sie manchmal, ließ sie an ihm zweifeln. Aber am Ende blieb ihnen nur, ihm zu vertrauen. Oder sie mussten einen Schlussstrich ziehen, sich komplett von ihm abwenden.

Doch das war absurd. Auch wenn es Raik hin und wieder einen Stich versetzte, Svea und Jeremias miteinander zu sehen. Zu wissen, dass sein bester Freund in Svea endlich etwas gefunden hatte, von dem er nicht einmal gewusst hatte, dass er es suchte. Jemanden, dem er vertraute. Dem er sich öffnen konnte.

Wie sehr hatte Raik sich gewünscht, dieser Jemand für Jeremias zu sein. Seit er ihm mit zwölf Jahren zum ersten Mal begegnet war, hatte er gewusst, dass Jeremias etwas Besonderes war. Ein Seelenverwandter. Ein Vorbild.

Er hatte ihn unbedingt wiedersehen müssen. Seit er und Karli diese Sommerferien bei ihrer Tante verbracht hatten, hatte Raik an nichts anderes denken können als an Jeremias. Er schwor Karli darauf ein, ihrer Mutter nichts von dem Vorfall zu erzählen. Nichts von der Strafe. Sonst wäre seine Chance, Jeremias jemals wiederzusehen, unveränderlich dahin gewesen.

Die folgenden Jahre verbrachte Raik damit, auf seine Mutter einzuwirken. Wie schön es an der Nordsee sei. Wie ruhig. Keine schlechten Einflüsse von Großstadt-Teenagern, die den ganzen Tag auf sich selbst gestellt waren, während die Eltern arbeiteten. Außerdem habe sie ja Familie dort: ihre Schwester.

Bis Raik sein Ziel erreicht hatte, vergingen fünf Jahre. Als sie endlich zurück waren, er Jeremias wiedersah, bereute er es keine Sekunde lang. Nicht, als ihm Beine gestellt und Türen gegen die Nase geknallt wurden oder man mit Absicht seine Brille zerbrach und seinen Rucksack klaute. Nicht mal, als Tanja ihm vor der versammelten Klasse die Hose runterzog. Denn Jeremias war da. Raik konnte alles ertragen, solange Jeremias nur sein Freund war.

Im Gegenzug tat Raik alles, um seinerseits für Jeremias da zu sein. Alles, um ihn wissen zu lassen, dass er ihm vertrauen konnte. Raik würde alles für ihn tun, wenn Jeremias ihn nur ließe.

Doch er ließ ihn nicht.

Auch ein Jahr, nachdem sie an die Nordsee gezogen waren, ein Jahr voller Schmerzen und Demütigungen, war er Jeremias kein bisschen nähergekommen. Das war okay, sagte er sich. So war Jeremias nun einmal. Er brauchte niemanden, wollte niemanden brauchen. Wenn er jemals seine Meinung änderte, würde Raik da sein.

Dann kam Svea. Und alles, was Raik über Jeremias zu wissen glaubte, wurde durch sie auf den Kopf gestellt. Sie gab sich nicht einmal besonders Mühe. War einfach sie selbst. Trotzdem konnte Raik förmlich mitansehen, wie sie und Jeremias mit jedem Tag enger zusammenwuchsen.

Aber auch das war okay. Es tat weh, ja, aber was wäre Raik für ein Freund, wenn er Jeremias die Freundschaft zu jemand anderem nicht gönnte? Raik hatte sich geschworen, für Jeremias da zu sein. Wie Jeremias einst für Raik dagewesen war. Damals, als er mit zwölf die schlimmste Zeit seines Lebens durchlitten hatte. Als er stundenlang im Dunkeln gesessen hatte und vor Panik beinahe verrückt geworden war.

Der Gedanke an Jeremias hatte ihn gerettet. Raik hatte sich einfach vorgestellt, er sei nicht er selbst. Nicht der schwache, ängstliche Raik. Sondern der starke Jeremias. So hatte er seinen hyperventilierenden Atem in den Griff bekommen. So hatte er überlebt.

Deshalb machte das mit Svea nichts. Im Gegenteil, es gab Raik die Möglichkeit zu beweisen, dass er ein guter Freund war: indem er Svea Jeremias' Aufmerksamkeit nicht neidete.

Nur manchmal ließ sich diese leise, panische Stimme in seinem Kopf nicht abstellen. Diese Stimme, die sich fragte, ob er Jeremias überhaupt irgendetwas bedeutete. Oder ob er ihm nur lästig war, so wie allen anderen, einschließlich seiner Zwillingsschwester.

Normalerweise war Raik gut darin, die Stimme zu ignorieren. Doch hin und wieder konnte er einfach nicht umhin, ihr zuzuhören. Wie nach der Sache mit dem Kaninchen. Er hatte es für Jeremias getan. Weil er wusste, wieviel Wut er noch immer auf seinen Vater verspürte und dass sein Stolz es ihm verbot, sich selbst an dem Pfarrer zu rächen. Also hatte Raik es für ihn getan. Hatte sich etwas ausgedacht, das sicher auf Jeremias' Zustimmung stoßen würde: Kaninchenblut an der Tür der ihm so verhassten Kirche.

Jedes Mal, wenn Raik nur daran dachte, begannen seine Hände zu zittern. Dann sah er wieder das strampelnde Kaninchen vor sich. Wie seine Ohren panisch zuckten, wie es versuchte, sich aus Raiks Griff zu winden. Auch noch, als er mit dem kleinen Obstmesser schon mehrfach zugestochen hatte.

Und Jeremias reagierte gar nicht darauf. Raik hatte kein Danke erwartet, nicht von Jeremias. Ein Blick hätte genügt, etwas, das ihm zeigte, dass Jeremias das, was er getan hatte, zu schätzen wusste. Aber Jeremias tat so, als wäre nichts gewesen. Dabei war Raik sich sicher, dass er Bescheid wusste.

Raik war so in Gedanken versunken gewesen, dass er beinahe die Frau mit ihren Kindern übersah. Sie stand mitten auf der Straße und schrie ihre beiden plärrenden Jungs an. Er machte eine Vollbremsung und konnte gerade noch ausweichen. Die Frau sah nicht einmal auf.

Raik fuhr fast täglich durch diesen Ortsteil, doch er hatte sich noch nie bewusst umgeschaut. Erst jetzt fiel ihm das Graffiti an den grauen Hauswänden auf. Die kleinen Kinder, die unbeaufsichtigt auf der Straße spielten. Die Frauen mit Kopftüchern, die schwere Supermarkttüten schleppten. Hinter einer von ihnen ging Jeremias.

Raik vergaß völlig, dass er mit seinem Fahrrad immer noch mitten auf der Straße stand. Er starrte Jeremias nach, der hinter der Frau einen der Apartmentblocks betrat.

Lautes Hupen riss ihn aus seiner Starre. Ein dreckiges Auto navigierte an ihm vorbei, wobei es rechts halb über den Bürgersteig fuhr. Ein Mann, der mit einer Bierflasche in der Hand beinahe umgefahren wurde, stieß wilde Flüche aus. Der Fahrer zeigte Raik durch die geschlossene Fensterscheibe den Mittelfinger.

Raik stieg vom Fahrrad und machte, dass er von der Straße kam. Er lehnte sein Rad gegen einen hängenden Metallmülleimer. Unschlüssig schaute er sich um. Sein Blick fiel auf die Klingelschilder neben der Tür, durch die Jeremias verschwunden war. Es waren über zwanzig, fast alles ausländische Namen. An *Kowalski* blieben Raiks Augen hängen. So hieß Tanja mit Nachnamen.

Wahrscheinlich ein Zufall, sagte Raik sich. Kowalski war kein besonders seltener Name, schon gar nicht in diesem Teil des Ortes. Trotzdem beschleunigte sich sein Puls. Im nächsten Moment war er durch die angelehnte Haustür in das Gebäude geschlüpft.

Im hässlichen Betontreppenhaus hielt er inne. Er sollte das nicht tun. Jeremias nachspionieren. Was, wenn er gesehen wurde? Noch während er das dachte, schlich er bereits die Stufen hoch.

„Du bist zu weit gegangen."

Raik presste sich gegen die Wand. Das war Jeremias' Stimme gewesen. Er hörte, wie Tanja irgendwas erwiderte, doch konnte den genauen Wortlaut nicht verstehen. Es rauschte in Raiks Ohren. Jeremias war tatsächlich wegen Tanja hier. Konfrontierte sie.

„Sonst was?", drang Tanjas Stimme schrill durchs Treppenhaus. „Ernsthaft? Du kannst mir nichts antun, was du nicht schon längst getan hast." Aber ihre Stimme klang nicht wütend, sondern ängstlich.

„Wenn du dich da mal nicht irrst."

Raik hörte Schritte. So schnell er konnte, schlich er die Stufen hinunter. Als er im Erdgeschoss ankam, zögerte er kurz und hastete weiter bis in den Keller. Dort presste er sich gegen das metallene Treppengeländer. Er hörte Jeremias' leise Schritte. Dann fiel die Haustür zu.

Raik schloss die Augen und lauschte seinem eigenen keuchenden Atem. Schuldgefühle nahmen ihm die Sicht und er sank auf die Knie. Jeremias war hier gewesen, um Tanja zu konfrontieren. Um ihr zu sagen, dass sie ihn, Raik, endlich in Ruhe lassen sollte. Alle anderen der Gruppe auch, natürlich, aber er war stets Tanjas Hauptopfer gewesen.

Heiße Tränen strömten Raik über die Wangen. Gleichzeitig schämte er sich zutiefst. Wie hatte er jemals an Jeremias zweifeln können?

Abermals erklangen Schritte im Treppenhaus. Vorsichtig ging Raik ein paar Stufen hoch, lugte um die Ecke und sah gerade noch, wie Tanja das Gebäude verließ.

Er nahm seine Brille ab und wischte sich mit der Hand über das Gesicht. Einem unbestimmten Gefühl folgend ging er Tanja hinterher.

***

Tanja besaß kein Fahrrad – zumindest hatte Raik sie nie mit einem zur Schule kommen sehen. Auch jetzt legte sie den gesamten Weg von ihrem Wohnhaus bis zum Meer zu Fuß zurück. Raik hatte sein Fahrrad ebenfalls stehen lassen und folgte Tanja in sicherem Abstand. Versteckte sich hinter geparkten Autos und presste sich an Hauswände. Er ließ Tanja keine Sekunde aus den Augen.

Wieso Raik ihr folgte, wusste er selbst nicht genau. Eine diffuse Angst hatte sich in seiner Brust eingenistet.

Er beobachtete, wie Tanja ihre Schuhe und Socken auszog und, ohne zu zögern, ins eiskalte Watt marschierte. Nebel war aufgezogen.

Raik ließ seine Schuhe an. Er war ein einziges Mal in seinem Leben barfuß ins Watt gegangen, damals, als sie gerade frisch hierhergezogen waren. Es war September gewesen und die Temperaturen vergleichsweise mild. Trotzdem hatte es sich angefühlt, als würden ihm die Füße abfrieren.

Je länger Raik Tanja folgte, desto dichter wurde der Nebel. Er konnte mehr und mehr zu ihr aufholen, ohne, dass sie ihn bemerkte. Der Wind und das Möwengeschrei übertönten alle anderen Geräusche. Doch er musste aufpassen, Tanja nicht zu verlieren. Sie folgte keinem vorgegebenen Weg – oder zumindest keinem, der durch Markierungen kenntlich gemacht worden war.

Bald hatte sich die Nässe durch Raiks Winterstiefel gefressen. Er biss die Zähne zusammen und ging weiter. Raik war sich noch immer nicht sicher, warum er Tanja eigentlich folgte. Aber je weiter er ins Watt hinaus ging, je mehr ihm der Nebel die Sicht nahm, desto größer wurde diese Angst in ihm.

„Wenn du dich da mal nicht irrst“, hörte er immer wieder Jeremias’ Stimme.

Was, wenn Jeremias seine Drohung wahrmachte? Er sagte nichts, was er nicht meinte. Wenn Tanja nicht nachgab, wenn sie nicht mit dem Mobbing aufhörte, wäre Jeremias gezwungen zu handeln.

Raik wusste, wie wütend Jeremias werden konnte. Er zeigte seine Wut zwar nicht, dennoch wusste Raik, dass sie da war. Und dieser eiskalte Zorn war gefährlich. Was, wenn Jeremias etwas tat, das er nicht rückgängig machen konnte? Um sie alle, um ihn, Raik, vor Tanja zu schützen?

Er musste mit Tanja reden. Musste sie überzeugen aufzugeben. Nicht, um sie vor Jeremias zu schützen. Sondern Jeremias vor sich selbst.

Mehrmals setzte Raik an, nach Tanja zu rufen. Doch der Nebel war mittlerweile so dicht, dass er kaum noch wusste, in welche Richtung er lief. Geschweige denn, ob er Tanja weiterhin folgte.

Stur stapfte er geradeaus. Ignorierte die Kälte und die Orientierungslosigkeit. Bis sich vor ihm ein Deich aus Steinen aus dem Nebel löste. Raik war noch nie hier gewesen, aber er wusste, dass dies die Grenze war, an der das Watt endete und das Meer begann.

Suchend sah er sich um. Er konnte kaum einen Meter weit blicken. Versuchsweise ging er ein paar Schritte nach links, dann nach rechts.

Da sah er Tanja wieder, die mit dem Rücken zu ihm auf den Steinen saß und in einem Buch blätterte.

Raik schloss zu ihr auf. Tanja bemerkte ihn nicht.

Er kletterte die Steine hoch, bis er direkt hinter ihr stand. Bis er nur die Hand auszustrecken brauchte und sie berühren konnte.

Und das tat er. Raik legte Tanja eine Hand auf die Schulter und begann zu sprechen, doch seine Stimme gehorchte ihm nicht. Der Wind verschluckte sein Flüstern.

Tanja sprang auf. Gleichzeitig fuhr sie herum. Ihr linker Fuß trat ins Leere. Sie wedelte mit den Armen. Ihre weit aufgerissenen Augen starrten ihn an.

Mit offenem Mund sah er zu, wie sie hintenüberfiel. Ihr Kopf krachte gegen einen Stein, bevor ihr Körper im reißenden Meer versank.

Panik stieg in Raik hoch, aber da war noch etwas anderes. Er stolperte Tanja hinterher, verlor das Gleichgewicht und konnte sich gerade noch rechtzeitig an einem Stein festklammern. Im selben Moment, in dem Raik den Punkt erreichte, an dem Tanja verschwunden war, stieß ihr Kopf durch die Wasseroberfläche. Sie prustete, holte rasselnd Atem und streckte ihre Hände nach ihm aus. Ihre Augen waren in Todesangst aufgerissen.

Raik beugte sich vor und griff nach ihr. Seine Finger erreichten ihren Kopf, an dem die nassen Haare klebten. Er drückte.

Endlich verstand er, wieso er ihr wirklich gefolgt war. Er konnte es nicht zulassen. Konnte nicht zulassen, dass Jeremias für ihn den Kampf führte. Wegen Raik eine Dummheit beging und vielleicht sein ganzes Leben ruinierte.

Also drückte er. Mit aller Kraft, die er aufbringen konnte, drückte er Tanjas Kopf unter Wasser. Bis sie nicht mehr versuchte hochzukommen. Bis ihr Körper erschlaffte und von der Strömung weggerissen wurde.

KAPITEL 29

Gegenwart

Svea war schwindelig. Sie tastete mit der Hand hinter sich, fand endlich die stützende Wand.

Während Raik erzählte, war sein Blick zu Jeremias geschweift. Erst nachdenklich, doch gegen Ende hatten sich die Augen hinter den Brillengläsern verengt.

„Ich habe Tanjas Tagebuch mitgenommen und gelesen. Vielleicht kannst du dir vorstellen, wie überrascht ich war zu lesen, dass du für das Mobbing verantwortlich warst."

Jeremias erwiderte den Blick zwar, sagte jedoch nichts. In seinen Augen lag ein eigentümlicher Ausdruck.

„Ich habe sie für dich getötet."

„Darum habe ich dich nicht gebeten." Jeremias' Stimme schnitt scharf wie ein Messer durch den Keller. Plötzlich wusste Svea seinen Gesichtsausdruck zu deuten. Es war Zorn.

Raiks Gesicht verzerrte sich kurz, dann nickte er. „Du änderst dich nie, was? Du hast anderen so schreckliche Dinge angetan. Aber das interessiert dich einfach nicht, oder?"

Jeremias antwortete nicht.

„Oder?", brüllte Raik.

„Sag mir, was du hören willst, und ich sage es."

Da lachte Raik. Die Geschwindigkeit, mit der er zwischen Wut und Amüsiertheit wechselte, machte Svea abermals schwindelig.

„Das hättest du wohl gerne“, sagte Raik. Er lachte noch immer, das Messer in seiner Hand wippte dabei auf und ab. „Ausnahmsweise hast du mal keine Ahnung, was du tun musst, um die Dinge nach deinem Willen zu manipulieren. Du weißt ja, was auf dem Spiel steht. Sag: Hat der ach so tolle Jeremias, der immer alle Fäden in der Hand hält, der sich niemals für irgendwen oder irgendetwas außer sich selbst interessiert, etwa Angst?“

Jeremias zögerte. „Ja.“

„Solltest du. Und allein, dich so zu sehen, zu hören, wie du zugibst, Angst zu haben – allein dafür war es all das wert. Euch alle hierherzulocken. So zu tun, als wüsste ich von nichts, als hätte ich ebenso viel Angst wie ihr. Glaubt nicht, das hätte mir Spaß gemacht. Aber es gab keinen anderen Weg.“

„Keinen anderen Weg ... wofür?“, fragte Svea vorsichtig.

Karli lehnte immer noch an der Wand und sah nicht so aus, als würde sie auch nur über einen Ausweg aus dieser Situation nachdenken. Sie wirkte, als hätte sie bereits mit allem abgeschlossen. Rachida fiel auch aus.

Und Jeremias ... Svea wusste nicht, was in ihm vorging. Wenn er einen Plan hatte, ließ er sich das jedenfalls nicht anmerken.

Raiks Augen richteten sich auf Svea. „Kannst du dir vorstellen, was das für ein Gefühl war? Ich hatte gerade jemanden umgebracht. Ich brauchte mehrere Versuche, um das Tagebuch überhaupt aufzuheben, so sehr haben meine Hände gezittert. Ich hätte um ein Haar nicht an die Küste zurückgefunden und das hatte nichts mit dem Nebel zu tun. Als ich aus dem Watt raus war, bin ich so oft in die falsche Richtung gelaufen, dass es schon dunkel war, als ich mein Fahrrad wiederfand. Zu Hause dann Tanjas Tagebuch aufzuschlagen und zu lesen, dass Jeremias der Grund für das Mobbing war. Dass er uns zur Zielscheibe gemacht hat und das genau wusste, aber nichts dagegen unternahm. Dass derjenige, für den ich Tanja umgebracht habe, sich einen Scheiß für mich interessiert." Svea zuckte zusammen. Es war das erste Mal, dass sie Raik fluchen hörte. „Kannst du dir vorstellen, wie sehr ich ihn gehasst habe, Svea?"

Ihr Blick flackerte zu Jeremias. „Ja", sagte sie leise.

Raik nickte. „In vielerlei Hinsicht bist du mir ähnlicher als irgendjemand sonst hier. Du bist auch sein Opfer. Deswegen tat es mir auch so leid. Aber der Hass ..." Er zuckte mit den Achseln. „Du verstehst das sicher. Ich konnte an nichts anderes denken als daran, wie ich Jeremias ebenso verletzen könnte, wie er mich verletzt hat. Und die einzige Möglichkeit dazu bist du. Warst es schon immer."

Jeremias trat einen Schritt vor. Blitzschnell richtete Raik das Messer auf Svea und warf Jeremias einen warnenden Blick zu.

„Das dachte ich schon damals", fuhr Raik fort. „Die Tage nach Tanjas Tod habe ich nur verschwommen in Erinnerung. Aber ich weiß noch genau von diesem Moment, in dem mir klar wurde: Die Rache an Jeremias geht nur über dich, Svea."

„Was hast du getan?", wisperte sie.

„Damals? Gar nichts.“ Raiks Blick verklärte sich. „Eines Tages war Marie-Luise da. Hat mich einfach angesprochen und alles verändert. Und die Rache an Jeremias war gar nicht mehr so wichtig.“

Schweigen füllte den Keller. Da fragte Karli: „Was ist mit Rachida?“

Raik hob fragend die Augenbrauen.

„Jeremias, Svea, Anton, ich. Das verstehe ich. Aber warum hast du Rachida das angetan? *Sie* hat doch gar nichts gemacht.“ Ihre Stimme war dünn und klang kein bisschen wie Karli.

„Du verstehst gar nichts!“, herrschte Raik sie an. „Marie-Luise war alles für mich, das erste wahrhaft Gute in meinem Leben, seit ich zwölf war! Die Einzige, der ich etwas bedeutet habe. Und ihr alle habt sie getötet!“

„Nein“, sagte Karli müde. „Ich habe sie getötet.“

„So einfach ist das leider nicht. Alle hier haben ihren Anteil beigetragen. Rachida weiß das. Oder, Rachida?“

Alle Blicke richteten sich auf die Frau, die noch immer in der Seemannskiste kauerte. Rachida wimmerte, doch hielt den Kopf gesenkt.

„Sie weiß es.“ Raik sah sie alle der Reihe nach an, so, als wollte er sichergehen, dass sie ihm glaubten. „Rachida hat etwas Schreckliches getan. Deshalb kam sie vor ein paar Tagen zu mir, um sich zu entschuldigen.“

Svea fing Jeremias' Blick auf. *„Sie hat sich schuldig gefühlt.“* Das hatte Jeremias über Rachida gesagt.

Das Schweigen zog sich in die Länge. Svea hielt es nicht mehr aus. „Entschuldigen wofür?“, fragte sie atemlos.

„Marie-Luise hat mir etwas erzählt“, sagte Raik scheinbar zusammenhangslos. „Damals, in der Nacht, in der wir das letzte Spiel gespielt haben.“

Karli gab einen erstickten Laut von sich.

Raik nickte, ein bitteres Lächeln auf den Lippen. „Ja, sie hat mir etwas erzählt, bevor sie starb.“

Und plötzlich wusste Svea, was sie die ganze Zeit gestört hatte. Was nicht zusammenpasste. Wenn Marie-Luise nach dem Sturz sofort tot gewesen war, woher hatte sie dann ihre blutigen, abgebrochenen Fingernägel?

KAPITEL 30

Die Nacht des letzten Spiels

Marie-Luise fror. Ihr Gesicht lag zur Hälfte im Nassen. Sie versuchte, den Kopf zu drehen, aber es gelang ihr nicht. Panik stieg in ihr hoch. Sie bekam nicht genug Luft. Marie-Luise öffnete den Mund, gierte nach Sauerstoff. Stattdessen drang matschiges Wasser in ihren Mund, das sie mühevoll wieder ausspuckte. Sie musste husten, wollte sich dafür aufrichten, aber schaffte es einfach nicht, sich zu bewegen. *Durch die Nase atmen*, sagte sie sich. *Ein, aus. Ein, aus.*

Wo war sie? Was war passiert?

Sie zwang sich, sich zu konzentrieren. Die Panik ließ etwas nach und sie nahm andere Dinge wahr. Nicht nur ihr Gesicht lag im Matsch, auch die gesamte Rückseite ihres Körpers war durchnässt. Sie lag auf dem Rücken, den Kopf zur Seite gedreht. Ihr rechter Arm klemmte unter ihrem Gesäß, der linke lag weit von ihr gestreckt. Es war so kalt. Und dunkel.

Je länger sie so dalag, desto mehr Details fielen ihr auf. Es regnete. Wenn sie die Augen verdrehte, konnte sie ein Stück des Himmels sehen. Nicht den Mond, aber ein paar Sterne.

Marie-Luise nahm ihre gesamte Kraft zusammen, spannte den Hals an und schaffte es, ihr Gesicht ein Stück aus dem Matsch zu drehen. Ein grauenvoller

Schmerz schoss ihr durch den Kopf, der ihr die Luft nahm. Sie röchelte. Ihr war schlecht. Doch sie wusste, wenn sie sich jetzt übergab, wäre sie nicht in der Lage, den Kopf zu drehen, um das Erbrochene auszuspucken. Sie musste weiteratmen. *Konzentrier dich*, befahl sie sich. *Genau wie eben. Ein, aus. Ein, aus.*

Mit jedem Mal ließ der Schmerz ein wenig mehr nach.

Sie wusste nicht, wie viel Zeit verging. Ihre Gedanken drifteten ab und sie war nicht sicher, ob das, was sie sah, Träume oder Erinnerungen waren. Schlief sie? Ihre Augen jedenfalls waren offen.

Marie-Luise dachte an Raik. Sie sah ihn wieder vor sich, diesen verlegenen Blick, als er ihr seine App zeigte. Und wie sehr er sich freute, dass sie ihr gefiel. Sie erinnerte sich an seinen Gesichtsausdruck, als er die Bestätigung zur Anmeldung zum Projektwettbewerb erhielt. Er hatte sofort anrufen und das Missverständnis aufklären wollen, aber sie hatte ihn nicht gelassen. Hatte ihm Mut gemacht. Ihn dazu überredet, es zu versuchen.

Als alles nach hinten losgegangen war, hatte sie ihn fallen lassen. Das mussten zumindest alle denken. Raik musste das denken. Aber die Wahrheit war, dass Marie-Luise ihm seit diesem Tag einfach nicht mehr in die Augen sehen konnte. Weil sie sich schämte.

Sie hatte ihm heute die Wahrheit sagen wollen. Nur deshalb war sie überhaupt hier.

Marie-Luise dachte auch an Rachida. Sie war von ihr belogen worden, das war ihr mit der Zeit klargeworden. Es wäre so einfach gewesen, dem anderen Mädchen die Schuld an allem zu geben. Aber was änderte das?

Mittlerweile war ihr so kalt, dass sie ihre Finger nicht mehr spürte. Aber solange sie sich nicht bewegte, hielten sich zumindest die Schmerzen in Grenzen.

Sie hatte so viel falsch gemacht.

Auch bei Svea hätte sie sich gern entschuldigt. Svea war immer nett zu ihr gewesen. Außerdem war sie die Einzige, die nett zu Raik war. Marie-Luise hatte ihr nicht schaden wollen. Sie hatte einfach keinen anderen Ausweg gesehen. Direkt nach der Präsentation war sie zu Sveas Mutter gegangen. Hatte ihr von dem Spiel erzählt. Hatte gehofft, damit das Ganze zu stoppen.

Wie dumm Marie-Luise doch gewesen war. Zu denken, dass ihre Mutter Svea dazu bringen würde, mit dem Spiel aufzuhören, und dass dadurch wiederum Jeremias das Spiel sein ließ.

Das Einzige, was Marie-Luise damit erreicht hatte, war, dass Svea sich mit ihrer Mutter zerstritt.

Noch mehr Schuld, die sie auf sich geladen hatte.

Wie gern hätte sie Svea die Wahrheit gesagt. Einfach alles beichten. Aber Jeremias, dem sie tatsächlich unter Tränen alles gestanden hatte, war sehr deutlich gewesen. Er hatte ihr das Versprechen abgenommen, Svea nichts zu sagen. Marie-Luise hatte nicht nach dem Grund gefragt. Sie hatte gedacht, Jeremias wolle nur nett sein. Wolle verhindern, dass Svea wütend auf Marie-Luise wurde. Mittlerweile glaubte sie jedoch, dass Jeremias nicht wollte, dass Svea sich wieder mit ihrer Mutter vertrug.

„Marie-Luise?"

Ein Wispern nur, das beinahe in Wind und Regen unterging. Marie-Luises stockte der Atem. Hatte sie sich seine Stimme nur eingebildet?

Da nahm sie eine Bewegung aus dem Augenwinkel wahr. Ein Schatten erschien über ihr, verdeckte die Sterne.

Ein Schluchzen bildete sich in Marie-Luises Kehle. Ihre Augen schwammen in Tränen, als Raiks Gesicht vor ihr auftauchte. Er streckte eine Hand nach ihr aus, berührte sie vorsichtig an der Wange.

Marie-Luise versuchte sich an einem Lächeln, doch Raiks Gesicht wurde nur noch besorgter.

„Du bist eiskalt“, sagte er und schob eine Hand unter ihren Rücken.

Sie versuchte zu sprechen. Ihn darauf aufmerksam zu machen, dass mit ihrem Kopf etwas nicht stimmte. Doch es war zu spät. Raik hob sie hoch. Schmerz explodierte in ihrer Schädeldecke. Marie-Luise wollte schreien, aber kein Laut drang aus ihrer Kehle. Sie übergab sich blind, konnte nichts mehr sehen. Dann war alles vorbei.

***

Als Marie-Luise wieder zu sich kam, lehnte sie mit dem Rücken an etwas Festem. Es regnete nicht mehr. Sie blinzelte ein paarmal und realisierte, dass sie im Schuppen saß. Irgendwoher kam Licht, doch Marie-Luise konnte die Quelle nicht entdecken. Sie traute sich nicht, den Kopf zu drehen.

Raik hockte neben ihr. „Ich rufe einen Krankenwagen“, hörte sie ihn sagen.

Marie-Luise versuchte zu sprechen. Zuerst drang nur ein Röcheln aus ihrer Kehle, das sich zu einem

Krächzen steigerte. Dann schaffte sie es endlich, ein Wort zu formen: „Warte."

Raik hatte bereits sein Handy in der Hand.

Ohne ihren Kopf zu bewegen, versuchte Marie-Luise, ihre Finger auszustrecken. Ganz langsam tasteten sie sich vor, bis sie Raiks Hand fanden. Ihre Finger schlossen sich um seine. Raik sah sie mit großen Augen an.

„Ich war es", brachte Marie-Luise hervor. „Ich habe ..." Ihre Stimme schmerzte im Hals. Sie hielt inne, befeuchtete ihre Lippen. Dann versuchte sie es erneut. Sie schaffte es, den Satz zu Ende zu bringen. „Ich habe dich für den Projektwettbewerb angemeldet." Erschöpft schloss sie die Augen. Sie hatte es geschafft. Vor Erleichterung rannen ihr Tränen über die Wangen. Sie meinte sogar, ein Lächeln zustande zu bringen.

Bis Raik seine Hand aus ihrer befreite.

Marie-Luise schlug die Augen auf. In dem Gesicht vor ihr sah sie einen Ausdruck, den sie nie an Raik erwartet hätte.

Hass.

Im nächsten Moment packte er sie. Der Schmerz, den er auslöste, brachte abermals Dunkelheit.

***

Marie-Luise wusste nicht mehr, ob sie wach war oder schlief. Oder ob sie schon tot war. Es war dunkel. Und eng. Sie hatte ein paarmal versucht zu schreien, aber das war eine Ewigkeit her. Sie war sich nicht sicher, ob überhaupt ein Laut aus ihrer Kehle gedrungen war.

Ihre Fingerkuppen schmerzten. Sie hatte versucht, sich aus diesem engen Ort zu befreien. Hatte sie wirklich? Oder war das nur ein Traum gewesen?

Sie war sich fast sicher, dass sie bald aufwachen würde. Sie hatte das manchmal, dass ein Traum sich wie die Wirklichkeit anfühlte. Dass sie mehrmals aufwachte, nur um jedes Mal wieder in denselben Traum abzudriften.

Sie hoffte wirklich, sie würde bald aufwachen. War schon Wochenende? Sonntagmorgens kaufte ihr Vater immer frische Brötchen und ihre Mutter kochte Eier.

Sie wollte aufwachen. Jetzt. Ihre schmerzenden Finger pressten sich abermals in die Ecken ihres Gefängnisses. Zwängten sich mit aller Kraft in jede Nische, versuchten, eine Öffnung zu finden. Aber es war zwecklos. Es gab keine Öffnung.

Sie musste aufwachen. Denn bald würde ihr die Luft ausgehen.

KAPITEL 31

Gegenwart

Raik erzählte seine Geschichte mit einer Gleichgültigkeit, als ginge ihn das alles nichts an, doch in seinen Augen meinte Svea, etwas zu erkennen. Einen Funken. Ein Gefühl. Welches, konnte sie nicht definieren.

„Ich habe nicht um sie getrauert", fuhr er fort. Raiks Stimme hallte laut und klar von den Wänden wider. Selbst Rachida hatte ihr Wimmern eingestellt, so als lauschte sie ebenfalls.

„Sie hatte es verdient, oder? Hatte mir die ganze Zeit was vorgespielt, sich mein Vertrauen erschlichen, bis ich ihr wirklich glaubte, dass sie mich mochte. Bis ich glaubte, dass sich alles zum Guten gewendet hatte. Dass mein Leben nicht nur ein einziger erbärmlicher Fehlschlag war. Jeremias war für mich gestorben, aber dafür hatte ich Marie-Luise. Und dann stellte sich heraus, dass sie genau so war wie er. Genau wie Jeremias hat sie mich hintergangen. Hat mir ein Messer in den Rücken gestochen, als ich es am wenigsten erwartet habe. Das konnte ich ihr nicht durchgehen lassen. Sie hat mich verraten." Sein Blick richtete sich auf Rachida. „Das habe ich zumindest zehn Jahre lang geglaubt. Bis du mir die Wahrheit gesagt hast. Besser spät als nie, was?" Er grinste voller Hass. „Um zu deiner Frage zurückzukehren ..." Er sah seine Schwester an. „Was

Rachida getan hat, willst du wissen? Was sie getan hat, dass ich sie festgehalten und dann, bevor ihr ankamt, für ein paar Stunden in diese Kiste gesperrt habe?“ Er lachte freudlos auf. „Ich finde, ich war noch großzügig. Als sie mir die Wahrheit gesagt hat, wollte ich sie umbringen. Ich wollte, dass sie dasselbe durchmacht wie Marie-Luise. Aber die“, er deutete auf die Kiste, in der Rachida saß, „ist nicht luftdicht. Nicht wie die Gefriertruhe, in die ich Marie-Luise gesteckt und auf die ich mich draufgesetzt habe, damit sie sie von innen nicht öffnen kann. Rachida wäre nicht gestorben, auch wenn ihr noch länger gebraucht hättet, um sie zu finden.“ Er zuckte mit den Achseln. „Ich dachte, sie sollte beim großen Finale dabei sein. Obwohl ich mir nicht sicher bin, was sie überhaupt mitkriegt.“

Sveas Blick lag ebenfalls auf Rachida. Sie konnte die Augen der anderen Frau nicht sehen, nur die stumpfen Haare, die in Strähnen herabhingen und das Gesicht verdeckten. Sie ahnte, was Rachida getan hatte. Allzu deutlich hatte sie dieses leise Lächeln vor Augen. Damals, nachdem Raik sich auf der Bühne in die Hose gemacht hatte.

„Wir haben für das Spiel alle schreckliche Dinge getan“, fuhr Raik fort. „Jeremias hat Svea gezwungen, Anton das Herz zu brechen. Svea hat Karlis Nebenjob in den Dreck gezogen und am schwarzen Brett ausgehängt. Karli hat Anton die Chance auf eine richtige Freundschaft genommen. Anton hat Rachidas Traum vom Medizinstudium zerstört. Ich habe ein Kaninchen aufgeschlitzt und mit dem Blut die Kirchentür gestrichen. Und Rachida hat Marie-Luise dazu gebracht, mich für den Projektwettbewerb anzumelden. Hat ihr erzählt, dass das Spiel nicht so schlecht sei, wie sie denkt. Dass man es auch dazu benutzen könne, Gutes zu tun. Zum Beispiel mich dazu zu bringen, ein bisschen mehr aus mir herauszukommen. Mutiger zu sein. Mein Licht nicht länger unter den Scheffel zu stellen. Indem ich beim Projektwettbewerb allen zeige, was für eine tolle App ich entwickelt habe. ‚Klar, er wird es zuerst nicht wollen.' Das hast du zu ihr gesagt, oder, Rachida? ‚Er ist halt schüchtern. Er glaubt nicht an sich und seine App. Er braucht einfach einen kleinen Schubs. Aber auf uns würde er nicht hören. Wenn du ihn anmeldest und überzeugst, dass er es versuchen muss, wird er es tun, da bin ich mir sicher.'"

Alle Blicke waren auf Rachida gerichtet. Sie hatte wieder zu wimmern begonnen.

„Marie-Luise wusste nichts von meinem Problem", fuhr Raik fort. „Sie hat mich nie bei einem Referat erlebt. Sie hat Rachida geglaubt. Sie wollte mir nur helfen." Er brach ab. Sah zu Boden.

Mit einem Mal erkannte Svea eine Vielzahl an Emotionen auf Raiks Gesicht. Wut, ja, aber auch Schuld. Reue. Und so viel Schmerz.

„Es tut mir so leid", sagte sie vorsichtig.

Raik sah sie an und sie hielt seinem Blick stand. *Nichts überstürzen*, sagte sie sich. *Langsam, geduldig. Mit Verständnis. Dann hast du vielleicht eine Chance.* „Ich kann mir kaum vorstellen, wie du dich gefühlt haben musst, als Rachida dir die Wahrheit gesagt hat." Svea schluckte. „Ich verstehe, dass du sie bestrafen musstest. Was du ja auch getan hast."

Raik nickte. „Sie hat mich immer verdächtigt, kannst du dir das vorstellen? Zehn Jahre lang dachte sie, dass ich Marie-Luise getötet habe. Aber sie hatte Angst, der Sache auf den Grund zu gehen. Denn wenn sie recht hätte und ich es war, wäre es ja ihre Schuld."

Svea leckte sich über die trockenen Lippen. „Du hast Rachida bestraft", wiederholte sie. „Du hast uns hierhergelockt und uns alle bestraft. Wir haben es verdient."

„Aber?", fragte Raik so scharf, dass Svea zusammenzuckte. „Ich höre da ein Aber kommen."

„Aber findest du nicht, es ist genug?" Noch in dem Moment, in dem sie es sagte, wusste Svea, dass sie einen Fehler gemacht hatte.

Ein irres Glitzern trat in Raiks Augen. „Marie-Luise ist tot. Verstehst du, Svea? Tot! Wie kann es da genug sein?"

Ehe Svea etwas sagen oder reagieren konnte, überbrückte Raik den Abstand zwischen sich und Karli. Plötzlich steckte das Messer in Karlis Brust. Sie starrte ihren Bruder mit großen, verständnislosen Augen an, bevor sich ihr Blick auf den Griff richtete, der aus ihrem Körper ragte. Raik griff ihn mit beiden Händen und zog die Klinge heraus, nur um wieder zuzustechen. Karli gab einen gurgelnden Laut von sich. Alle Farbe wich aus ihrem Gesicht. Blut pumpte aus der ersten Wunde, tränkte ihren Pullover tiefrot. Karlis zitternde Finger tasteten nach dem Messer. Bevor sie es fanden, zog Raik es erneut aus ihr heraus.

Karli schwankte, die Hände auf die blutende Brust gepresst. Dann stürzte sie mit dem Oberkörper vornüber. Mit dem Gesicht nach unten blieb sie auf dem Steinboden liegen.

Svea hörte ein Schluchzen. Im nächsten Moment realisierte sie, dass es aus ihrem eigenen Mund kam. Sie wankte auf Karli zu, doch ihre Knie zitterten so stark, dass sie fiel, noch bevor sie die andere Frau erreicht hatte. Auf allen vieren rutschte sie über den Boden. Diesmal hielt Raik sie nicht auf.

Als Svea Karli endlich erreichte, bebte ihre Hand so sehr, dass sie es nicht schaffte, den reglosen Körper umzudrehen. Plötzlich war Jeremias neben ihr. Er schob Svea sanft zur Seite und legte zwei Finger an Karlis Hals. Fühlte den Puls.

Die Sekunden zogen sich in die Länge. Sveas eigener Herzschlag dröhnte ihr in den Ohren. Jeremias sah sie an, ehe er den Kopf schüttelte.

„Das war dein Zug, Svea", hörte sie Raiks Stimme aus weiter Ferne. „Irgendjemanden musstest du ja auswählen. Und besser Karli als Jeremias oder Rachida, nicht wahr?"

Tränenblind blickte Svea zu Raik hoch. Er hielt das Messer locker in der rechten Hand. Blut rann von der Klinge und tränkte sein Hosenbein.

„Ich habe sie nicht ausgewählt", drang Sveas Stimme überraschend deutlich aus ihrem Mund. Noch immer quollen Tränen aus ihren Augen. „Du hast sie getötet! Du hast deine eigene Schwester erstochen!"

Raik nickte. „Sie war so glücklich in Australien. Hin und wieder hat sie mir Fotos geschickt. Sie haben sich immer besser und besser verkauft. Vor Kurzem hat sie sogar einen Mann kennengelernt. Toby oder Thomas oder so. Sie wollte, dass ich ihn kennenlerne. Aber warum sollte sie es verdient haben, glücklich zu sein, wo Marie-Luise hier unten liegt und vor sich hin rottet?"

Svea konnte ihn nur anstarren. Und sie begann zu verstehen, dass es nichts gab, das sie sagen oder tun konnte, um Raik von seinem irren Plan abzubringen.

„Keiner hier hat es verdient, zufrieden weiterzuleben", fuhr Raik fort. „Ich nicht und du", er richtete die blutige Messerspitze auf Jeremias, „am allerwenigsten."

Jeremias stand auf und wandte sich Raik zu. „Was hast du jetzt vor?", fragte er. „Willst du uns alle nacheinander abstechen?"

„Das hättest du wohl gern." Raik lachte auf. „Aber für dich habe ich mir was Besonderes ausgedacht. Du hast doch so eine Schwäche für Spiele. Also spielen wir. Svea war schon dran." Er deutete hinter sich, wo Karlis Leiche lag. Dann warf er einen Blick auf Rachida. „Ich würde ihr ja auch eine Chance geben, aber ich glaube, die hat für den Moment genug."

Rachida hatte sich zu einem Ball zusammengerollt. Die Finger lagen auf ihrem Kopf und rupften einzelne Haare aus dem Scheitel.

Raik fixierte Jeremias. „Demnach bleiben nur du und ich. Irgendwie symbolisch, findest du nicht?" Er steckte die linke Hand in seine Jackentasche. Im nächsten Moment warf er Svea etwas vor die Füße. Es waren die Spielkarten.

Sie stoben auseinander und zerstreuten sich auf dem Boden.

„Du mischst."

Svea rührte sich nicht.

„Wenn du nicht mischst, tu ich es", sagte Raik. „Und glaub nicht, dass ich schlechter im Betrügen bin als Jeremias."

Langsam bückte Svea sich nach den Karten.

„Du weißt, was passiert, wenn ich die Rachekarte ziehe, oder?“, fragte Raik.

Svea blickte auf, gerade rechtzeitig, um zu sehen, wie er in ihre Richtung nickte.

„Dann trifft es sie.“

Raik und Jeremias starrten sich in die Augen.

„Wenn du die Rachekarte ziehst“, fuhr Raik fort, „trifft es mich. In dem Fall kommt ihr alle doch noch lebend hier raus.“ Sein Blick schweifte zu Karli. „Na ja, fast alle.“ Er grinste, als er wieder Jeremias fixierte. „Ein faires Spiel auf Leben und Tod. Du wolltest doch immer so gerne sehen, zu was Menschen fähig sind. Das war es doch, was dir Nervenkitzel verschafft hat. Vielleicht hast du Glück und findest heute heraus, zu was *ich* wirklich fähig bin. Zu was du mich gemacht hast.“ Raik wies mit der Messerspitze auf den Boden, auf dem Svea noch immer kniete und langsam die Karten zusammenklaubte. „Setz dich.“

Jeremias gehorchte. Raik nahm in einigem Abstand zu Svea und Jeremias ebenfalls Platz.

„Du versuchst nicht zufällig gerade, Zeit zu schinden, oder?“, fuhr Raik Svea an.

Sie beeilte sich, die restlichen Karten einzusammeln. Das Deck lag so schwer in ihrer Hand, als wäre es aus Blei. Sie begann zu mischen, wobei ihr mehrere Karten aus der Hand fielen.

Raik lachte.

„Wer bestimmt die Rachekarte?“, fragte Jeremias.

Raik schien zu überlegen. Sein Blick schweifte zu Karlis reglosem Körper, dann zu Rachida. „Das ist ein Problem.“ Bevor Jeremias etwas sagen konnte, fuhr er fort:

„Aber kein großes. Svea, gib uns einfach zwei beliebige Karten. Die höhere ist die Rachekarte."

Svea fing Jeremias' Blick auf. Seine Augen bohrten sich in ihre. Ihr war, als würde er sie stumm anflehen: *Tu etwas. Misch so, dass ich die höhere Karte bekomme.*

Raik richtete das Messer auf Jeremias. „Ich beobachte dich genau, Svea. Eine komische Handbewegung und Jeremias ist tot, noch bevor du die Chance hattest, die Karten auszuteilen."

Svea mischte und mischte. Mit jedem Mal fielen mehr Karten auf den Boden. Ihre Hände schwitzten. Die ganze Zeit lag Jeremias' schwerer Blick auf ihr. Sie konnte das nicht. Sie war nicht wie er. Sie konnte nicht versuchen zu betrügen und riskieren, dass Raik mit Jeremias dasselbe machte wie mit Karli.

Bitte, flehte sie stumm. *Die Chancen stehen fünfzig zu fünfzig*. Jeremias musste einfach die höhere Karte haben.

Svea schloss die Augen und mischte die Karten ein letztes Mal ineinander. Sie formte einen Stapel, teilte ihn ungefähr in der Mitte, bevor sie die beiden Hälften die Plätze tauschen ließ. Dann zog sie die oberste Karte und legte sie verdeckt vor Jeremias ab. Die nächste schob sie Raik hin.

Keiner der beiden machte Anstalten, die Karten umzudrehen.

„Seit wann weißt du, dass ich es war?", fragte Raik.

Jeremias zuckte mit den Achseln. „Ich hab es geahnt, seit ich die Nachricht von Rachidas Nummer bekommen habe, in der du Svea bedroht hast. Du warst immer eifersüchtig auf sie."

Raiks Augen verengten sich zu Schlitzen.

„Und je länger wir hier waren, desto sicherer wurde ich mir. Aber ich konnte es niemandem sagen, dafür hast du mit deiner Drohung ja gesorgt."

Raik nickte zufrieden. „Ich wusste, du würdest irgendwann dahinterkommen. Die Drohung gegen Svea war das Einzige, womit ich dich davon abhalten konnte, es den anderen zu erzählen."

Raik griff nach seiner Karte. Jeremias tat es ihm gleich. Zeitgleich drehten sie ihre Karten um und legten sie offen auf den Boden.

Svea blinzelte. Im ersten Moment konnte ihr Verstand aus dem, was sie sah, keinen Sinn ziehen.

Jeremias hatte den Herzbuben. Raik den Kreuzkönig.

„Das Schicksal ist heute ausnahmsweise mal auf Seiten der Fairness." Das Messer, das Raik die ganze Zeit über in der rechten Hand gehalten hatte, richtete sich auf Svea. „Komm her."

Svea rührte sich nicht. Sie spürte ihren eigenen Körper nicht mehr. Es war, als sähe sie sich selbst von außen, aus der Perspektive einer dritten Person: eine aus Entsetzen erstarrte Frau, die keinen Ausweg wusste.

Die Augen der beiden Männer waren auf sie gerichtet, beider Blicke gleichermaßen intensiv.

„Tut mir wirklich leid, dass es so enden muss", sagte Raik mit einem Seufzen. „Aber es gibt keine bessere Strafe für Jeremias, als mitanzusehen, wie du stirbst. Wie du es freiwillig tust. Für ihn. Die gute Nachricht für dich ist, dass Jeremias hier lebend rauskommt. Das gilt aber nur, wenn du sofort herkommst." Raik seufzte, als Svea sich noch immer nicht bewegte. „Ich zähle bis drei, Svea. Wenn du dann nicht vor mir kniest und mir deine Pulsadern hinhältst, sterbt ihr beide! Eins."

Am ganzen Körper zitternd, rutschte sie auf Knien in Raiks Richtung. Ihr Blick war auf den kahlen grauen Steinboden gerichtet. Sie traute sich nicht, Jeremias anzusehen. Wollte nicht wissen, was sie in seinen Augen lesen würde.

„Zwei."

Nur noch wenige Zentimeter, bis Raik den Arm ausstrecken und nach ihr greifen könnte.

„Beeil dich ein bisschen."

Svea erstarrte. Das war nicht Raiks Stimme gewesen, sondern die von Jeremias.

Sie sah zu ihm hoch. Sein Blick ruhte auf ihr, die Augenbrauen leicht hochgezogen, ein Mundwinkel gekräuselt. Er wirkte gelangweilt. „Mach schon, damit ich endlich hier rauskomme."

Svea sah in die kalten braunen Augen. Und lächelte ihn an. Sie wusste vielleicht nicht immer, wann Jeremias log. Aber gerade tat er es. Er wollte sie glauben lassen, dass ihm nichts an ihr lag – damit sie sich nicht für ihn opferte. Sie schloss den letzten Abstand zu Raik und streckte ihm ihre Arme hin.

„Schon gut", sagte sie. Ihr Mund lächelte noch immer, aber aus ihren Augen liefen Tränen. Sie hatten noch so viel nachzuholen. So vieles, das ungesagt geblieben war. Jetzt würden sie niemals die Chance bekommen, aus dieser verzwickten Beziehung etwas Besseres zu machen. Etwas Normales.

„Es wird schnell vorbei sein." Raik umfasste ihren linken Arm. Sie spürte die kalte Klinge an ihrer Haut, dann einen scharfen Schmerz.

„Willst du wissen, was damals wirklich passiert ist, Raik?", fragte Jeremias. „Damals, als deine Tante dich eingesperrt hat?" Er klang atemlos, gehetzt. „Du hast keine Ahnung, was ich getan habe."

Die Klinge stoppte in der Bewegung. Jeremias' Stimme nicht. Ohne Raiks Antwort abzuwarten, begann er, in schnell aneinandergereihten Worten zu erzählen.

KAPITEL 32

Sieben Jahre vor der Nacht des letzten Spiels

Mit halb geschlossenen Lidern lauschte Jeremias der Orgelmusik.

„Lasset uns beten“, sagte sein Vater.

Wie alle anderen in der kleinen Kirche erhob sich auch Jeremias, faltete die Hände und blickte demütig gen Boden.

„Vater unser im Himmel“, hallte es von allen Seiten wider. „Geheiligt werde Dein Name, Dein Reich komme ...“

Jeremias’ Lippen bewegten sich zwar, aber kein Ton drang aus seinem Mund. Er wusste, dass sein Vater ihn beobachtete. Während alle anderen im Gebet versunken waren oder zumindest so taten, glitten die Augen des Pfarrers über Jeremias’ sorgsam gebändigtes Haar und über sein weißes Hemd, das ordentlich im Bund der schwarzen Hose verschwand. Da Jeremias in der ersten Reihe stand, konnte sein Vater in aller Ruhe sogar seine Schuhe kontrollieren. Aber Jeremias war vorsichtig gewesen. Er gab ihm heute keinen Grund, ihn die Nacht im Keller verbringen zu lassen.

Suchend spürte er den Blick seines Vaters über seinen Körper wandern. Er war hartnäckig, aber es gab keinen Makel, den er entdecken konnte. Nicht heute. Nicht die zahllosen Sonntage zuvor. Es war lange her, dass Niels

Evers Jeremias aufgrund eines nicht perfekt gebügelten Hemdes oder schmutziger Schuhe beim Gottesdienst eingesperrt hatte. Was nicht bedeutete, dass Jeremias' Vater nicht andere Gründe fand, um ihn zu bestrafen.

Endlich war der Gottesdienst vorbei. Jeremias ließ sich mit den anderen Kirchgängern aus dem Gebäude treiben. Draußen empfing ihn die grelle Julisonne. Es war viel zu heiß für das langärmelige Hemd, das er trug. Er wandte sich zum Pfarrhaus, um sich umzuziehen.

Er war kaum drei Schritte weit gekommen, da versperrte ihm ein großer, dünner Junge den Weg. „Oh, hi, ähm ...", stammelte dieser. Gleichzeitig lächelte er Jeremias breit und aufrichtig an. Er war weit weniger formell gekleidet als Jeremias, wirkte aber trotzdem ordentlich. So, als hätte auch beim ihm jemand darauf geachtet, dass er in sauberem Zustand in die Kirche ging. Nur die dunkelblaue Jeans war ihm ein paar Zentimeter zu kurz.

Der Junge war heute zum dritten Mal beim sonntäglichen Gottesdienst. Normalerweise sah man ihn nur im Doppelpack mit seiner Schwester. Ein kleines, aber nicht weniger dünnes Mädchen, das die kurzen Haare pechschwarz gefärbt hatte und sich auch größtenteils schwarz kleidete. Hätte Jeremias das eine oder andere gewagt, hätte er mehr als nur eine Nacht im Keller verbracht.

„Du heißt Raik, oder?", fragte Jeremias.

Der andere Junge grinste, als wäre gerade die Sonne aufgegangen.

„Ich ... Wir, also meine Schwester und ich, wir sind zu Besuch hier ... bei unserer Tante Rosa."

Das alles wusste Jeremias bereits. Raiks Tante Rosa verbrachte jeden Sonntagnachmittag bei ihnen im Pfarrhaus im engen Wohnzimmer und trank Kaffee mit Jeremias' Vater. Neben den geplanten Renovierungsarbeiten in der Kirche, über die die beiden seit Wochen beratschlagten, hatte sich Raiks Tante die letzten zwei Sonntage vor allem über ihre Nichte ausgelassen. Anscheinend trieb sie sich mit den anderen Jugendlichen des Dorfes den ganzen Tag herum und kam erst spätabends, nach Zigarettenrauch stinkend, zurück.

Über ihren Neffen Raik hatte sie auch gesprochen. Allerdings nur Gutes. Wie folgsam er sei und was für ein wohlerzogenes Kind. Dass er kaum Arbeit mache, immer höflich sei und bei der Hausarbeit mithelfe.

Jeremias musterte den anderen Jungen abwartend.

Raik lief unter dem Blick rot an. „Dein Vater", plapperte er drauflos, „das ist der Pfarrer, oder?"

Jeremias nickte.

„Zu Hause gehen wir eigentlich nie in die Kirche. Ich dachte, es wird bestimmt ziemlich langweilig. Aber dein Vater macht das toll, ehrlich. Worüber er so predigt. Er ist so mitreißend, also, ich meine, er kann richtig gut reden. Du wirst bestimmt auch mal so." Raik verhaspelte sich während seines Lobgesangs auf Niels Evers mehrere Male.

Jeremias erwiderte nichts. Er wusste, sein Gesichtsausdruck war ebenso leer wie zuvor.

„Also dann", sagte Raik verlegen. Die roten Flecken auf seinen Wangen glühten wie Ampeln. „Tante Rosa geht ja nachher zum Kaffee zu euch. Während sie weg ist, telefonieren Karli und ich immer mit unseren

Eltern. Wahrscheinlich gibt's auch wieder Bienenstich. Unsere Tante Rosa lässt immer die Hälfte da, die andere Hälfte nimmt sie ja mit zu euch."

Und aß ihn ganz allein, was man durchaus an ihrem Körperumfang sah. Jeremias' Vater war der Meinung, dass sich ein wahrer Diener Gottes auch außerhalb der Fastenzeit keinen irdischen Gelüsten hingeben durfte.

„Hast du Lust, was zusammen zu machen?", fragte Jeremias, als Raik schon die Hand zum Abschied erhoben hatte. „Das heißt, falls du das Telefonat mit deinen Eltern mal ausfallen lassen kannst."

Raik starrte ihn an. Die Freude über Jeremias' Vorschlag ließ seine Augen leuchten. Dann biss er sich auf die Unterlippe. „Es ist nur ...", begann er und druckste herum, „unsere Eltern wollten uns heute sagen, wie es in Zukunft weitergeht. Sie lassen sich nämlich scheiden, weißt du? Da gibt es noch alles Mögliche zu klären, also, wo wir wohnen, ob wir umziehen, wie oft wir unseren Vater sehen ..."

„Dann ein andermal." Jeremias wandte sich zum Gehen.

„Warte!", rief Raik.

Jeremias blieb stehen, ein feines Lächeln auf den Lippen, das Raik nicht sehen konnte.

***

Sie warteten, bis Niels Evers sich umgezogen und die Kirche verlassen hatte. Jeremias nutzte die Zeit, um ins Pfarrhaus zu schlüpfen und ein Feuerzeug aus seinem Zimmer zu holen.

„Deine Tante kommt gleich. Dann ist mein Vater erst mal beschäftigt", meinte Jeremias auf Raiks ängstlichen Blick hin, als sie die Kirche betraten. „Nimm ein paar Bibeln mit." Er deutete auf die kleinen, dicken Bücher, die am Eingang des Kirchenschiffs bereits für den nächsten Gottesdienst bereitlagen. Raik zögerte.

„Wenn du nicht willst, sag es ruhig." Jeremias zuckte mit den Achseln. „Ich dachte nur, dass Freunde so was zusammen machen. Aber kein Problem, ich schaffe das auch allein."

Doch bereits bei dem Wort *Freunde* hatte Raik sich in Bewegung gesetzt.

Vorne an der Kanzel angekommen, sah Jeremias auf seine Armbanduhr. Es war fast zwölf. Raiks Tante musste jeden Moment an der Tür des Pfarrhauses klingeln.

Jeremias nahm Raik eine der Bibeln aus der Hand. Er riss den dicken Buchdeckel mit einem Ruck ab und ließ ihn in das runde, silbern glänzende Taufbecken fallen. Es folgten Büschel hauchdünner Bibelseiten.

Jeremias spürte Raiks Blick auf sich. Er drehte sich zu dem anderen Jungen um und drückte ihm das Feuerzeug in die Hand.

Raiks Daumen zitterte. Erst beim dritten Versuch schaffte er es, das kleine Rädchen schnell genug zu drehen, um eine Flamme zustande zu bringen.

Jeremias nahm eine Bibelseite und hielt sie ins Feuer. Dann ließ er sie zu den anderen ins Taufbecken fallen. In Windeseile brannte die gesamte Bibel.

„Wir brauchen mehr Papier", beschied Jeremias.

Raik riss den Deckel von einem weiteren Buch und war gerade dabei, mehrere Seiten auf einmal in die

Flammen zu werfen, als Jeremias' Vater und Raiks Tante die Kirche betraten.

***

Raik war zu seiner Tante nach Hause geschickt worden, Jeremias auf sein Zimmer. Allerdings blieb er nicht lange dort. Geräuschlos schob er die Tür auf und schlich die Stufen hinunter bis vor die angelehnte Wohnzimmertür, in der sein Vater und Raiks Tante über ihre Strafen beratschlagten.

Jeremias verdrehte die Augen, als Raiks Tante sich zum gefühlt zehnten Mal demütigst bei seinem Vater für Raiks Verhalten entschuldigte. „Ich habe den Jungen völlig falsch eingeschätzt", hallte ihre gedämpfte Stimme auf den Flur. „Ich dachte wirklich, seine Schwester sei die Unruhestifterin. Aber stille Wasser sind wohl wirklich tief. Was soll ich nur tun? Worte prallen an den jungen Leuten von heute doch einfach ab."

Jeremias konnte die Gesichter der beiden zwar nicht sehen, doch er konnte sich vorstellen, wie sein Vater mit wissendem Blick nickte. „In der Tat", sagte er. „Meiner Erfahrung nach hilft da nur eines: Zeit und Ruhe, um wieder zu Gott zu finden."

„Ach, aber die Kinder von heute wollen das doch gar nicht, Niels. Die haben doch gar keinen Bezug zu Gott."

„Deshalb ist es wichtig, dass wir es ihnen so einfach wie möglich machen. Keine Ablenkungsmöglichkeiten. Kein Essen. Kein Licht. Acht bis zehn Stunden ganz allein mit Gott wirken bei meinem Sohn stets Wunder.

Du wirst sehen, deinen Neffen wird das zu einem ganz neuen Menschen machen."

Raiks Tante schwieg.

Jeremias fürchtete schon, alles wäre umsonst gewesen, als sie plötzlich sagte: „In meinem Haus gibt es leider keinen abschließbaren Keller. Meinst du, der alte Wandschrank meiner Großmutter tut es auch? Für den habe ich einen Schlüssel."

„Perfekt", sagte Jeremias' Vater.

***

Jeremias saß im Keller unter dem Pfarrhaus. Es herrschte undurchdringliche Finsternis. Er kannte jeden Winkel hier unten. Er wusste, dass er fünf Schritte sowohl geradeaus als auch nach rechts gehen konnte, bevor er gegen eine Wand stieß. Er erkannte jedes Geräusch. Das dumpfe Brummen, das er mehr spürte als hörte, wenn draußen auf der Straße ein Auto vorbeifuhr. Das Rauschen in den Rohren, wenn sein Vater oben im Haus die Toilettenspülung betätigte. Im Winter war da noch das Knacken, ausgelöst durch die elektrische Heizung im Wohnzimmer. Jetzt, im Sommer, konnte Jeremias dafür im Morgengrauen leises Vogelgezwitscher hören, wenn er sich konzentrierte.

Jeremias machte sich nicht die Mühe. Er wusste, dass es noch lange nicht Morgen war.

Obwohl es am Tag über fünfundzwanzig Grad gewesen waren, zog sich eine feine Gänsehaut über seine nackten Arme. Der Keller blieb immer kalt.

Jeremias' Kehle fühlte sich beim Schlucken trocken an und sein Magen gab in regelmäßigen Abständen ein brummendes Geräusch von sich. Obwohl er theoretisch wusste, dass sein Körper fror, Hunger und Durst hatte, spürte Jeremias all jene Empfindungen nicht. Diese banalen Bedürfnisse hatte er sich schon vor langer Zeit abgewöhnt, um die zahllosen Stunden im Keller zu überstehen.

Alles war wie immer.

Außer einer Kleinigkeit. Jeremias wusste, dass ein paar Hundert Meter weiter noch jemand im Dunkeln saß. Ein unschuldiger, sorgloser Junge, der nichts über diese Welt wusste. Der Eltern hatte, denen er etwas bedeutete. Der sonntags mit seiner Schwester Bienenstich aß und den Nerv besessen hatte, ihm zu sagen, dass er einmal wie sein Vater werden würde.

Jeremias lächelte.

In einem Punkt hatte sein Vater durchaus recht: So eine Nacht konnte aus jemandem wirklich einen ganz neuen Menschen machen.

KAPITEL 33

Gegenwart

Svea starrte Jeremias an. Im Keller war es mucksmäuschenstill geworden. Die Klinge war immer noch an Sveas Arm gepresst, schnitt weiterhin in die Haut. Aber das Messer hatte zu zittern begonnen. Frisches Blut quoll aus der Schnittwunde, die sich längs über Sveas Unterarm zog. Dass es nicht aufhörte zu bluten, zeigte ihr, dass der Schnitt tief war. Die Pulsader hatte Raik zum Glück nicht verletzt. Noch nicht. Dafür war es nicht genug Blut. Doch Raik machte keine Anstalten, die Klinge von ihrem Arm zu nehmen.

„Ich wusste, dass mein Vater deiner Tante an jenem Tag die Renovierungspläne zeigen wollte", fuhr Jeremias fort. Seine Augen fixierten Raik. Äußerlich wirkte Jeremias bemerkenswert ruhig. Zu ruhig. So, als fürchtete er, die kleinste Bewegung könnte sie alle das Leben kosten. „Sie hatten den Sonntag zuvor darüber geredet. Sie wollten sich in Ruhe in der Kirche umschauen und mein Vater wollte die Meinung deiner Tante zu den Plänen hören."

„Du lügst", sagte Raik.

Das war auch Sveas erster Gedanke gewesen, als Jeremias mit seiner Geschichte geendet hatte. Aber genau wie sie zuvor gewusst hatte, dass er log um sie zu schützen – so ahnte sie nun tief in ihrem Inneren, dass er diesmal die Wahrheit sagte. Svea konnte Raiks Gesicht nicht sehen. Es war Jeremias zugewandt. Doch die Hand, die die Klinge hielt, zitterte mit jeder Sekunde heftiger.

„Nein", sagte Jeremias. „Genau so war es. Du kennst mich. Du weißt ja, wozu ich fähig bin." Jeremias machte einen Schritt auf Raik zu.

Die Hand mit dem Messer zuckte. „Du lügst", wiederholte Raik. „Schließlich wurdest du selbst bestraft. Oder ... nicht?" Mit einem Mal klang er unsicher.

„Doch." Jeremias machte einen weiteren Schritt nach vorne. Nur noch ein halber Meter trennte ihn von Raik und Svea. „Aber das war es mir wert." Er lächelte. „Zu sehen, was diese Strafe mit einem so schrecklich unschuldigen Jungen wie dir machen würde."

Raiks Hand, die das Messer hielt, wurde vor Anstrengung weiß.

„Und sieh nur", sagte Jeremias genüsslich. „Es hat einen Mörder aus dir gemacht. Du dachtest all die Jahre, du wärst mein Freund?" Jeremias' Lächeln wurde zu einem Grinsen. „Du warst nie mein Freund, Raik. Nur mein gelungenstes Experiment."

Jeremias schnellte vor. Er griff nach der Hand mit dem Messer, doch die Entfernung war noch zu groß. Den einen Schritt, den Jeremias machen musste, nutzte Raik für sich. Er riss das Messer hoch und ließ Jeremias in die Klinge laufen.

Svea packte Raiks Arm, versuchte so, ihn von Jeremias wegzureißen. Es war zu spät. Raik stolperte rückwärts, aber ließ das Messer nicht los. Mit einem Ruck riss er es aus Jeremias' Körper und fand sein Gleichgewicht.

Svea hatte keine Zeit, das Blut anzustarren, das aus Jeremias' Wunde floss. Raik hob bereits wieder das Messer und ließ es mit einem animalischen Brüllen auf sie niedersausen. Svea warf sich zur Seite, dennoch war sie nicht schnell genug. Bevor die Klinge sich in ihre Brust bohren konnte, war Jeremias da. Schützte sie mit seinem Körper.

Das Messer ragte aus Jeremias' Seite. Mit einem wütenden Aufschrei riss Raik es heraus.

Jeremias fiel in sich zusammen. Er versuchte noch, sich auf den Knien zu halten, kippte jedoch weg. Reglos blieb er auf dem Steinboden liegen.

Mit einem Schluchzen stürzte Svea sich auf Raiks Beine. Im Fallen versuchte er, auf sie einzustechen. Er verfehlte sie um Haaresbreite. Raik schlug mit dem Rücken auf dem Boden auf. Svea nutzte den Moment und griff nach seinem Arm. Raiks Hand hielt das Messer eisenfest. Svea bohrte ihre Nägel in seine Finger, doch sie ließen die Waffe einfach nicht los. Abermals brüllte Raik und es klang nicht wie von einem Menschen.

Svea sah die Faust nicht kommen. Plötzlich lag sie auf dem Rücken und starrte benommen zu Raik hoch, der sich mit dem Messer über sie beugte. Sein Gesicht war nicht länger das Gesicht ihres ehemaligen Schulfreundes, sondern nur noch eine hasserfüllte Fratze.

„Siehst du das?", schrie Raik. Er kletterte auf Sveas Körper, presste ihr mit seinem Gewicht die Luft ab. Sie konnte nicht atmen.

„Mach die Augen auf, verdammt!"

Da begriff Svea, dass er nicht mit ihr sprach. Während sie um Atem rang, richtete sich ihr Blick auf

Jeremias. Sein Gesicht war ihnen zugewandt. Die Augen geschlossen.

Blind vor Tränen schlug Svea auf Raik ein, trommelte gegen seine Brust, zerkratzte ihm Hände und Gesicht. Der schien es kaum mitzubekommen, sondern brüllte weiterhin Jeremias an. Doch der regte sich nicht.

„Ich zähl bis drei! Eins! Zwei!"

Svea erwischte mit den Fingernägeln Raiks Auge. Er schrie auf und verpasste ihr einen weiteren Faustschlag, sodass es in Sveas Ohren klingelte. Für einen Moment wurde ihr schwarz vor Augen. Dann verlagerte Raik sein Gewicht und sie konnte wieder Atem holen.

„Drei!"

Sveas Sicht klärte sich in dem Moment, in dem Jeremias die Augen aufschlug. Seine Lider flatterten. Kurz darauf fokussierte sich sein Blick und er sah Svea an. Seine Lippen bewegten sich. Ein schmales Rinnsal Blut floss aus seinem Mund.

Svea sah aus den Augenwinkeln das Messer herabsausen. Sie reagierte nicht. Sah nur in Jeremias' Augen und wartete auf den Schmerz.

Ein Ruck ging durch Raiks Körper. Dann noch einer.

Atemlos verfolgte Svea, wie Raik mit weit aufgerissenen Augen auf sie herabstarrte, bevor er begann, langsam zur Seite zu kippen. Raiks Körper schlug dumpf, das Messer klirrend auf dem Boden auf.

Rachida starrte Svea an. Den alten Polsterstuhl, den sie Raik zweimal gegen den Kopf geschlagen hatte, noch immer hoch erhoben.

Svea kroch auf Händen und Knien zu Jeremias. Seine Augen hatten sich wieder geschlossen.

Wie durch Watte nahm sie wahr, dass Rachida das Möbelstück neben Raik fallen ließ und dann selbst auf die Knie sank.

Zitternd strich Svea über Jeremias' Haar, über seine Wangen. Sie hob seinen Kopf an, bettete ihn auf ihren Knien. Doch was sie auch tat, seine Augen wollten sich einfach nicht mehr öffnen.

EPILOG

Jeremias war nicht bewusstlos. Nicht richtig.

Er spürte Sveas Berührungen, ihre Tränen, die auf sein Gesicht tropften. Er wollte ihre Hand drücken, aber dafür reichte seine Kraft nicht.

Jeremias wusste nicht, wie viel Zeit vergangen war. Plötzlich kam Bewegung um ihn auf. Er konnte seine Augen nicht öffnen, allerdings hörte er Schritte. Stimmen. Kühle Hände fühlten seinen Puls. Er wurde hochgehoben und auf eine feste Oberfläche gelegt, die sich in Bewegung setzte. Sveas Berührung verschwand.

Es ruckelte ununterbrochen.

Jeremias spürte einen Stich im Handrücken, den er unter den Schmerzen in der Brust und in der Seite beinahe nicht wahrgenommen hätte.

War Svea bei ihm? Er schaffte es noch immer nicht, die Augen zu öffnen.

Irgendwann ließen die Schmerzen nach. Und obwohl Jeremias dagegen ankämpfte, verlor er schließlich das Bewusstsein.

***

Die kurzen Eindrücke flossen ineinander, vermischten sich mit seinen Wachträumen, sodass Jeremias, wenn er bei Bewusstsein war, Realität kaum von Einbildung unterscheiden konnte. Er hörte hier eine

Stimme, da das Summen von Krankenhausgeräten und meinte hin und wieder, Sveas Hand auf seiner zu spüren. Die Schmerzen brodelten seit jenem ersten Stich in den Handrücken unter der Oberfläche. Er wusste, dass sie da waren, aber sie drangen nicht mehr richtig zu ihm durch.

Orientierungslos driftete Jeremias dahin.

Irgendwann schaffte er es, zum ersten Mal die Augen zu öffnen. Nur kurz zwar, doch von da an ging es bergauf. Immer öfter zwang er seine Lider nach oben, wenn auch meist nur für wenige Sekunden. Er sah Ärzte und Pfleger, die mit ihm sprachen, sobald sie bemerkten, dass er wach war.

Und Svea. Jedes Mal, wenn er die Augen öffnete, war sie da und lächelte ihn an.

Bis er Worte formen konnte, verging eine Ewigkeit. Aber seit er zum ersten Mal die Augen geöffnet und Svea an seiner Seite vorgefunden hatte, spürte Jeremias seine Kräfte zurückkehren.

Auch die Miene des Arztes, der täglich hereinschaute, wurde mit jedem Mal zuversichtlicher. Die Schnittwunde in der Brust hatte seine Lunge verletzt, die in der Seite seine Leber. Für eine Weile hatte sein Leben am seidenen Faden gehangen. Aber er befand sich auf dem Weg der Besserung. Er hatte Glück gehabt.

Jeremias hörte kaum hin.

Anfangs weinte Svea oft, während sie an seinem Bett saß und seine Hand hielt. Sie erzählte von Rachida, die Raik überwältigt und damit sie beide gerettet hatte, die allerdings noch immer auf der psychiatrischen Station behandelt wurde. Svea hatte sie besuchen wollen, doch Rachida wollte sie nicht sehen. Wollte mit niemandem sprechen und sich vorerst ausschließlich auf die Verarbeitung der Ereignisse konzentrieren.

Svea erzählte von Raik, der trotz schwerer Kopfverletzungen überlebt hatte. Aufgrund von Sveas Aussage wurde er streng überwacht. Sobald er entlassen werden konnte, würde man ihn in Untersuchungshaft verlegen.

Karli wurde von Svea nur einmal erwähnt, ganz zu Anfang. Für sie war jede Hilfe zu spät gekommen.

Als Jeremias wieder sprechen konnte, tat er sein Bestes, um sie zu trösten. Er richtete seine ganze Energie darauf, sie wieder aufrichtig lächeln zu sehen. Anfangs wirkte es verkrampft. Jeremias wusste, dass Svea nur ihm zuliebe lächelte. Doch wie seine eigenen Kräfte kehrte auch die Svea, die er kannte, Stück für Stück zu ihm zurück. Die Svea, die sich von allem erholen konnte. Weil sie stark war. Das hatte er immer gewusst.

Irgendwann durfte Jeremias sich aufsetzen. Svea besuchte ihn weiterhin jeden Tag.

Auch Rachida ging es besser. Sie hatte Sveas Besuchswunsch schließlich zugestimmt und seitdem sahen die beiden Frauen sich mehrmals die Woche. Rachida machte gute Fortschritte und würde bald entlassen werden.

Raik war im Gefängnis. Polizisten waren gekommen und hatten Jeremias' und Rachidas Aussagen aufgenommen. Bald würde Raik der Prozess gemacht werden. Auch dieser würde im Gefängnis für ihn enden, sofern sein Anwalt mit dem Antrag auf Schuldunfähigkeit nicht durchkam. Jeremias und Svea verbrachten Stunden damit, zu diskutieren, ob Raik es verdiente, für seine Taten ins Gefängnis zu gehen. Oder ob sie ihm die Unterbringung in einem psychiatrischen Krankenhaus wünschen sollten. Dabei vermied Svea stets die Erwähnung dessen, was sie auf der Farm über Jeremias erfahren hatte.

„Du kannst ehrlich zu mir sein“, sagte er deshalb eines Tages beim Mittagessen. Er saß noch immer im Bett, aber die Schwester hatte ihm in Aussicht gestellt, dass er ab nächster Woche die Mahlzeiten am Tisch einnehmen durfte. Es gab Putensteak mit Kartoffelbrei und einer Gemüsemischung aus Karotten und Erbsen. Das Fleisch hatte er nicht angerührt. Der Kartoffelbrei schmeckte nicht schlecht, lag aber schon nach wenigen Bissen zu schwer in seinem Magen. Abwesend steckte er sich eine Gabel mit Gemüse in den Mund, während er Svea nicht aus den Augen ließ.

Sie hatte sich ein belegtes Brötchen mitgebracht. „Wir müssen nicht darüber reden.“ Sie wich seinem Blick aus.

„Doch, müssen wir.“ Jeremias legte sein Besteck weg. Die Kanüle in seinem Handrücken ziepte unangenehm. „Du hast auf der Farm vieles über mich erfahren, was du vorher nicht wusstest.“

„Wir haben überlebt. Nur das zählt.“

Jeremias berührte Svea am Arm. Endlich sah sie ihm ins Gesicht. „Das stimmt nicht und das weißt du.“ Er schob sein Essen endgültig von sich und griff stattdessen nach dem Kaffeebecher, der neben dem Krankenhausbett auf dem Rolltischchen stand.

Svea hob die Augenbrauen. Sie sah noch immer müde aus, doch ihre Augenringe waren weit weniger dunkel als zehn Tage zuvor. „Die Abmachung war, dass ich dir genießbaren Kaffee mitbringe, den du *nach* dem Essen bekommst."

Jeremias runzelte die Stirn, aber nahm die Hand vom Becher.

„Du musst richtig essen", meinte Svea in versöhnlichem Ton. „Sonst kommst du nie hier raus."

„Wie wäre es mit einer neuen Abmachung?", fragte Jeremias. „Ich esse und du sprichst über die Dinge, denen du bisher ausgewichen bist. Meine Gesundheit für deine Aufrichtigkeit."

Svea lächelte unsicher. „Klingt wie Erpressung."

„Ist es auch. Also?"

Sie nickte zögerlich.

Jeremias griff nach seinem Besteck und begann, das Putensteck zu schneiden. Er war beim dritten Bissen, als Svea endlich fragte: „Wieso hast du zugelassen, dass wir von Tanja gemobbt werden?"

Jeremias dachte einen Moment nach. „Weißt du noch, was Raiks Theorie dazu war? Auf der Farm?"

„Dass du uns damit an dich gebunden hast."

Er nickte und starrte auf sein Essen. „Das kommt vermutlich der Wahrheit ziemlich nahe."

Sie aßen schweigend weiter. Als Jeremias' Teller komplett leer war, räumte Svea das Geschirr beiseite und stellte ihm stattdessen seinen Kaffee vor die Nase. Er hatte gerade den ersten Schluck genommen, als sie fragte: „Wusstest du, dass Raik das mit dem Kaninchen war?"

Jeremias nickte.

Svea hakte nicht nach. Trotzdem wog ihr Schweigen schwerer als jeder Vorwurf.

„Ich habe es nicht ernst genommen“, sagte Jeremias schließlich. „Oder vielleicht wollte ich es nicht. Ich wusste, dass er es für mich getan hat. Aber es hat mich einfach nicht interessiert. Weil Raik mich nicht interessiert hat.“

Svea nickte, doch in ihren Augen las Jeremias Unverständnis.

„Ich kann es nicht besser erklären. Tut mir leid.“

„Danke, dass du es versucht hast.“

Jeremias trank seinen Kaffee und wartete auf die nächste Frage.

„Was ist mit ... mit der Sache damals? Als ihr noch Kinder wart. Du und Raik.“

„Du willst wissen, ob es stimmt, was ich Raik erzählt habe. Oder ob es eine Lüge war, um dich zu retten“, stellte Jeremias fest. „Aber ich glaube, du kennst die Antwort bereits.“

„Ich würde es gern von dir hören.“

„Es ist die Wahrheit.“ Jeremias begegnete Sveas Blick. Sie schien nicht überrascht, genau wie er vermutet hatte.

„Warum?“, fragte sie einfach.

Jeremias drehte nachdenklich den Pappbecher in seiner Hand. „Weil er all das hatte, was ich auch gern gehabt hätte.“

Als er diesmal hochsah, lächelte Svea.

In dem Moment wusste Jeremias, dass er das Richtige gesagt hatte. Sie glaubte ihm. Sie würde ihm verzeihen. Würde ihm wieder vertrauen.

Seine Svea. Die ihn zum besseren Menschen gemacht hatte. Dachte sie zumindest. Jeremias nahm noch einen

Schluck von seinem Kaffee, um sein eigenes Lächeln zu verbergen.

Svea hatte schon immer eine ganz besondere Faszination auf ihn ausgeübt. Vom ersten Moment an, als sie damals auf die Schule gekommen war und er gar nicht anders gekonnt hatte, als sie in die Gruppe einzuladen. Zwar hatte er sich als Achtzehnjähriger eingeredet, dass er sie in Ruhe gelassen hätte, wenn Tanja nicht auf sie aufmerksam geworden wäre – doch mittlerweile konnte er sich eingestehen, dass das eine Lüge war. Er hätte sie niemals in Ruhe lassen können. Weil sie diese ungekannten Gefühle in ihm weckte, denen er sich schon vor zehn Jahren nicht hatte entziehen können. Die ihn gleichzeitig so verunsichert hatten, dass er Svea immer und immer wieder von sich wegstieß. Bis er am Abend vor dem letzten Spiel endlich den Mut gefunden hatte, sich ihnen zu stellen.

Aber Svea war nicht wie er, das hatte Jeremias zum Abi hin einsehen müssen. Und genau wie sie stets versucht hatte, ihn so zu akzeptieren, wie er war, hatte er ihr zuliebe dasselbe versucht. Hatte sogar versucht, sich zu ändern. Doch die Unruhe war zu stark geworden.

„Die Sache mit Tanja“, fuhr Svea fort. „Du wusstest nicht, dass das Raik war, oder?“ In ihrer Stimme schwang die Angst mit, dass sie weitere Überraschungen erwartete.

„Nein.“ Das war die Wahrheit. Hätte er damals geahnt, dass Raik Tanja ermordet hatte ... Er musste zugeben, dass er nicht wusste, was er getan hätte. Der Gedanke störte ihn ungemein. Jeremias dachte nicht gerne über Tanja nach. Wenn er es tat, stellte sich stets ein Gefühl ein, das er nicht zu deuten wusste. Er konnte es nicht leiden, sich selbst nicht zu verstehen.

Svea streckte die Finger aus und fuhr mit ihnen sanft über seine gerunzelte Stirn. Jeremias lächelte und schob den Gedanken an Tanja beiseite. Svea war hier. Außer ihr brauchte er niemanden.

Deshalb war nach der Nacht des letzten Spiels für Jeremias alles zusammengebrochen. Er hatte sich ein neues Leben aufbauen müssen. Ein Leben ohne Svea. Er war tatsächlich davon ausgegangen, dass sie Marie-Luise umgebracht hatte. Dass Letztere nicht auf ihn gehört, sondern Svea doch alles gestanden hatte. Nämlich, dass sie ihrer Mutter von dem Spiel erzählt und damit für den Streit verantwortlich gewesen war, der Svea endgültig von ihrer Mutter weggetrieben hatte. Und dass Svea in dem Moment Rot gesehen hatte.

Jeremias war mehr als zufrieden mit sich gewesen. Schließlich hatte er Svea aus diesem Grund die Rachekarte gegeben. Weil er geahnt hatte, dass Marie-Luise ihren Mund nicht würde halten können und Svea alles gestand. Er wollte herauszufinden, ob das genug war, die Svea, die alles versucht hatte, um das Spiel zu stoppen, dazu zu bringen, das andere Mädchen zu bestrafen. Und wie sie das getan hatte – zumindest hatte er das damals gedacht.

Jeremias war unglaublich stolz gewesen. Am Ende war sie doch wie er geworden, sogar mehr noch, als er es sich in seinen kühnsten Träumen gewagt hätte, auszumalen.

Dann hatte er begriffen, was das für sie beide bedeutete. Sie konnten nicht zusammen sein. Er musste sie decken. Musste Distanz wahren, um Svea zu schützen, um zu verhindern, dass sie ins Gefängnis kam. Jeder Kontakt zu ihr wäre ein Risiko. Vor allem jetzt, da sie ihr wahres Gesicht gezeigt hatte. Wer wusste schon, was für interessante Zeitvertreibe ihnen gemeinsam einfallen würden. Sollten sie sich irgendetwas zuschulden kommen lassen, könnte das die Polizei auf den Plan rufen, die die Verbindung zu Marie-Luise nur zu schnell hätten herstellen können. Es war zum Durchdrehen gewesen. Endlich hatte Jeremias genau das, was er sich geträumt hatte. Und durfte es nicht behalten.

Die ersten Jahre waren hart gewesen. Er riss sich zusammen, ließ sich absolut nichts zuschulden kommen. Schließlich war sein Studium beendet gewesen. Niemand hatte Marie-Luise entdeckt. Jeremias fand, dass er sich ein bisschen Abwechslung verdient hatte. Also wurde er Therapeut. Ein Beruf, der einer einzelnen Person ein geradezu absurdes Level an Macht über andere Menschen einräumte.

So kam er relativ gut durch die Jahre. Er war vorsichtig genug, um keine Aufmerksamkeit auf sich zu ziehen. Selbst, als sich im Abstand von nur wenigen Monaten zwei seiner Patienten das Leben nahmen, unterstellte ihm niemand auch nur Fahrlässigkeit. Beide waren depressiv gewesen. So etwas passierte eben. Wenn überhaupt, so wurde Jeremias von seinen Kollegen und der eingeschalteten Supervisorin, die die Fälle noch einmal prüfte, bemitleidet.

Wie gesagt, ein absurdes Level an Macht.

Und es war Svea gewesen, die ihn mit ihrem Wunsch, selbst Psychotherapeutin zu werden, darauf gebracht hatte.

Nach den beiden Selbstmorden war Jeremias noch vorsichtiger geworden. Sollten weitere folgen, würden sie ihn irgendwann verdächtigen. Also riss er sich zusammen.

Wie oft war er kurz davor gewesen, doch Kontakt zu Svea aufzunehmen. Das Internet nach ihrem Namen zu durchsuchen, bis er ihren Wohnort und Arbeitsplatz kannte, und einfach zu ihr zu fahren. Alle Vorsicht zu ignorieren.

Einmal hätte er es um ein Haar getan. Er hatte sich eingeredet, dass genug Zeit vergangen war, dass niemand mehr sich für Marie-Luises Verschwinden interessierte. Er hatte alles vorbereitet. War zur Farm gefahren und hatte den Kellerraum mit der Gefriertruhe hergerichtet, dass es wie ein Grab aussah. Er hatte wissen müssen, wie Svea mittlerweile zu ihrer Tat stand. Davon würde abhängen, wie viel von sich selbst er preisgeben durfte. Bereute sie den Mord an Marie-Luise? War es ihr egal? Sveas Reaktion auf die Blumen und Kerzen würde ihm genau das verraten, davon war Jeremias überzeugt.

Am selben Tag, an dem er nach ein wenig Internetrecherche herausgefunden hatte, dass Svea am psychologischen Forschungsinstitut der Goethe-Universität in Frankfurt am Main arbeitete, traf er Rachida wieder. Sie erzählte ihm, wie sie damals Marie-Luise dazu angestiftet hatte, Raik für die Projektvorstellung anzumelden. Ihren Verdacht gegen Raik hatte sie nicht einmal erwähnen müssen. Es war Jeremias wie Schuppen von den Augen gefallen.

Die Gefriertruhe. Ein enger, dunkler Ort. Wie einst Tante Rosas Wandschrank.

Der Mord an Marie-Luise trug Raiks Handschrift. Und Jeremias fragte sich, wie er jemals Svea hatte verdächtigen können.

Rachida dazu zu bringen, sich mit Raik zu treffen und ihn mit ihrem Verdacht zu konfrontieren, war ein Leichtes gewesen. Sie hatte es ohnehin gewollt. Wollte mit ihren Schuldgefühlen aufräumen. Alles, was sie brauchte, war ein kleiner Schubs. Am Ende dachte sie sogar noch, es sei alles ihre Idee gewesen.

Für Jeremias war es gewesen, als hätte jemand die Zeit zehn Jahre zurückgedreht. Das Warten darauf, was passieren würde. Es war genau wie das Spiel gewesen. Doch diesmal wusste er über Raik Bescheid. Er war ein Mörder. Was würde er tun, wenn Rachida plötzlich bei ihm auftauchte und beichtete, was sie getan hatte? Dass Marie-Luise unschuldig gewesen war?

Jeremias wünschte sich, er hätte dabei sein können. Wieder und wieder hatte er sich ausgemalt, wie das Treffen wohl verlaufen war. Bis er von Rachidas Verschwinden erfuhr. Und er wusste, die Zeit, endlich wieder Kontakt zu Svea aufzunehmen, war gekommen.

Dass Raik ihnen diese Drohnachrichten geschickt und sie alle auf die Farm beordert hatte, sah Jeremias mit gemischten Gefühlen. Einerseits hatte er nicht erwarten können, herauszufinden, was Raik geplant hatte. Ob die Wahrheit ihn endgültig in den Wahnsinn getrieben hatte? Andererseits hatte Jeremias Svea nicht in Gefahr bringen wollen. Also behielt er ihren Autoschlüssel und ließ sie in seiner Wohnung, als er sich auf den Weg zur Farm machte. Er hoffte inständig, sie würde auf ihn hören.

Hatte sie natürlich nicht getan. Er hätte es besser wissen müssen.

Doch obwohl er ihr nicht hatte verraten dürfen, dass Raik hinter allem steckte, hatte er es geschafft, sie zu schützen. Und die Entwicklungen gleichzeitig in vollen Zügen genossen. Was würde Raik als Nächstes tun? Wer würde sterben? Wer überleben? Er wusste, er hätte es nicht bis zum großen Finale kommen lassen dürfen. Er hatte ja gewusst, dass Raiks Rache an ihm über Svea gehen würde. Beinahe wäre alles schiefgegangen.

Aber Jeremias hatte sich einfach nicht dazu durchringen können, Raik in einem unachtsamen Moment zu überwältigen oder sich mit Svea davonzuschleichen. Seit zehn Jahren hatte er sich nicht mehr so lebendig gefühlt. Das war etwas ganz anderes, als hin und wieder einen seiner Patienten zu manipulieren. Er musste einfach sehen, wie es endete.

Es war grandios gewesen. Dieser Nervenkitzel. Es gab nichts Vergleichbares. Und er und Svea hatten überlebt. Allerdings hatte Jeremias dafür auch ein Opfer bringen müssen. Dass er Raik vor Svea die Wahrheit über seine Bestrafung vor siebzehn Jahren hatte sagen müssen, war natürlich nicht geplant gewesen. Aber ihm war in Panik nichts anderes eingefallen. Er hatte gewusst, dass Raik seine Drohung wahr machen würde und Svea vor seinen Augen die Pulsadern aufgeschnitten hätte.

Jeremias hatte gehofft, dass Svea über diese für sie bestimmt unschöne Wahrheit hinwegkommen würde. Aber sicher hatte er sich nicht sein können. Bis eben. Bis er ihr Lächeln gesehen hatte, als er ihr den vermeidlichen Grund für sein Handeln genannt hatte: *„Raik hatte alles, was ich auch gern gehabt hätte."*

Lächerlich.

Jeremias war wütend gewesen. Wütend, dass Raik ihn mit seinem Vater verglichen hatte. Und ein geeignetes Ventil für seine Wut zu finden, darin war Jeremias schon immer gut gewesen. Aber das konnte er Svea nicht sagen. Das würde sie dann doch nicht verstehen.

Dass Karli Svea auf der Farm die wahre Geschichte von seiner Mutter erzählt hatte, spielte Jeremias in die Hände. Er war ein ungeliebtes, misshandeltes, verstörtes Kind gewesen. Das ergab für Svea, die Psychologie studiert hatte, Sinn. Mit dem Hintergrund hatte Jeremias ja nie eine echte Chance gehabt. Trotzdem hatte er an sich gearbeitet. Hatte etwas aus sich gemacht. Jetzt half er Menschen, anstatt ihnen wehzutun.

Sveas Hand strich seine Wange entlang, während sie ihm tief in die Augen sah. Dann legten sich ihre Lippen auf seine. Sie küssten sich langsam und innig. Jeremias wusste, dass die Tatsache, dass sie sich im Krankenhaus befanden, der einzige Grund dafür war, dass aus diesem Kuss nicht noch mehr wurde.

Er seufzte lautlos, als Svea sich von ihm zurückzog. Ihre Wangen waren leicht gerötet, ihre Augen glänzten. Er lächelte sie an.

„Ich muss jetzt leider los", sagte Svea und nahm ihre Umhängetasche vom Stuhl. „Ich schaue gleich noch bei Rachida vorbei."

Jeremias nickte verständnisvoll.

Rachida. Das Problem hatte er kurzzeitig fast vergessen. Eigentlich war Jeremias fest davon ausgegangen, dass Raik sie umgebracht hatte. Dass sie noch lebte, war unglücklich. Wenn sie Svea erzählte, dass er seit ihrem Treffen die Wahrheit über Marie-Luise und den Projektwettbewerb kannte, würde das Fragen aufwerfen. Es würde so aussehen, als hätte er Svea damals bei ihrem ersten Treffen und später in seiner Wohnung angelogen. Mit etwas Pech würde es ihr gerade wiedergefundenes Vertrauen in ihn zerstören. Das konnte er nicht zulassen.

Svea umrundete das Bett, doch bevor sie zur Tür ging, nahm sie Jeremias' Hand und sah ihm fest in die Augen. „Ich bin stolz auf dich, weißt du? Was du alles durchgemacht hast, was dir widerfahren ist ..." Sie schüttelte den Kopf. In ihren Augen schimmerten Tränen.

Jeremias drückte leicht ihre Hand. „Es ist alles gut, Svea. Kein Grund zu weinen."

Sie nickte. „Das ist allein dein Verdienst. Weil du an dir gearbeitet hast, Jeremias."

Er lächelte ihr nach, bis sie die Tür hinter sich zuzog.

Dann widmete er sich wieder der Frage, wie er Rachida möglichst schnell und unauffällig loswurde.

NACHWORT

Nach der Erstveröffentlichung von *Rachemeer* (damals noch *Rachekarte*) haben mich viele Leser gefragt: Und jetzt? Geht die Geschichte noch weiter? Wird es einen zweiten Teil geben? Als komplett offen kann man das Ende vielleicht nicht bezeichnen, doch es ist auch nicht so fest abgeschlossen, dass man getrost den Schlüssel wegwerfen kann.

Jeremias hat sich nicht geändert, er selbst hat die ganze Zeit die Stränge gezogen. Und Svea ahnt von alldem nichts.

Jeremias muss Rachida verschwinden lassen – und dann? Wird er sich zufrieden in die Zweisamkeit mit Svea fügen, ein normales Leben führen? Den Leserphantasien sind hier keine Grenzen gesetzt. Vielleicht schafft Jeremias es, sich doch noch für Svea zu ändern und sie leben wie im Märchen glücklich bis an ihr Ende. Ihre Liebe macht ihn zu einem besseren Menschen.

Oder Jeremias wird weiter manipulieren, wird weiter mit den Menschen spielen wie in einem Puppentheater und dabei mit Svea auf dem schmalen Grad zwischen Lüge und Wahrheit balancieren, bis sie ihn durchschaut. Wird sie dann stark genug sein, sich gegen ihn zu stellen und ins Gefängnis gehen zu lassen?

Ich war es nicht und deshalb darf Jeremias in den Köpfen der Leser und in meinem eigenen noch ein bisschen weiter sein Unwesen treiben.
Herzlichen Dank fürs Lesen und bis zum nächsten Mal.

Juna Kristensen